河北大学燕赵文化高等研究院
INSTITUTE FOR ADVANCED STUDY OF YANZHAO CULTURE,HEBEI UNIVERSITY
成 果 文 库

PHILOSOPHY

人民日报学术文库

# 中国现代文学名篇导读

张 瑜 ｜编著

人民日报出版社
北 京

图书在版编目（CIP）数据

中国现代文学名篇导读／张瑜编著 . —北京：人民
日报出版社，2023.5
　　ISBN 978-7-5115-7784-9

　　Ⅰ.①中… Ⅱ.①张… Ⅲ.①中国文学—现代文学—
文学研究 Ⅳ.①I206.6

中国国家版本馆 CIP 数据核字（2023）第 072550 号


书　　　名：中国现代文学名篇导读
　　　　　　ZHONGGUO XIANDAI WENXUE MINGPIAN DAODU
编　　　著：张　瑜

出 版 人：刘华新
责任编辑：刘思捷

出版发行 人民日报出版社
社　　　址：北京金台西路 2 号
邮政编码：100733
发行热线：（010）65369509　65369527　65369846　65369512
邮购热线：（010）65369530　65363527
编辑热线：（010）65369521
网　　　址：www．peopledailypress．com
经　　　销：新华书店
印　　　刷：三河市华东印刷有限公司
法律顾问：北京科宇律师事务所　010-83622312

开　　　本：710mm×1000mm　1/16
字　　　数：394 千字
印　　　张：21.75
版次印次：2023 年 8 月第 1 版　　2023 年 8 月第 1 次印刷

书　　　号：ISBN 978-7-5115-7784-9
定　　　价：98.00 元

# 编写说明

本书精选鲁迅、郁达夫、冰心、许地山、庐隐、废名、王鲁彦、柔石、叶紫、茅盾、巴金、施蛰存、沈从文、吴组缃、老舍、李劼人、张天翼、萧红、张爱玲、丁玲、钱锺书、康濯、赵树理、胡适、欧阳予倩、洪深、丁西林、曹禺、夏衍、田汉、郭沫若、刘半农、李金发、闻一多、徐志摩、戴望舒、臧克家、艾青、冯至、穆旦、绿原、李大钊、周作人、瞿秋白、朱自清、林语堂、何其芳、孙犁等中国现代文学名家的代表性作品56篇进行导读，力求通过鼓励和引导学生阅读文学经典，培养和提升其文学审美能力和感悟鉴赏能力。

本书体例上力求"选""读"结合。作品均录入最初发表或出版的版本，与目前通行版本略有差异，如字词使用等。对因篇幅限制无法收录原作的篇目进行节录，因版权问题无法收录的作品保留存目。每篇作品附有作家介绍、作品导读、思考与练习，兼顾专业性与通俗性，以便读者更好地理解作品。

本书所选作品按照文体进行分类，并依据写作时间的先后进行排序。读者可以在品鉴作品之余，领略中国现代文学发生与发展的大致脉络。

文学的阅读，应有主体性情感的投入和学理性分析的提升。导读仅作为阅读提示启发读者思考，读者可结合个人的阅读体验与审美感受进行理解与对话。

因经验和知识能力所限，本书难免存在疏漏与不足，恳请读者批评指正。

# 目 录
## CONTENTS

# 01

小说

# 狂人日记

## 鲁 迅

  鲁迅（1881—1936），原名周樟寿，后改名周树人，字豫才。鲁迅在小说、杂文、散文、思想与社会评论、古代典籍校勘与研究、外国文学与学术翻译作品等领域都有突出贡献，是中国现代文学奠基人之一。《狂人日记》首发于1918年5月15日第4卷第5号《新青年》月刊，后收入《呐喊》集，编入《鲁迅全集》第1卷。这是中国现代文学史上第一篇白话小说，也是首次用笔名"鲁迅"发表的作品。该作品对"吃人"的封建制度进行揭露和猛烈抨击。

  鲁迅的代表作有小说集《呐喊》《彷徨》《故事新编》，散文集《朝花夕拾》，散文诗集《野草》，杂文集《热风》《坟》《华盖集》《二心集》《花边文学》等。

## 序

  某君昆仲，今隐其名，皆余昔日在中学时良友；分隔多年，消息渐阙。日前偶闻其一大病；适归故乡，迂道往访，则仅晤一人，言病者其弟也。劳君远道来视，然已早愈，赴某地候补矣。因大笑，出示日记二册，谓可见当日病状，不妨献诸旧友。持归阅一过，知所患盖"迫害狂"之类。语颇错杂无伦次，又多荒唐之言；亦不著月日，惟墨色字体不一，知非一时所书。间亦有略具联络者，今撮录一篇，以供医家研究。记中语误，一字不易；惟人名虽皆村人，不为世间所知，无关大体，然亦悉易去。至于书名，则本人愈后所题，不复改也。七年四月二日识。

## 一

  今天晚上，很好的月光。

我不见他，已是三十多年；今天见了，精神分外爽快。才知道以前的三十多年，全是发昏；然而须十分小心。不然，那赵家的狗，何以看我两眼呢？

我怕得有理。

## 二

今天全没月光，我知道不妙。早上小心出门，赵贵翁的眼色便怪：似乎怕我，似乎想害我。还有七八个人，交头接耳的议论我，又怕我看见。一路上的人，都是如此。其中最凶的一个人，张着嘴，对我笑了一笑；我便从头直冷到脚跟，晓得他们布置，都已妥当了。

我可不怕，仍旧走我的路。前面一伙小孩子，也在那里议论我；眼色也同赵贵翁一样，脸色也都铁青。我想我同小孩子有什么仇，他也这样。忍不住大声说，"你告诉我！"他们可就跑了。

我想：我同赵贵翁有什么仇，同路上的人又有什么仇；只有廿年以前，把古久先生的陈年流水簿子，踹了一脚，古久先生很不高兴。赵贵翁虽然不认识他，一定也听到风声，代抱不平；约定路上的人，同我作冤对。但是小孩子呢？那时候，他们还没有出世，何以今天也睁着怪眼睛，似乎怕我，似乎想害我。这真教我怕，教我纳罕而且伤心。

我明白了。这是他们娘老子教的！

## 三

晚上总是睡不着。凡事须得研究，才会明白。

他们——也有给知县打枷过的，也有给绅士掌过嘴的，也有衙役占了他妻子的，也有老子娘被债主逼死的；他们那时候的脸色，全没有昨天这么怕，也没这么凶。

最奇怪的是昨天街上的那个女人，打他儿子，嘴里说道，"老子呀！我要咬你几口才出气！"他眼睛却看着我。我出了一惊，遮掩不住；那青面獠牙的一伙人，便都哄笑起来。陈老五赶上前，硬把我拖回家中了。

拖我回家，家里的人都装作不认识我；他们的脸色，也全同别人一样。进了书房，便反扣上门，宛然是关了一只鸡鸭。这一件事，越教我猜不出底细。

前几天，狼子村的佃户来告荒，对我大哥说，他们村里的一个大恶人，给大家打死了；几个人便挖出他的心肝来，用油煎炒了吃，可以壮壮胆子。我插了一句嘴，佃户和大哥便都看我几眼。今天才晓得他们的眼光，全同外面的那伙人一模一样。

想起来，我从顶上直冷到脚跟。他们会吃人，就未必不会吃我。你看那女人"咬你几口"的话，和一伙青面獠牙人的笑，和前天佃户的话，明明是暗号。我看出他话中全是毒，笑中全是刀。他们的牙齿，全是白厉厉的排着，这就是吃人的家伙。

照我自己想，虽然不是恶人，自从踹了古家的簿子，可就难说了。他们似乎别有心思，我全猜不出。况且他们一翻脸，便说人是恶人。我还记得大哥教我做论，无论怎样好人，翻他几句，他便打上几个圈；原谅坏人几句，他便说"翻天妙手，与众不同"。我那里猜得到他们的心思，究竟怎样；况且是要吃的时候。

凡事总须研究，才会明白。古来时常吃人，我也还记得，可是不甚清楚。我翻开历史一查，这历史没有年代，歪歪斜斜的每页上都写着"仁义道德"几个字。我横竖睡不着，仔细看了半夜，才从字缝里看出字来，满本都写着两个字是"吃人"！

书上写着这许多字，佃户说了这许多话，却都笑吟吟的睁着怪眼看我。

我也是人，他们想要吃我了！

四

早上，我静坐了一会儿。陈老五送进饭来，一碗菜，一碗蒸鱼；这鱼的眼睛，白而且硬，张着嘴，同那一伙想吃人的人一样。吃了几筷，滑溜溜的不知是鱼是人，便把他兜肚连肠的吐出。

我说"老五，对大哥说，我闷得慌，想到园里走走。"老五不答应，走了；停一会，可就来开了门。

我也不动，研究他们如何摆布我；知道他们一定不肯放松。果然！我大哥引了一个老头子，慢慢走来；他满眼凶光，怕我看出，只是低头向着地，从眼镜横边暗暗看我。大哥说，"今天你仿佛很好。"我说"是的。"大哥说，"今天请何先生来，给你诊一诊。"我说"可以！"其实我岂不知道这老头子是刽子手扮的！无非借了看脉这名目，揣一揣肥瘠：因这功劳，也分一片肉吃。我也不怕；虽然不吃人，胆子却比他们还壮。伸出两个拳头，看他如何下手。老头子坐着，闭了眼睛，摸了好一会，呆了好一会；便张开他鬼眼睛说，"不要乱想。静静的养几天，就好了。"

不要乱想，静静的养！养肥了，他们是自然可以多吃；我有什么好处，怎么会"好了"？他们这群人，又想吃人，又是鬼鬼祟祟，想法子遮掩，不敢直截下手，真要令我笑死。我忍不住，便放声大笑起来，十分快活。自己晓得这笑声里面，有的是义勇和正气。老头子和大哥，都失了色，被我这勇气正气镇压住了。

但是我有勇气，他们便越想吃我，沾光一点这勇气。老头子跨出门，走不多远，便低声对大哥说道，"赶紧吃罢！"大哥点点头。原来也有你！这一件大发见，虽似意外，也在意中：合伙吃我的人，便是我的哥哥！

吃人的是我哥哥！

我是吃人的人的兄弟！

我自己被人吃了，可仍然是吃人的人的兄弟！

## 五

这几天是退一步想：假使那老头子不是刽子手扮的，真是医生，也仍然是吃人的人。他们的祖师李时珍做的"本草什么"上，明明写着人肉可以煎吃；他还能说自己不吃人么？

至于我家大哥，也毫不冤枉他。他对我讲书的时候，亲口说过可以"易子而食"；又一回偶然议论起一个不好的人，他便说不但该杀，还当"食肉寝皮"。我那时年纪还小，心跳了好半天。前天狼子村佃户来说吃心肝的事，他也毫不奇怪，不住的点头。可见心思是同从前一样狠。既然可以"易子而食"，便什么都易得，什么人都吃得。我从前单听他讲道理，也糊涂过去；现在晓得他讲道理的时候，不但唇边还抹着人油，而且心里满装着吃人的意思。

## 六

黑漆漆的，不知是日是夜。赵家的狗又叫起来了。

狮子似的凶心，兔子的怯弱，狐狸的狡猾，……

## 七

我晓得他们的方法，直捷杀了，是不肯的，而且也不敢，怕有祸祟。所以他们大家连络，布满了罗网，逼我自戕。试看前几天街上男女的样子，和这几天我大哥的作为，便足可悟出八九分了。最好是解下腰带，挂在梁上，自己紧紧勒死；他们没有杀人的罪名，又偿了心愿，自然都欢天喜地的发出一种呜呜咽咽的笑声。否则惊吓忧愁死了，虽则略瘦，也还可以首肯几下。

他们是只会吃死肉的！——记得什么书上说，有一种东西，叫"海乙那"的，眼光和样子都很难看；时常吃死肉，连极大的骨头，都细细嚼烂咽下肚子去，想起来也教人害怕。"海乙那"是狼的亲眷，狼是狗的本家。前天赵家的狗，看我几眼，可见他也同谋，早已接洽。老头子眼看着地，岂能瞒得我过。

最可怜的是我的大哥，他也是人，何以毫不害怕；而且合伙吃我呢？还是历来惯了，不以为非呢？还是丧了良心，明知故犯呢？

我诅咒吃人的人，先从他起头；要劝转吃人的人，也先从他下手。

## 八

其实这种道理，到了现在，他们也该早已懂得，……

忽然来了一个人；年纪不过二十左右，相貌是不很看得清楚，满面笑容，对了我点头，他的笑也不像真笑。我便问他，"吃人的事，对么？"他仍然笑着说，"不是荒年，怎么会吃人。"我立刻就晓得，他也是一伙，喜欢吃人的；便自勇气百倍，偏要问他。

"对么？"

"这等事问他什么。你真会……说笑话。……今天天气很好。"

天气是好，月色也很亮了。可是我要问你，"对么？"

他不以为然了。含含胡胡的答道，"不……"

"不对？他们何以竟吃？！"

"没有的事……"

"没有的事？狼子村现吃；还有书上都写着，通红斩新！"

他便变了脸，铁一般青。睁着眼说，"有许有的，这是从来如此……"

"从来如此便对么？"

"我不同你讲这些道理；总之你不该说，你说便是你错！"

我直跳起来，张开眼，这人便不见了。上身出了一大片汗。他的年纪，比我大哥小得远，居然也是一伙；这一定是他娘老子先教的。还怕已经教给他儿子了；所以连小孩子，也都恶狠狠的看我。

## 九

自己想吃人，又怕被别人吃了，都用着疑心极深的眼光，面面相觑。……

去了这心思，放心做事走路吃饭睡觉，何等舒服。这只是一条门槛，一个关头。他们可是父子兄弟夫妇朋友师生仇敌和各不相识的人，都结成一伙，互相劝勉，互相牵掣，死也不肯跨过这一步。

## 十

大清早，去寻我大哥；他立在堂门外看天，我便走到他背后，拦住门，格外沉静，格外和气的对他说，"大哥，我有话告诉你。"

"你说就是。"他赶紧回过脸来，点点头。

"我只有几句话，可是说不出来。大哥，大约当初野蛮的人，都吃过一点人。后来因为心思不同，有的不吃人了，一味要好，便变了人，变了真的人。有的却还吃，——也同虫子一样，有的变了鱼鸟猴子，一直变到人。有的不要好，至今还是虫子。这吃人的人比不吃人的人，何等惭愧。怕比虫子的惭愧猴子，还差得很远很远。

"易牙蒸了他儿子，给桀纣吃，还是一直从前的事。谁晓得从盘古开辟天地以后，一直吃到易牙的儿子；从易牙的儿子，一直吃到徐锡林；从徐锡林，又一直吃到狼子村捉住的人。去年城里杀了犯人，还有一个生痨病的人，用馒头蘸血舐。

"他们要吃我，你一个人，原也无法可想；然而又何必去入伙。吃人的人，什么事做不出；他们会吃我，也会吃你，一伙里面，也会自吃。但只要转一步，只要立刻改了，也就是人人太平。虽然从来如此，我们今天也可以格外要好，说是不能！大哥，我相信你能说，前天佃户要减租，你说过不能。"

当初，他还只是冷笑，随后眼光便凶狠起来，一到说破他们的隐情，那就满脸都变成青色了。大门外立着一伙人，赵贵翁和他的狗，也在里面，都探头探脑的挨进来。有的是看不出面貌，似乎用布蒙着；有的是仍旧青面獠牙，抿着嘴笑。我认识他们是一伙，都是吃人的人。可是也晓得他们心思很不一样，一种是以为从来如此，应该吃的；一种是知道不该吃，可是仍然要吃，又怕别人说破他，所以听了我的话，越发气愤不过，可是抿着嘴冷笑。

这时候，大哥也忽然显出凶相，高声喝道：

"都出去！疯子有什么好看！"

这时候，我又懂得一件他们的巧妙了。他们岂但不肯改，而且早已布置；预备下一个疯子的名目罩上我。将来吃了，不但太平无事，怕还会有人见情。佃户说的大家吃了一个恶人，正是这方法。这是他们的老谱！

陈老五也气愤愤的直走进来。如何按得住我的口，我偏要对这伙人说，

"你们可以改了，从真心改起！要晓得将来容不得吃人的人，活在世上。

"你们要不改，自己也会吃尽。即使生得多，也会给真的人除灭了，同猎人打完狼子一样！——同虫子一样！"

那一伙人，都被陈老五赶走了。大哥也不知那里去了。陈老五劝我回屋子里去。屋里面全是黑沉沉的。横梁和椽子都在头上发抖；抖了一会，就大起来，堆在我身上。

万分沉重，动弹不得；他的意思是要我死。我晓得他的沉重是假的，便挣扎出来，出了一身汗。可是偏要说，"你们立刻改了，从真心改起！你们要晓得将来是容不得吃人的人，……"

## 十一

太阳也不出，门也不开，日日是两顿饭。

我捏起筷子，便想起我大哥；晓得妹子死掉的缘故，也全在他。那时我妹子才五岁，可爱可怜的样子，还在眼前。母亲哭个不住，他却劝母亲不要哭；大约因为自己吃了，哭起来不免有点过意不去。如果还能过意不去，……

妹子是被大哥吃了，母亲知道没有，我可不得而知。

母亲想也知道；不过哭的时候，却并没有说明，大约也以为应当的了。记得我四五岁时，坐在堂前乘凉，大哥说爷娘生病，做儿子的须割下一片肉来，煮熟了请他吃，才算好人。母亲也没有说不行。一片吃得，整个的自然也吃得。但是那天的哭法，现在想起来，实在还教人伤心，这真是奇极的事！

## 十二

不能想了。

四千年来时时吃人的地方，今天才明白，我也在其中混了多年；大哥正管着家务，妹子恰恰死了，他未必不和在饭菜里，暗暗给我们吃。

我未必无意之中，不吃了我妹子的几片肉，现在也轮到我自己，……

有了四千年吃人履历的我，当初虽然不知道，现在明白，难见真的人！

## 十三

没有吃过人的孩子，或者还有？

救救孩子……

一九一八年五月，载《新青年》

（选自《新青年》第 4 卷第 5 号，上海群益书社印行，第 52—63 页）

**【作品导读】**

《狂人日记》是中国新文学史上第一篇现代白话短篇小说，它的发表标志着五四新文学创作的伟大开端。这篇小说通过对一个"狂人"——被迫害妄想症患者的精神状态和心理活动的描写，集中表现了他在被迫害妄想之中时表露出的强迫观念，让人们透过病态推导出一个反传统思想的知识分子如何因传统势力的迫害而发狂的。首先，如狂人的日记里所描绘的社会环境——狼子村佃户告荒时讲的挖人心肝煎炒了吃，去年城里杀了犯人时还有痨病患者用馒头蘸血舐，吃徐锡林，构成"吃人"的社会罗网。这是肉体上的"吃人"。其次，"我翻开历史一查，这历史没有年代，歪歪斜斜的每页上都写着'仁义道德'几个字。我横竖睡不着，仔细看了半夜，才从字缝里看出字来，满本都写着两个字是'吃人'！"，这个发现又把具体肉体上的"吃人"上升到仁义道德等纲常名教的层次。由此，作品完成了对封建礼教"吃人"最本质的揭露和批判。

《狂人日记》之所以能在 20 世纪初期的文坛石破天惊，不仅在于其强烈的反封建意识，而且体现在其全新的表现技巧——日记体的小说形式、打破以时间为中心的叙述角度、开辟根据人物感受来重新剪辑情节的体式。五四小说家出现之前的"新小说"家们，如周瘦娟、徐枕亚等，虽然借鉴了日记体新形式，但是一经对比就能发现，《狂人日记》无论在意识形态还是结构形式上对当时文学界的震动。

《狂人日记》叙述时间的处理也独具匠心。其有两个时间系统，一是现在，一是过去，过去的时间借主人公的感觉、联想插进现在的时间进程。（第 2 节）二十年前踹了古久先生的陈年流水账一脚，（第 3 节）前几天听说狼子村吃人，（第 5 节）年幼时听大哥讲"易子而食"，（第 11 节）妹子死，四五岁时听大哥讲"割股疗亲"……以上这些联想不仅并未遵循自然时序，而且零碎散落，被插入日记中的事件与片段显然并未按照理顺的时间排序。鲁迅如此设置的意图是使话语符合说话者的身份，因为语言是塑造人物形象的方式之一。这种杂乱无章的语言无疑更符合"狂人"的身份特征，狂人那躁动不安、天马行空般胡思乱想的心态，便生动地表现出来。在此基础上，得以凸显"狂人"世界与"正常人"世界的鲜明对比，强化了反讽的力度。正如茅盾所说："至于青年方面，《狂人日记》的最大影响却体现在体裁上；因为这分明给青年一个暗示，是他们抛弃了'旧酒瓶'，努力用新形式，来表现自己的思想。"

狂人之所以成为狂人本身，就是对封建宗法制度和"吃人"礼教本质的揭露，同时，人们透过病态不仅能看到狂人确有某种民主主义、人道主义思想，如"将来容不得吃人的人，活在世上"的警告以及"救救孩子"的呐喊等，还进一步表现了"狂人"们强烈的反叛和变革精神，从而激发进步读者的共鸣。显而易见，"狂人"是具有象征性的，给读者暗示，引导读者认清传统势力的伪饰：它们可以把生而为人的正义之举看作"反常"，把几千年来压迫人的行为看作天经地义，进而向读者揭示宗法制度和"吃人"礼教的真相。

**【思考与练习】**

1. 通过整篇阅读，试谈你对"吃人"的理解。
2. 试分析鲁迅《狂人日记》的结构特点。

（刘红茹）

# 阿Q正传

鲁 迅

## 第一章 序

我要给阿Q做正传，已经不止一两年了。但一面要做，一面又往回想，这足见我不是一个"立言"的人，因为从来不朽之笔，须传不朽之人，于是人以文传，文以人传——究竟谁靠谁传，渐渐的不甚了然起来，而终于归接到传阿Q，仿佛思想里有鬼似的。

然而要做这一篇速朽的文章，才下笔，便感到万分的困难了。第一是文章的名目。孔子曰，"名不正则言不顺"。这原是应该极注意的。传的名目很繁多：列传，自传，内传，外传，别传，家传，小传……，而可惜都不合。"列传"么，这一篇并非和许多阔人排在"正史"里；"自传"么，我又并非就是阿Q。说是"外传"，"内传"在那里呢？倘用"内传"，阿Q又决不是神仙。"别传"呢，阿Q实在未曾有大总统上谕宣付国史馆立"本传"——虽说英国正史上并无"博徒列传"，而文豪迭更司也做过《博徒别传》这一部书，但文豪则可，在我辈却不可。其次是"家传"，则我既不知与阿Q是否同宗，也未曾受他子孙的拜托；或"小传"，则阿Q又更无别的"大传"了。总而言之，这一篇也便是"本传"，但从我的文章着想，因为文体卑下，是"引车卖浆者流"所用的话，所以不敢僭称，便从不入三教九流的小说家所谓"闲话休题言归正传"这一句套话里，取出"正传"两个字来，作为名目，即使与古人所撰《书法正传》的"正传"字面上很相混，也顾不得了。

第二，立传的通例，开首大抵该是"某，字某，某地人也"，而我并不知道阿Q姓什么。有一回，他似乎是姓赵，但第二日便模糊了。那是赵太爷的儿子进了秀才的时候，锣声镗镗的报到村里来，阿Q正喝了两碗黄酒，便手舞足蹈的说，这于他也很光采，因为他和赵太爷原来是本家，细细的排起来他还比秀才长三辈呢。其时几个旁听人倒也肃然的有些起敬了。那知道第二天，地保便叫阿Q到赵太爷家里去；太爷一见，满脸溅朱，喝道：

"阿Q，你这浑小子！你说我是你的本家么？"

阿Q不开口。

赵太爷愈看愈生气了，抢进几步说："你敢胡说！我怎么会有你这样的本家？你姓赵么？"

阿Q不开口，想往后退了；赵太爷跳过去，给了他一个嘴巴。

"你怎么会姓赵！——你那里配姓赵！"

阿Q并没有抗辩他确凿姓赵，只用手摸着左颊，和地保退出去了；外面又被地保训斥了一番，谢了地保二百文酒钱。知道的人都说阿Q太荒唐，自己去招打；他大约未必姓赵，即使真姓赵，有赵太爷在这里，也不该如此胡说的。此后便再没有人提起他的氏族来，所以我终于不知道阿Q究竟什么姓。

第三，我又不知道阿Q的名字是怎么写的。他活着的时候，人都叫他阿Quei，死了以后，便没有一个人再叫阿Quei了，那里还会有"著之竹帛"的事。若论"著之竹帛"，这篇文章要算第一次，所以先遇着了这第一个难关。我曾仔细想：阿Quei，阿桂还是阿贵呢？倘使他号月亭，或者在八月间做过生日，那一定是阿桂了；而他既没有号——也许有号，只是没有人知道他，——又未尝散过生日征文的帖子：写作阿桂，是武断的。又倘使他有一位老兄或令弟叫阿富，那一定是阿贵了；而他又只是一个人：写作阿贵，也没有佐证的。其余音Quei的偏僻字样，更加凑不上了。先前，我也曾问过赵太爷的儿子茂才先生，谁料博雅如此公，竟也茫然，但据结论说，是因为陈独秀办了《新青年》提倡洋字，所以国粹沦亡，无可查考了。我的最后的手段，只有托一个同乡去查阿Q犯事的案卷，八个月之后才有回信，说案卷里并无与阿Quei的声音相近的人。我虽不知道是真没有，还是没有查，然而也再没有别的方法了。生怕注音字母还未通行，只好用了"洋字"，照英国流行的拼法写他为阿Quei，略作阿Q。这近于盲从《新青年》，自己也很抱歉，但茂才公尚且不知，我还有什么好办法呢。

第四，是阿Q的籍贯了。倘他姓赵，则据现在好称郡望的老例，可以照《郡名百家姓》上的注解，说是"陇西天水人也"，但可惜这姓是不甚可靠的，因此籍贯也就有些决不定。他虽然多住未庄，然而也常常宿在别处，不能说是未庄人，即使说是"未庄人也"，也仍然有乖史法的。

我所聊以自慰的，是还有一个"阿"字非常正确，绝无附会假借的缺点，颇可以就正于通人。至于其余，却都非浅学所能穿凿，只希望有"历史癖与考据癖"的胡适之先生的门人们，将来或者能够寻出许多新端绪来，但是我这《阿Q正传》到那时却又怕早经消灭了。

以上可以算是序。

## 第二章　优胜记略

阿Q不独是姓名籍贯有些渺茫，连他先前的"行状"也渺茫。因为未庄的人们之于阿Q，只要他帮忙，只拿他玩笑，从来没有留心他的"行状"的。而阿Q自己也不说，独有和别人口角的时候，间或瞪着眼睛道：

"我们先前——比你阔的多啦！你算是什么东西！"

阿Q没有家，住在未庄的土谷祠里；也没有固定的职业，只给人家做短工，割麦便割麦，春米便春米，撑船便撑船。工作略长久时，他也或住在临时主人的家里，但一完就走了。所以，人们忙碌的时候，也还记起阿Q来，然而记起的是做工，并不是"行状"；一闲空，连阿Q都早忘却，更不必说"行状"了。只是有一回，有一个老头子颂扬说："阿Q真能做！"这时阿Q赤着膊，懒洋洋的瘦伶仃的正在他面前，别人也摸不着这话是真心还是讥笑，然而阿Q很喜欢。

阿Q又很自尊，所有未庄的居民，全不在他眼神里，甚而至于对于两位"文童"也有以为不值一笑的神情。夫文童者，将来恐怕要变秀才者也；赵太爷钱太爷大受居民的尊敬，除有钱之外，就因为都是文童的爹爹，而阿Q在精神上独不表格外的崇奉，他想：我的儿子会阔得多啦！加以进了几回城，阿Q自然更自负，然而他又很鄙薄城里人，譬如用三尺三寸宽的木板做成的凳子，未庄人叫"长凳"，他也叫"长凳"，城里人却叫"条凳"，他想：这是错的，可笑！油煎大头鱼，未庄都加上半寸长的葱叶，城里却加上切细的葱丝，他想：这也是错的，可笑！然而未庄人真是不见世面的可笑的乡下人呵，他们没有见过城里的煎鱼！

阿Q"先前阔"，见识高，而且"真能做"，本来几乎是一个"完人"了，但可惜他体质上还有一些缺点。最恼人的是在他头皮上，颇有几处不知于何时的癞疮疤。这虽然也在他身上，而看阿Q的意思，倒也似乎以为不足贵的，因为他讳说"癞"以及一切近于"赖"的音，后来推而广之，"光"也讳，"亮"也讳，再后来，连"灯""烛"都讳了。一犯讳，不问有心与无心，阿Q便全疤通红的发起怒来，估量了对手，口讷的他便骂，气力小的他便打；然而不知怎么一回事，总还是阿Q吃亏的时候多。于是他渐渐的变换了方针，大抵改为怒目而视了。

谁知道阿Q采用怒目主义之后，未庄的闲人们便愈喜欢玩笑他。一见面，他们便假作吃惊的说：

"哼，亮起来了。"

阿Q照例的发了怒，他怒目而视了。

"原来有保险灯在这里！"他们并不怕。

阿Q没有法，只得另外想出报复的话来：

"你还不配……"这时候，又仿佛在他头上的是一种高尚的光容的癞头疮，并非平常的癞头疮了；但上文说过，阿Q是有见识的，他立刻知道和"犯忌"有点抵触，便不再往底下说。

闲人还不完，只撩他，于是终而至于打。阿Q在形式上打败了，被人揪住黄辫子，在壁上碰了四五个响头，闲人这才心满意足的得胜的走了，阿Q站了一刻，心里想，"我总算被儿子打了，现在的世界真不像样……"于是也心满意足的得胜的走了。

阿Q想在心里的，后来每每说出口来，所以凡是和阿Q玩笑的人们，几乎全知道他有这一种精神上的胜利法，此后每逢揪住他黄辫子的时候，人就先一着对他说：

"阿Q，这不是儿子打老子，是人打畜生。自己说：人打畜生！"

阿Q两只手都捏住了自己的辫根，歪着头，说道：

"打虫豸，好不好？我是虫豸——还不放么？"

但虽然是虫豸，闲人也并不放，仍旧在就近什么地方给他碰了五六个响头，这才心满意足的得胜的走了，他以为阿Q这回可遭了瘟。然而不到十秒钟，阿Q也心满意足的得胜的走了，他觉得他是第一个能够自轻自贱的人，除了"自轻自贱"不算外，余下的就是"第一个"。状元不也是"第一个"么？"你算是什么东西"呢！？

阿Q以如是等等妙法克服怨敌之后，便愉快的跑到酒店里喝几碗酒，又和别人调笑一通，口角一通，又得了胜，愉快的回到土谷祠，放倒头睡着了。假使有钱，他便去押牌宝，一堆人蹲在地面上，阿Q即汗流满面的夹在这中间，声音他最响：

"青龙四百！"

"咳……开……啦！"桩家揭开盒子盖，也是汗流满面的唱。"天门啦……角回啦……！人和穿堂空在那里啦……！阿Q的铜钱拿过来……！"

"穿堂一百——一百五十！"

阿Q的钱便在这样的歌吟之下，渐渐的输入别个汗流满面的人物的腰间。

他终于只好挤出堆外，站在后面看，替别人着急，一直到散场，然后恋恋的回到土谷祠，第二天，肿着眼睛去工作。

但真所谓"塞翁失马安知非福"罢，阿Q不幸而赢了一回，他倒几乎失败了。

这是未庄赛神的晚上。这晚上照例有一台戏，戏台左近，也照例有许多的赌摊。做戏的锣鼓，在阿Q耳朵里仿佛在十里之外；他只听得桩家的歌唱了。他赢而又赢，铜钱变成角洋，角洋变成大洋，大洋又成了叠。他兴高采烈得非常：

"天门两块！"

他不知道谁和谁为什么打起架来了。骂声打声脚步声，昏头昏脑的一大阵，他才爬起来，赌摊不见了，人们也不见了，身上有几处很似乎有些痛，似乎也挨了几拳几脚似的，几个人诧异的对他看。他如有所失的走进土谷祠，定一定神，知道他的一堆洋钱不见了。赶赛会的赌摊多不是本村人，还到那里去寻根柢呢？

很白很亮的一堆洋钱！而且是他的——现在不见了！说是算被儿子拿去了罢，总还是忽忽不乐；说自己是虫豸罢，也还是忽忽不乐：他这回才有些感到失败的苦痛了。

但他立刻转败为胜了。他擎起右手，用力的在自己脸上连打了两个嘴巴，热刺刺的有些痛；打完之后，便心平气和起来，似乎打的是自己，被打的是别一个自己，不久也就仿佛是自己打了别个一般，——虽然还有些热刺刺，——心满意足的得胜的躺下了。

他睡着了。

## 第三章　续优胜记略

然而阿Q虽然常优胜，却直待蒙赵太爷打他嘴巴之后，这才出了名。

他付过地保二百文酒钱，愤愤的躺下了，后来想："现在的世界太不成话，儿子打老子……"于是忽而想到赵太爷的威风，而现在是他的儿子了，便自己也渐渐的得意起来，爬起身，唱着《小孤孀上坟》到酒店去。这时候，他又觉得赵太爷高人一等了。

说也奇怪，从此之后，果然大家也仿佛格外尊敬他。这在阿Q，或者以为因为他是赵太爷的父亲，而其实也不然。未庄通例，倘如阿七打阿八，或者李四打张三，向来本不算口碑。一上口碑，则打的既有名，被打的也就托庇有了名。至于错在阿Q，那自然是不必说。所以者何？就因为赵太爷是不会错的。但他既然错，为什么大家又仿佛格外尊敬他呢？这可难解，穿凿起来说，或者因为阿Q说是赵太爷的本家，虽然挨了打，大家也还怕有些真，总不如尊敬一些稳当。否则，也如孔庙里的太牢一般，虽然与猪羊一样，同是畜生，但既经圣人下箸，先儒们便不敢妄动了。

阿Q此后倒得意了许多年。

有一年的春天，他醉醺醺的在街上走，在墙根的日光下，看见王胡在那里赤着膊捉虱子，他忽然觉得身上也痒起来了。这王胡，又癞又胡，别人都叫他王癞胡，阿Q却删去了一个癞字，然而非常渺视他。阿Q的意思，以为癞是不足为奇的，只有这一部络腮胡子，实在太新奇，令人看不上眼。他于是并排坐下去了。倘是别的闲人们，阿Q本不敢大意坐下去。但这王胡旁边，他有什么怕呢？老实说：他肯坐下去，简直还是抬举他。阿Q也脱下破夹袄来，翻检了一回，不知道因为新洗呢还是因为粗心，许多工夫，只捉到三四个。他看那王胡，却是一个又一个，两个又三个，只放在嘴里毕毕剥剥的响。

阿Q最初是失望，后来却不平了：看不上眼的王胡尚且那么多，自己倒反这样少，这是怎样的大失体统的事呵！他很想寻一两个大的，然而竟没有，好容易才捉到一个中的，恨恨的塞在厚嘴唇里，狠命一咬，劈的一声，又不及王胡的响。

他癞疮疤块块通红了，将衣服摔在地上，吐一口唾沫，说：

"这毛虫！"

"癞皮狗，你骂谁？"王胡轻蔑的抬起眼来说。

阿Q近来虽然比较的受人尊敬，自己也更高傲些，但和那些打惯的闲人们见面还胆怯，独有这回却非常武勇了。这样满脸胡子的东西，也敢出言无状么？

"谁认便骂谁！"他站起来，两手叉在腰间说。

"你的骨头痒了么？"王胡也站起来，披上衣服说。

阿Q以为他要逃了，抢进去就是一拳。这拳头还未达到身上，已经被他抓住了，只一拉，阿Q跄跄踉踉的跌进去，立刻又被王胡扭住了辫子，要拉到墙上照例去碰头。

"'君子动口不动手'！"阿Q歪着头说。

王胡似乎不是君子，并不理会，一连给他碰了五下，又用力的一推，至于阿Q跌出六尺多远，这才满足的去了。

在阿Q的记忆上，这大约要算是生平第一件的屈辱，因为王胡以络腮胡子的缺点，向来只被他奚落，从没有奚落他，更不必说动手了。而他现在竟动手，很意外，难道真如市上所说，皇帝已经停了考，不要秀才和举人了，因此赵家减了威风，因此他们也便小觑了他么？

阿Q无可适从的站着。

远远的走来了一个人，他的对头又到了。这也是阿Q最厌恶的一个人，就是钱太爷的大儿子。他先前跑上城里去进洋学堂，不知怎么又跑到东洋去了，半年之后他回到家里来，腿也直了，辫子也不见了，他的母亲大哭了十几场，他的老婆跳了三回井。后来，他的母亲到处说，"这辫子是被坏人灌醉了酒剪去了。本来可以做大官，现在只好等留长再说了。"然而阿Q不肯信，偏称他"假洋鬼子"，也叫作"里通外国的人"，一见他，一定在肚子里暗暗的咒骂。

阿Q尤其"深恶而痛绝之"的，是他的一条假辫子。辫子而至于假，就是没有了做人的资格；他的老婆不跳第四回井，也不是好女人。

这"假洋鬼子"近来了。

"秃儿。驴……"阿Q历来本只在肚子里骂，没有出过声，这回因为正气忿，因为要报仇，便不由的轻轻的说出来了。

不料这秃儿却拿着一支黄漆的棍子——就是阿Q所谓哭丧棒——大踏步走了过来。阿Q在这刹那，便知道大约要打了，赶紧抽紧筋骨，耸了肩膀等候着，果然，拍的一声，似乎确凿打在自己头上了。

"我说他！"阿Q指着近旁的一个孩子，分辩说。

拍！拍拍！

在阿Q的记忆上，这大约要算是生平第二件的屈辱。幸而拍拍的响了之后，于他倒似乎完结了一件事，反而觉得轻松些，而且"忘却"这一件祖传的宝贝也发生了效力，他慢慢的走，将到酒店门口，早已有些高兴了。

但对面走来了静修庵里的小尼姑。阿Q便在平时，看见伊也一定要唾骂，而况在屈辱之后呢？他于是发生了回忆，又发生了敌忾了。

"我不知道我今天为什么这样晦气，原来就因为见了你！"他想。

他迎上去，大声的吐一口唾沫：

"咳，呸！"

小尼姑全不睬，低了头只是走。阿Q走近伊身旁，突然伸出手去摩着伊新剃的头皮，呆笑着，说：

"秃儿！快回去，和尚等着你……"

"你怎么动手动脚……"尼姑满脸通红的说，一面赶快走。

酒店里的人大笑了。阿Q看见自己的勋业得了赏识，便愈加兴高采烈起来：

"和尚动得，我动不得？"他扭住伊的面颊。

酒店里的人大笑了。阿Q更得意，而且为了满足那些赏鉴家起见，再用力的一拧，才放手。

他这一战，早忘却了王胡，也忘却了假洋鬼子，似乎对于今天的一切"晦气"都报了仇；而且奇怪，又仿佛全身比拍拍的响了之后轻松，飘飘然的似乎要飞去了。

"这断子绝孙的阿Q！"远远的听得小尼姑的带哭的声音。

"哈哈哈！"阿Q十分得意的笑。

"哈哈哈！"酒店里的人也九分得意的笑。

## 第四章　恋爱的悲剧

有人说：有些胜利者，愿意敌手如虎，如鹰，他才感得胜利的欢喜；假使如羊，如小鸡，他便反觉得胜利的无聊。又有些胜利者，当克服一切之后，看见死的死了，降的降了，"臣诚惶诚恐死罪死罪"，他于是没有了敌人，没有了对手，没有了朋友，只有自己在上，一个，孤另另，凄凉，寂寞，便反而感到了胜利的悲哀。然而我们的阿Q却没有这样乏，他是永远得意的：这或者也是中国精神文明冠于全球的一个证据了。

看哪，他飘飘然的似乎要飞去了！

然而这一次的胜利，却又使他有些异样。他飘飘然的飞了大半天，飘进土谷祠，照例应该躺下便打鼾。谁知道这一晚，他很不容易合眼，他觉得自己的大拇指和第二指有点古怪：仿佛比平常滑腻些。不知道是小尼姑的脸上有一点滑腻的东西粘在他指上，还是他的指头在小尼姑脸上磨得滑腻了？……

"断子绝孙的阿Q！"

阿Q的耳朵里又听到这句话。他想：不错，应该有一个女人，断子绝孙便没有人供一碗饭，……应该有一个女人。夫"不孝有三无后为大"，而"若敖之鬼馁而"，也是一件人生的大哀，所以他那思想，其实是样样合于圣经贤传的，只可惜后来有些"不能收其放心"了。

"女人，女人！……"他想。

"……和尚动得……女人，女人！……女人！"他又想。

我们不能知道这晚上阿Q在什么时候才打鼾。但大约他从此总觉得指头有些滑腻，所以他从此总有些飘飘然；"女……"他想。

即此一端，我们便可以知道女人是害人的东西。

中国的男人，本来大半都可以做圣贤，可惜全被女人毁掉了。商是妲己闹亡的；周是褒姒弄坏的；秦……虽然史无明文，我们也假定他因为女人，大约未必十分错；而董卓可是的确给貂蝉害死了。

阿Q本来也是正人，我们虽然不知道他曾蒙什么明师指授过，但他对于"男女之大防"却历来非常严；也很有排斥异端——如小尼姑及假洋鬼子之类——的正气。他的学说是：凡尼姑，一定与和尚私通；一个女人在外面走，一定想引诱野男人；一男一女在那里讲话，一定要有勾当了。为惩治他们起见，所以他往往怒目而视，或者大声说几句"诛心"话，或者在冷僻处，便从后面掷一块小石头。

谁知道他将到"而立"之年，竟被小尼姑害得飘飘然了。这飘飘然的精神，在礼教上是不应该有的，——所以女人真可恶，假使小尼姑的脸上不滑腻，阿Q便不至于被蛊，又假使小尼姑的脸上盖一层布，阿Q便也不至于被蛊了，——他五六年前，曾在戏台下的人丛中拧过一个女人的大腿，但因为隔一层裤，所以此后并不飘飘然，——而小尼姑并不然，这也足见异端之可恶。

"女……"阿Q想。

他对于以为"一定想引诱野男人"的女人，时常留心看，然而伊并不对他笑。他对于和他讲话的女人，也时常留心听，然而伊又并不提起关于什么勾当的话来。哦，这也是女人可恶之一节：伊们全都要装"假正经"的。

这一天，阿Q在赵太爷家里舂了一天米，吃过晚饭，便坐在厨房里吸旱烟。倘在别家，吃过晚饭本可以回去的了，但赵府上晚饭早，虽说定例不准掌灯，一吃完便睡觉，然而偶然也有一些例外：其一，是赵大爷未进秀才的时候，准其点灯读文章；其二，便是阿Q来做短工的时候，准其点灯舂米。因为这一条例外，所以阿Q在动手舂米之前，还坐在厨房里吸旱烟。

吴妈，是赵太爷家里唯一的女仆，洗完了碗碟，也就在长凳上坐下了，而且和阿Q谈闲天：

"太太两天没有吃饭哩，因为老爷要买一个小的……"

"女人……吴妈……这小孤孀……"阿Q想。

"我们的少奶奶是八月里要生孩子了……"

"女人……"阿Q想。

阿Q放下烟管，站了起来。

"我们的少奶奶……"吴妈还唠叨说。

"我和你困觉，我和你困觉！"阿Q忽然抢上去，对伊跪下了。

一刹时中很寂然。

"阿呀！"吴妈楞了一息，突然发抖，大叫着往外跑，且跑且嚷，似乎后来带哭了。

阿Q对了墙壁跪着也发楞，于是两手扶着空板凳，慢慢的站起来，仿佛觉得有些糟。他这时确也有些忐忑了，慌张的将烟管插在裤带上，就想去春米。蓬的一声，头上着了很粗的一下，他急忙回转身去，那秀才便拿了一支大竹杠站在他面前。

"你反了，……你这……"

大竹杠又向他劈下来了。阿Q两手去抱头，拍的正打在指节上，这可很有些痛。他冲出厨房门，仿佛背上又着了一下似的。

"忘八蛋！"秀才在后面用了官话这样骂。

阿Q奔入春米场，一个人站着，还觉得指头痛，还记得"忘八蛋"，因为这话是未庄的乡下人从来不用，专是见过官府的阔人用的，所以格外怕，而印象也格外深。但这时，他那"女……"的思想却也没有了。而且打骂之后，似乎一件事也已经收束，倒反觉得一无挂碍似的，便动手去春米。春了一会，他热起来了，又歇了手脱衣服。

脱下衣服的时候，他听得外面很热闹，阿Q生平本来最爱看热闹，便即寻声走出去。寻声渐渐的寻到赵太爷的内院里，虽然在昏黄中，却辨得出许多人，赵府一家连两日不吃饭的太太也在内，还有间壁的邹七嫂，真正本家的赵白眼，赵司晨。

少奶奶正拖着吴妈走出下房来，一面说：

"你到外面来，……不要躲在自己房里想……"

"谁不知道你正经，……短见是万万寻不得的。"邹七嫂也从旁说。

吴妈只是哭，夹些话，却不甚听得分明。

阿Q想："哼，有趣，这小孤孀不知道闹着什么玩意儿了？"他想打听，走近赵司晨的身边。这时他猛然间看见赵太爷向他奔来，而且手里捏着一支大竹杠。他看见这一支大竹杠，便猛然间悟到自己曾经被打，和这一场热闹似乎有点相关。他翻身便走，想逃回春米场，不图这支竹杠阻了他的去路，于是他又翻身便走，自然而然的走出后门，不多工夫，已在土谷祠内了。

阿Q坐了一会，皮肤有些起粟，他觉得冷了，因为虽在春季，而夜间颇有余寒，尚不宜于赤膊。他也记得布衫留在赵家，但倘若去取，又深怕秀才的竹杠。然而地保进来了。

"阿Q，你的妈妈的！你连赵家的用人都调戏起来，简直是造反。害得我晚上没有觉睡，你的妈妈的！……"

如是云云的教训了一通，阿Q自然没有话。临末，因为在晚上，应该送地保加倍酒钱四百文，阿Q正没有现钱，便用一项毡帽做抵押，并且订定了五条件：

一、明天用红烛——要一斤重的——一对，香一封，到赵府上去赔罪。

二、赵府上请道士被除缢鬼，费用由阿Q负担。

三、阿Q从此不准踏进赵府的门槛。

四、吴妈此后倘有不测，惟阿Q是问。

五、阿Q不准再去索取工钱和布衫。

阿Q自然都答应了，可惜没有钱。幸而已经春天，棉被可以无用，便质了二千大钱，履行条约。赤膊磕头之后，居然还剩几文，他也不再赎毡帽，统统喝了酒了。但赵家也并不烧香点烛，因为太太拜佛的时候可以用，留着了。那破布衫是大半做了少奶奶八月间生下来的孩子的衬尿布，那小半破烂的便都做了吴妈的鞋底。

## 第五章　生计问题

阿Q礼毕之后，仍旧回到土谷祠，太阳下去了，渐渐觉得世上有些古怪。他仔细一想，终于省悟过来：其原因盖在自己的赤膊。他记得破夹袄还在，便披在身上，躺倒了，待张开眼睛，原来太阳又已经照在西墙上头了。他坐起身，一面说道，"妈妈的……"

他起来之后，也仍旧在街上逛，虽然不比赤膊之有切肤之痛，却又渐渐的觉得世上有些古怪了。仿佛从这一天起，未庄的女人们忽然都怕了羞，伊们一见阿Q走来，便个个躲进门里去。甚而至于将近五十岁的邹七嫂，也跟着别人乱钻，而且将十一的女儿都叫进去了。阿Q很以为奇，而且想："这些东西忽然都学起小姐模样来了。这娼妇们……"

但他更觉得世上有些古怪，却是许多日以后的事。其一，酒店不肯赊欠了；其二，管土谷祠的老头子说些废话，似乎叫他走；其三，他虽然记不清多少日，但确乎有许多日，没有一个人来叫他做短工。酒店不赊，熬着也罢了；老头子催他走，噜苏一通也就算了；只是没有人来叫他做短工，却使阿Q肚子饿：这委实是一件非常"妈妈的"的事情。

阿Q忍不下去了，他只好到老主顾的家里去探问，——但独不许踏进赵府的门槛，——然而情形也异样：一定走出一个男人来，现了十分烦厌的相貌，像回复乞丐一般的摇手道：

"没有没有！你出去！"

阿Q愈觉得稀奇了。他想，这些人家向来少不了要帮忙，不至于现在忽然都无事，这总该有些蹊跷在里面了。他留心打听，才知道他们有事都去叫小Don。这小D，是一个穷小子，又瘦又乏，在阿Q的眼睛里，位置是在王胡之下的，谁料这小子竟谋了他的饭碗去。所以阿Q这一气，更与平常不同，当气愤愤的走着的时候，忽然将手一扬，唱道：

"我手执钢鞭将你打！……"

几天之后，他竟在钱府的照壁前遇见了小D。"仇人相见分外眼明"，阿Q便迎上去，小D也站住了。

"畜生！"阿Q怒目而视的说，嘴角上飞出唾沫来。

"我是虫豸，好么？……"小D说。

这谦逊反使阿Q更加愤怒起来，但他手里没有钢鞭，于是只得扑上去，伸手去拔小D的辫子。小D一手护住了自己的辫根，一手也来拔阿Q的辫子，阿Q便也将空着的一只手护住了自己的辫根。从先前的阿Q看来，小D本来是不足齿数的，但他近来挨了饿，又瘦又乏已经不下于小D，所以便成了势均力敌的现象，四只手拔着两颗头，都弯了腰，在钱家粉墙上映出一个蓝色的虹形，至于半点钟之久了。

"好了，好了！"看的人们说，大约是解劝的。

"好，好！"看的人们说，不知道是解劝，是颂扬，还是煽动。

然而他们都不听。阿Q进三步，小D便退三步，都站着；小D进三步，阿Q便退三步，又都站着。大约半点钟，——未庄少有自鸣钟，所以很难说，或者二十分，——他们的头发里便都冒烟，额上便都流汗，阿Q的手放松了，在同一瞬间，小D的手也正放松了，同时直起，同时退开，都挤出人丛去。

"记着罢，妈妈的……"阿Q回过头去说。

"妈妈的，记着罢……"小D也回过头来说。

这一场"龙虎斗"似乎并无胜败，也不知道看的人可满足，都没有发什么议论，而阿Q却仍然没有人来叫他做短工。

有一日很温和，微风拂拂的颇有些夏意了，阿Q却觉得寒冷起来，但这还可担当，第一倒是肚子饿。棉被，毡帽，布衫，早已没有了，其次就卖了棉袄；现在有裤子，却万不可脱；有破夹袄，又除了送人做鞋底之外，决定卖不出钱。他早想在路上拾得一注钱，但至今还没有见；他想在自己的破屋里忽然寻到一注钱，慌张的四顾，但屋内是空虚而且了然。于是他决计出门求食去了。

他在路上走着要"求食"，看见熟识的酒店，看见熟识的馒头，但他都走过了，不但没有暂停，而且并不想要。他所求的不是这类东西了；他求的是什么东西，他自己不知道。

　　未庄本不是大村镇，不多时便走尽了。村外多是水田，满眼是新秧的嫩绿，夹着几个圆形的活动的黑点，便是耕田的农夫。阿Q并不赏鉴这田家乐，却只是走，因为他直觉的知道这与他的"求食"之道是很辽远的。但他终于走到静修庵的墙外了。

　　庵周围也是水田，粉墙突出在新绿里，后面的低土墙里是菜园。阿Q迟疑了一会，四面一看，并没有人。他便爬上这矮墙去，扯着何首乌藤，但泥土仍然簌簌的掉，阿Q的脚也索索的抖；终于攀着桑树枝，跳到里面了。里面真是郁郁葱葱，但似乎并没有黄酒馒头，以及此外可吃的之类。靠西墙是竹丛，下面许多笋，只可惜都是并未煮熟的，还有油菜早经结子，芥菜已将开花，小白菜也很老了。

　　阿Q仿佛文童落第似的觉得很冤屈，他慢慢走近园门去，忽而非常惊喜了，这分明是一畦老萝卜。他于是蹲下便拔，而门口突然伸出一个很圆的头来，又即缩回去了，这分明是小尼姑。小尼姑之流是阿Q本来视若草芥的，但世事须"退一步想"，所以他便赶紧拔起四个萝卜，拧下青叶，兜在大襟里。然而老尼姑已经出来了。

　　"阿弥陀佛，阿Q，你怎么跳进园里来偷萝卜！……阿呀，罪过呵，阿唷，阿弥陀佛！……"

　　"我什么时候跳进你的园里来偷萝卜？"阿Q且看且走的说。

　　"现在……这不是？"老尼姑指着他的衣兜。

　　"这是你的？你能叫得他答应你么？你……"

　　阿Q没有说完话，拔步便跑；追来的是一匹很肥大的黑狗。这本来在前门的，不知怎的到后园来了。黑狗哼而且追，已经要咬着阿Q的腿，幸而从衣兜里落下一个萝卜来，那狗给一吓，略略一停，阿Q已经爬上桑树，跨到土墙，连人和萝卜都滚出墙外面了。只剩着黑狗还在对着桑树嗥，老尼姑念着佛。

　　阿Q怕尼姑又放出黑狗来，拾起萝卜便走，沿路又捡了几块小石头，但黑狗却并不再现。阿Q于是抛了石块，一面走一面吃，而且想道，这里也没有什么东西寻，不如进城去……

　　待三个萝卜吃完时，他已经打定了进城的主意了。

## 第六章　从中兴到末路

　　在未庄再看见阿Q出现的时候，是刚过了这年的中秋。人们都惊异，说是

　　阿Q回来了，于是又回上去想道，他先前那里去了呢？阿Q前几回的上城，大抵早就兴高采烈的对人说，但这一次却并不，所以也没有一个人留心到。他或者也曾告诉过管土谷祠的老头子，然而未庄老例，只有赵太爷钱太爷和秀才大爷上城才算一件事。假洋鬼子尚且不足数，何况是阿Q：因此老头子也就不替他宣传，而未庄的社会上也就无从知道了。

　　但阿Q这回的回来，却与先前大不同，确乎很值得惊异。天色将黑，他睡眼蒙胧的在酒店门前出现了，他走近柜台，从腰间伸出手来，满把是银的和铜的，在柜上一扔说，"现钱！打酒来！"穿的是新夹袄，看去腰间还挂着一个大搭连，沉钿钿的将裤带坠成了很弯很弯的弧线。未庄老例，看见略有些醒目的人物，是与其慢也宁敬的，现在虽然明知道是阿Q，但因为和破夹袄的阿Q有些两样了，古人云，"士别三日便当刮目相待"，所以堂倌，掌柜，酒客，路人，便自然显出一种凝而且敬的形态来。掌柜既先之以点头，又继之以谈话："豁，阿Q，你回来了！"

　　"回来了。"

　　"发财发财，你是——在……"

　　"上城去了！"

　　这一件新闻，第二天便传遍了全未庄。人人都愿意知道现钱和新夹袄的阿Q的中兴史，所以在酒店里，茶馆里，庙檐下，便渐渐的探听出来了。这结果，是阿Q得了新敬畏。

　　据阿Q说，他是在举人老爷家里帮忙。这一节，听的人都肃然了。这老爷本姓白，但因为合城里只有他一个举人，所以不必再冠姓，说起举人来就是他。这也不独在未庄是如此，便是一百里方圆之内也都如此，人们几乎多以为他的姓名就叫举人老爷的了。在这人的府上帮忙，那当然是可敬的。但据阿Q又说，他却不高兴再帮忙了，因为这举人老爷实在太"妈妈的"了。这一节，听的人都叹息而且快意，因为阿Q本不配在举人老爷家里帮忙，而不帮忙是可惜的。

　　据阿Q说，他的回来，似乎也由于不满意城里人，这就在他们将长凳称为条凳，而且煎鱼用葱丝，加以最近观察所得的缺点，是女人的走路也扭得不很好。然而也偶有大可佩服的地方，即如未庄的乡下人不过打三十二张的竹牌，只有假洋鬼子能够叉"麻酱"，城里却连小乌龟子都叉得精熟的。什么假洋鬼子，只要放在城里的十几岁的小乌龟子的手里，也就立刻是"小鬼见阎王"。这一节，听的人都赧然了。

　　"你们可看见过杀头么？"阿Q说，"咳，好看。杀革命党。唉，好看好看，……"他摇摇头，将唾沫飞在正对面的赵司晨的脸上。这一节，听的人都凛然了。但阿Q又四面一看，忽然扬起右手，照着伸长脖子听得出神的王胡的后项窝上直劈下去道：

"嚓！"

王胡惊得一跳，同时电光石火似的赶快缩了头，而听的人又都悚然而且欣然了。从此王胡瘟头瘟脑的许多日，并且再不敢走近阿Q的身边；别的人也一样。

阿Q这时在未庄人眼睛里的地位，虽不敢说超过赵太爷，但谓之差不多，大约也就没有什么语病的了。

然而不多久，这阿Q的大名忽又传遍了未庄的闺中。虽然未庄只有钱赵两姓是大屋，此外十之九都是浅闺，但闺中究竟是闺中，所以也算得一件神异。女人们见面时一定说，邹七嫂在阿Q那里买了一条蓝绸裙，旧固然是旧的，但只化了九角钱。还有赵白眼的母亲，——一说是赵司晨的母亲，待考，——也买了一件孩子穿的大红洋纱衫，七成新，只用三百大钱九二串。于是伊们都眼巴巴的想见阿Q，缺绸裙的想问他买绸裙，要洋纱衫的想问他买洋纱衫，不但见了不逃避，有时阿Q已经走过了，也还要追上去叫住他，问道：

"阿Q，你还有绸裙么？没有？纱衫也要的，有罢？"

后来这终于从浅闺传进深闺里去了。因为邹七嫂得意之余，将伊的绸裙请赵太太去鉴赏，赵太太又告诉了赵太爷而且着实恭维了一番。赵太爷便在晚饭桌上，和秀才大爷讨论，以为阿Q实在有些古怪，我们门窗应该小心些；但他的东西，不知道可还有什么可买，也许有点好东西罢。加以赵太太也正想买一件价廉物美的皮背心。于是家族决议，便托邹七嫂即刻去寻阿Q，而且为此新辟了第三种的例外：这晚上也姑且特准点油灯。

油灯干了不少了，阿Q还不到。赵府的全眷都很焦急，打着呵欠，或恨阿Q太飘忽，或怨邹七嫂不上紧。赵太太还怕他因为春天的条件不敢来，而赵太爷以为不足虑：因为这是"我"去叫他的。果然，到底赵太爷有见识，阿Q终于跟着邹七嫂进来了。

"他只说没有没有，我说你自己当面说去，他还要说，我说……"邹七嫂气喘吁吁的走着说。

"太爷！"阿Q似笑非笑的叫了一声，在檐下站住了。

"阿Q，听说你在外面发财，"赵太爷踱开去，眼睛打量着他的全身，一面说。"那很好，那很好的。这个，……听说你有些旧东西，……可以都拿来看一看，……这也并不是别的，因为我倒要……"

"我对邹七嫂说过了。都完了。"

"完了?"赵太爷不觉失声的说,"那里会完得这样快呢?"

"那是朋友的,本来不多。他们买了些,……"

"总该还有一点罢。"

"现在,只剩了一张门幕了。"

"就拿门幕来看看罢。"赵太太慌忙说。

"那么,明天拿来就是,"赵太爷却不甚热心了。"阿Q,你以后有什么东西的时候,你尽先送来给我们看,……"

"价钱决不会比别家出得少!"秀才说。秀才娘子忙一瞥阿Q的脸,看他感动了没有。

"我要一件皮背心。"赵太太说。

阿Q虽然答应着,却懒洋洋的出去了,也不知道他是否放在心上。这使赵太爷很失望,气愤而且担心,至于停止了打呵欠。秀才对于阿Q的态度也很不平,于是说,这忘八蛋要提防,或者不如吩咐地保,不许他住在未庄。但赵太爷以为不然,说这也怕要结怨,况且做这路生意的大概是"老鹰不吃窝下食",本村倒不必担心的;只要自己夜里警醒点就是了。秀才听了这"庭训",非常之以为然,便即刻撤消了驱逐阿Q的提议,而且叮嘱邹七嫂,请伊千万不要向人提起这一段话。

但第二日,邹七嫂便将那蓝裙去染了皂,又将阿Q可疑之点传扬出去了,可是确没有提起秀才要驱逐他这一节。然而这已经于阿Q很不利。最先,地保寻上门了,取了他的门幕去,阿Q说是赵太太要看的,而地保也不还并且要议定每月的孝敬钱。其次,是村人对于他的敬畏忽而变相了,虽然还不敢来放肆,却很有远避的神情,而这神情和先前的防他来"嚓"的时候又不同,颇混着"敬而远之"的分子了。

只有一班闲人们却还要寻根究底的去探阿Q的底细。阿Q也并不讳饰,傲然的说出他的经验来。从此他们才知道,他不过是一个小脚色,不但不能上墙,并且不能进洞,只站在洞外接东西。有一夜,他刚才接到一个包,正手再进去,不一会,只听得里面大嚷起来,他便赶紧跑,连夜爬出城,逃回未庄来了,从此不敢再去做。然而这故事却于阿Q更不利,村人对于阿Q的"敬而远之"者,本因为怕结怨,谁料他不过是一个不敢再偷的偷儿呢?这实在是"斯亦不足畏也矣"。

## 第七章　革命

宣统三年九月十四日——即阿Q将搭连卖给赵白眼的这一天——三更四点，有一只大乌篷船到了赵府上的河埠头。这船从黑魆魆中荡来，乡下人睡得熟，都没有知道；出去时将近黎明，却很有几个看见的了。据探头探脑的调查来的结果，知道那竟是举人老爷的船！

那船便将大不安载给了未庄，不到正午，全村的人心就很动摇。船的使命，赵家本来是很秘密的，但茶坊酒肆里却都说，革命党要进城，举人老爷到我们乡下来逃难了。惟有邹七嫂不以为然，说那不过是几口破衣箱，举人老爷想来寄存的，却已被赵太爷回复转去。其实举人老爷和赵秀才素不相能，在理本不能有"共患难"的情谊，况且邹七嫂又和赵家是邻居，见闻较为切近，所以大概该是伊对的。

然而谣言很旺盛，说举人老爷虽然似乎没有亲到，却有一封长信，和赵家排了"转折亲"。赵太爷肚里一轮，觉得于他总不会有坏处，便将箱子留下了，现就塞在太太的床底下。至于革命党，有的说是便在这一夜进了城，个个白盔白甲：穿着崇正皇帝的素。

阿Q的耳朵里，本来早听到过革命党这一句话，今年又亲眼见过杀掉革命党。但他有一种不知从那里来的意见，以为革命党便是造反，造反便是与他为难，所以一向是"深恶而痛绝之"的。殊不料这却使百里闻名的举人老爷有这样怕，于是他未免也有些"神往"了，况且未庄的一群鸟男女的慌张的神情，也使阿Q更快意。"革命也好罢，"阿Q想，"革这伙妈妈的命，太可恶！太可恨！……便是我，也要投降革命党了。"

阿Q近来用度窘，大约略略有些不平；加以午间喝了两碗空肚酒，愈加醉得快，一面想一面走，便又飘飘然起来。不知怎么一来，忽而似乎革命党便是自己，未庄人却都是他的俘虏了。他得意之余，禁不住大声的嚷道：

"造反了！造反了！"

未庄人都用了惊惧的眼光对他看。这一种可怜的眼光，是阿Q从来没有见过的，一见之下，又使他舒服得如六月里喝了雪水。他更加高兴的走而且喊道：

"好，……我要什么就是什么，我欢喜谁就是谁。

得得，锵锵！

悔不该，酒醉错斩了郑贤弟，

悔不该，呀呀呀……

得得，锵锵，得，锵令锵！

我手执钢鞭将你打……"

赵府上的两位男人和两个真本家，也正站在大门口论革命。阿Q没有见，昂了头直唱过去。

"得得，……"

"老Q，"赵太爷怯怯的迎着低声的叫。

"锵锵，"阿Q料不到他的名字会和"老"字联结起来，以为是一句别的话，与己无干，只是唱。"得，锵，锵令锵，锵！"

"老Q。"

"悔不该……"

"阿Q！"秀才只得直呼其名了。

阿Q这才站住，歪着头问道，"什么？"

"老Q，……现在……"赵太爷却又没有话，"现在……发财么？"

"发财？自然。要什么就是什么……"

"阿……Q哥，像我们这样穷朋友是不要紧的……"赵白眼惴惴的说，似乎想探革命党的口风。

"穷朋友？你总比我有钱。"阿Q说着自去了。

大家都怃然，没有话。赵太爷父子回家，晚上商量到点灯。赵白眼回家，便从腰间扯下搭连来，交给他女人藏在箱底里。

阿Q飘飘然的飞了一通，回到土谷祠，酒已经醒透了。这晚上，管祠的老头子也意外的和气，请他喝茶；阿Q便向他要了两个饼，吃完之后，又要了一支点过的四两烛和一个树烛台，点起来，独自躺在自己的小屋里。他说不出的新鲜而且高兴，烛火像元夜似的闪闪的跳，他的思想也迸跳起来了：

"造反？有趣，……来了一阵白盔白甲的革命党，都拿着板刀，钢鞭，炸弹，洋炮，三尖两刃刀，钩镰枪，走过土谷祠，叫道，'阿Q！同去同去！'于是一同去。……

"这时未庄的一伙鸟男女才好笑哩，跪下叫道，'阿Q，饶命！'谁听他！第一个该死的是小D和赵太爷，还有秀才，还有假洋鬼子，……留几条么？王胡本来还可留，但也不要了。……

"东西，……直走进去打开箱子来：元宝，洋钱，洋纱衫，……秀才娘子的一张宁式床先搬到土谷祠，此外便摆了钱家的桌椅，——或者也就用赵家的罢。自己是不动手的了，叫小D来搬，要搬得快，搬得不快打嘴巴。……

"赵司晨的妹子真丑。邹七嫂的女儿过几年再说。假洋鬼子的老婆会和没有辫子的男人睡觉，吓，不是好东西！秀才的老婆是眼胞上有疤的。……吴妈长久不见了，不知道在那里，——可惜脚太大。"

阿Q没有想得十分停当，已经发了鼾声，四两烛还只点去了小半寸，红焰焰的光照着他张开的嘴。

"荷荷！"阿Q忽而大叫起来，抬了头仓皇的四顾，待到看见四两烛，却又倒头睡去了。

第二天他起得很迟，走出街上看时，样样都照旧。他也仍然肚饿，他想着，想不起什么来；但他忽而似乎有了主意了，慢慢的跨开步，有意无意的走到静修庵。

庵和春天时节一样静，白的墙壁和漆黑的门。他想了一想，前去打门，一只狗在里面叫。他急急拾了几块断砖，再上去较为用力的打，打到黑门上生出许多麻点的时候，才听得有人来开门。

阿Q连忙捏好砖头，摆开马步，准备和黑狗来开战。但庵门只开了一条缝，并无黑狗从中冲出，望进去只有一个老尼姑。

"你又来什么事？"伊大吃一惊的说。

"革命了……你知道？……"阿Q说得很含胡。

"革命革命，革过一革的，……你们要革得我们怎么样呢？"老尼姑两眼通红的说。

"什么？……"阿Q诧异了。

"你不知道，他们已经来革过了！"

"谁？……"阿Q更其诧异了。

"那秀才和洋鬼子！"

阿Q很出意外，不由的一错愕；老尼姑见他失了锐气，便飞速的关了门，阿Q再推时，牢不可开，再打时，没有回答了。

那还是上午的事。赵秀才消息灵，一知道革命党已在夜间进城，便将辫子盘在顶上，一早去拜访那历来也不相能的钱洋鬼子。这是"咸与维新"的时候了，所以他们便谈得很投机，立刻成了情投意合的同志，也相约去革命。他们想而又想，才想出静修庵里有一块"皇帝万岁万万岁"的龙牌，是应该赶紧革掉的，于是又立刻同到庵里去革命。因为老尼姑来阻挡，说了三句话，他们便将伊当作满政府，在头上很给了不少的棍子和栗凿。尼姑待他们走后，定了神来检点，龙牌固然已经碎在地上了，而且又不见了观音娘娘座前的一个宣德炉。这事阿Q后来才知道。他颇悔自己睡着，但也深怪他们不来招呼他。他又退一步想道：

"难道他们还没有知道我已经投降了革命党么？"

## 第八章　不准革命

未庄的人心日见其安静了。据传来的消息，知道革命党虽然进了城，倒还没有什么大异样。知县大老爷还是原官，不过改称了什么，而且举人老爷也做了什么——这些名目，未庄人都说不明白——官，带兵的也还是先前的老把总。只有一件可怕的事是另有几个不好的革命党夹在里面捣乱，第二天便动手剪辫子，听说那邻村的航船七斤便着了道儿，弄得不像人样子了。但这却还不算大恐怖，因为未庄人本来少上城，即使偶有想进城的，也就立刻变了计，碰不着这危险。阿Q本也想进城去寻他的老朋友，一得这消息，也只得作罢了。

但未庄也不能说是无改革。几天之后，将辫子盘在顶上的逐渐增加起来了，早经说过，最先自然是茂才公，其次便是赵司晨和赵白眼，后来是阿Q。倘在夏天，大家将辫子盘在头顶上或者打一个结，本不算什么稀奇事，但现在是暮秋，所以这"秋行夏令"的情形，在盘辫家不能不说是万分的英断，而在未庄也不能说无关于改革了。

赵司晨脑后空荡荡的走来，看见的人大嚷说，

"豁，革命党来了！"

阿Q听到了很羡慕。他虽然早知道秀才盘辫的大新闻，但总没有想到自己可以照样做，现在看见赵司晨也如此，才有了学样的意思，定下实行的决心。他用一支竹筷将辫子盘在头顶上，迟疑多时，这才放胆的走去。他在街上走，人也看他，然而不说什么话，阿Q当初很不快，后来便很不平。他近来很容易闹脾气了；其实他的生活，倒也并不比造反之前反艰难，人见他也客气，店铺也不说要现钱。而阿Q总觉得自己太失意：既然革了命，不应该只是这样的。况且有一回看见小D，愈使他气破肚皮了。

小D也将辫子盘在头顶上了，而且也居然用一支竹筷。阿Q万料不到他也敢这样做，自己也决不准他这样做！小D是什么东西呢？他很想即刻揪住他，拗断他的竹筷，放下他的辫子，并且批他几个嘴巴，聊且惩罚他忘了生辰八字，也敢来做革命党的罪。但他终于饶放了，单是怒目而视的吐一口唾沫道"呸！"

这几日里，进城去的只有一个假洋鬼子。赵秀才本也想靠着寄存箱子的渊源，亲身去拜访举人老爷的，但因为有剪辫的危险，所以也中止了。他写了一封"黄伞格"的信，托假洋鬼子带上城，而且托他给自己绍介绍介，去进自由党。假洋鬼子回来时，向秀才讨还了四块洋钱，秀才便有一块银桃子挂在大襟

上了；未庄人都惊服，说这是柿油党的顶子，抵得一个翰林；赵太爷因此也骤然大阔，远过于他儿子初隽秀才的时候，所以目空一切，见了阿Q，也就很有些不放在眼里了。

阿Q正在不平，又时时刻刻感着冷落，一听得这银桃子的传说，他立即悟出自己之所以冷落的原因了：要革命，单说投降，是不行的；盘上辫子，也不行的；第一着仍然要和革命党去结识。他生平所知道的革命党只有两个，城里的一个早已"嚓"的杀掉了，现在只剩了一个假洋鬼子。他除却赶紧去和假洋鬼子商量之外，再没有别的道路了。

钱府的大门正开着，阿Q便怯怯的蹩进去。他一到里面，很吃了惊，只见假洋鬼子正站在院子的中央，一身乌黑的大约是洋衣，身上也挂着一块银桃子，手里是阿Q曾经领教过的棍子，已经留到一尺多长的辫子都拆开了披在肩背上，蓬头散发的像一个刘海仙。对面挺直的站着赵白眼和三个闲人，正在必恭必敬的听说话。阿Q轻轻的走近了，站在赵白眼的背后，心里想招呼，却不知道怎么说才好：叫他假洋鬼子固然是不行的了，洋人也不妥，革命党也不妥，或者就应该叫洋先生了罢。

洋先生却没有见他，因为白着眼睛讲得正起劲：

"我是性急的，所以我们见面，我总是说：洪哥！我们动手罢！他却总说道No！——这是洋话，你们不懂的。否则早已成功了。然而这正是他做事小心的地方。他再三再四的请我上湖北，我还没有肯。谁愿意在这小县城里做事情。……"

"唔，……这个……"阿Q候他略停，终于用十二分的勇气开口了，但不知道因为什么，又并不叫他洋先生。

听着说话的四个人都吃惊的回顾他。洋先生也才看见：

"什么？"

"我……"

"出去！"

"我要投……"

"滚出去！"洋先生扬起哭丧棒来了。

赵白眼和闲人们便都吆喝道："先生叫你滚出去，你还不听么！"

阿Q将手向头上一遮，不自觉的逃出门外；洋先生倒也没有追。他快跑了六十多步，这才慢慢的走，于是心里便涌起了忧愁：洋先生不准他革命，他再没有别的路；从此决不能望有白盔白甲的人来叫他，他所有的抱负，志向，希望，前程，全被一笔勾销了。至于闲人们传扬开去，给小D王胡等辈笑话，倒是还在其次的事。他似乎从来没有经验过这样的无聊。他对于自己的盘辫子，仿佛也觉得无意味，要侮蔑；为报仇起见，很想立刻放下辫子来，但也没有竟放。他游到夜间，赊了两碗酒，喝下肚去，渐渐的高兴起来了，思想里才又出现白盔白甲的碎片。

有一天，他照例的混到夜深，待酒店要关门，才踱回土谷祠去。

拍，吧……！

他忽而听得一种异样的声音，又不是爆竹。阿Q本来是爱看热闹，爱管闲事的，便在暗中直寻过去。似乎前面有些脚步声；他正听，猛然间一个人从对面逃来了。阿Q一看见，便赶紧翻身跟着逃。那人转弯，阿Q也转弯，那人站住了，阿Q也站住。他看后面并无什么，看那人便是小D。

"什么？"阿Q不平起来了。

"赵……赵家遭抢了！"小D气喘吁吁的说。

阿Q的心怦怦的跳了。小D说了便走；阿Q却逃而又停的两三回。但他究竟是做过"这路生意"，格外胆大，于是蹩出路角，仔细的听，似乎有些嚷嚷，又仔细的看，似乎许多白盔白甲的人，络绎的将箱子抬出了，器具抬出了，秀才娘子的宁式床也抬出了，但是不分明，他还想上前，两只脚却没有动。

这一夜没有月，未庄在黑暗里很寂静，寂静到像羲皇时候一般太平。阿Q站着看到自己发烦，也似乎还是先前一样，在那里来来往往的搬，箱子抬出了，器具抬出了，秀才娘子的宁式床也抬出了，……抬得他自己有些不信他的眼睛了。但他决计不再上前，却回到自己的祠里去了。

土谷祠里更漆黑；他关好大门，摸进自己的屋子里。他躺了好一会，这才定了神，而且发出关于自己的思想来：白盔白甲的人明明到了，并不来打招呼，搬了许多好东西，又没有自己的份，——这全是假洋鬼子可恶，不准我造反，否则，这次何至于没有我的份呢？阿Q越想越气，终于禁不住满心痛恨起来，毒毒的点一点头："不准我造反，只准你造反？妈妈的假洋鬼子，——好，你造反！造反是杀头的罪名呵，我总要告一状，看你抓进县里去杀头，——满门抄斩，——嚓！嚓！"

## 第九章　大团圆

赵家遭抢之后，未庄人大抵很快意而且恐慌，阿Q也很快意而且恐慌。但四天之后，阿Q在半夜里忽被抓进县城里去了。那时恰是暗夜，一队兵，一队团丁，一队警察，五个侦探，悄悄的到了未庄，乘昏暗围住土谷祠，正对门架好机关枪；然而阿Q不冲出。许多时没有动静，把总焦急起来了，悬了二十千的赏，才有两个团丁冒了险，逾垣进去，里应外合，一拥而入，将阿Q抓出来；直待擒出祠外面的机关枪左近，他才有些清醒了。

到进城，已经是正午，阿Q见自己被搀进一所破衙门，转了五六个弯，便推在一间小屋里。他刚刚一跄踉，那用整株的木料做成的栅栏门便跟着他的脚跟阖上了，其余的三面都是墙壁，仔细看时，屋角上还有两个人。

阿Q虽然有些忐忑，却并不很苦闷，因为他那土谷祠里的卧室，也并没有比这间屋子更高明。那两个也仿佛是乡下人，渐渐和他兜搭起来了，一个说是举人老爷要追他祖父欠下来的陈租，一个不知道为了什么事。他们问阿Q，阿Q爽利的答道，"因为我想造反。"

他下半天便又被抓出栅栏门去了，到得大堂，上面坐着一个满头剃得精光的老头子。阿Q疑心他是和尚，但看见下面站着一排兵，两旁又站着十几个长衫人物，也有满头剃得精光像这老头子的，也有将一尺来长的头发披在背后像那假洋鬼子的，都是一脸横肉，怒目而视的看他；他便知道这人一定有些来历，膝关节立刻自然而然的宽松，便跪了下去了。

"站着说！不要跪！"长衫人物都吆喝说。

阿Q虽然似乎懂得，但总觉得站不住，身不由己的蹲了下去，而且终于趁势改为跪下了。

"奴隶性！……"长衫人物又鄙夷似的说，但也没有叫他起来。

"你从实招来罢，免得吃苦。我早都知道了。招了可以放你。"那光头的老头子看定了阿Q的脸，沉静的清楚的说。

"招罢！"长衫人物也大声说。

"我本来要……来投……"阿Q胡里胡涂的想了一通，这才断断续续的说。

"那么，为什么不来的呢？"老头子和气的问。

"假洋鬼子不准我！"

"胡说！此刻说，也迟了。现在你的同党在那里？"

"什么？……"

"那一晚打劫赵家的一伙人。"

"他们没有来叫我。他们自己搬走了。"阿Q提起来便愤愤。

"走到那里去了呢？说出来便放你了。"老头子更和气了。

"我不知道，……他们没有来叫我……"

然而老头子使了一个眼色，阿Q便又被抓进栅栏门里了。他第二次抓出栅栏门，是第二天的上午。

大堂的情形都照旧。上面仍然坐着光头的老头子，阿Q也仍然下了跪。

老头子和气的问道，"你还有什么话说么？"

阿Q一想，没有话，便回答说，"没有。"

于是一个长衫人物拿了一张纸，并一支笔送到阿Q的面前，要将笔塞在他手里。阿Q这时很吃惊，几乎"魂飞魄散"了：因为他的手和笔相关，这回是初次。他正不知怎样拿；那人却又指着一处地方教他画花押。

"我……我……不认得字。"阿Q一把抓住了笔，惶恐而且惭愧的说。

"那么，便宜你，画一个圆圈！"

阿Q要画圆圈了，那手捏着笔却只是抖。于是那人替他将纸铺在地上，阿Q伏下去，使尽了平生的力气画圆圈。他生怕被人笑话，立志要画得圆，但这可恶的笔不但很沉重，并且不听话，刚刚一抖一抖的几乎要合缝，却又向外一耸，画成瓜子模样了。

阿Q正羞愧自己画得不圆，那人却不计较，早已掣了纸笔去，许多人又将他第二次抓进栅栏门。他第二次进了栅栏，倒也并不十分懊恼。他以为人生天地之间，大约本来有时要抓进抓出，有时要在纸上画圆圈的，惟有圈而不圆，却是他"行状"上的一个污点。但不多时也就释然了，他想：孙子才画得很圆的圆圈呢。于是他睡着了。

然而这一夜，举人老爷反而不能睡：他和把总呕了气了。举人老爷主张第一要追赃，把总主张第一要示众。把总近来很不将举人老爷放在眼里了，拍案打凳的说道，"惩一儆百！你看，我做革命党还不上二十天，抢案就是十几件，全不破案，我的面子在那里？破了案，你又来迁。不成！这是我管的！"举人老爷窘急了，然而还坚持，说是倘若不追赃，他便立刻辞了帮办民政的职务。而把总却道，"请便罢！"于是举人老爷在这一夜竟没有睡，但幸第二天倒也没有辞。

阿Q第三次抓出栅栏门的时候，便是举人老爷睡不着的那一夜的明天的上午了。他到了大堂，上面还坐着照例的光头老头子；阿Q也照例的下了跪。

老头子很和气的问道，"你还有什么话说么？"

阿Q一想，没有话，便回答说，"没有。"

许多长衫和短衫人物，忽然给他穿上一件洋布的白背心，上面有些黑字。阿Q很气苦：因为这很像是带孝，而带孝是晦气的。然而同时他的两手反缚了，同时又被一直抓出衙门外去了。

阿Q被抬上了一辆没有蓬的车，几个短衣人物也和他同坐在一处。这车立刻走动了，前面是一班背着洋炮的兵们和团丁，两旁是许多张着嘴的看客，后面怎样，阿 Q 没有见。但他突然觉到了：这岂不是去杀头么？他一急，两眼发黑，耳朵里嗡的一声，似乎发昏了。然而他又没有全发昏，有时虽然着急，有时却也泰然；他意思之间，似乎觉得人生天地间，大约本来有时也未免要杀头的。

他还认得路，于是有些诧异了：怎么不向着法场走呢？他不知道这是在游街，在示众。但即使知道也一样，他不过便以为人生天地间，大约本来有时也未免要游街要示众罢了。

他省悟了，这是绕到法场去的路，这一定是"嚓"的去杀头。他惘惘的向左右看，全跟着马蚁似的人，而在无意中，却在路旁的人丛中发见了一个吴妈。很久违，伊原来在城里做工了。阿 Q 忽然很羞愧自己没志气：竟没有唱几句戏。他的思想仿佛旋风似的在脑里一回旋：《小孤孀上坟》欠堂皇，《龙虎斗》里的"悔不该……"也太乏，还是"手执钢鞭将你打"罢。他同时想手一扬，才记得这两手原来都捆着，于是"手执钢鞭"也不唱了。

"过了二十年又是一个……"阿 Q 在百忙中，"无师自通"的说出半句从来不说的话。

"好!!!"从人丛里，便发出豺狼的嗥叫一般的声音来。

车子不住的前行，阿 Q 在喝采声中，轮转眼睛去看吴妈，似乎伊一向并没有见他，却只是出神的看着兵们背上的洋炮。

阿 Q 于是再看那些喝采的人们。

这刹那中，他的思想又仿佛旋风似的在脑里一回旋了。四年之前，他曾在山脚下遇见一只饿狼，永是不近不远的跟定他，要吃他的肉。他那时吓得几乎要死，幸而手里有一柄斫柴刀，才得仗这壮了胆，支持到未庄；可是永远记得那狼眼睛，又凶又怯，闪闪的像两颗鬼火，似乎远远的来穿透了他的皮肉。而这回他又看见从来没有见过的更可怕的眼睛了，又钝又锋利，不但已经咀嚼了他的话，并且还要咀嚼他皮肉以外的东西，永是不近不远的跟他走。

这些眼睛们似乎连成一气，已经在那里咬他的灵魂。

"救命，……"

然而阿 Q 没有说。他早就两眼发黑，耳朵里嗡的一声，觉得全身仿佛微尘似的迸散了。

至于当时的影响，最大的倒反在举人老爷，因为终于没有追赃，他全家都号咷了。其次是赵府，非特秀才因为上城去报官，被不好的革命党剪了辫子，而且又破费了二十千的赏钱，所以全家也号咷了。从这一天以来，他们便渐渐的都发生了遗老的气味。

至于舆论，在未庄是无异议，自然都说阿Q坏，被枪毙便是他的坏的证据：不坏又何至于被枪毙呢？而城里的舆论却不佳，他们多半不满足，以为枪毙并无杀头这般好看；而且那是怎样的一个可笑的死囚呵，游了那么久的街，竟没有唱一句戏：他们白跟一趟了。

一九二一年十二月

（本篇最初发表于北京《晨报副刊》，自 1921 年 12 月 4 日起至 1922 年 2 月 12 日止，每周或隔周刊登一次）

【作品导读】

《阿Q正传》最初发表在 1921 年 12 月 4 日的《晨报副刊》上，署名巴人。后收录于小说集《呐喊》中，是鲁迅众多小说中篇幅最长的一篇。该篇小说着力塑造的阿Q与《祥林嫂》中的主人公祥林嫂、《故乡》中的闰土等人物形象，共同组成了鲁迅小说中的农民群像。鲁迅借此类人物沉迷不醒、昏聩、麻木、愚昧、沉滞的精神状态，揭示病态的原因，引起疗救的注意，从而达到改革社会的目的。为此，鲁迅在《呐喊·自序》中明确表示："凡是愚弱的国民，即使体格如何健全，如何茁壮，也只能做毫无意义的示众的材料和看客，病死多少是不必以为不幸的。所以我们的第一要著，是在改变他们的精神，而善于改变精神的，我那时以为当然要推文艺。"《阿Q正传》的问世，可以说为反封建、启蒙国民性树立起一面思想鲜明的旗帜。

该作品是以辛亥革命前后的江南农村未庄为背景展开叙事。这一时期，中国内忧外患，政治腐败，民众愚昧。封建统治阶级为进一步维护其统治，利用封建礼教、封建迷信、精神奴役的政策，进一步愚化民众。1840 年鸦片战争之后，封建统治阶级在帝国主义和国民面前表现出两种截然相反的态度。在帝国主义面前"卑躬屈膝"一副奴相，而在臣民面前摆出主子的架势。鲁迅做出概括，"遇见强者，不敢反抗，便以'中庸'这些话来粉饰，聊以自慰。所以中国人倘有权利，看见别人奈何他不得，或者有'多数'作他护符的时候，多是凶残横恣，宛然一个暴君，做事并不中庸"。在这样的背景下，从阿Q的身上可以看出封建精神奴役的"业绩"和被奴役者严重的精神"内伤"。

"精神胜利法"是阿Q受到外界压迫，寻求内心自我安慰和满足的一种途径。在第一章《序》中，阿Q对"姓赵"的诉求，与归属感和认同欲有关。在传统社会中，攀附门第可以带来优越的社会地位。另外，家与族也是一个人存在性的显要标识。所以，在赵太爷的儿子考中了秀才的时候，作为本家的阿Q

认为"这于他也很光采"，"细细的排起来他还比秀才长三辈呢"。从周围人的反应中也能窥见一二，"几个旁听人倒也肃然的有些起敬了"。可见，如此攀附门第的确可以为阿Q带来某种意义上的社会认同和地位。但是阿Q是游离于社会边界的边缘人物，他没有家，住在未庄的土谷祠里，没有固定职业，只能给人家做短工。他尴尬的身份并不被赵太爷认可，赵太爷反而说，"我怎么会有你这样的本家?""你那里配姓赵!"阿Q身份认同与归属的失败，只能让阿Q通过"精神胜利法"来获得所谓的"自我认同"。于是，从第二章《优胜记略》开始，鲁迅就借一系列事件，将"精神胜利法"的内核展现在读者面前。当阿Q与别人发生口角的时候，他就说："我们先前——比你阔的多啦! 你算什么东西!"赵太爷、钱太爷的"文童"将来可能要成为秀才，阿Q则想"我的儿子会阔得多啦!"且不论阿Q过去辉煌与否，他只能将内心的满足和胜利寄托于虚无缥缈的"过去"和"将来"，这是阿Q作为被压迫者、被侮辱者的自我抵御。这无疑使阿Q脱离现实，并给他带来一种错觉：仿佛别人永远比不过自己，所有未庄的居民全然不在他的眼里。可未庄的居民们仅把阿Q的"精神胜利法"当作小丑的表演。究其原因，阿Q这些荒唐的行为在于他缺乏认知能力，无法清楚准确地认知自己、认识世界，他永远糊里糊涂、浑浑噩噩，以自我为中心。得意时趾高气扬、欺辱弱者，失败时就借助"精神胜利法"找出一个看似"光荣"和"荣耀"的侧面，在"瞒和骗"中寻求圆满。

　　除"精神胜利法"外，还可以从作品中看到鲁迅对封建礼教和"看与被看"的国民劣根性的重新思考。只因小尼姑对阿Q说了一句"断子绝孙的阿Q"，才引得阿Q迫切地想有一个女人，落入"不孝有三无后为大"的窠臼。以至于在第四章《恋爱的悲剧》中，阿Q调戏起在赵家做用人的吴妈，不仅挨了打，而且未庄所有的女人都躲着阿Q。随着"恋爱悲剧"这一场闹剧的结束，他把这一切忘得一干二净了。这一幕，阿Q的行为看似可笑，但笑过之后给人的感觉是沉重的。在这里，鲁迅对封建礼教的批判不再是简单地判定为"吃人"，而是借这场闹剧，对封建礼教和封建制度进行调侃、否定和批判，进而对人的"存在"做出思考。

　　另外，在最后一章《大团圆》中，阿Q在被押往刑场的过程中，看到那些喝彩的人们，他们的眼睛比狼更可怕，"又钝又锋利，不但已经咀嚼了他的话，并且还要咀嚼他皮肉以外的东西，永是不近不远的跟他走"。阿Q与未庄的人们形成了一种"看与被看"的关系。在这些看客眼中，阿Q不过是一个可笑的死因，他们甚至不满足于阿Q被枪毙，认为"枪毙并无杀头这般好看"。鲁迅不仅仅讽刺冷漠的看客们，更把启蒙国民性摆在首要位置。

**【思考与练习】**

1. 仔细阅读作品，试谈你对阿 Q 革命观的认识。
2. 试分析《阿 Q 正传》的思想内涵及其艺术成就。

**（任佳勇）**

# 沉沦（节选）

郁达夫

郁达夫（1896—1945），原名郁文，字达夫，中国现代著名小说家、散文家、诗人。郁达夫的小说不是追求巧妙构思的情节，而是侧重表现个人情绪的流动和心理的变化，塑造了众多被社会欺压的"零余者"形象。他们不愿与世俗同流合污，但对未来迷茫彷徨，只能以"变态"的行为表示反抗，以此来探索知识分子的精神世界。郁达夫的小说大多取自亲身经历，以充满激烈情绪的笔调抒发内心的苦闷，富于情绪的感染力。

1921 年 6 月，郁达夫和郭沫若、成仿吾等人成立创造社，并担任《创造季刊》《创造月刊》《洪水》半月刊编辑。郁达夫的代表作有小说集《沉沦》，短篇小说《春风沉醉的晚上》《薄奠》《迟桂花》，中篇小说《迷羊》，小说散文合集《莳萝集》，散文集《达夫游记》等。

## 二

他的忧郁症，愈闹愈甚了。

他觉得学校里的教科书，真同嚼蜡一般，毫无半点生趣。天气清朗的时候，他每捧了一本爱读的文学书，跑到人迹罕至的山腰水畔，去贪那孤寂的深味去。在万籁俱寂的瞬间，在天水相映的地方，他看看草木虫鱼，看看白云碧落，便觉得自家是一个孤高傲世的贤人，一个超然独立的隐者。有时在山中遇着一个农夫，他便把自己当作了 Zaratustra，把 Zaratustra 所说的话，也在心里对那农夫讲了。他的 Megalomania 也同他的 Hypochondria 成了正比例，一天一天的增加起来。在这样的时候，也难怪他不愿意上学校去，去作那同机械一样的工夫去。他竟有连接四五天不上学校去听讲的时候。

有时候他到学校里去，他每觉得众人都在那里凝视他的样子。他避来避去想避他的同学，然而无论到了什么地方，他的同学的眼光，总好像怀了恶意，射在他背脊上的样子。

上课的时候，他虽然坐在全班学生的中间，然而总觉得孤独得很：在稠人广众之中，感得的这种孤独，倒比一个人在冷清的地方，感得的那种孤独，还更难受。看看他的同学们，一个个都是兴高采烈的在那里听先生的讲义，只有他一个人身体虽然坐在讲堂里头，心思却同飞云逝电一般，在那里作无边无际的空想。

好容易下课的钟声响了！先生退去之后，他的同学说笑的说笑，谈天的谈天，个个都同春来的燕雀似的，在那里作乐；只有他一个人锁了愁眉，舌根好像被千钧的巨石锤住的样子，兀的不作一声。他也很希望他的同学来对他讲些闲话，然而他的同学却都自家管自家的去寻欢乐去，一见了他那一副愁容，没有一个不抱头奔散的，因此他愈加怨他的同学了。

"他们都是日本人，他们都是我的仇敌，我总有一天来复仇，我总要复他们的仇。"

一到了悲愤的时候，他总这样的想的，然而到了安静之后，他又不得不嘲骂自家说："他们都是日本人，他们对你当然是没有同情的，因为你想得他们的同情，所以你怨他们，这岂不是你自家的错误么？"

他的同学中的好事者，有时候也有人来向他说笑的，他心里虽然非常感激，想同那一个人谈几句知心的话，然而口中总说不出什么话来；所以有几个解他的意的人，也不得不同他疏远了。

他的同学日本人在那里欢笑的时候，他总疑他们是在那里笑他，他就一霎时的红起脸来。他们在那里谈天的时候，若有偶然看他一眼的人，他又忽然红起脸来，以为他们是在那里讲他。他同他同学中间的距离，一天一天的远背起来。他的同学都以为他是爱孤独的人，所以谁也不敢来近他的身。

有一天放课之后，他挟了书包，回到他的旅馆里来，有三个日本学生同他同路的。就要到他寄寓的旅馆的时候，前面忽然来了两个穿红裙的女学生。在这一区市外的地方，从没有女学生看见的，所以他一见了这两个女子，呼吸就紧缩起来。他们四个人同那两个女子擦过的时候，他的三个日本人的同学都问她们说："你们上那儿去？"

那两个女学生就作起娇声来回答说："不知道！"

"不知道！"

那三个日本学生都高笑起来，好像是很得意的样子；只有他一个人似乎是他自家同她们讲了话似的，匆匆跑回旅馆里来。进了他自家的房，把书包用力的向席上一丢，他就在席上躺下了。——日本室内都铺的席子，坐也席地而坐，睡也睡在席上的。——他的胸前还在那里乱跳；用了一只手枕着头，一只手按着胸口，他便自嘲自骂的说：

"你这卑怯者！

"你既然怕羞，何以又要后悔？

"既要后悔，何以当时你又没有那样的胆量？不同她们去讲一句话。

"Oh，coward，coward！"

说到这里，他忽然想起刚才那两个女学生的眼波来了。

那两双活泼泼的眼睛！

那两双眼睛里，确有惊喜的意思含在里头。然而再仔细想了一想，他又忽然叫起来说："呆人呆人！她们虽有意思，与你有什么相干？她们所送的秋波，不是单送给那三个日本人的么？唉！唉！她们已经知道了，已经知道我是支那人了，否则她们何以不来看我一眼呢！复仇复仇，我总要复她们的仇。"

说到这里，他那火热的颊上忽然滚了几颗冰冷的眼泪下来。他是伤心到极点了。这一天晚上，他记的日记说：

我何苦要到日本来，我何苦要求学问。既然到了日本，那自然不得不被他们日本人轻侮的。中国呀中国！你怎么不富强起来。我不能再隐忍过去了。

故乡岂不有明媚的山河，故乡岂不有如花的美女？我何苦要到这东海的岛国里来！

到日本来倒也罢了，我何苦又要进这该死的高等学校。他们留了五个月学回去的人，岂不在那里享荣华安乐么？这五六年的岁月，教我怎么能捱得过去。受尽了千辛万苦，积了十数年的学识，我回国去，难道定能比他们来胡闹的留学生更强么？

人生百岁，年少的时候，只有七八年的光景，这最纯最美的七八年，我就不得不在这无情的岛国里虚度过去，可怜我今年已经是二十一了。

槁木的二十一岁！

死灰的二十一岁！

我真还不如变了矿物质的好，我大约没有开花的日子了。

知识我也不要，名誉我也不要，我只要一个能安慰我体谅我的"心"。一副白热的心肠！从这一副心肠里生出来的同情！从同情而来的爱情！

我所要求的就是爱情！

若有一个美人，能理解我的苦楚，她要我死，我也肯的。

若有一个妇人，无论她是美是丑，能真心真意的爱我，我也愿意为她死的。

我所要求的就是异性的爱情！

苍天呀苍天，我并不要知识，我并不要名誉，我也不要那些无用的金钱，你若能赐我一个伊甸园内的"伊扶"，使她的肉体与心灵，全归我有，我就心满意足了。

<h1 style="text-align:center">三</h1>

他的故乡，是富春江上的一个小市，去杭州水程不过八九十里。这一条江水，发源安徽，贯流全浙，江形曲折，风景常新：唐朝有一个诗人赞这条江水说"一川如画"。他十四岁的时候，请了一位先生写了这四个字，贴在他的书斋里，因为他的书斋的小窗，是朝着江面的。虽则这书斋结构不大，然而风雨晦明，春秋朝夕的风景，也还抵得过滕王高阁。在这小小的书斋里过了十几个春秋，他才跟了他的哥哥到日本来留学。

他三岁的时候就丧了父亲，那时候他家里困苦得不堪。好容易他长兄在日本 W 大学卒了业，回到北京，考了一个进士，分发在法部当差，不上两年，武昌的革命起来了。那时候他已在县立小学堂卒了业，正在那里换来换去的换中学堂。他家里的人都怪他无恒性，说他的心思太活；然而依他自己讲来，他以为他一个人同别的学生不同，不能按部就班的同他们同在一处求学的。所以他进了 K 府中学之后，不上半年又忽然转到 H 府中学来；在 H 府中学住了三个月，革命就起来了。H 府中学停学之后，他依旧只能回到他那小小的书斋里来。第二年的春天，正是他十七岁的时候，他就进了 H 大学的预科。这大学是在杭州城外，本来是美国长老会捐钱创办的，所以学校里浸润了一种专制的弊风，学生的自由，几乎被缩服得同针眼儿一般的小。礼拜三的晚上有什么祈祷会，礼拜日非但不准出去游玩，并且在家里看别的书也不准的，除了唱赞美诗祈祷之外，只许看新旧约书：每天早晨从九点钟到九点二十分，定要去做礼拜，不去做礼拜，就要扣分数记过。他虽然非常爱那学校近旁的山水景物，然而他的心里，总有些反抗的意思，因为他是一个爱自由的人，对那些迷信的管束，怎么也不甘心服从的。住不上半年，那大学里的厨子，托了校长的势，竟打起学生来。学生中间有几个不服的，便去告诉校长，校长反说学生不是。他看看这些情形，实在是太无道理了，就立刻去告了退，仍复回家，到那小小的书斋里去。那时候已经是六月初了。

在家里住了三个多月，秋风吹到富春江上，两岸的绿树，就快凋落的时候，他又坐了帆船，下富春江，上杭州去。却好那时候石牌楼的 W 中学正在那里招插班生，他进去见了校长 M 氏，把他的经历说给了 M 氏夫妻听，M 氏就许他插入最高的班里去。这 W 中学原来也是一个教会学校，校长 M 氏，也是一个糊涂的美国宣教师；他看看这学校的内容倒比 H 大学不如了。与一位很卑鄙的教务长——原来这一位先生就是 H 大学的卒业生，——闹了一场，第二年的春天，他就出来了。出了 W 中学，他看看杭州的学校，都不能如他的意，所以他就打算不再进别的学校去。

正是这个时候，他的长兄也在北京被人排斥了。原来他的长兄为人正直得很，在部里办事，铁面无私，并且比一般部内的人物又多了一些学识，所以部内上下，都忌惮他。有一天某次长的私人，来问他要一个位置，他执意不肯，因此次长就同他闹起意见来，过了几天他就辞了部里的职，改到司法界去做司法官去了。他的二兄那时候正在绍兴军队里作军官，这一位二兄军人习气颇深，挥金如土，专喜结交侠少。他们弟兄三人，到这时候都不能如意之所为，所以那一小市镇里的闲人都说他们的风水破了。

他回家之后，镇日镇夜的蛰居在他那小小的书斋里。他父祖及他长兄所藏的书籍，就作了他的良师益友。他的日记上面，一天一天的记起诗来。有时候他也用了华丽的文章做起小说来；小说里就把他自己当作了一个多情的勇士，把他邻近的一家寡妇的两个女儿，当作了贵族的苗裔，把他故乡的风物，全编作了田园的情景；有兴的时候，他还把他自家的小说，用单纯的外国文翻译起来；他的幻想，愈演愈大了，他的忧郁病的根苗，大约也就在这时候培养成功的。

在家里住了半年，到了七月中旬，他接到他长兄的来信说：

院内近有派予赴日本考察司法事务之意，予已许院长以东行，大约此事不日可见命令。渡日之先，拟返里小住。三弟居家，断非上策，此次当偕赴日本也。

他接到了这一封信之后，心中日日盼他长兄南来，到了九月下旬，他的兄嫂才自北京到家。住了一月，他就同他的长兄长嫂同到日本去了。

到了日本之后，他的 Dreams of the romantic age 尚未醒悟，模模糊糊的过了半载，他就考入东京第一高等学校里去了。这正是他十九岁的秋天。

第一高等学校将开学的时候，他的长兄接到了院长的命令，要他回去。他的长兄便把他寄托在一家日本人的家里，几天之后，他的长兄长嫂和他的新生的侄女儿就回国去了。

东京的第一高等学校里有一班预备班，是为中国学生特设的。在这预科里预备一年，卒业之后，才能入各地高等学校的正科，与日本学生同学。他考入预科的时候，本来填的是文科，后来将在预科卒业的时候，他的长兄定要他改到医科去，他当时亦没有什么主见，就听了他长兄的话把文科改了。

预科卒业之后，他听说 N 市的高等学校是最新的，并且 N 市是日本产美人的地方，所以他就要求到 N 市的高等学校去。

……

六

搬进了山上梅园之后，他的忧郁症又变起形状来了。

他同他的北京的长兄，为了一些儿细事，竟生起龃龉来。他发了一封长长的信，寄到北京，同他的长兄绝了交。

那一封信发出之后，他呆呆的在楼前草地上想了许多时候。他自家想想看，他便是世界上最不幸的人了。其实这一次的决裂，是发始于他的。同室操戈，事更甚于他姓之相争，自此之后，他恨他的长兄竟同蛇蝎一样，他被他人欺侮的时候，每把他长兄拿出来作比：

"自家的弟兄，尚且如此，何况他人呢！"

他每达到这一个结论的时候，必尽把他长兄待他苛刻的事情，细细回想出来。把各种过去的事迹列举出来之后，就把他长兄判决是一个恶人，他自家是一个善人。他又把自家的好处列举出来，把他所受的苦处夸大的细数起来。他证明自家是一个世界上最苦的人的时候，他的眼泪就同瀑布似的流下来。他在那里哭的时候，空中好像有一种柔和的声音对他说：

"啊呀，哭的是你么？那真是冤屈了你了。像你这样的善人，受世人的那样的虐待，这可真是冤屈了你了。罢了罢了，这也是天命，你别再哭了，怕伤害了你的身体！"

他心里一听到这一种声音，就舒畅起来。他觉得悲苦的中间，也有无穷的甘味在那里。

他因为想复他长兄的仇，所以就把所学的医科丢弃了，改入文科里去，他的意思，以为医科是他长兄要他改的，仍旧改回文科，就是对他长兄宣战的一种明示。并且他由医科改入文科，在高等学校须迟卒业一年。他心里想，迟卒业一年，就是早死一岁，你若因此迟了一年，就到死可以对你长兄含一种敌意。因为他恐怕一二年之后，他们兄弟两人的感情，仍旧和好起来；所以这一次的转科，便是帮他永久敌视他长兄的一个手段。

气候渐渐的寒冷起来，他搬上山来之后，已经有一个月了，几日来天气阴郁，灰色的层云，天天挂在空中。寒冷的北风吹来的时候，梅林的树叶已将凋落起来。

初搬来的时候，他卖了些旧书，买了许多炊饭的器具，自家烧了一个月饭，因为天冷了，他也懒得烧了。他每天的伙食，就一切包给了山脚下的园丁家包办，所以他近来只同退院的闲僧一样，除了怨人骂己之外，更没有别的事了。

有一天早晨，他侵早起来，把朝东的窗门开了之后，他看见前面的地平线上有几缕红云，在那里浮荡。东天半角，反照出一种银红的灰色。因为昨天下了一天微雨，所以他看了这清新的旭日，比平日更添了几分欢喜。他走到山的斜面上，从那古井里汲了水，洗了手面之后，觉得满身的气力，一霎时都恢复了转来的样子。他便跑上楼去，拿了一本黄仲则的诗集下来，一边高声朗读，一边尽在那梅林的曲径里，跑来跑去的跑圈子。不多一会，太阳起来了。

从他住的山顶向南方看去，眼下看得出一大平原。平原里的稻田都尚未收割起。金黄的谷色，以绀碧的天空作了背景，反映着一天太阳的晨光，那风景正同看米勒（Millet）的田园清画一般。

他觉得自家好像已经变了几千年前的原始基督教徒的样子，对了这自然的默示，他不觉笑起自家的气量狭小起来。

"饶赦了！饶赦了！你们世人得罪于我的地方，我都饶赦了你们罢！来，你们来，都来同我讲和罢！"

手里拿着了那一本诗集，眼里浮着了两泓清泪，正对了那平原的秋色呆呆地立在那里想这些事情的时候，他忽听见他的近边，有两人在那里低声的说：

"今晚上你一定要来的哩！"

这分明是男子的声音。

"我是非常想来的，但是恐怕……"

他听了这娇滴滴的女子的声音之后，好像是被电气贯穿了的样子，觉得自家的血液循环都停止了。原来他的身边有一丛长大的苇草生在那里，他立在苇草的右面，那一对男女，大约是在苇草的左面，所以他们两个还不晓得隔着苇草，有人站在那里。那男人又说：

"你心真好，请你今晚上来吧，我们到如今还没在被窝里睡过觉。"

"……"

他忽然听见两人的嘴唇，哑哑的好像在那里吮吸的样子。他正同偷了食的野狗一样，就惊心吊胆的把身子屈倒去听了。

"你去死罢，你去死罢，你怎么会下流到这样的地步！"

他心里虽然如此的在那里痛骂自己，然而他那一双尖着的耳朵却一言半语也不愿意遗漏，用了全副精神在那里听着。

地上的落叶窸窸窣窣的响了一下。

解衣带的声音。

男人嘶嘶的吐了几口气。

舌尖吮吸的声音。

女人半轻半重，断断续续的说：

"你！……你！……你快……快点罢。……别……别……别被人……被人看见了。"

他的面色，一霎时的变了灰色了。他的眼睛同火也似的红了起来。他的上颚骨同下颚骨呷呷的发起颤来。他再也站不住了。他想跑开去，但是他的两只脚，总不听他的话。他苦闷了一场，听听两人出去了之后，就同落水的猫狗一样，回到楼上房里去，拿出被窝来睡了。

……

<h1 style="text-align:center">八</h1>

一醉醒来，他看看自家睡在一条红绸的被里，被上有一种奇怪的香气。这一间房间也不很大，但已不是白天的那一间房间了。房中挂着一盏十烛光的电灯，枕头边上摆着了一壶茶，两只杯子。他倒了二三杯茶，喝了之后，就跟跟跄跄的走到房外去。他开了门，却好白天的那侍女也跑过来了。她问他说：

"你！你醒了么？"

他点了一点头，笑微微的回答说：

"醒了。厕所是在什么地方的？"

"我领你去吧。"

他就跟了她去。他走过日间的那条夹道的时候，电灯点得明亮得很。远近有许多歌唱的声音，三弦的声音，大笑的声音，传到他耳朵里来。白天的情节，他都想出来了。一想到酒醉之后，他对那侍女说的那些话的时候，他觉得面上又发起烧来。

从厕所回到房里之后，他问那侍女说：

"这被是你的么？"

侍女笑着说：

"是的。"

"现在是什么时候了？"

"大约是八点四十五分的样子。"

"你去开了账来罢!"

"是。"

他付清了账,又拿了一张纸币给那侍女,他的手不觉微颤起来。那侍女说:

"我是不要的。"

他知道她是嫌少了。他的面色又涨红了,袋里摸来摸去,只有一张纸币了,他就拿了出来给她说:

"你别嫌少了,请你收了吧。"

他的手震动得更加厉害,他的话声也颤动起来了。那侍女对他看了一眼,就低声的说:

"谢谢!"

他直的跑下了楼,套上了皮鞋,就走到外面来。

外面冷得非常,这一天,大约是旧历的初八九的样子。半轮寒月,高挂在天空的左半边。淡青的圆形盖里,也有几点疏星,散在那里。

他在海边上走了一会,看看远岸的渔灯,同鬼火似的在那里招引他。细浪中间,映着了银色的月光,好像是山鬼的眼波,在那里开闭的样子。不知是什么道理,他忽想跳入海里去死了。

他摸摸身边看,乘电车的钱也没有了。想想白天的事情看,他又不得不痛骂自己。

"我怎么会走上那样的地方去的,我已经变了一个最下等的人了。悔也无及,悔也无及。我就在这里死了吧。我所求的爱情,大约是求不到了。没有爱情的生涯,岂不同死灰一样么?唉,这干燥的生涯,这干燥的生涯。世上的人又都在那里仇视我,欺侮我,连我自家的亲弟兄,自家的手足,都在那里挤我出去到这世界外去。我将何以为生,我又何必生存在这多苦的世界里呢!"

想到这里,他的眼泪就连连续续的滴下来。他那灰白的面色,竟同死人没有分别了。他也不举起手来揩揩眼泪,月光射到他的面上,两条泪线倒变了叶上的朝露一样放起光来。他回转头来看看他自家的那又瘦又长的影子,不觉心痛起来。

"可怜你这清影,跟了我二十一年,如今这大海就是你的葬身地了,我的身子,虽然被人家欺辱,我可不该累你也瘦弱到这地步的。影子呀影子,你饶了我罢!"

他向西面一看,那灯台的光,一霎变了红一霎变了绿的,在那里尽它的本职。那绿的光射到海面上的时候,海面就现出一条淡青的路来。再向西天一看,他只见西方青苍苍的天底下,有一颗明星,在那里摇动。

"那一颗摇摇不定的明星的底下，就是我的故国。也就是我的生地。我在那一颗星的底下，也曾送过十八个秋冬，我的乡土吓，我如今再不能见你的面了。"

他一边走着，一边尽在那里自伤自悼的想这些伤心的哀话。走了一会，再向那西方的明星看了一眼，他的眼泪便同骤雨似的落下来了。他觉得四边的景物，都模糊起来。把眼泪揩了一下，立住了脚，长叹了一声，他便断断续续的说：

"祖国呀祖国！我的死是你害我的！"

"你快富起来，强起来吧！"

"你还有许多儿女在那里受苦呢！"

一九二一年五月九日改作

（节选自郁达夫小说集《沉沦》，1921 年 10 月，上海泰东图书局）

**【作品导读】**

《沉沦》是郁达夫于 1921 年创作的短篇小说，也是他的代表作，小说一出版就在文坛引起巨大反响。小说以哀婉感伤、细腻绵长的笔调，讲述了一位年轻的旅日留学生，作为弱国之子民，在异国他乡备受冷眼与轻贱，心生郁闷，不愿却无法自拔地沉沦于性欲与肉欲之中，事后又后悔、痛苦，最后于绝望中投海自杀的故事。《沉沦》将国与家、民族与个体紧紧联系在一起，深刻反映了五四时期觉醒的民族意识。

虽然《沉沦》没有用第一人称叙写，但采用了自叙传的形式，字里行间洋溢着强烈的抒情性和感染力。主人公"他"作为零余者，身上带有郁达夫的"影子"，"他"的性格、经历，都与郁达夫有相似之处。比如"他"在少年时期和哥哥一同到日本留学，这和郁达夫的经历基本一致。在郁达夫的作品中，情节往往不是刻画的重点，内心生活才是"主角"。《沉沦》并不强调个体外部的经历，也不重视客观写实，而是凸显个体自我的内心欲望与诉求，刻画由内而发的生活体悟与心得，彰显独特的经历与个性。

郁达夫善用抒情的方式放大和透视主人公的内心世界，而他笔下的主人公大多是典型的零余者。郁达夫塑造的零余者们大多以苦言恨，将自我与社会狠狠地对立起来，成为早期的一批"清醒者"与"觉醒者"。然而，这些"清醒者"与"觉醒者"却软弱自卑，逃避外界，终在不断的精神内耗中作茧自缚。以《沉沦》为例，郁达夫以细腻的心理刻画，展示了零余者"他"的心路历程，暗示了令人惋惜的结局。外因和内因逐步压倒他内心的防线，促使他走向死亡。"他"本应在 21 岁的年纪洋溢着青春的热情，却犹如行尸走肉，观望和羡慕着周围人的生活。强烈的爱国意识激起了他的民族屈辱感，羸弱的国家使他自卑难堪，异国的处境又令他自闭孤苦。他清醒地回味痛苦，但又逃避、抗拒与外界斗争，终零余于社会之外。而导致他忧郁症愈加严重，终悲愤自尽的因素，除了家国贫弱，也有自身个性的原因。在学业上，他热爱文学，却在兄长的迫使下无奈学医，这也间接导致亲情关系上的隔阂；在感情上，扭捏和孤傲的性格让他拒绝与女性正常交往，"精神"与"肉体"的矛盾使他深深地痛苦。一方面，"精神"上的痛苦来自根深蒂固的道德意识；另一方面，在"性的苦闷"的迫使下，他自渎、逛妓院，放纵自己沉沦下去，性欲和肉欲无法抑制。而这种追求内在真实、尊重人之本性的创作理念，具有强烈的浪漫主义色彩。

郭沫若曾说，郁达夫"那大胆的自我暴露，对于深藏在千百万年的背甲里面的士大夫的虚伪，完全是一种暴风雨式的闪击，把一些假道学、假才子们震惊得至于狂怒了"。郁达夫大胆又赤裸地将人心最原始的欲望解剖开来，暴露在阳光下，对此有人愤怒，有人震惊，有人鼓掌。零余者的行为与话语好似一面镜子，照出每个个体内心深处的真实。虽然"他"的结局是消失在茫茫的大海里，但这何尝不是一种以"死"明"情"的救赎与呐喊。零余者们自我反省，在挣扎与思索中不断觉醒的自我意识，以及与中华民族荣辱与共的爱国情怀，自五四时期而始，已流淌于血脉之中，历久弥新，代代相传。

**【思考与练习】**

1. 试谈对自叙传抒情小说的理解。
2. 试分析作品中的"零余者"形象并体悟"零余者"精神。

（彭丽洁）

# 超人（存目）

## 冰 心

冰心（1900—1999），原名谢婉莹。她幼时便广泛阅读中国古典名著以及国外译介小说，1918年入读协和女子大学预科，后考入燕京大学文本科，成为燕京大学第一批女学生。1919年发表第一篇小说《两个家庭》，后相继发表《斯人独憔悴》《去国》等，引起文坛广泛关注。

冰心积极创作了一批清新秀丽、典雅俊逸的散文和小诗，形成了以"母爱""童真""自然"为核心的"爱的哲学"，先后出版《繁星》《春水》等作品集。

**【作品导读】**

1921年正处于五四运动的落潮时期，由于新文化阵营的逐渐分化和社会形势的动荡，许多怀揣着启蒙救亡心态的青年逐渐变得悲观厌世。冰心作为最早创作"问题小说"的作家之一，自然也关注这一时期青年们的思想脉搏。《超人》中主人公何斌思想上的转变，便是冰心针对当时青年们消极厌世的社会问题所给出的思考与回应。

相较于五四高潮时期，此时期，冰心不再只是问题的批判者，一味地去揭露社会的弊病，而是开始尝试探索解决问题的方法，从而疗愈青年苦闷和忧伤的心情，让他们重新燃起对生活的希望。

何斌作为一位性格孤僻的"超人"，生活上，他独来独往，不喜欢任何有生气的东西，没有朋友，和街坊邻居间也没有太多交集；工作上，与同事们也仅仅只是公事上的交流。他既不主动去干涉外部世界，也拒绝外界对自我的介入。面对深夜楼下小孩的呻吟，信奉"超人"哲学的何斌本该不为所动，但他却因此整夜没有睡着。小孩的呻吟让他想到了自己的母亲，也唤醒了内心深处的爱与怜悯。冰心通过何斌的转变，道出"人与人之间是相互牵连，而不是相互遗弃"的结论，奠定了冰心"爱的哲学"的基调。

为了表现出母爱的柔性与光辉，小说并不追求强烈的情节性，而代之以诗意的行文，何斌的忏悔信更是将小说的诗意推向了高潮。何斌留给禄儿的那一篮看不见的花——用天上的弦月做花篮，两边系着忏悔的泪珠，漫天繁星盛放其中，花的香气是忏悔者呼吁的言辞。而忏悔者口中呼吁的，便是冰心的心声：人与人之间是相互牵连的，而不是相互遗弃的。这篮花与其说是送给禄儿的，毋宁说是冰心想要借此来融化读者心中厌世消极的坚冰。

值得指出的是，《超人》并没有因为重视揭示社会问题而忽略了小说本身的文学性，冰心在借小说表达自己思想的同时，兼顾了文学的审美性。可以说，《超人》忠实地展现了冰心早期作品的创作风格：文笔幽婉细腻，明丽俊雅，擅长小说的散文化以及意境的创造，以情动人，用温柔的情思和淡淡的忧愁打动读者，引起读者共鸣。

小说甫一发表便引起很大的社会反响，甚至有作家开始模仿创作，引起了当时文坛的注意和讨论。茅盾就曾被作品动人的力量所感染，并对《超人》做出正面评价，认为给予青年安慰，唤起新的活力，是文学家的责任。冰心用"爱的哲学"来反抗社会的黑暗与不公，激励青年积极面对人生。但是，这样的安慰毕竟有限，很容易陷入流于理想化与空泛的窠臼。因此，也有一些批评家指出，母爱不是拯救青年的良方。

总之，冰心敏锐地意识到当时存在的社会问题，在针砭时弊的同时，努力给出相应的思考及对策，尽管她将"母爱""童真"视为济世良方，并未触及社会矛盾的根本，但冰心作为一位文学家所展现出的强烈的社会责任感是不可否认的。事实上，以《超人》为代表的小说也确实因其对"爱的哲学"的表达，为孤冷的社会注入了一丝希望和暖意。

**【思考与练习】**

1. 试分析主人公何斌的形象。
2. 试谈你对"问题小说"的理解。

（刘敏睿）

# 命命鸟

许地山

许地山（1893—1941），笔名落华生。中国现代著名小说家、散文家。1935年起，许地山开始在香港大学任教，后举家迁往香港。

许地山的作品多以闽、台、粤及东南亚、印度为背景。许地山的主要作品有短篇小说集《缀网劳蛛》《解放者》《危巢坠简》，散文集《空山灵雨》《无法投递之邮件》《许地山选集》，译有《孟加拉民间故事》《二十夜问》《太阳底下降》，其他类型作品有《印度文学》《萤灯》等。

敏明坐在席上，手里拿着一本《八大人觉经》，流水似地念着。她的席在东边的窗下，早晨的日光射在她脸上，照得她的身体全然变成黄金的颜色。她不理会日光晒着她，却不歇地抬头去瞧壁上的时计，好像等什么人来似的。

那所屋子是佛教青年会的法轮学校。地上满铺了日本花席，八九张矮小的几子横在两边的窗下。壁上挂的都是释迦应化的事迹，当中悬着一个卍字徽章和一个时计。一进门就知那是佛教的经堂。

敏明那天来得早一点，所以屋里还没有人。她把各样功课念过几遍，瞧壁上的时计正指着六点一刻。她用手挡住眉头，望着窗外低声地说："这时候还不来上学，莫不是还没有起床？"

敏明所等的是一位男同学加陵。他们是七八年的老同学，年纪也是一般大。他们的感情非常的好，就是新来的同学也可以瞧得出来。

"铿铛……铿铛……"一辆电车循着铁轨从北而来，驶到学校门口停了一会。一个十五六岁的美男子从车上跳下来。他的头上包着一条苹果绿的丝巾；上身穿着一件雪白的短褂；下身围着一条紫色的丝裙；脚下踏着一双芒鞋，俨然是一位缅甸的世家子弟。这男子走进院里，脚下的芒鞋拖得拍答拍答地响。那声音传到屋里，好像告诉敏明说："加陵来了！"

敏明早已瞧见他，等他走近窗下，就含笑对他说："哼哼，加陵！请你的早安。你来得算早，现在才六点一刻咧。"加陵回答说："你不要讥诮我，我还以为我是第一早的。"他一面说一面把芒鞋脱掉，放在门边，赤着脚走到敏明跟前坐下。

加陵说："昨晚上父亲给我说了好些故事，到十二点才让我去睡，所以早晨起得晚一点。你约我早来，到底有什么事?"敏明说："我要向你辞行。"加陵一听这话，眼睛立刻瞪起来，显出很惊讶的模样，说："什么? 你要往哪里去?"敏明红着眼眶回答说："我的父亲说我年纪大了，书也念够了，过几天可以跟着他专心当戏子去，不必再像从前念几天唱几天那么劳碌。我现在就要退学，后天将要跟上普朗去。"加陵说："你愿意跟他去吗?"敏明回答说："我为什么不愿意? 我家以演剧为职业是你所知道的。我父亲虽是一个很有名、很能赚钱的俳优，但这几年间他的身体渐渐软弱起来，手足有点不灵活，所以他愿意我和他一块儿排演。我在这事上很有长处，也乐得顺从他的命令。"加陵说："那么，我对于你的意思就没有换回的余地了。"敏明说："请你不必为这事纳闷。我们的离别必不能长久的。仰光是一所大城，我父亲和我必要常在这里演戏。有时到乡村去，也不过三两个星期就回来。这次到普朗去，也是要在那里耽搁八九天。请你放心……"

加陵听得出神，不提防外边早有五六个孩子进来。有一个顽皮的孩子跑到他们的跟前说："请'玫瑰'和'蜜蜂'的早安。"他又笑着对敏明说："'玫瑰'花里的甘露流出来咧。"——他瞧见敏明脸上有一点泪痕，所以这样说。西边一个孩子接着说："对呀! 怪不得'蜜蜂'舍不得离开她。"加陵起身要追那孩子，被敏明拦住。她说："别和他们胡闹。我们还是说我们的罢。"加陵坐下，敏明就接着说："我想你不久也得转入高等学校，盼望你在念书的时候要忘了我，在休息的时候要记念我。"加陵说："我决不会把你忘了。你若是过十天不回来，或者我会到普朗去找你。"敏明说："不必如此。我过几天准能回来。"

说的时候，一位三十多岁的教师由南边的门进来。孩子们都起立向他行礼。教师蹲在席上，回头向加陵说："加陵，昙摩蜱和尚叫你早晨和他出去乞食。现在六点半了，你快去罢。"加陵听了这话，立刻走到门边，把芒鞋放在屋角的架上，随手拿了一把油伞就要出门。教师对他说："九点钟就得回来。"加陵答应一声就去了。

加陵回来，敏明已经不在她的席上。加陵心里很是难过，脸上却不露出什么不安的颜色。他坐在席上，仍然念他的书。晌午的时候，那位教师说："加陵，早晨你走得累了，下午给你半天假。"加陵一面谢过教师，一面检点他的文具，慢慢地走回家去。

　　加陵回到家里，他父亲婆多瓦底正在屋里嚼槟榔。一见加陵进来，忙把沫红唾出，问道："下午放假么？"加陵说："不是，是先生给我的假。因为早晨我跟昙摩蜱和尚出去乞食，先生说我太累，所以给我半天假。"他父亲说："哦，昙摩蜱在道上曾告诉你什么事情没有？"加陵答道："他告诉我说，我的毕业期间快到了，他愿意我跟他当和尚去，他又说：这意思已经向父亲提过了。父亲啊，他实在向你提过这话么？"婆多瓦底说："不错，他曾向我提过。我也很愿意你跟他去。不知道你怎样打算？"加陵说："我现在有点不愿意。再过十五六年，或者能够从他。我想再入高等学校念书，盼望在其中可以得着一点西洋的学问。"他父亲诧异说："西洋的学问，啊！我的儿，你想差了。西洋的学问不是好东西，是毒药哟。你若是有了那种学问，你就要藐视佛法了。你试瞧瞧在这里的西洋人，多半是干些杀人的勾当，做些损人利己的买卖，和开些诽谤佛法的学校。什么圣保罗因斯提丢啦、圣约翰海斯苦尔啦，没有一间不是诽谤佛法的。我说你要求西洋的学问会发生危险就在这里。"加陵说："诽谤与否，在乎自己，并不在乎外人的煽惑。若是父亲许我入圣约翰海斯苦尔，我准保能持守得住，不会受他们的诱惑。"婆多瓦底说："我是很爱你的，你要做的事情，若是没有什么妨害，我一定允许你。要记得昨晚上我和你说的话。我一想起当日你叔叔和你的白象主（缅甸王尊号）提婆底事，就不由得我不恨西洋人。我最沉痛的是他们在蛮得勒将白象主掳去；又在瑞大光塔设驻防营。瑞大光塔是我们的圣地，他们竟然叫些行凶的人在那里住，岂不是把我们的戒律打破了吗？……我盼望你不要入他们的学校，还是清清净净去当沙门。一则可以为白象主忏悔；二则可以为你的父母积福；三则为你将来往生极乐的预备。出家能得这几种好处，总比西洋的学问强得多。"加陵说："出家修行，我也很愿意。但无论如何，现在决不能办。不如一面入学，一面跟着昙摩蜱学些经典。"婆多瓦底知道劝不过来，就说："你既是决意要入别的学校，我也无可奈何，我很喜欢你跟昙摩蜱学习经典。你毕业后就转入仰光高等学校罢。那学校对于缅甸的风俗比较保存一点。"加陵说："那么，我明天就去告诉昙摩蜱和法轮学校的教师。"婆多瓦底说："也好。今天的天气很清爽，下午你又没有功课，不如在午饭后一块儿到湖里逛逛。你就叫他们开饭罢。"婆多瓦底说完，就进卧房换衣服去了。

　　原来加陵住的地方离绿绮湖不远。绿绮湖是仰光第一大、第一好的公园，缅甸人叫他做干多支。"绿绮"的名字是英国人替它起的。湖边满是热带植物。那些树木的颜色、形态，都是很美丽，很奇异。湖西远远望见瑞大光，那塔的金色光衬着湖边的椰树、蒲葵，真像王后站在水边，后面有几个宫女持着羽葆随着她一样。此外好的景致，随处都是。不论什么人，一到那里，心中的忧郁立刻消灭。加陵那天和父亲到那里去，能得许多愉快是不消说的。

过了三个月，加陵已经入了仰光高等学校。他在学校里常常思念他最爱的朋友敏明。但敏明自从那天早晨一别，老是没有消息。有一天，加陵回家，一进门仆人就递封信给他。拆开看时，却是敏明的信。加陵才知道敏明早已回来，他等不得见父亲的面，翻身出门，直向敏明家里奔来。

敏明的家还是住在高加因路，那地方是加陵所常到的。女仆玛弥见他推门进来，忙上前迎他说："加陵君，许久不见啊！我们姑娘前天才回来的。你来得正好，待我进去告诉她。"她说完这话就速速进里边去，大声嚷道："敏明姑娘，加陵君来找你呢。快下来罢。"加陵在后面慢慢地走，待要踏入厅门，敏明已迎出来。

敏明含笑对加陵说："谁教你来的呢？这三个月不见你的信，大概因为功课忙的缘故罢？"加陵说："不错，我已经入了高等学校，每天下午还要到昙摩蝉那里……唉，好朋友，我就是有工夫，也不能写信给你。因为我抓起笔来，就没了主意，不晓得要写什么才能叫你觉得我的心常常有你在里头。我想你这几个月没有信给我，也许是和我一样地犯了这种毛病。"敏明说："你猜的不错。你许久不到我屋里了，现在请你和我上去坐一会。"敏明把手搭在加陵的肩胛上，一面吩咐玛弥预备槟榔、淡巴菰和些少细点；一面携着加陵上楼。

敏明的卧室在楼西。加陵进去，瞧见里面的陈设还是和从前差不多。楼板上铺的是土耳其绒毯，窗上垂着两幅很细致的帷子，她的衾具就放在窗边。外头悬着几盆风兰。瑞大光的金光远远地从那里射来。靠北是卧榻，离地约一尺高，上面用上等的丝织物盖住。壁上悬着一幅提婆和率斐雅洛观剧的画片。还有好些绣垫散布在地上。加陵拿一个垫子到窗边，刚要坐下，那女仆已经把各样吃的东西捧上来。"你嚼槟榔啵？"敏明说完这话，随手送了一个槟榔到加陵嘴里，然后靠着她的镜台坐下。

加陵嚼过槟榔，就对敏明说："你这次回来，技艺必定很长进；何不把你最得意的艺术演奏起来，我好领教一下？"敏明笑说："哦，你是要瞧我演戏来的。我死也不演给你瞧。"加陵说："有什么妨碍呢？你还怕我笑你不成？快演罢，完了咱们再谈心。"敏明说："这几天我父亲刚刚教我一套雀翎舞，打算在涅槃节期到比古演奏，现在先演给你瞧罢。我先舞一次，等你瞧熟了，再奏乐和我。这舞蹈的谱可以借用'达撒罗撒'，歌调借用'恩斯民'。这两支谱，你都会吗？"加陵忙答应说："都会，都会。"

加陵擅于奏"巴打拉"（一种竹制的乐器，详见《大清会典图》），他一听

见敏明叫他奏乐，就立刻叫玛弥把那种乐器搬来。等到敏明舞过一次，他就跟
着奏起来。

敏明两手拿住两把孔雀翎，舞得非常的娴熟。加陵所奏的巴打拉也还跟得
上，舞过一会，加陵就奏起"恩斯民"的曲调，只听敏明唱道：

> 孔雀！孔雀！你不必赞我生得俊美；
> 我也不必嫌你长得丑劣。
> 咱们是同一个身心，
> 同一副手脚。
> 我和你永远同在一个身里住着，
> 我就是你啊，你就是我。
> 别人把咱们的身体分做两个，
> 是他们把自己的指头压在眼上，
> 所以会生出这样的错。
> 你不要像他们这样的眼光，
> 要知道我就是你啊，你就是我。

敏明唱完，又舞了一会。加陵说："我今天才知道你的技艺精到这个地步。
你所唱的也是很好。且把这歌曲的故事说给我听。"敏明说："这曲倒没有什么
故事，不过是平常的恋歌，你能把里头的意思听出来就够了。"加陵说："那么，
你这支曲是为我唱的。我也很愿意对你说：我就是你，你就是我。"

他们二人的感情几年来就渐渐浓厚。这次见面的时候，又受了那么好的感
触，所以彼此的心里都承认他们求婚的机会已经成熟。

敏明愿意再帮父亲二三年才嫁，可是她没有向加陵说明。加陵起先以为敏
明是一个很信佛法的女子，怕她后来要到尼庵去实行她的独身主义，所以不敢
动求婚的念头。现在瞧出她的心志不在那里，他就决意回去要求婆多瓦底的同
意，把她娶过来。照缅甸的风俗，子女的婚嫁本没有要求父母同意的必要，加
陵很尊重他父亲的意见，所以要履行这种手续。

他们谈了半晌工夫，敏明的父亲宋志从外面进来，抬头瞧见加陵坐在窗边，
就说："加陵君，别后平安啊！"加陵忙回答他，转过身来对敏明说："你父亲回
来了。"敏明待下去，她父亲已经登楼。他们三人坐过一会，谈了几句客套，加
陵就起身告辞。敏明说："你来的时间不短，也该回去了。你且等一等，我把这
些舞具收拾清楚，再陪你在街上走几步。"

宋志眼瞧着他们出门，正要到自己屋里歇一歇，恰好玛弥上楼来收拾东西。宋志就对她说："你把那盘槟榔送到我屋里去罢。"玛弥说："这是他们剩下的，已经残了。我再给你拿些新鲜的来。"

玛弥把槟榔送到宋志屋里，见他躺在席上，好像想什么事情似的。宋志一见玛弥进来，就起身对她说："我瞧他们两人实在好得太厉害。若是敏明跟了他，我必要吃亏。你有什么好方法叫他们二人的爱情冷淡没有？"玛弥说："我又不是蛊师，哪有好方法离间他们？我想主人你也不必想什么方法，敏明姑娘必不至于嫁他。因为他们一个是属蛇，一个是属鼠的（缅甸的生肖是算日的，礼拜四生的属鼠，礼拜六生的属蛇），就算我们肯将姑娘嫁给他，他的父亲也不愿意。"宋志说："你说的虽然有理，但现在生肖相克的话，好些人都不注重了。倒不如请一位蛊师来，请他在二人身上施一点法术更为得计。"

印度支那间有一种人叫做蛊师，专用符咒替人家制造命运。有时叫没有爱情的男女，忽然发生爱情；有时将如胶似漆的夫妻化为仇敌。操这种职业的人以暹罗的僧侣最多，且最受人信仰。缅甸人操这种职业的也不少。宋志因为玛弥的话提醒他，第二天早晨他就出门找蛊师去了。

晌午的时候，宋志和蛊师沙龙回来。他让沙龙进自己的卧房。玛弥一见沙龙进来，木鸡似的站在一边。她想到昨天在无意之中说出蛊师，引起宋志今天的实行，实在对不起她的姑娘。她想到这里，就一直上楼去告诉敏明。

敏明正在屋里念书，听见这消息，急和玛弥下来。蹑步到屏后，倾耳听他们的谈话。只听沙龙说："这事很容易办。你可以将她常用的贴身东西拿一两件来，我在那上头画些符、念些咒，然后给回她用，过几天就见功效。"宋志说："恰好这里有她一条常用的领巾，是她昨天回来的时候忘记带上去的。这东西可用吗？"沙龙说："可以的，但是能够得着……"

敏明听到这里已忍不住，一直走进去向父亲说："阿爸，你何必摆弄我呢？我不是你的女儿吗？我和加陵没有什么意，请你放心。"宋志蓦地里瞧见他女儿进来，简直不知道要用什么话对付她。沙龙也停了半晌才说："姑娘，我们不是谈你的事。请你放心。"敏明斥他说："狡猾的人，你的计我已知道了。你快去办你的事罢。"宋志说，"我的儿，你今天疯了吗？你且坐下，我慢慢给你说。"

敏明哪里肯依父亲的话，她一味和沙龙吵闹，弄得她父亲和沙龙很没趣。不久沙龙垂着头走出来；宋志满面怒容蹲在床上吸烟；敏明也忿忿地上楼去了。

敏明那一晚上没有下来和父亲用饭。她想父亲终久会用蛊术离间他们，不由得心里难过。她躺在床上翻来覆去，绣枕早已被她的眼泪湿透了。

第二天早晨，她到镜台梳洗，从镜里瞧见她满面都是鲜红色，——因为绣枕褪色，印在她的脸上——不觉笑起来。她把脸上那些印迹洗掉的时候，玛弥已捧一束鲜花、一杯咖啡上来。敏明把花放在一边，一手倚着窗棂，一手拿住茶杯向窗外出神。

她定神瞧着围绕瑞大光的彩云，不理会那塔的金光向她的眼睑射来，她精神因此就十分疲乏。她心里的感想和目前的光融洽，精神上现出催眠的状态。她自己觉得在瑞大光塔顶站着，听见底下的护塔铃叮叮当当地响。她又瞧见上面那些王侯所献的宝石，个个都发出很美丽的光明。她心里喜欢得很，不歇用手去摩弄，无意中把一颗大红宝石摩掉了。她忙要俯身去捡时，那宝石已经掉在地上。她定神瞧着那空儿，要求那宝石掉下的缘故，不觉有一种更美丽的宝光从那里射出来。她心里觉得很奇怪，用手扶着金壁，低下头来要瞧瞧那空儿里头的光景。不提防那壁被她一推，渐渐向后，原来是一扇宝石的门。

那门被敏明推开之后，里面的光直射到她身上。她站在外边，望里一瞧，觉得里头的山水、树木，都是她平生所不曾见过的。她在不知不觉中，已经向前走了几十步。耳边恍惚听见有人对她说："好啊！你回来啦。"敏明回头一看，觉得那人很熟悉，只是一时不能记出他的名字。她听见"回来"这两字，心里很是纳闷，就向那人说："我不住在这里，为何说我回来？你是谁？我好像在那里与你会过似的。这是什么地方？"那人笑说："哈哈！去了这些日子，连自己家乡和平日间往来的朋友也忘了。肉体的障碍真是大哟。"敏明听了这话，简直莫名其妙。又问他说："我是谁？有那么好福气住在这里。我真是在这里住过吗？"那人回答说："你是谁？你自己知道。若是说你不曾住过这里，我就领你到处逛一逛，瞧你认得不认得。"

敏明听见那人要领她到处去逛逛，就忙忙答应，但所见的东西，敏明一点也记不清楚，总觉得样样都是新鲜的。那人瞧见敏明那么迷糊，就对她说："你既然记不清，待我一件一件告诉你。"

敏明和那人走过一座碧玉牌楼。两边的树罗列成行，开着很好看的花。红的、白的、紫的、黄的，各色齐备。树上有些鸟声，唱得很好听。走路时，有些微风慢慢吹来，吹得各色的花瓣纷纷掉下：有些落在人的身上；有些落在地上；有些还在空中飞来飞去。敏明的头上和肩膀上也被花瓣贴满，遍体熏得很香。那人说："这些花木都是你的老朋友，你常和它们往来。它们的花是长年开放的。"敏明说："这真是好地方，只是我总记不起来。"

走不多远，忽然听见很好的乐音。敏明说："谁在那边奏乐？"那人回答说："那里有人奏乐，这里的声音都是发于自然的。你所听的是前面流水的声音。我们再走几步就可以瞧见。"进前几步果然有些泉水穿林而流。水面浮着奇异的花草；还有好些水鸟在那里游泳。敏明只认得些荷花、溪鹣；其余都不认得。那人很不惮烦，把各样的东西都告诉她。

他们二人走过一道桥，迎面立着一片琉璃墙。敏明说："这墙真好看，是谁在里面住？"那人说："这里头是乔答摩宣讲法要的道场。现时正在演说，好些人物都在那里聆听法音。转过这个墙角就是正门。到的时候，我领你进去听一听。"敏明贪恋外面的风景，不愿意进去。她说："咱们逛会儿再进去罢。"那人说："你只会听粗陋的声音，看简略的颜色和闻污劣的香味。那更好的、更微妙的，你就不理会了。……好，我再和你走走，瞧你了悟不了悟。"

二人走到墙的尽头，还是穿入树林。他们踏着落花一直进前，树上的鸟声，叫得更好听。敏明抬起头来，忽然瞧见南边的树枝上有一对很美丽的鸟呆立在那里，丝毫的声音也不从他们的嘴里发出。敏明指着向那人说："只只鸟儿都出声吟唱，为什么那对鸟儿不出声音呢？那是什么鸟？"那人说："那是命命鸟。为什么不唱，我可不知道。"

敏明听见"命命鸟"三字，心里似乎有点觉悟。她注神瞧着那鸟，猛然对那人说："那可不是我和我的好朋友加陵么，为何我们都站在那里？"那人说："是不是，你自己觉得。"敏明抢前几步，看来还是一对呆鸟。她说："还是一对鸟儿在那里，也许是我的眼花了。"

他们绕了几个弯，当前现出一节小溪把两边的树林隔开。对岸的花草，似乎比这边更新奇。树上的花瓣也是常常掉下来。树下有许多男女：有些躺着的，有些站着的，有些坐着的。各人在那里说说笑笑，都现出很亲密的样子。敏明说："那边的花瓣落得更妙，人也多一点，我们一同过去逛逛罢。"那人说："对岸可不能去。那落的叫做情尘，若是望人身上落得多了就不好。"敏明说："我不怕。你领我过去逛逛罢。"那人见敏明一定要过去，就对她说："你必要过那边去，我可不能陪你了。你可以自己找一道桥过去。"他说完这话就不见了。敏明回头瞧见那人不在，自己循着水边，打算找一道桥过去。但找来找去总找不着，只得站在这边瞧过去。

她瞧见那些花瓣越落越多，那班男女几乎被葬在底下。有一个男子坐在对岸的水边，身上也是满了落花。一个紫衣的女子走到他跟前说："我很爱你，你是我的命。我们是命命鸟。除你以外，我没有爱过别人。"那男子回答说："我对于你的爱情也是如此。我除了你以外不曾爱过别的女人。"紫衣女子听了，向他微笑，就离开他。走不多远，又遇着一位男子站在树下，她又向那男子说："我很爱你，你是我的命。我们是命命鸟，除你以外，我没有爱过别人。"那男子也回答说："我对于你的爱情也是如此。我除了你以外不曾爱过别的女人。"

敏明瞧见这个光景，心里因此发生了许多问题，就是：那紫衣女子为什么当面撒谎，和那两位男子的回答为什么不约而同？她回头瞧那坐在水边的男子还在那里，又有一个穿红衣的女子走到他面前，还是对他说紫衣女子所说的话。那男子的回答和从前一样，一个字也不改。敏明再瞧那紫衣女子，还是挨着次序向各个男子说话。她走远了，话语的内容虽然听不见，但她的形容老没有改变。各个男子对她也是显出同样的表情。

敏明瞧见各个女子对于各个男子所说的话都是一样；各个男子的回答也是一字不改；心里正在疑惑，忽然来了一阵狂风把对岸的花瓣刮得干干净净，那班男女立刻变成很凶恶的容貌，互相啮食起来。敏明瞧见这个光景，吓得冷汗直流。她忍不住就大声喝道："嗳呀！你们的感情真是反复无常。"

敏明手里那杯咖啡被这一喝，全都泻在她的裙上。楼下的玛弥听见楼上的喝声，也赶上来。玛弥瞧见敏明周身冷汗，扑在镜台上头，忙上前把她扶起，问道："姑娘你怎样啦？烫着了没有？"敏明醒来，不便对玛弥细说，胡乱答应几句就打发她下去。

敏明细想刚才的异象，抬头再瞧窗外的瑞大光，觉得那塔还是被彩云绕住，越显得十分美丽。她立起来，换过一条绛色的裙子，就坐在她扑卧榻上头。她想起在树林里忽然瞧见命命鸟变做她和加陵那回事情，心中好像觉悟他们两个是这边的命命鸟，和对岸自称为命命鸟的不同。她自己笑着说："好在你不在那边。幸亏我不能过去。"

她自经过这一场恐慌，精神上遂起了莫大的变化。对于婚姻另有一番见解，对于加陵的态度更是不像从前。加陵一点也觉不出来，只猜她是不舒服。

自从敏明回来，加陵没有一天不来找她。近日觉得敏明的精神异常，以为自己没有向她求婚，所以不高兴。加陵觉得他自己有好些难解决的问题，不能不对敏明说。第一，是他父亲愿意他去当和尚；第二，纵使准他娶妻，敏明的生肖和他不对，顽固的父亲未必承认。现在瞧见敏明这样，不由得不把衷情吐露出来。

加陵一天早晨来到敏明家里，瞧见她的态度越发冷静，就安慰她说："好朋友，你不必忧心，日子还长呢。我在咱们的事情上头已经有了打算。父亲若是不肯，咱们最终的办法就是'照例逃走'。你这两天是不是为这事生气呢？"敏明说："这倒不值得生气。不过这几晚睡得迟，精神有一点疲倦罢了。"

加陵以为敏明的话是真，就把前日向父亲要求的情形说给她听。他说："好朋友，你瞧我的父亲多么固执。他一意要我去当和尚，我前天向他说些咱们的事，他还要请人来给我说法，你说好笑不好笑？"敏明说："什么法？"加陵说：

"那天晚上，父亲把昙摩蜱请来。我以为有别的事要和他商量，谁知他叫我到跟前教训一顿。你猜他对我讲什么经呢？好些话我都忘记了。内中有一段是很有趣、很容易记的。我且念给你听：

> 佛问摩邓曰："女爱阿难何似？"女言："我爱阿难眼；爱阿难鼻；爱阿难口；爱阿难耳；爱阿难声音；爱阿难行步。"佛言："眼中但有泪；鼻中但有洟；口中但有唾；耳中但有垢；身中但有屎尿，臭气不净。"

"昙摩蜱说得天花乱坠，我只是偷笑。因为身体上的污秽，人人都有，那能因着这些小事，就把爱情割断呢？况且这经本来不合对我说；若是对你念，还可以解释得去。"

敏明听了加陵末了那句话，忙问道："我是摩邓吗？怎样说对我念就可以解释得去？"加陵知道失言，忙回答说："请你原谅，我说错了。我的意思不是说你是摩邓，是说这本经合于对女人说。"加陵本是要向敏明解嘲，不意反触犯了她。敏明听了那几句经，心里更是明白。他们两人各有各的心事，总没有尽情吐露出来。加陵坐不多会，就告辞回家去了。

涅槃节近啦。敏明的父亲直催她上比古去，加陵知道敏明明日要动身，在那晚上到她家里，为的是要给她送行。但一进门，连人影也没有，转过角门，只见玛弥在她屋里缝衣服。那时候约在八点钟的光景。

加陵问玛弥说："姑娘呢？"玛弥抬头见是加陵，就陪笑说："姑娘说要去找你，你反来找她。她不曾到你家去吗？她出门已有一点钟工夫了。"加陵说："真的么？"玛弥回了一声："我还骗你不成。"低头还是做她的活计。加陵说："那么，我就回去等她。……你请。"

加陵知道敏明没有别处可去，她一定不会趁瑞大光的热闹。他回到家里，见敏明没来，就想着她一定和女伴到绿绮湖上乘凉。因为那夜的月亮亮得很，敏明和月亮很有缘；每到月圆的时候，她必招几个朋友到那里谈心。

加陵打定主意，就向绿绮湖去。到的时候，觉得湖里静寂得很。这几天是涅槃节期，各庙里都很热闹，绿绮湖的冷月没人来赏玩，是意中的事。加陵从爱德华第七的造像后面上了山坡，瞧见没人在那里，心里就有几分诧异。因为敏明每次必在那里坐，这回不见她，谅是没有来。

他走得很累，就在凳上坐一会。他在月影朦胧中瞧见地下有一件东西，捡起来看时，却是一条蝉翼纱的领巾。那巾的两端都绣一个吉祥海云的徽识，所以他认得是敏明的。

加陵知道敏明还在湖边，把领巾藏在袋里，就抽身去找她。他踏一弯虹桥，转到水边的乐亭，瞧没有人，又折回来。他在山丘上注神一望，瞧见西南边隐隐有个人影，忙上前去，见有几分像敏明。加陵蹑步到野蔷薇垣后面，意思是要吓她。他瞧见敏明好像是找什么东西似的，所以静静伏在那里看她要做什么。

敏明找了半天，随在乐亭旁边摘了一枝优钵昙花，走到湖边，向着瑞大光合掌礼拜。加陵见了，暗想她为什么不到瑞大光膜拜去？于是再蹑足走近湖边的蔷薇垣，那里离敏明礼拜的地方很近。

加陵恐怕再触犯她，所以不敢做声。只听她的祈祷：

女弟子敏明，稽首三世诸佛：我自万劫以来，迷失本来智性，因此堕入轮回，成女人身。现在得蒙大慈，示我三生因果。我今悔悟，誓不再恋天人，致受无量苦楚。愿我今夜得除一切障碍，转生极乐国土。愿勇猛无畏阿弥陀，俯听恳求接引我。南无阿弥陀佛。

加陵听了她这番祈祷，心里很受感动。他没有一点悲痛，竟然从蔷薇垣里跳出来，对着敏明说："好朋友，我听你刚才的祈祷，知道你厌弃这世间，要离开它。我现在也愿意和你同行。"

敏明笑道："你什么时候来的？你要和我同行，莫不你也厌世吗？"加陵说："我不厌世。因为你的原故，我愿意和你同行。我和你分不开。你到那里，我也到那里。"敏明说："不厌世，就不必跟我去。你要记得你父亲愿你做一个转法轮的能手。你现在不必跟我去，以后还有相见的日子。"加陵说："你说不厌世就不必死，这话有些不对。譬如我要到蛮得勒去，不是嫌恶仰光，不过我未到过那城，所以愿意去瞧一瞧。但有些人很厌恶仰光，他巴不得立刻离开才好。现在，你是第二类的人，我是第一类的人，为什么不让我和你同行？"敏明不料加陵会来，更不料他一下就决心要跟从她。现在听他这一番话语，知道他与自己的觉悟虽然不同，但她常感得他们二人是那世界的命命鸟，所以不甚阻止他。到这时，她才把前几天的事告诉加陵。加陵听了，心里非常的喜欢，说："有那么好的地方，为何不早告诉我？我一定离不开你了，我们一块儿去罢。"

那时月光更是明亮。树林里萤火无千无万地闪来闪去，好像那世界的人物来赴他们的喜筵一样。

加陵一手搭在敏明的肩上，一手牵着她。快到水边的时候，加陵回过脸来向敏明的唇边唼了一下。他说："好朋友，你不亲我一下么？"敏明好像不曾听见，还是直地走。

　　他们走入水里，好像新婚的男女携手入洞房那般自在，毫无一点畏缩。在月光水影之中，还听见加陵说："咱们是生命的旅客，现在要到那个新世界，实在叫我快乐得很。"

　　现在他们去了！月光还是照着他们所走的路；瑞大光远远送一点鼓乐的声音来；动物园的野兽也都为他们唱很雄壮的欢送歌；惟有那不懂人情的水，不愿意替他们守这旅行的秘密，要找机会把他们的躯壳送回来。

　　　　　　　　（发表于《小说月报》第 12 卷第 1 号，1921 年 1 月 10 日）

**【作品导读】**

　　《命命鸟》是许地山发表的第一篇小说。该作品以东南亚国家缅甸为背景，讲述了敏明与加陵的爱情故事。许地山是小说家、散文家，也是宗教学者。他1923 年 8 月赴美，在哥伦比亚大学研究宗教史及宗教比较学。1926 年回国途中，到印度瓦拉纳西印度教徒大学研究梵文及佛学。1933 年 3 月，许地山再度赴印，自费研究宗教和梵文，回国前访问了孟买、果阿、马德拉斯等地。许地山的许多作品都富含深刻的哲理性，创作风格也呈现出浓郁的宗教色彩和浪漫主义。

　　《命命鸟》讲述了情窦初开的少男少女加陵和敏明的爱情故事。受新思想的影响，青梅竹马的二人开始大胆反抗父母，反对封建礼教，追求爱情自由。两人因属相相向遭到双方父亲的强烈反对，敏明的父亲请来蛊师施法进行离间。敏明大胆反抗，直言"阿爸，你何必摆弄我呢？我不是你的女儿吗？我和加陵没有什么意，请你放心"。敏明自此开始变得心神不宁。封建传统思想观念的束缚正是导致男女主人公投水自尽的导火索，两人的爱情悲剧自此开始。

　　悲伤中的敏明在睡梦中游历佛教世界，光怪陆离的宝石，树上的鸟鸣，五彩斑斓的花朵吸引着她。在这个幻想的空间中，当敏明听见"命命鸟"三字时，心里似乎有所觉悟，她觉得这鸟像她与加陵，在看到命命鸟的爱情本质后惊醒。此番梦幻游历使敏明的精神发生了变化，对于婚姻也有了更加清晰的认识。欺骗、谎言充斥在爱情的各个角落，作品中的命命鸟就是现实生活的印证，使敏明"大彻大悟，厌却红尘"，命命鸟对爱情虚幻本质的表述，是导致这对爱情男女悲剧的另一个重要原因。

　　在涅槃节这天，敏明和加陵手牵着手一起走入水中。二人围绕"同行"进行讨论，敏明是因为对世俗的厌弃选择离开，而加陵是不同的看法，两人对同一问题表达了不同观点，两相矛盾就像是世间的命命鸟。许地山描写敏明与加陵共同走向死亡时的情景是"好像新婚的男女携手入洞房那般自在"，唯有以死亡的形式才能够实现爱情的长久，唯有坚决的态度才能与封建观念相对抗。小说既表达了二人对爱情的忠贞不渝，也表现了作者对于新思想的支持。在受封建思想禁锢着的年代，新思想刚刚成长起来，还不具有同封建思想相抗衡的巨大力量，敏明和加陵的爱情经历如同新思想的发展一样，必然充满荆棘与坎坷。

许地山的小说常以宗教信仰为依托，作品富有浪漫主义色彩，表达含蓄内敛。小说《命命鸟》的名字取自佛教故事，在《阿弥陀经》中"命命鸟"谓之共命鸟，一身两头之鸟，此鸟的两头彼此争斗，比喻不顾及整体。作者有意透过"命命鸟"的故事，表达自己对于五四时期思想观念的思考。许地山小说的另一个特点是平铺直叙，既没有大悲大喜的夸张描述，又没有冗长复杂的陈述，运用短小精悍的语言使作品更具深层次韵味。

【思考与练习】

1. 试分析敏明与加陵爱情悲剧的原因。
2. 阅读作品，试分析许地山小说的创作特色。

（郭宏月）

# 海滨故人（节选）

庐　隐

庐隐（1898—1934），原名黄淑仪，又名黄英，福建闽侯人。1920年2月第一次以庐隐为笔名，发表第一篇小说《一个著作家》。庐隐是五四时期著名作家，文学研究会骨干，与冰心齐名。

庐隐前期的作品偏向于文学研究会"为人生"的主题，以揭露社会问题为主，这一时期的代表作品有《一封信》《灵魂可以卖么？》《两个小学生》等。到了创作后期，庐隐以自己的生活经历为蓝本，作品更多展现了女性青年在思想解放过程中所经历的内心冲突与迷惘，代表作品有《或人的悲哀》《海滨故人》《丽石的日记》等。

呵！多美丽的图画！斜阳红得像血般，照在碧绿的海波上，露出紫蔷薇般的颜色来，那白杨和苍松的荫影之下，她们的旅行队正停在那里，五个青年的女郎，要算是此地的熟客了，她们住在靠海的村子里；只要早晨披白绡的安琪儿，在天空微笑时，她们便各人拿着书跳舞般跑了来。黄昏红裳的哥儿回去时，她们也必定要到。

她们倒是什么来历呢？有一个名字叫露沙，她在她们五人里，是最活泼的一个，她总喜欢穿白纱的裙子，用云母石作枕头，仰面睡在草地上默默凝思。她在城里念书，现在正是暑假期中，约了她的好朋友——玲玉、莲裳、云青、宗莹住在海边避暑，每天两次来赏鉴海景。她们五个人的相貌和脾气都有极显著的区别。露沙是个很清瘦的面庞和体格，但却十分刚强，她们给她的赞语是"短小精悍"。她的脾气很爽快，但心思极深，对于世界的谜仿佛已经识破，对人们交接，总是诙谐的。玲玉是富于情感，而体格极瘦弱，她常常喜欢人们的赞美和温存。她认定的世界的伟大和神秘，只是爱的作用；她喜欢笑，更喜欢哭，她和云青最要好。云青是个智理比感情更强的人。有时她不耐烦了，不能十分温慰玲玉，玲玉一定要背人偷拭泪，有时竟至放声痛哭了。莲裳为人最周到，无论和什么人都交际得来，而且到处都被人欢迎，她和云青很好。宗莹在她们里头，是最娇艳的一个，她极喜欢艳妆，也喜欢向人夸耀她的美和她的学识，她常常说过分的话。露沙和她很好，但露沙也极反对她思想的近俗，不过觉得她人很温和，待人很好，时时地牺牲了自己的偏见，来附和她。她们样样不同的朋友，而能比一切同学亲热，就在她们都是很有抱负的人，和那醉生梦死的不同。所以她们就在一切同学的中间，筑起高垒来隔绝了。

有一天朝霞罩在白云上的时候，她们五个人又来了。露沙睡在海崖上，宗莹蹲在她的身旁，莲裳、玲玉、云青站在海边听怒涛狂歌，看碧波闪映，宗莹和露沙低低地谈笑，远远忽见一缕白烟从海里腾起。玲玉说："船来了！"大家因都站起来观看，渐渐看见烟筒了。看见船身了，不到五分钟整个的船都可以看得清楚。船上许多水手都对她们望着，直到走到极远才止。她们因又团团坐下，说海上的故事。

开始露沙述她幼年时，随她的父母到外省做官去，也是坐的这样的海船。有一天因为心里烦闷极了，不住声地啼哭，哥哥拿许多糖果哄她，也止不住哭声，妈妈用责罚来禁止她的哭声，也是无效。这时她父亲正在作公文，被她搅得急起来，因把她抱起来要往海里抛。她这时惧怕那油碧碧的海水，才止住哭声。

宗莹插言道："露沙小时的历史，多着呢，我都知道。因我妈妈和她家认识，露沙生的那天，我妈妈也在那里。"玲玉说："你既知道，讲给我们听听好不好？"宗莹看着露沙微笑，意思是探她许可与否，露沙说："小时的事情我一概不记得，你说说也好，叫我也知道知道。"

于是宗莹开始说了：露沙出世的时候，亲友们都庆贺她的命运，因为露沙的母亲已经生过四个哥儿了。当孕着露沙的时候，只盼望是个女儿。这时露沙正好出世。她母亲对这嫩弱的花蕊，十分爱护，但同时意外的事情发生了，不免妨碍露沙的幸运，就是生露沙的那一天，她的外祖母死了。并且曾经派人来接她的母亲，为了露沙的出世，终没去成，事后每每思量，当露沙闭目恬适睡在她臂膀上时，她便想到母亲的死，晶莹的泪点往往滴在露沙的颊上。后来她忽感到露沙的出世有些不祥，把思量母亲的热情，变成憎厌露沙的心了！

还有不幸的，是她母亲因悲抑的结果，使露沙没有乳汁吃，稚嫩的哀哭声，便从此不断了。有一天夜里，露沙哭得最凶，连她的小哥哥都吵醒了。她母亲又急又痛，止不住倚着床沿垂泪，她父亲也叹息道："这孩子真讨厌！明天雇个奶妈，把她打发远点，免得你这么受罪！"她母亲点点头，但没说什么。

过了几天，露沙已不在她母亲怀抱里了，那个新奶妈，是乡下来的，她梳着奇异像蝉翼般的头，两道细缝的小眼，上唇撅起来，露着牙龈。露沙初次见她，似乎很惊怕，只躲在娘怀里不肯仰起头来。后来那奶妈拿了许多糖果和玩物，才勉强把她哄去。但到了夜里，她依旧要找娘去，奶妈只把她搂在怀里，轻轻拍着，唱催眠歌儿，才把她哄睡了。

露沙因为小时吃了母亲忧抑的乳汁，身体十分孱弱，况且那奶妈又非常的粗心，她有时哭了，奶妈竟不理她，这时她的小灵魂，感到世界的孤寂和冷刻了。她身体健康更一天不如一天。到三岁了她还不能走路和说话，并且头上还生了许多疮疥。这可怜的小生命，更没有人注意她了。

在那一年的春天，鸟儿全都轻唱着，花儿全都含笑着，露沙的小哥哥都在绿草地上玩耍，那时露沙得极重的热病，关闭在一间厢房里。当她病势沉重的时候，她母亲绝望了，又恐怕传染，她走到露沙的小床前，看着她瘦弱的面庞说："唉！怎变成这样了！……奶妈！我这里孩子多，不如把她抱到你家里去治吧！能好再抱回来，不好就算了！"奶妈也正想回去看看她的小黑，当时就收拾起来，到第二天早晨，奶妈抱着露沙走了。她母亲不免伤心流泪。露沙搬到奶妈家里的第二天，她母亲又生了个小妹妹，从此露沙不但不在她母亲的怀里，并且也不在她母亲的心里了。

奶妈的家，离城有二十里路，是个环山绕水的村落，她的屋子，是用茅草和黄泥筑成的，一共四间，屋子前面有一座竹篱笆，篱笆外有一道小溪，溪的隔岸，是一片田地，碧绿的麦秀，被风吹着如波纹般涌漾。奶妈的丈夫是个农夫，天天都在田地里做工；家里有一个纺车，奶妈的大女儿银姊，天天用它纺线；奶妈的小女儿小黑和露沙同岁。露沙到了奶妈家里，病渐渐减轻，不到半个月已经完全好了，便是头上的疮也结了痂，从前那黄瘦的面孔，现在变成红黑了。

露沙住在奶妈家里，整整过了半年，她忘了她的父母，以为奶妈便是她的亲娘，银姊和小黑是她的亲姊姊。朝霞幻成的画景，成了她灵魂的安慰者，斜阳影里唱歌的牧童，是她的良友，她这时精神身体都十分焕发。

露沙回家的时候，已经四岁了。到六岁的时候，就随着她的父母做官去，以后的事情我就不知道了。

宗莹说到这里止住了。露沙只是怔怔地回想，云青忽喊道："你看那海水都放金光了，太阳已经到了正午，我们回去吃饭吧！"她们随着松荫走了一程已经到家了。

……

光阴快极了，不觉又过了半年，不解事的露沙、玲玉、云青、宗莹、莲裳，不幸接二连三都卷入愁海了。

第一个不幸的便是露沙，当她幼年时饱受冷刻环境的熏染，养成孤僻倔强的脾气，而她天性又极富于感情，所以她竟是个智情不调和的人。当她认识那青年梓青时，正在学潮激烈的当儿。天上飘着鹅毛片般的白雪，空中风声凛冽，她奔波道途，一心只顾怎么开会，怎么发宣言，和那些青年聚在一起，讨论这一项，解决那一层，她初不曾预料到这一点的，因而生出绝大的果来。

梓青是个沉默孤高的青年，他的议论最彻底，在会议的席上，他不大喜欢说话，但他的论文极多，露沙最喜欢读他的作品，在心流的沟里，她和他不知不觉已打通了，因此不断地通信，从泛泛的交谊，变为同道的深契。这时露沙的生趣勃勃，把从前的冷淡态度，融化许多，她每天除上课外，便是到图书馆看书，看到有心得，她或者作短文，和梓青讨论；或者写信去探梓青的见解，在这个时期里，她的思想最有进步，并且她又开拓研究哲学，把从前懵懵懂懂的态度都改了。

有一天正上哲学课，她拿着一枝铅笔记先生口述的话。那时先生正讲人生观的问题，中间有一句说："人生到底做什么？"她听了这话，忽然思潮激涌，停了手里的笔，更听不见先生继续讲些什么，只怔怔地盘算，"人生到底做什么？……牵来牵去，忽想到恋爱的问题上去，——青年男女，好像是一朵含苞未放的玫瑰花，美丽的颜色足以安慰自己，诱惑别人，芬芳的气息，足以满足自己，迷恋别人。但是等到花残了，叶枯了，人家弃置，自己憎厌，花木不能躲时间空间的支配，人类也是如此，那么人生到底做什么？……其实又有什么可做？恋爱不也是一样吗？青春时互相爱恋，爱恋以后怎么样？……不是和演剧般，到结局无论悲喜，总是空的呵！并且爱恋的花，常常衬着苦恼的叶子，如何跳出这可怕的圈套，清净一辈子呢？……"她越想越玄，后来弄得不得主意，吃饭也不正经吃，有时只端着饭碗拿着筷子出神，睡觉也不正经睡，半夜三更坐了起来发怔，甚至于痛哭了。

这一天下午，露沙又正犯着这哲学病，忽然梓青来了一封信，里头有几句话说："枯寂的人生真未免太单调了！……唉！什么时候才得甘露的润泽，在我空漠的心田，开朵灿烂的花呢？……恐怕只有膜拜'爱神'，求她的怜悯了！"这话和她的思想，正犯了冲突。交战了一天，仍无结果。到了这一天夜里，她勉勉强强写了梓青的回信，那话处处露着彷徨矛盾的痕迹。到第二天早起重新看看，自己觉得不妥。因又撕了，结果只写了几个字道："来信收到了，人生不过尔尔，苦也罢，乐也罢，几十年全都完了，管他呢！且随遇而安吧！"

活泼泼的露沙，从此憔悴了！消沉了！对于人间时而信，时而疑，神经越加敏锐，闲步到中央公园，看见鸭子在铁栏里游泳，她便想到，人生和鸭子一样地不自由，一样地愚钝；人生到底做什么？听见鹦鹉叫，她便想到人们和鹦鹉一样，刻板地说那几句话，一样的不能跳出那笼子的束缚；看见花落叶残便想到人的末路——死——仿佛天地间只有愁云满布，悲雾迷漫，无一不足引起她对世界的悲观，弄得精神衰颓。

……

她们四个人先后走到成人的世界去了。从前的无忧无愁的环境，一天一天消失。感情的花，已如荼如火地开着，灿烂温馨的色香，使她们迷恋，使她们尝到甜蜜的爱的滋味，同时使她们了解苦恼的意义。

这一年暑假，露沙回到上海去，玲玉回到苏州去，云青和宗莹仍留在北京。她们临别的末一天晚上，约齐了住在学校里，把两张木床合并起来，预备四个人联床谈心。在傍晚的时候，她们在残阳的余辉下，唱着离别的歌儿道：

> 潭水桃花，故人千里，
> 离歧默默情深悬，
> 两地思量共此心！
> 何时重与联襟？
> 愿化春波送君来去，
> 天涯海角相寻。

歌调苍凉，她们的声音越来越低，直至无声，露沙叹道：“十年读书，得来只是烦恼与悲愁，究竟知识误我，我误知识？”云青道：“真是无聊！记得我小的时候，看见别人读书，十分羡慕，心想我若能有了知识，不知怎样的快乐，若果知道越有知识，越与世界不相容，我就不当读书自苦了。”宗莹道：“谁说不是呢？就拿我个人的生活说吧！我幼年的时候，没有兄弟姊妹，父母十分溺爱，也不许进学校，只请了一个老学究，教我读《毛诗》、《左传》，闲时学作几首诗。一天也不出门，什么是世界我也不知道，觉得除依赖父母过我无忧无虑的生活外，没有一点别的思想，那时在别人或者看我很可惜，甚至于觉得我很可怜，其实我自己倒一点不觉得。后来我有一个亲戚，时常讲些学校的生活，及各种常识给我听，不知不觉中把我引到烦恼的路上去，从此觉得自己的生活，样样不对不舒服，千方百计和父母要求进学校。进了学校，人生观完全变了。不容于亲戚，不容于父母，一天一天觉得自己孤独，什么悲愁，什么无聊，逐件发明了。……岂不是知识误我吗？”她们三人的谈话，使玲玉受了极深的刺激，呆呆地站在秋千架旁，一语不发。云青无意中望见，因撇了露沙、宗莹走过来，拊在她的肩上说："你怎样了？……有什么不舒服吗？"玲玉仍是默默无言，摇摇头回过脸去，那眼泪便扑簌簌滚了下来。她们三人打断了话头，拉着她到栉沐室里，替她拭干了泪痕，谈些诙谐的话，才渐渐恢复了原状。

……

有一天下午，露沙和梓青在静安寺路一带散步，梓青对露沙说："我有一件事要和你商量，不知肯答应我不？"露沙说："你先说来再商量好了。"梓青说："我们的事业，正在发轫之始，必要每个同志集全力去作，才有成熟的希望，而我这半年试验的结果，觉得能实心踏地做事的时候很少，这最大的原因，就是因为悬怀于你……所以我想，我们总得想一个解决我们根本问题的方法，然后才能谈到前途的事业。"露沙听了这话，呻吟无言，……最后只说了一句："我们从长计议吧！"梓青也不往下说去，不久他们回去了。

过了几个月，云青忽接到露沙一封信道：

云青！

别后音书苦稀，只缘心绪无聊，握管益增怅惘耳。前接来函，借悉云青乡居清适，欣慰无状！沙自客腊南旋，依旧愁怨日多，欢乐时少，盖飘萍无根，正未知来日作何结局也！时晤梓青，亦郁悒不胜；唯沙生性爽宕，明知世路险峻，前途多难，而不甘踯躅歧路，抑郁瘦死。前与梓青计划竟日，幸已得解决之策，今为云青陈之。

囊在京华沙不曾与云青言乎？梓青与沙之情爱，成熟已久，若环境顺适，早赋于飞矣，乃终因世俗之梗，凤愿莫遂！沙与梓青非不能铲除礼教之束缚，树神圣情爱之旗帜，特人类残苛已极，其毒焰足逼人至死！是可惧耳！

日前曾与梓青，同至吾辈昔游之地，碧浪滔滔，风响凄凄，景色犹是，而人事已非，怅望旧游，都作雨后梨花之飘零，不禁酸泪沾襟矣！

吾辈于海滨徘徊竟日，终相得一佳地，左绕白玉之洞，右临清溪之流，中构小屋数间，足为吾辈退休之所，目下已备价购妥，只待鸠工造庐，建成之日，即吾辈努力事业之始。以年来国事蜩螗，固为有心人所同悲。但吾辈则志不斯，唯欲于此中留一爱情之纪念品，以慰此干枯之人生，如果克成，当携手言旋，同逍遥于海滨精庐；如终失败，则于月光临照之夜，同赴碧流，随三闾大夫游耳。今行有期矣，悠悠之命运，诚难预期，设吾辈卒不归，则当留此庐以飨故人中之失意者。

宗莹、玲玉、莲裳诸友，不另作书，幸云青为我达之。此牍或即沙之绝笔，盖事若不成，沙亦无心更劳楮墨以伤子之心也！临书凄楚，不知所云，诸维珍重不宣！

露沙书

云青接到信后，不知是悲是愁，但觉世界上事情的结局，都极惨淡，那眼泪便不禁夺眶而出。当时就把露沙的信，抄了三份，寄给玲玉、宗莹、莲裳。过了一年，玲玉邀云青到西湖避暑。秋天的时候，她们便绕道到从前旧游的海滨，果然看见有一所很精致的房子，门额上写着"海滨故人"四个字，不禁触景伤情，想起露沙已一年不通音信了，到底也不知道是成是败，屋迩人远，徒深驰想，若果竟不归来，留下这所房子，任人凭吊，也就太觉多事了！

她们在屋前屋后徘徊了半天，直到海上云雾罩满，天空星光闪烁，才洒泪而归。临去的一霎，云青兀自叹道："海滨故人！也不知何时才赋归来呵！"

（选自《小说月报》1923 年 10 月第 14 卷 10—12 号）

**【作品导读】**

五四初期，受中国文学抒情传统和西方浪漫主义文学影响，在文学青年团体中兴起了创作抒情小说的浪潮，其中最有代表性的便是以郁达夫为代表的创造社作家群。庐隐虽然是文学研究会的骨干，但受到自身性格及当时文学潮流的影响，也写作了大量带有自传性质的抒情小说，其中成就最高、最知名的便是《海滨故人》。

《海滨故人》是庐隐于 1923 年创作的短篇小说，最初刊载于《小说月报》。小说讲述了主人公露沙和她的好友云青、宗莹、玲玉、莲裳五位性格各异的女子在五四新思想的洗礼下各自成长的故事。小说开始于夕阳下的海滨，从五位青春年少的女子在海边读书、谈情的青春时光写起，以物是人非、各自天涯的惨淡结局收场。五人中，露沙敏感多思，在学潮活动中爱上了有思想的梓青，然而梓青已是有妇之夫，露沙在众人的非议中痛苦良久，仍旧无法抵御内心的感召，最终和梓青结合；云青性情圆和，万事以家庭为第一，虽然在学校接受了新思想，但最终还是因为父母的反对割舍了自己和蔚然的爱情，隐居在家研习佛法；宗莹活泼外向，最喜欢谈情，她拒绝家庭安排的同官僚的婚姻，不顾父母的极力反对，嫁给了同学师旭，然而婚后的她却成了"笼里鹦鹉"，忘记了进步的思想，变成一个庸俗的妇人；玲玉多愁善感，爱上留洋归来的剑卿，然而剑卿有旧式婚约在身，几经波折后，二人才终成眷属；莲裳个性纯真，随遇而安，厌倦繁复的哲理，毕业不久后就立刻结婚，过上了平淡的生活。

露沙是五人中着墨最多、故事线最完整的一个角色，也是带有庐隐自传性质的角色。借露沙这个角色，庐隐讲述了自己的成长故事：幼时因外祖母的死被母亲憎厌，在奶妈家长大，六岁丧父，随母亲到北京外祖父家生活，后进入教会小学，又考入北京女子高等师范学校。小说中的云青、宗莹、玲玉、莲裳几个角色，原型也都是庐隐在高等师范学校的朋友。露沙在爱情中的挣扎与痛苦也是庐隐本人的写照：在文学研究会中，庐隐结识了文学青年郭梦良，二人志趣相投，然而郭梦良已是有妇之夫。1923 年，庐隐不顾众议，与郭梦良结合，过上了与理想中差距极大的琐碎的婚姻生活。几年后，郭梦良因病去世，庐隐又带着女儿辗转度日。

茅盾曾说庐隐是"五四的产儿"，《海滨故人》中的五位女子便是五四时代女性的缩影。在小说中，庐隐探讨了一个问题：在旧式家庭中成长起来的女子，在学校中接受了新思想后，新的出路在哪里？一方面，她们渴望冲破封建家庭的束缚，成为新式青年；另一方面，她们又无法完全摆脱封建传统的影响，无法摆脱婚姻和家庭之下父权、夫权的禁锢。小说中的几位女性，或因世俗礼教而压抑自我，或与流言蜚语顽强抗争，然而她们最终的境遇都十分悲哀。结合自己和身边友人的遭遇，庐隐不禁对爱情、知识、婚姻产生怀疑，于是，她在小说中借露沙之口发出了"十年读书，得来只是烦恼与悲愁，究竟知识误我，我误知识"的慨叹。《海滨故人》中哀婉动人的语言，细腻的笔触，充分表现了五四时期知识女性在自我解放道路上的彷徨与迷惘，是五四时期具有代表性的女性文学作品。

**【思考与练习】**

1. 结合五四时期女性的生存境况，试谈自己对"十年读书，得来只是烦恼与悲愁，究竟知识误我，我误知识"这句话的理解。

2. 庐隐创作的优点和局限性分别是什么？在小说中是如何体现的？

（何佳容）

# 潘先生在难中（存目）

叶圣陶

叶圣陶（1894—1988），原名叶绍钧，字秉臣、圣陶，我国现代著名作家、教育家。五四时期开始白话小说的创作。1921 年，与沈雁冰、郑振铎等成立"文学研究会"，提倡"为人生"的文学观。

叶圣陶早期的"问题小说"，塑造了众多学校知识分子和城镇小市民形象，反映了他们的生活。叶圣陶曾担任《小说月报》《中学生》等刊物的主编，代表作有童话集《稻草人》，小说集《隔膜》《火灾》，长篇小说《倪焕之》等。

## 【作品导读】

《潘先生在难中》的故事发生于 20 世纪 20 年代，这一时期，军阀混战，民不聊生。在这种动荡不安的环境下，诞生了典型人物——小市民知识分子的代表潘先生。小说讲述了小学校长潘先生为了躲避战乱，举家逃往上海租界，却因为怕丢了饭碗，冒着危险只身回乡，结果战事平息，虚惊一场的故事。

作者通过描述潘先生在逃难途中的行为及心理，勾勒出一个苟且偷生、贪生怕死的小市民形象，同时，他是一个承袭宗法社会"夫""父"传统责任的利己主义者。潘先生这个人物谈不上高尚，作者开篇用大量笔墨描绘潘先生一家逃难的窘态。火车还未靠站，潘先生便指挥一家人排成一条"蛇"字形，"用黑漆皮包做前锋"，还用"胸腹部用力向前抵"，在人群中呼来喝去，生怕挤不到火车门口。如此艰难的逃难之路，体现了他逃避战争的思想。随后，作者又写他叫黄包车时趾高气扬的姿态，跨出火车站铁栅栏后的"现在好了"，与伙夫的斤斤计较，全家入住小旅馆后细数自己的两件"可乐"之事，将潘先生精于算计和苟且偷安的小市民习气尽数展现。除此之外，他害怕因逃难被"裁员"，经过种种挣扎后冒险回乡，在红十字会多索要徽章和旗帜，攀迎教育局局长等行径表现出他的虚伪和投机心理。

潘先生也是一个承担了传统家庭责任的人。他在战争中为了保全自己的家庭，想方设法将妻儿送至上海租界；逃难途中面对孩子的求抱，虽愤怒还是抱起孩子，安慰惧怕"印度军官"的小儿；妻儿被挤散时"家破人亡"的难过，在旅馆内看到全家无恙的欣喜，足以证明此点。只是他虽有家庭责任，却并不具备以家国大义为己任的情操，所作所为不过是为了维护传统宗法社会中男性的权威和尊严，从"回乡"问题上与妻子争执的情节便足以见得："潘先生颇怀着鄙薄的意思，'这种话只配躲在家里，伏在床角里，由你这种女人去说；你道我们也说得出口么。'"

潘先生性格的形成有其自身复杂的原因，也有特殊社会环境的影响。故事一开始，潘先生一家被作者置于一个动荡不安的狼狈环境中。作为一个胸无大志的文弱书生，潘先生心里的喜乐交替和仓皇逃窜，显得自然而合适。潘先生是中国旧式文人的一个符号，我们从中可以破译中国知识分子"劣根性"之所在。以潘先生为代表的平民与社会底层知识分子，没有政治地位和经济力量，在战争中选择妥协和明哲保身也是无力挣扎的结果，他们不是损人利己的败类，但也不是一个先进人物的代表。叶圣陶通过对这类形象的塑造，展现出小知识分子在战乱社会环境中的无奈妥协和无力抵抗，表达了自己的社会忧患意识。

叶圣陶在小说创作中善于运用平静而冷峻的笔法传达讽刺的意味，潘先生从上海回乡之后做的两件事，让这种讽刺意味更加明显。第一件事是攀迎教育局局长"照常开学"的命令，他在写给学生家属的通告中夸饰"子弟的教育犹如布帛菽粟"，在战乱中送孩子上学涉及"地方和国家的荣誉"。其实，他对于学生的教育并不关切，如此堂皇的言论只是为讨好上司。第二件事是潘先生美其名曰加入红十字会，将学校作为妇女收容所，目的只是将红十字会的会徽和旗帜当作护身符，保住性命和家产。这种手段和目的不符的对比，是对潘先生的自私自利和圆滑世故的讽刺。讽刺笔法的最绝妙处是小说结尾，潘先生不顾自我良心的谴责，为欢迎军阀而写题词时，仍然使用了冷峻且不加以批判的态度，"潘先生觉得这当儿很有点意味，接了笔便在墨盆里蘸墨汁。凝想一下，提起笔来在蜡笺上一并排写'功高岳牧'四个大字……"虽无明显的感情色彩，读者也不难从中感受到一种强烈的讽刺和深刻的批判。

小说还运用直接的心理描写，进一步丰富人物性格。潘先生从上海回乡后先向教育局通讯员打听"局长究竟有没有开学的意思"，消息被证实还得知要裁员时，为自己毅然返乡的抉择沾沾自喜。第二天，得知"铁路真个不通了"，与妻儿失去联系的不安全感涌上心头，且升官无望，他从憧憬未来的梦幻中跌落至严峻的现实里，又马不停蹄去红十字会索要"救命的神符"。这一连串的心理变化，清晰展现了小人物性格和思想发展的来龙去脉。

《潘先生在难中》的语言平淡自然，处处是真情实感的流露。作者秉持着现实主义的写作手法，通过细节描写传达小说的主旨，让读者深刻感悟时代的变化。中和含蓄的表现手法使文中并不见猛烈的抨击，有的只是微妙的讽刺；没有跌宕起伏的情节，却在徐徐推进中尽显潘先生的麻木，反映了战乱的社会带给人们心理和现实生活的动荡，这种白描的手法，充分展现了叶圣陶作品的现实主义特点。

【思考与练习】

1. 茅盾评价潘先生是"临虚惊而失色，暂苟安且又喜"，结合作品试谈你的理解。

2. 试谈你对"为人生"的文学观的理解。

（肖　慧）

# 竹林的故事

废　名

废名（1901—1967），原名冯文炳，京派代表作家，其小说以散文化闻名。废名将周作人的文艺观念引至小说领域并加以实践，熔西方现代小说技法和中国古典诗文笔调于一炉，文辞简约幽深，兼具平淡朴讷和生辣奇僻之美，这种创作风格被誉为"废名风"。

废名对沈从文等京派作家产生过一定影响，在20世纪40年代的汪曾祺身上，也可以找到他的影子，其代表作有《竹林的故事》《桃园》《莫须有先生传》等。

出城一条河，过河西走，坝脚下有一簇竹林，竹林里露出一重茅屋，茅屋两边都是菜园：十二年前，它们的主人是一个很和气的汉子，大家呼他老程。

那时我们是专门请一位先生在祠堂里讲《了凡纲鉴》，为得拣到这菜园来割菜，因而结识了老程，老程有一个小姑娘，非常的害羞而又爱笑，我们以后就借了割菜来逗她玩笑。我们起初不知道她的名字，问她，她笑而不答，有一回见了老程呼"阿三"，我才挽住她的手："哈哈，三姑娘！"我们从此就呼她三姑娘。从名字看来，三姑娘应该还有姊妹或兄弟，然而我们除掉她的爸爸同妈妈，实在没有看见别的谁。

一天我们的先生不在家，我们大家聚在门口掷瓦片，老程家的捏着香纸走我们的面前过去，不一刻又望见她转来，——不笔直的循走原路，勉强带笑的弯近我们："先生！替我看看这签。"我们围着念菩萨的绝句，问道，"你求的是什么呢？"她对我们诉一大串，我们才知道她的阿三头上本来还有两个姑娘，而现在只要让她有这一个，不再三朝两病的就好了。

老程除了种菜，也还打鱼卖。四五月间，霪雨之后，河里满河山水，他照例拿着摇网走到河边的一个草墩上，——这墩也就是老程家的洗衣裳的地方，因为太阳射不到这来，一边一棵树交荫着成一座天然的凉棚。水涨了，搓衣的石头沉在河底，剩现绿团团的坡，刚刚高过水面，老程老像乘着划船一般站在上面把摇网朝水里兜来兜去；倘若兜着了，那就不移地的转过身倒在挖就了的荡里，——三姑娘的小小的手掌，这时跟着她的欢跃的叫声热闹起来，一直等到碰跳碰跳好容易给捉住了，才又坐下草地望着爸爸。

流水潺潺，摇网从水里探起，一滴滴的水点打在水上，浸在水当中的枝条也冲击着查查作响。三姑娘渐渐把爸爸站在那里都忘掉了，只是不住的抠土，嘴里还低声的歌唱；头毛低到眼边，才把脑壳一扬，不觉也就瞥到那滔滔水流上的一堆白沫，顿时兴奋起来，然而立刻不见了，偏头又给树叶子遮住了，——使得眼光回复到爸爸的身上，是突然一声"啊呀!"这回是一尾大鱼!而妈妈也沿坝走来，说盐钵里的盐怕还够不了一飧饭。

老程由街转头，茅屋顶上正在冒烟，叱咤一声，躲在园里吃菜的猪飞奔的跑，——三姑娘也就出来了，老程从荷包里掏出一把大红头绳："阿三，这个打辫好吗?"三姑娘抢在手上，一面还接下酒壶，奔向灶角里去。"留到端午扎艾呵，别糟蹋了!"妈妈这样答应着，随即把酒壶伸到灶孔烫。三姑娘到房里去了一会又出来，见了妈妈抽筷子，便赶快拿出杯子——家里只有这一个，老是归三姑娘照管——踮着脚送在桌上；然而老程终于还是要亲自朝中间挪一挪，然后又取出壶来。"爸爸喝酒，我吃豆腐干!"老程实在用不着下酒的菜，对着三姑娘慢慢的喝了。

三姑娘八岁的时候，就能够代替妈妈洗衣。然而绿团团的坡上，从此也不见老程的踪迹了，——这只要看竹林的那边河坝倾斜成一块平坦的上面，高耸着一个不毛的同教书先生（自然不是我们的先生）用的戒方一般模样的土堆，堆前竖着三四根只有秒梢还没有斩去的枝桠吊着被雨粘住的纸幡残片的竹竿，就可以知道是什么意义。

老程家的已经是四十岁的婆婆，就在平常，穿的衣服也都是青蓝大布，现在不过系鞋的带子也不用那水红颜色的罢了，所以并不现得十分异样。独有三姑娘的黑地绿花鞋的尖头蒙上一层白布，虽然更显得好看，却叫人见了也同三姑娘自己一样懒懒的没有话可说了。

然而那也并非是长久的情形。母女都是那样勤敏，家事的兴旺，正如这块小天地，春天来了，林里的竹子园里的菜，都一天一天的绿得可爱。老程的死却正相反，一天比一天淡漠起来，只有鹞鹰在屋头上打圈子，妈妈呼喊女儿道，"去，去看坦里放的鸡娃"，三姑娘才走到竹林那边，知道这里睡的是爸爸了。到后来青草铺平了一切，连曾经有个爸爸这件事实几乎也没有了。

正二月间城里赛龙灯，大街小巷，真是人山人海。最多的还要算邻近各村上的女人，她们像一阵旋风，大大小小牵成一串从这街冲到那街，街上的汉子也借这个机会撞一撞她们的奶。然而能够看得见三姑娘同三姑娘的妈妈吗？不，一回也没有看见！锣鼓喧天，惊不了她母子两个，正如惊不了栖在竹林的雀子。鸡上埘的时候，比这里更西也是住在坝下的堂嫂子们顺便也邀请一声"三姐"，三姑娘总是微笑的推辞。妈妈则极力鼓励着一路去，三姑娘送客到坝上，也跟着出来，看到底攀缠着走了不；然而别人的渐渐走得远了，自己的不还是影子一般的依在身边吗？

三姑娘的拒绝，本是很自然的，妈妈的神情反而有点莫名其妙了！用询问的眼光朝妈妈脸上一晴，——却也正在晴过来，于是又掉头望着嫂子们走去的方向：

"有什么可看？成群打阵，好像是发了疯的！"

这话本来想使妈妈热闹起来，而妈妈依然是无精打采沉着面孔。河里没有水，平沙一片，现得这坝从远远看来是蜿蜒着的一条蛇，站在上面的人，更小到同一颗黑子了。由这里望过去，半圆形的城门，也低斜得快要同地面合成了一起；木桥俨然是画中见过的，而往来蠕动都在沙滩；在坝上分明数得清楚，及至到了沙滩，一转眼就失了心目中的标记，只觉得一簇簇的仿佛是远山上的树林罢了。至于咭咭的喧声，却比站在近旁更能入耳，虽然听不着说的是什么，听者的心早被他牵引了去了。竹林里也同平常一样，雀子在奏他们的晚歌，然而对于听惯了的人只能够增加静寂。

打破这静寂的终于还是妈妈：

"阿三！我就是死了也不怕猫跳！你老这样守着我，到底……"

妈妈不作声，三姑娘抱歉似的不安，突然来了这埋怨，刚才的事倒好像给一阵风赶跑了，增长了一番力气娇恼着：

"到底！这也什么到底不到底！我不欢喜玩！"

三姑娘同妈妈间的争吵，其原因都坐在自己的过于乖巧，比如每天清早起来，把房里的家具抹得干净，妈妈却说，"乡户人家呵，要这样？"偶然一出门做客，只对着镜子把散在额上的头毛梳理一梳理，妈妈却硬从盒子里拿出一枝花来。现在站在坝上，眶子里的眼泪快要进出来了，妈妈才不作声。这时节难为的是妈妈了，皱着眉头不转眼的望，而三姑娘老不抬头！待到点燃了案上的灯，才知道已经走进了茅屋，这期间的时刻竟是在梦中过去了。

灯光下也立刻照见了三姑娘，拿一束稻草，一菜篮适才饭后同妈妈在园里割回的白菜，坐下板凳三棵捆成一把。

"妈妈，这比以前大得多了！两棵怕就有一斤。"

妈妈那想到屋里还放着明天早晨要卖的菜呢？三姑娘本不依恃妈妈的帮忙，

妈妈终于不出声的叹一口气伴着三姑娘捆了。

三姑娘不上街看灯，然而当年背在爸爸的背上是看过了多少次的，所以听了敲在城里响在城外的锣鼓，都能够在记忆中画出是怎样的情境来。"再是上东门，再是在衙门口领赏，……"忖着声音所来的地方自言自语的这样猜。妈妈正在做嫂子的时候，也是一样的欢喜赶热闹，那情境也许比三姑娘更记得清白，然而对于三姑娘的仿佛亲临一般的高兴，只是无意的吐出来几声"是"，——这几乎要使得三姑娘稀奇得伸起腰来了："刚才还催我去玩哩!"

三姑娘实在是站起来了，一二三四的点着把数，然后又一把把的摆在菜篮，以便于明天一大早挑上街去卖。

见了三姑娘活泼泼的肩上一担菜，一定要奇怪，昨夜晚为什么那样没出息，不在火烛之下现一现那黑然而美的瓜子模样的面庞的呢? 不，——倘若奇怪，只有自己的妈妈。人一见了三姑娘挑菜，就只有三姑娘同三姑娘的菜，其余的什么也不记得，一因为耽误了一刻，三姑娘的菜就买不到手;三姑娘的白菜原是这样好，隔夜没有浸水，煮起来比别人的多，吃起来比别人的甜了。

我在祠堂里足足住了六年之久，三姑娘最后留给我的印象，也就在卖菜这一件事。

三姑娘这时已经是十二三岁的姑娘，因为是暑天，穿的是竹布单衣，颜色淡得同月色一般，——这自然是旧的了，然而倘若是新的，怕没有这样合式，不过这也不能够说定，因为我们从没有看见三姑娘穿过新衣:总之三姑娘是好看罢了。三姑娘在我们的眼睛里同我们的先生一样熟，所不同的，我们一望见先生就往里跑，望见三姑娘都不知不觉的站在那里笑。然而三姑娘是这样淑静，愈走近我们，我们的热闹便愈是消灭下去，等到我们从她的篮里拣起菜来，又从自己的荷包里掏出了铜子，简直是犯了罪孽似的觉得这太对不起三姑娘了。而三姑娘始终是很习惯的，接下铜子又把菜篮肩上。

一天三姑娘是卖青椒。这时青椒出世还不久，我们大家商议买四两来煮鱼吃，——鲜青椒煮鲜鱼，是再好吃没有的。三姑娘在用秤称，我们都高兴的了不得，有的说买鲫鱼，有的说鲫鱼还不及鳊鱼。其中有一位是最会说笑的，向着三姑娘道:

"三姑娘，你多称一两，回头我们的饭熟了，你也来吃，好不好呢?"

三姑娘笑了:

"吃先生们的一餐饭使不得? 难道就要我出东西?"

我们大家也都笑了;不提防三姑娘果然从篮子里抓起一把掷在原来称就了的堆里。

"三姑娘是不吃我们的饭的，妈妈在家里等吃饭。我们没有什么谢三姑娘，只望三姑娘将来碰一个好姑爷。"

我这样说。然而三姑娘也就赶跑了。

从此我没有见到三姑娘。到今年，我远道回家过清明，阴雾天气，打算去郊外看烧香，走到坝上，远远望见竹林，我的记忆又好像一塘春水，被微风吹起波皱了。正在徘徊，从竹林上坝的小径，走来两个妇人，一个站住了，前面的一个且走且回应，而我即刻认定了是三姑娘！

"我的三姐，就有这样忙，端午中秋接不来，为得先人来了饭也不吃！"

那妇人的话也分明听到。

再没有别的声息：三姑娘的鞋踏着沙土。我急于要走过竹林看看，然而也暂时面对流水，让三姑娘低头过去。

一九二四年十月作

（选自《语丝》1925 年 2 月 16 日第 14 期第 3—6 版）

## 【作品导读】

《竹林的故事》首发于 1925 年 2 月 16 日第 14 期《语丝》第 3—6 版，发表时署名冯文炳，全文 3600 余字。作者以青年人的视角讲述了乡间一户人家的日常生活故事，以三姑娘的境遇作为线索，行文流畅，笔力轻盈而质朴，全文萦绕着一种哀而不伤的氛围。

本文最值得读者注意的是文体和叙事。文章开篇先写竹林，以此为原点展开环境排布，讲老程一家如何过日子，讲乡间节庆风俗，讲三姑娘母女间微妙的交流和细小动作，讲学生们和三姑娘在不同时期的交流，最后以三姑娘的称呼变成"三姐"的暗示收束全文。至此，叙事已经不是本篇小说最深刻的目的，无论是中国古典小说中强调的"帝王将相，才子佳人"型的人物设置和叙事模式，还是西方结构主义小说理论中提倡的小说即叙事，抑或是现代派小说中解构叙事逻辑的写作思路，都统统不可强行加于此篇小说头上。

废名本人在写作时常常带有某种深藏的机敏，看似无意专注叙事，注意力不断游移，实则将大多数平凡人的哀乐尽收眼底，但在叙说时仅仅浅尝辄止。

《竹林的故事》内核是略微悲苦的。从现实角度来看，它反映了乡下普通人家拮据贫弱的生活：米常常不够下锅，母女俩为一条红绳的用途争执，家里人多灾多病，等等。这样的事件如果放在其他同时代作者那里，或许可写出一些主观色彩更为明显，批判气息更加浓重的乡土小说来。但作者通过安排大段景物或风俗描写冲淡了这种悲苦气息，达到和谐、安然的境界。废名不是全然不理会人间的不幸，而是有意将人世间的不幸进行淘洗后再选择性展现，这体现了废名对"真实"的独到理解，正如周作人评价废名作品时所说："这好像是一道流水，大约总是向东去朝宗于海，他流过的地方，凡有什么汊港弯曲，总得灌注潆洄一番，有什么岩石水草，总要披拂抚弄一下子，再往前走去，再往前去，这都不是他的行程的主脑，但除去了这些，也就别无行程了。"①

从周作人将废名的笔触比作流水可见，废名作品中叙述的过程便是写作的目的，讲述本身就是讲述的结果。这样一来也就不难理解文中看似克制内敛的情绪表达，实际上只是作者对人物和事件的"披拂抚弄"。本就没有倾注太多注意力于某个单一事件或情节上，这样一来反倒使得文中每一个情节和事件都凝结着作者的注意了。然而这样的散文化写法也常常让读者起疑，汪曾祺就说：我把废名的小说反复看了几遍，就觉得力不从心，无从下笔，我对废名的小说并没有真的看懂。②

可见，废名的作品本质上是逃避文本解读时的"唯一正解观"，也就是说，尊重拥有不同阅历的读者在阅读时的理解，体现了废名于平淡中执拗的心思。废名开创的小说样式就是在此种写作思维里练就的。废名对于白话文写作的贡献在于将小说和散文联系在一起，且让两者可以互相转化，"作为抒情诗的散文化小说"，同时将西方哲思理趣与中国传统禅宗观念相结合，"反映了京派面对中西文化时的特殊立场"。

作为京派小说的早期代表人物，废名将周作人的文艺观念引入散文之外的文体里加以践行，影响了后续京派代表作家，如沈从文、芦焚等。

**【思考与练习】**

1. 周作人在《竹林的故事》序中写道："我不知怎的总是有点'隐逸的'，有时候很想找一点温和的读，正如一个人喜欢在树阴下闲坐，虽然晒太阳也是一件快事。我读冯君的小说便是闲坐在树阴下的时候。"结合此篇小说及废名其他作品，试谈你对这一评价的理解。

2. 如何理解废名在小说中对死亡场面和死亡想象的描写？

（田　榕）

---

① 周作人：《莫须有先生传》，《鞭策》第 1 卷第 3 期，1932 年 3 月。
② 汪曾祺：《万寿宫丁丁响——代序》，《废名短篇小说集》，湖南文艺出版社 1997 年版。

# 菊英的出嫁

王鲁彦

王鲁彦（1901—1944），原名王衡，我国著名乡土小说家。他在作品中侧重描写真实的浙东民俗环境和乡土生活方式，开掘沿海乡镇子民在经济衰败中的动荡心理。

王鲁彦的代表作有短篇小说集《柚子》《黄金》《童年的悲哀》《屋顶下》，中篇小说《乡下》，长篇小说《野火》，散文集《驴子和骡子》《鲁彦散文集》等。

菊英离开她已有整整的十年了。这十年中她不知道滴了多少眼泪，瘦了多少肌肉了，为了菊英，为了她的心肝儿。

人家的女儿都在自己的娘身边长大，时时刻刻倚傍着自己的娘，"阿姆阿姆"的喊。只有她的菊英，她的心肝儿，不在她的身边长大，不在她的身边倚傍着喊"阿姆阿姆"。

人家的女儿离开娘的也有，例如出了嫁，她便不和娘住在一起。但做娘的仍可以看见她的女儿，她可以到女儿那边去，女儿可以到她这里来。即使女儿被丈夫带到远处去了，做娘的可以写信给女儿，女儿也可以写信给娘，娘不能见女儿的面，女儿可以寄一张相片给娘。现在只有她，菊英的娘，十年中不曾见过菊英，不曾收到菊英一封信，甚至一张相片。十年以前，她又不曾给菊英照过相。

她能知道她的菊英现在的情形吗？菊英的口角露着微笑？菊英的眼边留着泪痕？菊英的世界是一个光明的？是一个黑暗的？有神在保佑菊英？有恶鬼在捉弄菊英？菊英肥了？菊英瘦了？或者病了？——这种种，只有天知道！

但是菊英长得高了，发育成熟了，她相信是一定的。无论男子或女子，到了十七八岁的时候想要一个老婆或老公，她相信是必然的。她确信——这用不着问菊英——菊英现在非常的需要一个丈夫了。菊英现在一定感觉到非常的寂寞，非常的孤单。菊英所呼吸的空气一定是沉重的，闷人的。菊英一定非常的苦恼，非常的忧郁。菊英一定感觉到了活着没有趣味。或者——她想——菊英甚至于想自杀了。要把她的心肝儿菊英从悲观的，绝望的，危险的地方拖到乐观的，希望的，平安的地方，她知道不是威吓，不是理论，不是劝告，不是母爱，所能济事；唯一的方法是给菊英一个老公，一个年青的老公。自然，菊英绝不至于说自己的苦恼是因为没有老公；或者菊英竟当真的不晓得自己的苦恼是因何而起的也未可知。但是给菊英一个老公，必可除却菊英的寂寞，菊英的孤单。他会给菊英许多温和的安慰和许多的快乐。菊英的身体有了托付，灵魂有了依附，便会快活起来，不至于再陷入这样危险的地方去了。问一个十七八岁的女子要不要老公，这是不会得到"要"字的回答的。不论她平日如何注意男子，喜欢男子，想念男子，或甚至已爱上了一个男子，你都无须多礼。菊英的娘明白这个道理，所以也毅然的把女儿的责任照着向来的风俗放在自己的肩上了。她已经耗费了许多心血。五六年前，一听见媒人来说某人要给儿子讨一个老婆，她便要冒风冒雨，跋山涉水的去东西打听。于今，她心满意足了，她找到了一个非常好的女婿。虽然她现在看不见女婿，但是女婿在七八岁时照的一张相片，她看见过。他生的非常的秀丽，显见得是一个聪明的孩子。因了媒人的说合，她已和他的爹娘订了婚约。他的家里很有钱，聘金的多少是用不着开口的。四百元大洋已做一次送来。她现在正忙着办嫁妆，她的力量能好到什么地步，她便好到什么地步。这样，她才心安，才觉得对得住女儿。

菊英的爹是一个商人。虽然他并不懂得洋文，但是因为他老成忠厚，森森煤油公司的外国人遂把银根托付了他，请他做经理。他的薪水不多，每月只有三十元，但每年年底的花红往往超过他一年的薪水。他在森森公司五年，手头已有数千元的积蓄。菊英的娘对于穿吃，非常的俭省。虽然菊英的爹不时一百元二百元的从远处带来给她，但她总是不肯做一件好的衣服，买一点好的小菜。她身体很不强健，屡因稍微过度的劳动或心中有点不乐，她的大腿腰背便会酸起来，太阳心口会痛起来，牙齿会浮肿起来，眼睛会模糊起来。但是她虽然这样的多病，她总是不肯雇一个女工，甚至一个工钱极便宜的小女孩。她往往带着病还要工作。腰和背尽管酸痛，她有衣服要洗时，还是不肯在家用水缸里的水洗——她说水缸里的水是备紧要时用的——定要跑到河边，走下那高高低低摇动而且狭窄的一级一级的埠头，跪倒在最末的一级，弯着酸痛的腰和背，用力的洗她的衣服。眼睛尽管起了红丝，模糊而且疼痛，有什么衣或鞋要做时，她还是要带上眼镜，勉强的做她的衣或鞋。她的几种病所以成为医不好的老病，而且一天比一天厉害了下去，未始不是她过度的勉强支持所致。菊英的爹和邻居都屡次劝她雇一个女工，不要这样过度的操劳，但她总是不肯。她知道别人的劝告是对的。她知道自己的身体一天不如一天的缘故。但是她以为自己是不要紧的，不论多病或不寿。她以为要紧的是，赶快给女儿嫁一个老公，给儿子讨一个老婆，而且都要热热闹闹阔阔绰绰的举办。菊英的娘和爹，一个千辛万苦的在家工作，一个飘海过洋的在外面经商，一大半是为的儿女的大事。

如果儿女的婚姻草草的了事，他们的心中便要生出非常的不安。因为他们觉得儿女的婚嫁，是做爹娘责任内应尽的事，做儿女的除了拜堂以外，可以袖手旁观。不能使喜事热闹阔绰，他们便觉得对不住儿女。人家女儿多的，也须东挪西扯的弄一点钱来尽力的把她们一个一个，热热闹闹阔阔绰绰的嫁出去，何况他们除了菊英没有第二个女儿，而且菊英又是娘所最爱的心肝儿。

尽她所有的力给菊英预备嫁妆，是她的责任，又是她十分的心愿。

哈，这样好的嫁妆，菊英还会不喜欢吗？人家还会不称赞吗？你看，那一种不完备？那一种不漂亮？那一种不值钱？

大略的说一说：金簪二枚，银簪珠簪各一枚。金银发钗各二枚。挖耳，金的二个，银的一个。金的，银的和钻石的耳环各两副。金戒指四枚，又钻石的两枚。手镯三对，金的倒有二对。自内至外，四季衣服粗穿的具备三套四套，细穿的各二套。凡丝罗缎如纺绸等衣服皆在粗穿之列。棉被八条，湖绉的占了四条。毡子四条，外国绒的占了两条。十字布乌贼枕六对，两面都挑出山水人物。大床一张，衣橱二个，方桌及琴桌各一个。椅，凳，茶几及各种木器，都用花梨木和其他上等的硬木做成，或雕刻，或嵌镶，都非常细致，全件漆上淡黄，金黄和淡红等各种颜色。玻璃的橱头箱中的镶器光彩夺目。大小的蜡烛台六副，最大的每只重十二斤。其余日用的各种小件没有一件不精致，新奇，值钱。在种种不能详说（就是菊英的娘也不能一一记得清楚）的东西之外，还随去了良田十亩，每亩约计价一百二十元。

吉期近了，有许多嫁妆都须在前几天送到男家去，菊英的娘愈加一天比一天忙碌起来。一切的事情都要经过她的考虑，她的点督，或亲自动手。但是尽管日夜的忙碌，她总是不觉得容易疲倦，她的身体反而比平时强健了数倍。

她心中非常的快活。人家都由"阿姆"而至"丈姆"，由"丈姆"而至"外婆"，她以前看着好不难过，现在她可也轮到了！邻居亲戚们知道罢，菊英的娘不是一个没有福气的人！

她进进出出总是看见菊英一脸的笑容。"是的呀，喜期近了呢，我的心肝儿！"她暗暗的对菊英说。菊英的两颊上突然飞出来两朵红云。"是一个好看的郎君哩！聪明的郎君哩！你到他的家里去，做'他的人'去！让你日日夜夜跟着他，守着他，让他日日夜夜陪着你，抱着你！"菊英羞着抱住了头想逃走了。"好好的服侍他，"她又庄重的训导菊英说："依从他，不要使他不高兴。欢欢喜喜的明年就给他生一个儿子！对于公婆要孝顺，要周到。对于其他的长者要恭敬，幼者要和蔼。不要被人家说半句坏话，给娘争气，给自己争气，牢牢的记着！……"

　　音乐热闹的奏着，渐渐由远而近了。住在街上的人家都晓得菊英的轿子出了门。菊英的出嫁比别人要热闹，要阔绰，他们都知道。他们都预先扶老携幼的在街上等候着观看。

　　最先走过的是两个送嫂。她们的背上各斜披着一幅大红绫子，送嫂约过去有半里远近，队伍就到了。为首的是两盏红字的大灯笼。灯笼后八面旗子，八个吹手。随后便是一长排精制的，逼真的，各色纸童，纸婢，纸马，纸轿，纸桌，纸椅，纸箱，纸屋，以及许多纸做的器具。后面一顶鼓阁两杠纸铺陈，两杠真铺陈。铺陈后一顶香亭，香亭后才是菊英的轿子，这轿子与平常的花轿不同，不是红色，却是青色，四维着彩。轿后十几个人抬着一口十分沉重的棺材，这就是菊英的灵枢。棺材在一套呆大的格子架中，架上盖着红色的绒毡，四面结着彩，后面跟送着两个坐轿的，和许多预备在中途折回的，步行的孩子。

　　看的人都说菊英的娘办得好，称赞她平日能吃苦耐劳。她们又谈到菊英的聪明和新郎生前的漂亮，都说配合得得当。

　　这时，菊英的娘在家里哭得昏去了。娘的心中是这样的悲苦，娘从此连心肝儿的棺材也要永久看不见了。菊英幼时是何等的好看，何等的聪明，又是何等的听娘话！她才学会走路，尚不能说话的时候，一举一动已很可爱了。来了一位客，娘喊她去行个礼，她便过去弯了一弯腰。客给她糖或饼吃，她红了脸不肯去接，但看着娘，她说"接了罢，谢谢！"她便用两手捧了，弯了一弯腰。她随后便走到她的身边，放了一点在自己的口里，拿了一点给娘吃，娘说，"娘不要吃，"她便"嗯"的响了一声，露出不高兴的样子，高高的举着手，硬要娘吃，娘接了放在口里，她便高兴得伏在娘的膝上嘻嘻的笑了。那时她的爹不走运，跑到千里迢迢的云南去做生意，半年六个月没有家信，四年没有回家，也没有边烂钱寄回来。娘和她的祖母千辛万苦的给人家做粗做细，赚来养她，她六岁时自己学磨纸，七岁绣花，学做小脚娘子的衣裤，八岁便能帮娘磨纸，挑花边了。她不同别的孩子去玩耍，也不噪吃闲食，只是整天的坐在房子里做工。她离不开娘，娘离不开她。她是娘的肉，她是娘的唯一的心肝儿！好几次，娘想到她的爹不走运，娘和祖母日日夜夜低着头的给人家做苦工，还不能多赚一点钱，做一件好看的新衣服给她穿，买点好吃的糖果给她吃，反而要她日日夜夜的帮着娘做苦工，娘的心酸了起来，忽然抱着她哭了。她看见娘哭，也就放声大哭起来。

娘没有告诉她，娘想些什么，但是娘的心酸苦了，她也酸苦了。夜间娘要她早一点睡，她总是说做完了这一点。娘恐怕她疲倦，但是她反说娘一定疲倦了，她说娘的事情比她多。她好几次的对娘说，"阿姆，我再过几年，人高了，气力大了，我来代你煮饭。你太苦了，又要做这个，又要做那个。"娘笑了，娘抱着她说，"好的，我的肉！"这时，眼泪几乎从娘的眼中滚出来了。娘有时心中悲伤不过，脸上露着愁容，一言不发的独自坐着，她便走了过来，靠着娘站着说"阿姆，我猜阿爹明天要回来了。"她看见娘病了，躺在床上，她的脸上的笑容就没有了。她没有心思再做工，她但整天的坐在娘的床边，牵着娘的手，或给娘敲背，或给娘敲腿。八年来，娘没有打过她一下，骂过她半句，她实在也无须娘用指尖去轻轻的触一触！菩萨，娘是敬重的，娘没有做过一件秽渎菩萨的事情。但是，天呵！为什么不留心肝儿在娘的身边呢？那时虽是娘不小心，但也是为的她苦得太可怜了，所以娘才要她跟着祖母到表兄弟那里去吃喜酒，好趁此热闹热闹，开开心。谁能够晓得反而害了她呢？早知这样，咳，何必要她去呢！她原是不肯去的。

"阿姆不去，我也不去。"她对娘这样说。但是又有吃，又好看，又好耍，做娘的怎么不该劝她偶尔的去一次呢？"那末只有阿姆一个人在家了，"她固执不过娘，便答应了，但她又加上这一句，娘愿意离开她吗？娘能离开她吗？天呵，她去了八天，娘已经尽够苦恼了！她的爹在千里迢迢的地方，钱也没有，信也没有，人又不回来，娘日日夜夜在愁城中做苦工，还有什么生趣？娘的唯一的安慰只有这一个心肝儿，没有她，娘早就不想再活下去了。第九天，她跟着祖母回来了。娘是这样的喜欢：好像娘的灵魂失去了又回来一般！她一看见娘便喊着"阿姆"，跑到娘的身边来。

娘把她抱了起来，她便用手臂挽住了娘的颈，将面颊贴到娘的脸上来。娘问她去了八天喜欢不喜欢，她说，"喜欢，只是阿姆不在那里没有十分趣味。"娘摸她的手，看她的脸，觉得反而比先瘦了。娘心中有点不乐。过了一会，她咳嗽了几声，娘没有留意。谁知过了一会，她又咳嗽了。娘连忙问她咳嗽了几天，她说两天。娘问她身体好过不好过，她说好过，只是咳了又咳，有点讨厌。娘听了有点懊悔，忙到街上去买了两个铜子的苏梗来泡茶给她吃。她把新娘子生得什么样子，穿什么好的衣服，闹房时怎样，以及种种事情讲给娘听，她的确很喜欢，她讲起来津津有味。第二天早晨，她的声音有点哑了，娘很担忧。但因为要预备早饭，娘没有仔细的问她，娘烧饭时，她还代娘扫了房中的地。

吃饭时，娘看她吃不下去，两颊有点红色，忙去摸她的头，她的头发烧了。娘问她还有什么地方难过，她说喉咙有点痛。这一来，娘懊悔得不得了了，娘觉得以先不该要她去。祖母愈加懊悔，她说不知道那里疏忽了，竟使她受了寒，咳嗽而至于喉痛。娘放下饭碗，看她的喉咙，她的喉咙已如血一般红了。收拾过饭碗，娘又喊她到屋外去，给她仔细的看。这时，娘看见她喉咙的右边起了一个小小的雪白的点子。娘不晓得这是什么病，娘只知道喉病是极危险的。娘的心跳了起来，祖母也非常的担忧。娘又问她，那一天便觉得喉咙不好过了，这时她才告诉说，前天就觉得有点干燥了似的。娘连忙喊了一只划船，带她到四里远的一个喉科医生那里去。医生的话，骇死了娘，他说这是白喉，已起了两三天了。"白喉！"这是一个可怕的名字！娘听见许多人说，生这病的人都是一礼拜就死的！医生要把一根明晃晃的东西拿到她的喉咙里去搽药，她怕，她闭着嘴不肯。娘劝她说这不痛的，但是她依然不肯。最后，娘急得哭了："为了阿姆呀，我的肉！"于是她也哭了，她依了娘的话，让医生搽了一次药。回来时，医生又给了一包吃的和漱的药。

第二天，她更加厉害了：声音愈加哑，咳嗽愈加多，喉咙里面起了一层白的薄膜，白点愈加多，人愈发烧了。娘和祖母都非常的害怕。一个邻居的来说，昨天的医生不大好，他是中医，这种病应该早点请西医。西医最好的办法是打药水针，只要病人在二十四点钟内不至于窒息，药水针便可保好。娘虽然不大相信西医，但是眼见得中医医不好，也就不得不去试一试。首善医院是在万邱山那边，娘想顺路去求药，便带了香烛和香灰去。她怕中医，一定更怕西医，娘只好不告诉她到医院里，只说到万邱山求药去。

她相信了娘的话，和娘坐着船去了。但是到要上岸的时候，她明白了。因为她到过万邱山两次，医院的样子与万邱山一点也不像，她哭了，她无论如何不肯上岸去。娘劝她，两个划船的也劝她说，不医是不会好的，你不好，娘也不能活了，她总是不肯。划船的想把她抱上岸去，她用手乱打乱挣，哑着声音号哭得更厉害了，娘看着心中非常的不好过，又想到外国医生的厉害，怕要开刀做什么，她既一定不肯去，不如依了她，因此只到万邱山去求了药回来了。第三天早晨，她的呼吸是这样的困难：喉咙中发出嘶嘶的声音，好像有什么塞住了喉咙一般，咳嗽愈厉害，她的脸色非常的青白。她瘦了许多，她有二天没有吃饭了。娘的心如烈火一般的烧着，只会抱着流泪。祖母也没有一点主意，也只会流眼泪了。许多人说可以拿荸荠汁，莱菔汁，给她吃，娘也一一的依着办来给她吃过。但是第四天早晨，她的喉咙中声音响得如猪的一般了。说话的声音已经听不清楚。嘴巴大大的开着，鼻子跟着呼吸很快的一开一开。咳嗽的非常厉害。脸色又是青又是白，两颊陷了进去。下颚变得又长又尖，两眼呆呆的圆睁着，凹了进去，眼白青白的失了光，眼珠暗淡的不活泼了——像山羊的面孔！死相！

娘怕看了。娘看起来，心要碎了！但是娘肯甘心吗？娘肯看着她死吗？娘肯舍却心肝儿吗？不的！娘是无论如何也要想法子的！娘没有钱，娘去借了钱来请医生。内科医生请来了两个，都说是肺风，各人开了一个方子。娘又暗自的跪倒在灶前，眼泪如潮一般的流了出来，对灶君菩萨许了高王经三千，吃斋一年的愿，求灶君菩萨的保佑。娘又诚心的在房中暗祝说，如果有客在房中请求饶恕了她。今晚瘥了，今晚就烧五十锭，直到完全好了，摆一桌十六大碗的羹饭。上半天，那个要娘送她到医院去看的邻居又来了。他说今天再不去请医生来打药水针，一定不会好了。他说他亲眼看见过医好几个人，如果她在二十四点钟内不至于"走"，打了这药水针一定保好。请医院的医生来，必须喊轿子给他，打针和药钱都贵，他说总须六元钱才能请来，他既然这样说，娘在走投无路的时候也必须试一试看。娘没有钱，也没有地方可以再借了，娘只有把自己的皮袄托人拿去当了请医生。皮袄还有什么用处呢，她如果没有法子救了，娘还能活下去吗？吃中饭的时候，医生请来了。他说不应该这样迟才去请他，现在须看今夜的十二点钟了，过了这一关便可放心。她听见，哭了，紧紧的挽住了娘的头颈。她心里非常的清白。她怕打针，几个人硬按住了她，医生便在她的屁股上打了一针，灌了一瓶药水进去。

但是，命运注定了，还有什么用处呢！咳，娘是该要这样可怜的！下半天，她的呼吸渐渐透不转来，就在夜间十一点钟……天呀！

（选自王鲁彦短篇小说集《柚子》，1926 年 10 月，上海北新书局出版）

## 【作品导读】

20 世纪初，乡土小说迅速崛起。乡土小说的题材多为故土的人文风貌和社会生活，风格大多清新真实，文字间洋溢着浓厚的淳朴气息；以小窥大，构思精巧，矛头直指民众的愚昧和落后的风俗礼教。《菊英的出嫁》是王鲁彦乡土写实作品的代表作。王鲁彦以家乡浙东乡村为背景，叙写了一个在当下看来十分不可思议的民间故事，具有较大的民俗研究价值。

小说细腻地刻画了浙东地区一种叫冥婚的陋俗。作者欲写冥婚陋俗，却不开门见山，而是处处埋伏笔，在在隐线索。读者会在叙述中发现一些不合情理的地方：菊英离开母亲有十年之久，为何离去，又为何重回乡下出嫁？直到菊英出嫁时，纸人纸马的出现和绿色轿子的抬出，才让人恍然大悟——原来新郎新娘都是已故之人。在前半部分，小说用大量的笔墨写菊英母亲为菊英准备的各种嫁妆以及准备的过程，"没有一件不精致，新奇，值钱"；她仿佛看到菊英就在自己的身边，"喜期近了呢，我的心肝儿""好好的服侍他""欢欢喜喜的明年就给他生一个儿子"……在后半部分，小说以倒叙的手法，叙写了菊英母亲对女儿生前的追忆和对女儿之死的刻骨悲痛。菊英的母亲无疑是落后农村百姓的缩影，她早就知晓女儿已去世多年，可还愿意相信冥婚能给女儿带来所谓人生的幸福，不再孤零零一个人，所以她情愿奔波操劳，情愿在五六年前就为菊英物色合适的女婿；在发现菊英得了白喉的时候，她想着西医需要开刀子，可菊英又怕疼，就中途放弃了，后来菊英的病症越来越重，终无力回天。在这期间，菊英的母亲拿荸荠汁、莱菔汁给她服用，又拜菩萨求女儿痊愈……她的许多做法在今天看来无疑是愚昧和伪科学的，甚至可以说，她的无知是导致孩子死亡的重要原因。导致菊英之死的根源，是落后愚昧的封建思想和社会风气。在无声胜有声的叹息和悲呼中，王鲁彦深刻揭露了农村落后的生活现状，表达出想改变却无从下手的痛苦和无奈，令人扼腕叹息。

通篇来看，《菊英的出嫁》细致地刻画了一个活于母亲幻想与记忆中的女儿形象，菊英每一处或虚或实的神态、动作都牵动着菊英母亲的心。小说以意识流的手法，叙写了一曲跨越十年之久的乡村生活的悲歌。菊英出生后，母女幸福地生活在一起，不料女儿却患病死去；热闹的冥婚过后，只剩下人走茶凉的悲切和伤痛。看客和菊英的母亲形成了鲜明的对比，看客们"又谈到菊英的聪明和新郎生前的漂亮，都说配合得得当"；而菊英的母亲却"在家里哭得昏去"，直到这时，她才在内心深处真正地与女儿告别。喜事与丧事呼应，亲情同愚昧交织，令痛苦更甚，悲剧更悲。王鲁彦以奇妙的构思和生动的笔触，带给国人的警示意义，应刻于每一个人的胸膛，永远铭记于心。

【思考与练习】

1. 怎样看待菊英母亲的做法？
2. 试谈作品在构思上的创意。

（彭丽洁）

# 二月（节选）

柔 石

柔石（1902—1931），本名赵平福，后改为平复，我国著名作家、翻译家、革命家，中共党员，左联五烈士之一。

柔石一生积极宣传新文化运动，唤醒民众的革命意识，曾协助鲁迅主编《朝花》《语丝》等进步期刊，其代表作品有短篇小说集《疯人》《希望》，短篇小说《为奴隶的母亲》，中篇小说《二月》《三姊妹》等。《二月》出版后，被译为英、德、法等多种文字，成为中国小说中具有世界影响力的作品之一。

一

是阴历二月初，立春刚过了不久，而天气却奇异地热，几乎热的和初夏一样。在芙蓉镇的一所中学校底会客室内，坐着三位青年教师，静寂地各人看着各人自己手内底报纸。他们有时用手拭一拭额上的汗珠，有时眼睛向门外瞟一眼，好像等待什么人似的，可是他们没有说一句话。这样过去半点钟，其中脸色和衣着最漂亮的一位，名叫钱正兴，却放下报纸，站起，走向窗边将向东的几扇百页窗一齐都打开。一边，他稍稍有些恼怒的样子，说道：

"天也忘记做天的职司了！为什么将五月的天气现在就送到人间来呢？今天我已经换过两次的衣服了：上午由羔皮换了一件灰鼠，下午由灰鼠换了这件青缎袍子，莫非还叫我脱掉赤膊不成么？陶慕侃，你想，今年又要有变卦的灾异了——战争，荒歉，时疫，总有一件要发生呢？"

陶慕侃是坐在书架的旁边，一位年约三十岁，脸孔圆黑微胖的人；就是这所中学的创办人，现在的校长。他没有向钱正兴回话，只向他微笑的看一眼。而坐在他对面的一位，身躯结实而稍矮的人，却响应着粗的喉咙，说道：

"灾害是年年不免的，在我们这个老大的国内！近三年来，有多少事，江浙大战，甘肃地震，河南盗匪，山东水灾，你们想？不过像我们这芙蓉镇呢，总还算是世外桃源，过的太平日子。"

"要来的，要来的，"钱正兴接着恼怒地说："像这样的天气！"

前一位就站了起来，没趣地向陶慕侃问：

"陶校长，你以为天时的不正，是社会不安的预兆么？"

这位校长先生，又向门外望了一望，于是放下报纸，运用他老是稳健的心，笑迷迷地诚恳似的答道：

"那里有这种的话呢！天气的变化是自然底现象，而人间底灾害，大半都是人类自己底多事造出来的；譬如战争……"

他没有说完，又抬头看一看天色，却转了低沉的语气说道：

"恐怕要响雷了，天气有要下雷雨的样子。"

这时挂在壁上的钟，正铛铛铛的敲了三下。房内静寂片刻，陶慕侃又说：

"已经三点钟了，萧先生为什么还不到呢？方谋，照时候计算应当到了。假如下雨，他是要淋的湿的。"

就在他对面的那位方谋，应道：

"应当来了，轮船到埠已经有两点钟的样子。从埠到这里总只有十余里路。"

钱正兴也向窗外望一望，余怒未泄的说：

"谁保险他今天一定来的吗？那里此刻还不会到呢？他又不是小脚啊。"

"来的，"陶慕侃那么微笑的随口答，"他从来不失信：前天的挂号信，说是的的确确今天会到这里。而且嘱我叫一位校役去接行李，我已叫阿荣去了。"

"那末，再等一下罢。"

钱正兴有些不耐烦的小姐般的态度，回到他的原位子上坐着。

正这时，有一个十三四岁的小学生，快乐地气喘地跑进会客室里来，通报的样子，叫道：

"萧先生来了，萧先生来了，穿着学生装的。"

于是他们就都站起来，表示异常的快乐，向门口一边望着。随后一两分钟，就见一位青年从校外走进来。他中等身材，脸面方正，稍稍憔悴青白的，两眼莹莹有光，一副慈惠的微笑，在他两颊浮动者，看他底头发就可知道他是跑了很远的旅路来的，既长，又有灰尘。身穿着一套厚哗叽的藏青的学生装，姿势挺直。足下一双黑色长统的皮鞋，跟着挑行李的阿荣，一步步向校门踏进，陶慕侃等立刻迎上门口，校长伸出手，两人紧紧地握着。陶校长说：

"辛苦，辛苦，老友，难得你到敝地来，我们底孩子真是幸福不浅。"

新到的青年谦和地稍轻的答：

"我呼吸着美丽而自然底新清空气了！乡村真是可爱哟，我许久没有见过这样甜蜜的初春底天气哩!"

陶校长又介绍了他们,个个点头微笑一微笑,重又回到会客室内。陶慕侃一边指着挑行李的阿荣,一边高声说:

"我们足足有六年没有见面,足足有六年了。老友,你却苍老了不少呢!"

新来的青年坐在书架前面的一把椅子上,同时环视了会客室——也就是这校的图书并阅报室。一边他回答那位忠诚的老友:

"是的,我恐怕和在师范学校时大不相同,你是还和当年一样青春。"

方谋坐在旁边插进说:

"此刻看来,萧先生底年龄要比陶先生大了。萧先生今年的贵庚呢?"

"二十七岁。"

"照阴历算的么?那和我同年的。"他非常高兴的样子。

而陶慕侃谦逊的曲了背,似快乐到全身发起抖来:

"劳苦的人容易老颜,可见我们没有长进。钱先生,你以为对吗?"

钱正兴正呆坐着不知想什么,经这一问,似受了刺讽一般的答:

"对的,大概对的。"

这时天渐暗下来,云密集,实在有下雨的趋势。

他名叫萧涧秋,是一位无父母,无家庭的人,六年前和陶慕侃同在杭州省立第一师范学校毕业。当时他们两人底感情非常好,是同在一间自修室内读书,也同在一张桌子上吃饭的。可是毕业以后,因为志趣不同,就各人走上各人自己底路上了。萧涧秋在这六年之中,风萍浪迹,跑过中国底大部分的疆土。他到过汉口,又到过广州,近三年来都住在北京,因他喜欢看骆驼底昂然顾盼的姿势,和冬天底尖厉的北方底怒号的风声,所以在北京算住的最久。终因感觉到生活上的厌倦了,所以答应陶慕侃底聘请,回到浙江来。浙江本是他底故乡,可是在他底故乡内,他却没有一椽房子,一片土地的。从小就死了父母,只孑然一身,跟着一位堂姊生活。后来堂姊又供给他读书的费用,由小学而考入师范,不料在他师范学校临毕业的一年,堂姊也死去了。他满想对他底堂姊报一点恩,而他堂姊却没有看见他底毕业证书就瞑目长睡了。因此,他在人间更形孤独,他底思想,态度,也更倾向于悲哀,凄凉了。知己的朋友也很少,因为陶慕侃还是和以前同样地记着他,有时两人也通通信。陶慕侃一半也佩服他对于学问的努力,所以趁着这学期学校的改组和扩充了,再三要求他到芙蓉镇来帮忙。

当他将这座学校仔细地观察了一下以后,他觉得很满意。他心想——愿意在这校内住二三年,如有更久的可能还愿更久的做。医生说他心脏衰弱,他自己有时也感到对于都市生活有种种厌弃，只有看到孩子，这是人类纯洁而天真的花，可以使他微笑的。况且这座学校的房子，虽然不大，却是新造的，半西式的；布置，光线，都像一座学校。陶慕侃又将他底房间，位置在靠小花园的一边，当时他打开窗，就望见梅花还在落瓣。他在房内走了两圈，似乎他底过去，没有一事使他挂念的，他要在这里新生着了，从此新生着了。因为一星期的旅路的劳苦，他就向新床上睡下去。因为他是常要将他自己底快乐反映到人类底不幸的心上去的，所以，这时，他的三点钟前在船上所见的一幕，一件悲惨的故事底后影，在他脑内复现了：

小轮船从海市到芙蓉镇，须时三点钟，全在平静的河内驶的。他坐在统舱的栏杆边，眺望两岸的衰草。他对面，却有一位青年妇人，身穿着青布夹衣，满脸愁戚的。她很有大方的温良的态度，可是从她底两眼内，可以瞧出极烈的悲哀，如骤雨在夏午一般地落过了。她底膝前倚着一位约七岁的女孩，眼秀颜红，小口子如樱桃，非常可爱。手里捻着两只橘子，正在玩弄，似橘子底红色可以使她心醉。在妇人底怀内，抱着一个约两周的小孩，啜着乳。这也有一位老人，就向坐在她傍边的一位老妇问：

"李先生到底怎么哩？"

那位老妇凄惨地答：

"真的打死了！"

"真的打死了吗？"

老人惊骇地重复问。老妇继续答，她开始是无聊赖的，以后却起劲地说下去了：

"可怜真的打死了！什么惠州一役打死的，打死在惠州底北门外。听说惠州的城门，真似铜墙铁壁一样坚固。里面又排着阵图，李先生这边的兵，打了半个月，一点也打不进去。以后李先生愤怒起来，可怜的孩子，真不懂事，他自讨令箭，要一个人去冲锋。说他那时，一手捻着手提机关枪，腰里佩着一把钢刀，藏着一颗炸弹；背上又背着一支短枪，真像古代的猛将，说起来吓死人！就趁半夜漆黑的时候，他去偷营。谁知城墙还没有爬上去，那边就是一炮，接着就是雨点似的排枪。李先生立刻就从半城墙上跌下来，打死了！"老妇人擦一擦眼泪，继续说，"从李先生这次偷营以后，惠州果然打进去了。城内的敌兵，见这边有这样忠勇的人，胆也吓坏了，他们自己逃散了。不过李先生终究打死了！李先生的身体，他底朋友看见，打的和蜂窠一样，千穿百孔，血肉模糊。那里还有鼻头眼睛，说起来怕死人！"她又气和缓一些，说："我们这次到上海去，也白跑了一趟。李先生底行李衣服都没有了，恤金一时也领不到。他们说上海还是一个姓孙的管的，他和守惠州的人一契的，都是李先生这边的敌人。所以我们也没处去多说，跑了两三处都不像衙门的样子的地方，这地方是秘密的。他们告诉我，恤金是有的，可不知道什么时候一定有。我们白住在上海也费钱，只得回家。"稍停一息，又说："以后，可怜她们母子三人，不知怎样过活！家里一块田地也没有，屋后一方种菜的园地也在前年卖掉给李先生做盘费到广东去。两年来，他也没有寄回家一个钱。现在竟连性命都送掉了！李先生本是个有志的人，人又非常好；可是总不得志，东跑西奔了几年。于是当兵去，是骗了他底妻去的，对她是说到广东考武官。谁知刚刚有些升上去，竟给一炮打死了！"

两旁的人都听得摇头叹息，嘈杂地说——像李先生这样的青年死的如此惨，实在冤枉，实在可惜。但亦无可奈何！

这时，那位青年寡妇，止不住流出泪来。她不愿她自己底悲伤的润光给船内的众眼瞧见，几次转过头，提起她青夹衫的衣襟将泪拭了。老妇人说到末段的时候，她更低头看着小孩底脸，似乎从小孩底白嫩的包含未来之隐光的脸上可以安慰一些她内心底酸痛和绝望。女孩仍是痴痴地，微笑的，一味玩着橘子底圆和红色。一时她仰头向她底母亲问：

"妈妈，家里就到了喔？"

"就到了。"

妇人轻轻而冷淡的答。女孩又问：

"到了家就可吃橘子了喔？"

"此刻吃好了。"

女孩听到，简直跳起来。随即剥了橘子底皮，将红色的橘皮在手心上抛了数下，藏在她母亲底怀内。又将橘子分一半给她弟弟和母亲，一边她自己吃起来，又抬头向她母亲问：

"家里就到了喔？"

"是呀，就到了。"

妇人不耐烦地。女孩又叫：

"家里真好呀！家里还有娃娃呢！"

这样，萧涧秋就离开栏杆，向船头默默地走去。

船到埠，他先望见妇人，一手抱着小孩，一手牵着少女，那位述故事的老妇人是提着衣包走在前面。她们慢慢的一步步地向一条小径走去。

这样想了一回，他从床上起来。似乎精神有些不安定，失落了物件在船上一样。站在窗前向窗外望了一望，天已经刮起风，小雨点也在干燥的空气中落下几滴。于是他又打开箱子，将几部他所喜欢的旧书都拿出来，整齐地放在书架之上。又抽出一本古诗来，读了几首，要排遣方才的回忆似的。

## 二

从北方送来的风，一阵比一阵猛烈，日间的热气，到傍晚全有些寒意了。

陶慕侃领着萧涧秋，方谋，钱正兴三人到他家里吃当夜的晚饭。他底家离校约一里路，是旧式的大家庭的房子。朱色的柱已经经久远的日光晒的变黑。陶慕侃给他们坐在一间书房内。房内的橱，桌，椅子，天花板，耀着灯光，全交映出淡红的颜色。这个感觉使萧涧秋觉得有些陌生的样子，似发现他渺茫的少年的心底阅历。他们都是静静地没有多讲话，好像有一种严肃的力笼罩全屋内，各人都不敢高声似的。坐了一息，就听见窗外有女子的声音，在萧涧秋底耳里还似曾经听过一回的。这时陶慕侃走进房内说：

"萧呀，我底妹妹要见你一见呢！"

同着这句话底末音时，就出现一位二十三四岁模样的女子在门口，而且嬉笑的活泼的说：

"哥哥，你不要说，我可以猜得着那位是萧先生。"

于是陶慕侃说：

"那末让你自己介绍你自己罢。"

可是她又疯痴地，两眼凝视着萧涧秋底脸上，慢慢的说：

"要我自己来介绍什么呢？还不是已经知道了？往后我们认识就是了。"

陶慕侃笑向他底新朋友道：

"萧，你走遍中国底南北，怕不曾见过有像我妹妹底脾气的。"

她却似厌倦了，倚在房门的旁边，低下头将她自然的快乐换成一种凝思的愁态。一忽，又转呈微笑的脸问：

"我好似曾经见过萧先生的？"

萧涧秋答：

"我记不得了。"

她又依样淡淡地问：

"三年前你有没有一个暑假住过杭州底葛岭呢？"

萧涧秋想了一想答：

"曾经住过一月的。"

"是了，那时我和姊姊们就住在葛岭的旁边。我们一到傍晚，就看见你在里湖岸上徘徊，徘徊了一点钟，才不见你，天天如是。那时你还蓄着长发拖到颈后的，是么？"

萧涧秋微笑了一笑：

"大概是我了。八月以后我就到北京。"

她接着叹息的向她哥哥说：

"哥哥，可惜我那时不知道就是萧先生。假如知道，我一定会冒昧地叫他起来。"又转脸向萧涧秋说："萧先生，我是很冒昧的，简直粗糙和野蛮，往后你要原谅我，我们以前失了一个聚集的机会，以后我们可以尽量谈天了。你学问是渊博的，哥哥常是谈起你，我以后什么都要请教你，你能毫不客气地教我么？我是一个无学识的女子——本来，'女子'这个可怜的名词，和'学识'二字是连接不拢来的。你查，学识底人名表册上，能有几个女子底名字么？可是我，硬想要有学识。我说过我是野蛮的，别人以为女子做不好的事，我却偏要去做。结果，我被别人笑一趟，自己底研究还是得不到。像我这样的女子是可怜的，萧先生，哥哥常说我古怪，倒不如说我可怜贴切些，因为我没有学问而任意胡闹，我现在只有一位老母——她此刻在灶间里——和这位哥哥，他们非常爱我，所以由我任意胡闹。我在高中毕业了，我是学理科的；我又到大学读二年，又转学法科了。现在母亲和哥哥说我有病，叫我在家里。但我又不想学法科转想学文学了。我本来喜欢艺术的，因为人家说女子不能做数学家，我偏要去学理科。可是实在感不到兴味。以后想，穷人打官司总是输，我还是将来做一个律师，代穷人做状纸，辩诉。可是现在又知道不可能了。萧先生，哥哥说你于音乐有研究的人，我此后还是跟你学音乐罢。不过你还要教我一点做人的知识，我知道你同时又是一位哲学家呢！你或者以为我是太会讲话了，如此，我可详细地将自己介绍给你，你以后可以尽力来教导我，纠正我。萧先生，你能立即答应我这个请求么？"

她这样滔滔地婉转地说下去，简直房内是她一人占领着一样。她一时眼看着地，一时又瞧一瞧萧，一时似悲哀的，一时又快乐起来，她底态度非常自然而柔媚，同时又施展几分娇养的女孩的习气，简直使房内的几个人呆看了。萧涧秋是微笑的听着她底话，同时极注意的瞧着她的。她真是一个非常美貌的人——脸色柔嫩，肥满，洁白；两眼大，有光彩，眉黑，鼻方正，唇红，口子小；黑发长到耳根；一见就可知道她是有勇气而又非常美丽的。这时，他向慕侃说道：

"陶，我从来没有这样被窘迫过像你妹妹今夜的愚弄我。"又为难地低头向她说："我简直倒霉极了，我不知道向你怎样回答呢？"

她随即笑一笑说：

"就这样回答罢，我还要你怎样回答呢？萧先生，你有带你底乐谱来么？"

"带了几本来。"

"可以借我看一看么？"

"可以的。"

"我家里也有一架旧的钢琴呢，我是弹它不成调的，而给悲多汶还是一样地能够弹出《月光曲》来。萧先生请明天来弹一阕罢？"

"我底手指生疏了，我好久没有习练。"

"何必客气呢？"

她低声说了一句。这时方谋才惘惘然说：

"萧先生会弹很好的曲么？"

"他会的。"陶慕侃说，"他在校时就好，何况以后又努力。"

"那我也要跟萧先生学习学习呢！"

"你们何必这样窘我！"他有些惭愧的说，"事实不能掩饰的，以后我弹，你们评定就是了。"

"好的。"

这样，大家静寂了一息。倚在门边的陶岚——慕侃底妹妹，却似一时不快乐起来，她没有向任何人看，只是低头深思的，微皱一皱她底两眉。钱正兴一声也不响，抖着腿，抬着头向天花板望，似思索文章似的。当每次陶岚开口的时候，他立刻向她注意看着，等她说完，他又去望着天花板底花纹了。一时，陶岚又冷淡地说：

"哥哥，听说文嫂回来了，可怜的很呢！"

"她回来了？李……？"

她没有等她哥哥说完，又转脸向萧问：

"萧先生，你在船内有没有看见一位二十六七岁的妇人，领着一个少女和孩子的？"

萧涧秋立刻垂下头，非常不愿提起似的答：

"有的，我知道她们底底细了。"

女的接着说，伤心地：

"是呀，哥哥，李先生真的打死了。"

校长皱一皱眉，好像表示一下悲哀以后说：

"死总死一个真的，死不会死一个假呢？虽则假死的也有，在他可是有谁说过？萧，你也记得我们在师范学校的第一年，有一个时常和我一块的姓李的同学么？打死的就是此人。"

萧想了一想，说：

"是，他读了一年就停学了，人是很慷慨激昂的。"

"现在。"校长说，"你船上所见的，就是他底寡妻和孤儿啊！"

各人底心一时似乎都被这事牵引去，而且寒风隐约的在他们底心底四周吹动。可是一忽，校长却首先谈起别的来，谈起时局的混沌，不知怎样开展；青年死了之多，都是些爱国有志之士，而且家境贫寒的一批，家境稍富裕，就不愿做冒险的事业，虽则有志，也从别的方面去发展了。因此，他创办这所中学是有理由的，所谓培植人材，他愿此后忠心于教育事业，对未来的青年谋一种切实的福利。同时，陶慕侃更提高声音，似要将他对于这座学校的计划、方针，都宣布出来，并议论些此后的改善，扩充等事。可是用人传话，晚餐已经在桌上布置好了。他们就不得不停止说话，向厅堂走去。方谋喃喃地说：

"我们正谈的有趣，可是要吃饭了！有时候，在我是常常，谈话比吃饭更有兴趣的。"

陶慕侃说：

"吃了饭尽兴地谈罢，现在的夜是长长的。"

陶岚没有同在这席上吃。可是当他们吃了一半以后，她又站出来，倚在壁边，笑嘻嘻地说：

"我是痴的，不知礼的，我喜欢看别人吃饭。也要听听你们高谈些什么，见识见识。"

他们正在谈论着"主义"，好似这时的青年没有主义，就根本失掉青年底意义了。方谋底话最多，他喜欢每一个人都有一种主义，他说，"主义是确定他个人底生命的！和指示着社会底前途的机运的，"于是他说他自己是信仰三民主义，因为三民主义就是救国主义。"想救国的青年，当然信仰救国主义，那当然信仰三民主义了。"一边又转问：

"可不知道你们信仰什么？"

于是钱正兴兴致勃勃，同时做着一种姿势，好叫旁人听得满意一般，开口说道：

"我却赞成资本主义！因为非商战，不能打倒外国。中国已经是欧美日本的商场了，中国人底财源的血，已经要被他们一口一口地吸燥了。别的任凭什么主义，还是不能救国的。空口喊主义，和穷人空口喊吃素会成佛一样的！所以我不信仰三民主义，我只信仰资本主义。惟有资本主义可以压倒军阀；国内的交通，实业，教育，都可以发达起来。所以我以为要救国，还是首先要提倡资本主义，提倡商战！"

他起劲地说到这里，眼不瞬的看着坐在他对面的这位新客，似要引他底赞同或驳论。可是萧涧秋低着头不做声响，陶慕侃也没有说，于是方谋又说，提倡资本主义是三民主义里底一部分，民生主义上是说借外债来兴本国底实业的。陶岚在旁边几次向她哥哥和萧涧秋注目，而萧涧秋却向慕侃说，他要吃饭了，有话吃了饭再谈，方谋带着酒兴，几乎手足乱舞地阻止着，一边强迫地问他：

"萧先生，你呢？你是什么主义者？我想，你一定有一个主义的。主义是意志力的外现，像你这样意志强固的人，一定有高妙的主义的。"

萧涧秋微笑地答：

"我没有。——主义到了高妙，又有什么用处呢？所以我没有。"

"你会没有？"方谋起劲地，"你没有看过一本主义的书么？"

"看是看过一点。"

"那末你在那书里找不出一点信仰么？"

"信仰是有的，可是不能说出来，所以我还是个没有主义的人。"

在方谋底酒意的心里一时疑惑起来，心想他一定是个共产主义者。但转想，——共产主义有什么要紧呢？在党的政策之下，岂不是联共联俄的么？虽则共产主义就是……于是他没有推究了，转过头来向壁边呆站着的陶岚问：

"Miss 陶，你呢？请你告诉我们，你是什么主义者呀？我们统统说过了：你底哥哥是人才教育主义，钱先生是资本主义，……你呢？"

陶岚却冷冷地严峻地几乎含泪的答：

"我么？你问我么？我是自私自利的个人主义者！社会以我为中心，于我有利的拿了来，于我无利的推了去！"

萧涧秋随即向她奇异地望了一眼。方谋底已红的脸，似更羞涩似的。于是各人没有话。陶慕侃就叫用人端出饭来。

吃了饭以后，他们就从校长底家里走出来。风一阵一阵地刮大了。天气骤然很寒冷，远飘着细细的雨花在空中。

（选自柔石《二月》，上海春潮书局 1929 年版）

**【作品导读】**

早春二月，充满希望；冬末二月，凄冷悲凉。《二月》反映出接受了五四新思想洗礼的知识分子的个人理想与社会现实的激烈冲突。追求进步的主人公萧涧秋对大革命感到失望，应好友陶慕侃之邀，到芙蓉镇这一"世外桃源"教书，结识进步女青年陶岚。内心的人道主义使他对革命战士遗孀文嫂伸出援助之手，却被外界的流言蜚语所中伤，文嫂与儿子惨死，满怀理想的萧涧秋最终绝望离开。

1929年《二月》出版后，鲁迅曾说道："我从作者用了工妙的技术所写成的草稿上，看见了近代青年中这样的一种典型，周遭的人物，也都生动。"① 在《二月》中，柔石塑造了众多典型人物的悲剧形象，文嫂的悲苦、萧涧秋的善良和陶岚的勇敢与热切交织缠绕，"节外生枝，枝外又生节"。封建的观念、战争的灾异与社会的不安使一幕幕悲剧在芙蓉镇这一"世外桃源"不断上演。

文嫂是底层愚昧女性的代表，文嫂的悲剧看似源于丧夫后生活的无助，实则源于战争。所谓"人间底灾害，大半都是人类自己底多事造出来的"，小说开头便表现出强烈的反战情绪，战争是文嫂悲剧命运的开端，而战争造成的生活困境则直接导致了她的毁灭。文嫂的悲剧是注定的，她将萧涧秋视为"救世主"，甚至愿意"做一世的佣人"报答萧涧秋。而萧涧秋的援助虽暂时延缓了毁灭的到来，却无意间将她抛向流言的旋涡中，遭受"群众底心，群众底口"之惨烈蹂躏。

萧涧秋是五四时期青年进步知识分子的代表，他的悲剧是理想主义者的悲剧，更是时代与社会压抑下的悲剧。萧涧秋心怀光明与希望，"孤零的徘徊在人间之中"，他自幼被堂姐带大，却没有对堂姐报恩的机会，这也是其人道主义精神的来源之一。知晓文嫂的困境后，矜持与犹豫的性格甚至使他产生了"我决计娶了那位寡妇来"的想法。然而，现实中他处处碰壁，如同梦中那样"自己向一条深的河里跳下去，昏沉地失了知觉，似乎只抱着一块小木板，随河水流去，大概将要流到海里"。擅长使用精神分析学理论的弗洛伊德认为，梦是潜意识被压抑的表现。萧涧秋之梦深切地反映出他在现实中的无助感，命运对他来说是游荡的、虚无的，他所面对的是昏沉一般的漂泊人生。

陶岚是具有觉醒意识的知识女性的代表，她聪明、热情、美丽、直爽，不受封建礼教的束缚，是芙蓉镇的"王后"。但受思想条件和社会环境的限制，她同样具备女性的传统特质，渴望拥有幸福家庭，这与萧涧秋的自由的人生追求相背离。为此，萧涧秋努力克制个人情感的外溢，告诫自己"我已经完全被环境所支配"，"应该避开女子没有理智的目光的辉照"。陶岚的热切与萧涧秋的孤寂终究无法碰撞出明亮的火花，究其原因，社会大环境影响了知识分子的个性与追求，也酿成了两人无果的爱情悲剧。

① 鲁迅：《柔石作〈二月〉小引》，《朝花旬刊》，1929年第1卷第10期。

　　亚里士多德认为，命运是悲剧的主角。《二月》中的悲剧反映出命运带给人物的"无力感"，这里的命运更多指一种时代下的灾难与苦痛，不论是战争还是封建礼教，都支配着人物的行动。小说中主人公反抗后的"无力感"与"漂泊感"，正是悲剧的来源，这也反映出五四时期进步知识分子内心的彷徨和苦闷，以及人道主义在当时社会中的失败。

　　小说结尾处写道："莫非这样的妇人与孩子在这个国土内很多么？救救妇人与孩子！"这是萧涧秋的呐喊，更是柔石的呐喊，作为左联青年作家，柔石"教育救国"的理念在《二月》中可以窥知一二。《二月》具有柔石的自传叙述风格，表现出五四时期的作家与知识分子对社会理想的追求，以及对时代的反思，意义深远。

【思考与练习】

　　1. 鲁迅在《狂人日记》中有"救救孩子吧"的呐喊，柔石在《二月》中同样有"救救妇人与孩子"的高呼，两者有什么异同？

　　2. 在主人公萧涧秋身上不难看出作者柔石的影子，请结合作品创作背景，分析萧涧秋这一人物形象。

（马薇薇）

# 丰收（节选）

叶　紫

叶紫（1910—1939），原名余鹤林，又名余昭明、汤宠，我国现代剧作家、小说家。1933年6月，以叶紫为笔名，在《无名文艺》月刊创刊号上发表处女作《丰收》，该文后收入《奴隶丛书》。

叶紫的主要代表作有短篇小说《丰收》《火》《杨七公公过年》，中篇小说《星》，散文《古渡头》《岳阳楼》等。

## 一

时间是快要到清明节了。天，下着雨，阴沉沉的没有一点晴和的征兆。

云普叔坐在"曹氏家祠"的大门口，还穿着过冬天的那件破旧棉袍；身子微微颤动，像是耐不住这袭人的寒气。他抬头望了一望天，嘴边不知道念了几句什么话，又低了下去。胡须上倒悬着一线一线的涎沫，迎风飘动，刚刚用手抹去，随即又流出了几线来。

"难道再要和去年一样吗？我的天哪！"

他低声地说了这么一句，便回头反望着坐在戏台下的妻子，很迟疑地说着：

"秋儿的娘啊！'惊蛰一过，棉裤脱落！'现在快清明了，还脱不下去袍儿。这，莫非是又要和去年一样吗？"

云普婶没有回答，在忙着给怀中的四喜儿喂奶。

天气也真太使人着急了，立春后一连下了三十多天雨没有停住过，人们都感受着深沉的恐怖。往常都是这样：春分奇冷，一定又是一个大水年岁。

"天啦！要又是一样……"

云普叔又掉头望着天，将手中的一根旱烟管，不住地在石阶上磕动。

"该不会吧！"

云普婶歇了半天功夫，随便地说着，脸还是朝着怀里的孩子。

"怎么不会呢？春分过了，还有这样的寒冷！庚午年，甲子年，丙寅年的春天，不都是有这样冷吗？况且，今天的天老爷是要大收人的！"

云普叔反对妻子的那种随便的答复，好像今年的命运，已经早在这儿卜定了一般。关帝爷爷的灵签上曾明白地说过了：今年的人，一定是要死去六七成的！

烙印在云普叔脑筋中的许多痛苦的印象，凑成了那些恐怖的因子。他记得：甲子年他吃过野菜拌山芋，一天只能捞到一顿。乙丑年刚刚好一点，丙寅年又喊吃树根。庚午辛未年他还年少，好像并不十分痛苦。只有去年，我的天呀！云普叔简直是不能去想啊！

去年，云普叔一家有八口人吃茶饭，今年就只剩了六个：除了云普婶外，大儿子立秋二十岁，这是云普叔的左右手！二儿子少普十四岁，也已经开始在田里和云普叔帮忙。女儿英英十岁，她能跟着妈妈打斗笠。最小的一个便是四喜儿，还在吃奶。云普爷爷和一个六岁的虎儿，是去年八月吃观音粉①吃死的。

这样一个热闹的家庭中，吃呆饭的人一个也没有，谁不说云普叔会发财呢？是的，云普叔原是应该发财的人，就因为运气太不好了，连年的兵灾水旱，才把他压得抬不起头来。不然，他也不会那么示弱于人哩！

……

看看地，禾苗都发了根，涨了苞，很快地便标线了，再刮二三日老南风，就可以看到黄金色的谷子摆在眼前。云普叔真是喜欢啊！这不是他日夜辛劳的代价吗？

他几乎欢喜得发跳起来，就在他将要发跳的第二天里，天老爷忽然翻了脸。蛋大的雨点由西南方直向这垄上扑来，只有半天功夫，池塘里的水都起膨涨。云普叔立刻就感受着有些不安似的，恐怕这好好的稻花，都要被雨点打落，而影响到收成的不丰。午后，雨渐渐地停住了，云普叔的心中，像放落一副千斤担子般的轻快。

半晚上，天上忽然黑得伸手看不见自家的拳头，四面的锣声，像雷一般地轰着，人声一片一片地喧嚷奔驰，风刮得呼呼地叫吼，云普叔知道又是外面发生了什么意外的事变，急急忙忙地叫起了立秋，由黑暗中向着锣声的响处飞跑。

路上，云普叔碰到了小二疤子，知道西水和南水一齐暴涨了三丈多，曹家垄四围的堤口，都危险得厉害，锣声是喊动大家去挡堤的。

云普叔吃了一惊，黑夜里陡涨几丈水，是四五十年来少见的怪事。他慌了

---

① 观音粉：一种白色的细泥土。

张，锣声越响越厉害，他的脚步也越加乱了。天黑路滑，跌倒了又爬起来。最后是立秋扶住他跑的，还不到三步，就听到一声天崩地裂的震响，云普叔的脚像弹棉花絮一般战动起来。很快地，如万马奔驰般的浪涛向他们扑来了。立秋急急地背起云普叔返身就逃。刚才回奔到自己的头门口，水已经流到了阶下。

新渡口的堤溃开了三十几丈宽一个角，曹家垄满坑子的黄金都化成了水。

于是云普叔发了疯。半年辛辛苦苦的希望，一家生命的泉源，都在这一刹那间被水冲毁得干干净净了。他终天地狂呼着：

"天哪！我粒粒的黄金都化成了水！"

……

二

天毕竟是晴和了，人们从蛰伏了三十多天的阴郁的屋子里爬出来。菜青色的脸膛，都挂上了欣欢的微笑。孩子们一伴一伴地跑来跑去，赤着脚在太阳底下踏着软泥儿耍着。

水全是那样满满的，无论池塘里、田中或是湖上。遍地都长满了嫩草，没有晒干的雨点挂在草叶上，像一颗一颗的小银珠。杨柳发芽了，在久雨初晴的春色中，这垄上，是一切都有了欣欣开展的气象。

人们立时开始喧嚷着，活跃着。展眼望去，田畦上时常有赤脚来往的人群，徘徊观望；三个五个一伙的，指指池塘又查查决口，谈这谈那，都准备着，计划着，应该如何动手做他们在这个时节里的功夫。

斗笠的销路突然地阻塞了，为了到处都天晴。男子们白天不能在家里剖篾，妇人和孩子的工作，也无形中松散下来，生活的紧箍咒，随即把这整个的农村牢牢地套住。努力地下田去工作吧，工作时原不能不吃饭啊！

整日祈祷着天晴的云普叔，他的目的总算是达到了。然而微笑是很吝啬地只在他的脸上轻轻地拂了一下，便随着紧蹙的眉尖消逝了。棉袍还是不能脱下，太阳晒在他的身上，只有那么一点儿辣辣的难熬，他没有放在心上。他只是担心着，怎样地才能够渡过这紧急的难关——饱饱地捞两餐白米饭吃了，补一补精神，好到田中去。

斗笠的销路没有了，眼前的稀饭就起了巨大的恐慌，于是云普叔更加焦急。他知道他的命苦，生下来就没有过过一时舒服的生涯。今年五十岁了，苦头总算吃过不少，好的日子却还没有看见过。算八字的先生都说：他的老晚景很好；然而那是五十五岁以后的事情，他总不能十分相信。两个儿子又都不懂事，处在这样大劫数的年头，要独立支持这么一家六口，那是如何困难的事情啊！

"总得想个办法啦！"

……

深夜，云普叔带着哭丧的脸色跑回来，从背上卸下来一个小小的包袱：

"妈妈的，这是三块六角钱的蚕豆！"

六条视线，一齐投射在这小小的包袱上，发出了几许饥饿的光芒！云普叔的眶儿里，还饱藏着一包满满的眼泪。

## 三

……

镜清秃子带了一个满面胡须的人走进屋来，云普叔的心中，就像有千万把利刀在那儿穿钻。手脚不住地发抖，眼泪一串一串地滚下来。让进了堂屋，随便地拿了一条板凳给他们坐下，自己另外一边站着。云普婶还躲在里面没有起来，眼睛早已哭得红肿了。孩子们，小的两个都躺着不能爬起来，脸上黄瘦得同枯萎了的菜叶一样。

立秋靠着门边，少普站在哥哥的后面，眼睛都湿润润的。他们失神地望了一望这满面胡须的人，随即又把头转向另一方面去。

沉寂了一会，那胡子像耐不住似地：

"镜清，那孩子现在在哪里呢？"

"还在里面啊！十岁，名叫英英姐。"秃子点点头，像叫他不要性急。

云普婶从里面踱出来，脚有一千斤重，手中拿着一身补好了的小衣裤，战栗得失掉了主持。一眼看见秃子，刚刚喊出一声"镜清伯！……"便哇地一声，迸出了两行如雨的眼泪来，再说不出一句话了。云普叔用袖子偷偷地扪着脸。立秋和少普也垂头呜咽地饮泣着！

秃子慌张了，急急地瞧了那胡子一眼，回头对云普婶安慰似地说：

"嫂嫂！你何必要这样伤心呢？英英同这位夏老爷去了，还不比在家里好吗！吃的穿的，说不定还能落得一个好主子，享福一生。桂生家的菊儿，林道三家的桃秀，不都是好好地去了吗？并且，夏老爷……"

"伯伯！我，我现在是不能卖了她的！去年我们讨米到湖北，那样吃苦都没有肯卖。今年我更加不能卖了，她，我的英儿，我的肉！呜！……"

"哦！"

夏胡子钉了秃子一眼。

"云普！怎么？变了卦吗？昨晚还说得好好的。……"秃子急急地追问云普叔。话还没有说完，云普婶连哭带骂地向云普叔扑来了：

"老鬼！都是你不好！养不活儿女，做什么鸡巴人！没有饭吃了来设法卖我的女儿！你自己不死！老鬼，来！大家拼死了落得一个干净！想卖我女儿万万不能！"

……

<h2 style="text-align:center">六</h2>

……

穗子一天一天地黄起来，云普叔脸上的笑容也一天一天地加厚着。他真是忙碌啊！补晒箪，修风车，请这个来打禾，邀那个来扎草，一天到晚，他都是忙得笑迷迷的。今年的世界确比往年要好上三倍，一担田，至少可以收三十四五担谷。这真是穷苦人走好运的年头啊！

去年遭水灾，就因为是堤修得不好，今年首先最要紧的是修堤。再加厚它一尺土吧，那就怎么大水都可以不必担心事了。这是种田人应尽的义务呀！堤局里的委员早已来催促过。

"曹云普，你今年要出八块五角八分的堤费啦！"

这是应该的，一石多点谷！打禾后我亲自送到局里来！劳了委员先生的驾。应该的，应该的！

云普叔满面笑容地回答着。堤不修好，免不了第二年又要遭水灾。

保甲先生也衔了团防局长的使命，来和云普叔打招呼了：

"云普叔，你今年缴八块四角钱的团防捐税啦！局里已经来了公事。"

"怎么有这样多呢？甲老爷！"

"两年一道收的！去年你缴没有缴过？"

"啊！我慢慢地给你送来。"

"还有救国捐五元七角二，剿共捐三元零七。"

"这！又是什么名目呢？甲，甲老爷！"

"咄！你这老头子真是老糊涂了！东洋鬼子打到北平来了，你还在鼓里困。这钱是拿去买枪炮来救国打共匪的呀！"

"啊呀！……晓得，晓得了！我，我，我送来。"

云普叔并不着急，光是这几块钱，他真不放在心上。他有巨大的收获，再过四五天的世界尽是黄金，他还有什么要着急的呢？

……

# 八

　　为着几次坚决地反对办"打租饭",大儿子立秋又赌气地跑出了家门。云普叔除了怄气之外,仍旧是恭恭敬敬地安排着。无论如何,他可以相信在这一次"打租"的筵席上,多少总可以博得爷们一点同情的怜悯心。他老了,年老的人,在爷们的眼睛里,至少总还可以讨得一些便宜吧!

　　一只鸡,一只鸭子,两碗肥肥的猪肉,把云普叔馋得拖出一线一线的唾沫来。进内换了一身补得规规矩矩了的衣裤,又吩咐少普将大堂扫得清清爽爽了,太阳还没有当空。

　　早晨云普叔到过何八爷家里,又到过李三爹庄上;诚恳地说明了他的敬意之后,八爷三爹都答应来吃他们一餐饭,堤局里的陈局长也在内,何八爷准许了替云普叔邀满一桌人。

　　桌上的杯筷已经摆好了,爷们还没有到。云普叔又恭恭敬敬地站在大门口观望了一回,远远地似乎有两行黑影向这方移动了。连忙跑进来,吩咐少普和四喜儿暂时躲到后面去,不要站在外面碍了爷们的眼。四条长凳子,重新地将它们揩了一阵,自己觉得没有什么不干净的地方了,才安心地站在门边侍候爷们的驾到。

　　一路总共七个人,除了三爹八爷和陈局长以外,各人还带了一位算租谷的先生。其他的两位不认识,一个有兜腮胡须的像菩萨,一位漂漂亮亮的后生子。

　　"云普!你费了力呀!"满面花白胡子,眼睛像老鼠的三爹说。

　　"实在没有什么,不恭敬得很!只好请三爹,八爷,陈老爷原谅原谅!唉!老了,实在对不住各位爷们!"

　　云普叔战战兢兢地回答着,身子几乎缩成了一团。"老了"两个字说得特别的响。接着便是满脸的苦笑。

　　"我们叫你不要来这些客气,你偏要来,哈哈!"何八爷张开着没有血色的口,牙齿上堆满了大粪。

　　"八爷,你老人家……唉!这还说得上客气吗?不过是聊表佃户们一点孝心而已!一切还是要请八爷的海量包涵!"

　　"哈哈!"

　　陈局长也跟着说了几句勉励劝慰的话,少普才从后面把菜一碗一碗地捧出来。

　　"请呀!"

筷子羹匙，开始便像狼吞虎咽一样。云普叔和少普二人分立在左右两旁侍候，眼睛都注视着桌上的菜肴。当肥肥的一块肉被爷们吞嚼得津津有味时，他们的喉咙里像有无数只蚂蚁在那里爬进爬出。涎水从口角里流了出来，又强迫把它吞进去。最后少普简直馋得流出来眼泪了，要不是有云普叔在他旁边，他真想跑上去抢一块来吃吃。

像上战场一般地挨过了半点钟，爷们都吃饱了。少普忙着泡茶搬桌子，爷们都闲散地走动着。五分钟后，又重新地围坐拢来。

云普叔垂着头，靠着门框边站着，恭恭敬敬地听候爷们说话。

"云普，饭也吃过了，你有什么话，现在尽管向我们说呀！"

"三爹，八爷，陈老爷都在这里，难道你们爷们还不明白云普的困难吗？总得求求爷们……"

"今年的收成不差呀！"

"是的，八爷！"

"那么，你打算要说些什么呢？"

"我想，想求求爷们！……"

"啊！你说。"

"实在是云普去年的元气伤狠了，一时恢复不起来。满门大小天天要吃这些，云普又没有力量赚活钱，呆板地靠田中过日子。总得要求求八爷，三爹……"

"你的打算呢？"

"总求八爷高抬贵手，在租谷项下，减低一两分。去年借的豆子和今年种谷项下，也要请八爷格外开恩！……三爹，你老人家也……"

"好了，你的意思我统统明白了，无非是要我们少收你几粒谷。可是云普，你也应当知道呀！去年，去年谁没有遭水灾呢？我们的元气说不定还要比你损伤得厉害些呢！我们的开销至少要比你大上三十倍，有谁来替我们赚进一个活钱呢？除了这几粒租谷以外！……至于去年我借给你的豆子，你就更不能说什么开恩不开恩。那是救过你们性命的东西啦！借给你吃已算是开过恩了，现在你还好意思说一句不还吗？……"

"不是不还八爷，我是想要求八爷在利钱上……"

"我知道呀！我怎能使你吃亏呢？借豆子的不止你一个人。你的能够少，别人的也能够少。这是万万做不到的事情啊！至于种谷，那更不是我的事情，我仅仅经了一下手，那是县库里的东西，我怎么能够做主呢？"

"是的，八爷说的也是真情！云普老了，这次只要求八爷三爹格外开一回恩，下年收成如果好，我决不拖欠！一切沾爷们的光！……"

云普叔的脸色十分沮丧了，说话时的喉咙也硬酸酸的。无论如何，他要在这儿尽情地哀告。至少，一年的吃用是要求到的。

"不行！常年我还可以通融一点，今年半点也不能行！假使每个人都和你一样的麻烦，那还了得！而且我也没有那许多精神来应付他们。不过，你是太可怜了，八爷也决不会使你吃亏的。你今年除去还捐还债以外，实实在在还能落到手几多？你不妨报出来给我听听看！"

"这还打得过八爷的手板心吗？一共收下来一百五十石谷子，三爹也要，陈老爷也要，团防局也要，捐钱，粮饷，……"

"哪里只有这一点呢？"

"真的！我可以赌咒！……"

"那么，我来给你算算看！"

八爷一面说着，一面回头叫了那位穿蓝布长衫的算租先生：

"涤新！你把云普欠我的租和账算算看？"

"八爷，算好了！连租谷，种子，豆子钱，头利一共一百零三石五斗六升！云普的谷，每担作价一块三角六。"

"三爹你呢？"

"大约也不过三十石吧！"

"堤局约十来石光景！"陈局长说。

"那么，云普你也没有什么开销不来呀！为什么要这样噜苏呢？"

"哎呀！八爷！我一家老小不吃吗？还有团防费，粮饷，捐钱都在里面！八爷呀！总要你老人家开恩！……"

云普叔的眼泪跑出来了！在这种紧急关头中，他只有用最后的哀告来博取爷们的怜悯心。他终于跪下来了，向爷们像拜菩萨一样地叩了三四个响头。

"八爷三爹呀！你老人家总要救救我这老东西！……"

"唔！……好！云普，我答应你。可是，现在的租谷借款项下，一粒也不能拖欠。等你将来到了真正不能过门的时候，我再借给你一些吃谷是可以的！并且明天你就要替我把谷子送来！多挨一天，我便多要一天的利息！四分五！四分五！……"

"八爷呀！"

第二天的清早，云普叔眼泪汪汪地叫起来了少普，把仓门打开。何八爷李三爹的长工都在外面等待着。这是爷们的恩典，怕云普叔一天送去不了这许多，特地打发自家的长工来帮忙挑运。

黄黄的，壮壮的谷子，一石一石地从仓孔中量出来，云普叔的心中，像有千万利刀在那里宰割。眼泪水一点一点地淌下，浑身阵阵地发颤。英英满面泪容的影子，蚕豆子的滋味，火烈的太阳，狂阔的大水，观音粉，树皮，……都趁着这个机会，一起涌上了云普叔的心头。

长工的谷子已经挑上肩了，回头叫着云普叔：

"走呀！"

云普叔用力地把谷子挑起来，像有一千斤重。汗如大雨一样地落着！举眼恨恨地对准何八爷的庄上望了一下，两腿才跨出头门。勉强地移过三五步，脚底下活像着了锐刺一般疼痛。他想放下来停一停，然而头脑昏眩了，经不起一阵心房的惨痛，便横身倒下来了！

"天啦！"

他只猛叫了这么一句，谷子倾翻了一满地。

"少普！少普！你爹爹发痧！"

"爹爹！爹爹！爹爹呀！……"

"云普，云普！"

"妈妈来呀，爹爹不好了！"

云普婶也急急地从里面跑出来，把云普叔抬卧在戏台下的一块门板上，轻轻地在他的浑身上下捶动着：

"你有什么地方难过吗？"

"唔！……"

云普叔的眼睛闭上了。长工将一石一石的谷子从云普叔的身边挑过，脚板来往的声音，统统像踏在云普叔的心上。渐渐地，在他的口里冒出了鲜血来。

保甲正带着一位委员老爷和两个佩盒子炮的大兵闯进来了。后面还跟着五六个备有箩筐扁担的工役。

"怎么！云普生病了吗？"

少普随即走来打了招呼：

"不是的，刚刚劳动了一下，发痧！"

"唔！……"

"云普！云普！"

"有什么事情呀，甲老爷？"少普代替说。

"收捐款的！剿共，救国，团防，你爹爹名下一共一十七元一角九分。算谷是一十四担三斗零三合。定价一元二角整！"

"唔！几时要呢？"

"马上就要量谷的！"

"啊！啊啊！……"

少普望着自己的爹爹，又望望大兵和保甲，他完全莫明其妙地发痴了！何李两家的长工，都自动地跳进了仓门那里量谷。保甲老爷也赶着钻了进去：

"来呀！"

外面等着的一群工役统统跑进来了。都放下箩筐来准备装谷子。

"他们难道都是强盗吗？"

少普清醒过来了，心中涌上着异样的恼愤。他举着血红的眼睛，望了这一群人，心火一把一把地往上冒。他始终不明白，为什么自己辛辛苦苦种下来的谷子，都一石一石地送给人家挑走。这些人又都那样不讲理性。他咬紧了牙齿，想跑上去把这些强盗抓几个来饱打一顿，要不是旁边两个佩盒子炮的向他钉了几眼。

"唔！……唔！……哎呀！……"

"爹爹！好了一点吗？……"

"唔！……"

只有半点钟功夫，工役长工们都走光了。保甲慢慢地从仓孔中爬出来，望着那位委员老爷说道：

"完了，除去何李两家的租谷和堤费外，捐款还不够三石三斗多些。"

"那么，限他三天之内自己送到镇上去！你关照他一声。"

"少普！你等一会告诉你爹爹，还差三石三斗五升多捐款，限他三天内亲自送到局里去！不然，随即就会派兵来抓人。"保甲恶狠狠地传达着。

"唔！"

人们在少普朦胧的视线中消失了。他转身向仓孔中一望：天哪！那里面只剩了几块薄薄的仓板子了。

他的眼睛发了昏，整个的世界都好像在团团地旋转！

"唔……哎哟！……"

"爹爹呀！"

## 九

立秋回来了，时候是黑暗无光的午夜！

"真的有抢谷的强盗啊！"

云普叔又继连地发了几次昏。他紧紧地把握着立秋的手腕，颤动地说道：

"立秋！我们的谷子呢？今年，今年是一个少有的丰年呀！"

立秋的心房创痛了！半晌，才咬紧牙关地安慰了他的爹爹：

"不要紧的哟！爹爹。你老人家何必这样伤心呢？我不是早就对你老人家说过了吗？迟早总有一天的，只要我们不再上当了。现在垄上还有大半没有纳租谷还捐的人，都准备好了不理他们。要不然，就是一次大的拼命！今晚，我还要到那边去呢！"

"啊！……"

模糊中云普叔像做了一场大梦。他隐约地了解儿子立秋不常在家的原因。十五六年农民会的影子，突然地浮上了他的脑海里。勉强地展开着眼睛，苦笑地望了立秋一眼，很迟疑地说道：

"好，好，好啊！你去吧，愿天老爷保佑他们！"

一九三三年五月二十日脱稿于上海

（节选自《丰收》，上海荣光书局 1935 年初版）

### 【作品导读】

《丰收》讲述了洞庭湖畔旧社会农民生活的图景，展现了他们走向觉醒的原因。由于叶紫长时间参与斗争工作，《丰收》更是充满了热烈真挚的感情与斗争色彩。叶紫在《丰收》中创作的两类农民形象，皆是 20 世纪 30 年代农民阶级的代表。其一是云普叔，作为老一代农民阶级的代表，他呈现出传统农民勤恳与朴实的形象。面对洪水天灾的困境，他想办法渡过难关；面对地主官僚资本的压迫，他逆来顺受；到了最后发现一切都是强盗的时候，他终于开始理解自己的儿子，产生了反抗意识。在姐妹篇《火》中，云普叔被塑造为战斗者的形象。云普叔是传统农民阶级走上觉醒和反抗道路的典型代表，展示了 30 年代农民阶级走向觉醒的必然性。其二是立秋，他是青年一代革命的代表。他具有反抗精神和鲜明的阶级意识，在癞大哥的启发下，开始秘密参加革命活动。立秋故事的展开是在云普叔的背景之下的，将波澜壮阔的革命一直掩藏在看似平静的丰收之中。以立秋为代表的这群革命年轻人，他们不同于传统农民阶级，是未来带领农民阶级走上觉醒与反抗道路的希望。

《丰收》通过对两类农民形象的塑造，表现了旧时代广大农民阶级的悲惨生活，反映了当时一种畸形的社会现象——"丰收成灾"。云普叔在经历了洪涝、干旱、家庭遭遇饥饿、被迫卖掉自己女儿之后，终于获得了 150 石的丰收，但是最后的结果却倒欠官府 3 石 3 斗官粮。农民获得"丰收"，但是并没有过上能吃饱饭的日子，反而陷入更大的灾祸。我们通过《丰收》知晓了 20 世纪 30 年代农民生活贫困的社会原因，不是云普叔好吃懒做，而是官商勾结造成粮食价格下跌，加之以何八、李三为代表的地主阶级的借贷盘剥，政府各种名目的苛捐杂税，抢走了云普叔的最后一粒粮食。"丰收成灾"不是天灾，而是人祸。农民赖以生存的粮食被地主剥夺，逆来顺受的结果是一无所有，相信勤劳能带来丰收的传统农民遭到严厉的打击，但是他们终将觉醒。

"丰收成灾"不是个例，是 20 世纪 30 年代多篇文学作品的集体选择，如《春蚕》《多收了三五斗》《高定祥》等，这些作品从不同侧面向我们展现了农村经济破产的悲惨状况，揭示了造成农村灾难的政治、经济、社会原因，以及其中尖锐的社会阶级矛盾。《丰收》与其他同类型作品相比，有着其独特的艺术价值。

首先，全方位展示了农民在 20 世纪 30 年代的旧中国的遭遇，具有鲜明的时代特色。叶紫从斗争中来，他笔下的农民生活来源于亲身经历，但高于生活。《丰收》中云普叔的悲剧不是偶然，是可能发生在当时每一个农民身上的遭遇。《丰收》没有孤立地描写农民的悲惨遭遇与破产现象，而是将其置于 30 年代的时代大背景之下，集中展现了天灾之后更厉害的是人祸，深刻揭示了农村背景下尖锐的阶级矛盾。

其次，作品通过两代人思想上的碰撞和对社会矛盾的揭示，揭示了农民苦难的根源，强调了农民阶级走向反抗的历史必然。面对天灾，云普叔一家可以相互支撑到最后；可面对人祸，却落得"丰收成灾"。这更加指出造成农民贫困的根本原因是阶级的压迫，而要获得真正的"丰收"，必须进行反抗。小说的结尾，云普叔开始产生反抗意识，而立秋早已经在进行革命活动。《丰收》既揭示了当时的社会矛盾，又为农民阶级指出一条可行的革命道路，这在其他"丰收成灾"的作品中是少见的。

《丰收》虽然是叶紫的处女作，但其对 20 世纪 30 年代农民典型形象的塑造，对农村社会尖锐矛盾的揭示，以及其中蕴含的强烈斗争精神，使其一经发表，便引起轰动。《丰收》将矛头直指社会阶级的不公，以及反动政府的压迫，向我们展示了一条农民解放的道路，以及这条道路上已经出现的"星星燎原之火"。

**【思考与练习】**

1. 鲁迅在为《丰收》作序时说："文字是战斗的！"《丰收》中是如何体现这句话的？

2. 叶紫的《丰收》与茅盾的《春蚕》相比，有何异同？

**（孟欣宁）**

# 子夜（存目）

## 茅　盾

　　茅盾（1896—1981），原名沈德鸿，字雁冰，我国现代著名作家、文学评论家、文化活动家和社会活动家，新文化运动先驱之一。茅盾涉足文学创作、理论批评、外国文学译介、文化交流等诸多领域，有着广泛影响。

　　茅盾的代表作有长篇小说《子夜》《虹》《霜叶红似二月花》，短篇小说《林家铺子》和"农村三部曲"，即《春蚕》《秋收》《残冬》，散文《白杨礼赞》《风景谈》，文学评论《夜读偶记》等。

### 【作品导读】

　　茅盾作为现代文学"第二个十年"具有代表性的作家，他的贡献主要体现在小说方面。从题材上看，他开创的"社会剖析派小说"既异于"第一个十年"里风行的乡土小说，又和先前以新感觉派为代表的都市文学有着本质上的不同，可以说，他创造了都市文学的新模式。叶圣陶曾评价说："他（指茅盾）写《子夜》是兼具文艺家写作和科学家写论文的精神的。"[①] 茅盾的小说布景宏大广阔，多显现出理性的气质，体现他对情节发展的精密掌控，以及对现实的深刻反映。《子夜》作为"社会剖析派小说"的集大成者，反映了作者对小说结构的精心排布，以及对人物形象有意识地安排与塑造。

　　《子夜》中最值得关注的地方在于作者对于人物的塑造。吴荪甫是具有浓厚时代特征的典型形象，他的身上承载着文学和现实的双重价值。吴荪甫是"二十世纪机械工业时代的英雄，骑士和王子"，一位民族资本家，企图打破现有时代环境下对工业发展的桎梏，去做一番大事业，但这样的理想最终未能实现。从个体角度出发，吴荪甫自身所处的阶级决定了他的行事方式必然难以团结最

---

[①] 叶圣陶：《略谈雁冰兄的文学工作》，《叶圣陶散文》，四川人民出版社 1983 年版，第495 页。

广大的人民群众；从宏观角度出发，在中国内忧外患的时代背景下，中国工业无法得到真正的发展，半殖民地半封建的中国也不可能走上资本主义道路，个人的反抗在此就显得微小，也因此生出几分悲壮的色彩。这种悲壮色彩可以溯源到某种深层的民族文化心理，那就是英雄情结。现代文明社会中的英雄角色已经脱离了"仗剑走天涯"式的豪迈与侠义气质，而更多指向和世界潮流并肩进步，带领民众创造更加幸福美好的生活。

《子夜》对人物的刻画可谓入木三分，几乎每一个人物都代表了一类人，如小说开篇，写《太上感应篇》不离手的吴老太爷来到相对现代的新环境后，没过多久就毙命了，这其实暗示了作者对中国旧有的传统思想和行为秩序的否定。每个人物的背后不仅是一类人，还有某些特定的生存秩序，相应地，他们在文本中的命运走向就暗含着作者的态度。

瞿秋白对《子夜》给予很高的评价，他说："这是中国第一部写实主义的成功的长篇小说……应用真正的社会科学，在文艺上表现中国的社会关系和阶级关系，《子夜》不能不说是很大的成绩。"

【思考与练习】

1. 吴荪甫必然失败的命运和西方传统英雄故事中的悲剧命运是一致的吗？试谈你的理解。

2. 茅盾开创了"用现有理论指导小说创作"的"理论先行"式写作。你如何看待这种文学创作方式？

（田　榕）

# 电（存目）

## 巴 金

　　巴金（1904—2005），原名李尧棠，字芾甘，我国现代著名作家、翻译家、社会活动家。新中国成立后，任中国作家协会副主席、主席，中国文学艺术界联合会副主席，上海市文学艺术界联合会主席，中国作家协会上海分会主席等。2003 年 11 月，国务院授予巴金"人民作家"称号。

　　巴金的代表作品有长篇小说《家》《春》《秋》《寒夜》，中篇小说《憩园》《第四病室》，散文集《随想录》等。

## 【作品导读】

　　20 世纪 30 年代初是知识分子梦醒之后无路可走的时代，国民大革命带来的精神创伤摧毁着青年们的革命热情。巴金早期作为一个坚定的无政府主义的信奉者，以其激进的姿态伫立在五四的时代浪潮中。在他的"爱情三部曲"中，青年们用行动诠释着对理想主义生活的憧憬，迷茫而又渴望进步的中国青年站起来与黑暗现实对抗。巴金早期积极探索革命的道路、方式，审视革命者的价值观、政治观以及他们对友谊、爱情等多方面的思索，其早期作品涉及的社会问题广泛而深刻。

　　《电》是巴金早期作品，与《雾》《雨》合称为"爱情三部曲"。《电》的故事接续《雾》《雨》，讲述了李佩珠和朋友们在福建组建了一个革命团体，此时已是一名成熟革命者的吴仁民，也来到这里参与革命。吴仁民与李佩珠之间逐渐产生爱情。但随着革命同志陆续有人遇害，他们中的一员——燃烧着革命热情的敏不顾众人的反对，走上暗杀的道路，但最终也没有摆脱遇难的厄运。陷入重重困境的革命者们变得迷茫无助，此时佩珠的父亲又在上海失踪，她委托恋人吴仁民回上海寻找，自己留下来继续与同志们并肩战斗。

　　《电》相较于《雾》《雨》而言，爱情的主题没有那么明确。《雾》中的主人公周如水，在封建与自由中徘徊，最后因顾及家中没有爱情基础的丑妻，了断了与张若兰之间的缘分。《雨》中的熊智君为了保护恋人吴仁民，嫁给军阀，鼓励他重拾革命事业。因此，"爱情三部曲"中的前两部用恋爱的线索贯穿小说行文的始终，但是《电》却没有沿着恋爱模式继续走下去。首先，角色无主次之分。小说中的人物繁多，如影、碧、慧、敏、明、志元、佩珠、仁民等，这些人物无悬殊的详略刻画，人物塑造均等。其次，无过多的恋爱情节。三对情侣明与德华、雄与碧、仁民与佩珠的恋爱细节描写不及全文的十分之一。再次，事件发展推动人物性格的转变。明的死加速了德华的成长，使她毅然决然地加入革命大家庭。一位又一位革命者的离去，令敏雷电般的性格骤然爆发。佩珠的父亲失踪，她拜托恋人吴仁民回上海寻找，自己留下来继续完成革命事业。这些革命者带着满腔的热情，在这艰难的时代里摸爬滚打，向社会奉献着自己的光和热。正如巴金所言，《电》不是写恋爱，而是写人。因此，塑造人物的性格就成了巴金的着力点。

敏，在小说中是最具"电"这一特质的人物。

自然现象中的闪电是在积雨云的作用下产生的，爆发速度快且耀眼。敏就如同具有社会属性的闪电。在一次次镇压中，众多革命战友遇害，雄与志元的被捕更是激发了敏早已在心中淤积的怒火。大家通过敏的种种表现察觉出他要行动的信号，亚丹问话时，他的否认掩盖不了"为什么轮不到我呢"的坚决，敏破例拿起了手电筒代表他拾起了直面过去悲惨记忆的勇气，慧和佩珠等人的极力劝阻仍旧改变不了敏奋力一搏的决绝，战友们不得不尊重敏献身革命的选择。

与敏不同的是，慧、佩珠、仁民等人的个人主义意识不那么突出，他们顾及更多的是革命团体的利益，但这并不意味着他们没有为投入战斗而时刻准备着。例如，佩珠与仁民的对话，深刻揭露了革命者随时准备英勇就义的心境。一句"对于我们，也许明天一切都不会存在了"，掺杂了迷茫无奈，同时又充满舍身无悔的革命担当。

艺术上，情感的直接倾诉与宣泄，代表着那个时代青年奋斗者的直率热忱，他们用高昂炙热的情感表达反抗时代压迫与束缚的决心。李佩珠与吴仁民的爱恋伴随着革命的发展也逐渐进入高潮阶段，被压抑感裹挟的爱情宣言终于在布满星空的夜里袒露出来。

【思考与练习】

1. 巴金曾说，在李佩珠身上集中了作家关于革命者的所有理想。在《电》中，这些理想都是什么？

2. 阅读作品，体会巴金早期作品的语言特色。

（张新宇）

# 寒夜（存目）

## 巴 金

**【作品导读】**

巴金在 20 世纪的小说创作，给当下及以后的读者带来一场难以忘怀的视觉盛宴，小说《家》和《寒夜》更是令无数青年追捧赏读，二者可以说是巴金在 20 世纪三四十年代创作的最高成就，同时也体现了他前后期创作风格的转变：前者激越昂扬，后者冷峻深沉，从作品中，我们可以看到他从一个真诚的无政府主义者逐步成为民主主义者和爱国主义者。

长篇小说《寒夜》以"战时首都"重庆为背景，以抗日战争胜利前后为时间线展开情节。国民政府的黑暗腐朽、社会形态的变样扭曲、不同阶层人物生存状态的天差地别等，如同难以驱散的黑雾溢满文本的字里行间，也充斥在小说中那些苦苦挣扎的"小人物"和读者的心间。第一人称视角和大量的心理描写给人身临其境之感，使得作品读来让人压抑又愤懑、激越又深感无力。小说围绕汪文宣、曾树生、汪母三个人之间的纠葛和矛盾铺开，随着汪文宣生命的凋零以及曾树生的出走和回归，展示了国统区一个小知识分子家庭是如何在现实的残酷挤压中走向破裂的，深刻揭示出战争以及国民党腐败统治给下层人民带来的不幸遭际，这些小人物在困境中的挣扎与呼号也展现出人物独特的艺术魅力。作者以冷峻深刻的笔调游走在小人物的日常生活中，细腻入微的人物刻画，环境描写的渲染烘托，使得小说充满艺术张力。

《寒夜》着眼于普通小人物的悲剧，塑造的艺术形象具有典型性，其中最具有悲剧效果的就是"老好人"汪文宣。从拥有教育救国伟大理想的大学毕业生，到谨小慎微，为着一碗饭卖命至死的小职员，这就是大环境下普通小知识分子的飘零命运。许多读者一提到文宣，就用委顿彷徨、懦弱胆小、委曲求全、优柔寡断来贬责他，可是他也曾是意气风发的少年，也曾无数次地发出"我要活，我要活！"的呼喊，他以表面的平静死死绷着内心几乎要翻涌出来的呼号，他不是不想喊叫出来，而是知道在那个自私冷漠的空间里，是没有人在乎他的呐喊声的，所以该责难的是那个时代，而不是那些吐尽血痰后寂寞死去的可怜人。除了事业的不顺，家庭内的暗中纠葛也成为搓磨他生命的重要因素。母亲很爱文宣，为了他愿意当一个二等老妈子，还当掉唯一的首饰贴补家用；妻子曾树生也爱文宣，为了他愿意在那间寒冷阴暗的屋子里消耗青春。但是妻子和母亲却是不相融的，她们互相嫉妒又憎恶，为了独获文宣的爱而整日争吵不休，却不知道她们的话已然化作利刃，戳刺着这个夹在中间的"老好人"。在这个昏暗老旧的家中，汪母不能真正理解文宣，她的关心和爱护往往排斥着树生，也伤了文宣的心。母亲和树生总说文宣太"老好"了，他也真做了一个"老好人"，不停地调和双方的矛盾，却成效微小，他几近崩溃，越发沉闷。汪文宣身上有巴金的朋友陈范予、王鲁彦的影子，也有他自己的影子，巴金将周围所有人的苦难，都集聚到文宣一人身上，成就了这样具有典型性、汇集众多人侧写的人物。

小说除了典型人物极具魅力，其语言和艺术表现手法也为人称道。作者将炽热的感情融入冷静的叙述中，让读者感受到文字背后的铿锵力量，作家冷峻的语言饱含火热的情感，正如小说中沉默不语的普通人物饱含无限压抑的愤懑情绪，在这一层面上，二者看似平静无声，实则惊涛骇浪。此外，心理描写和环境烘托成为作品成功的关键因素，二者使得人物形象更加生活化，有立体感，对于思想主题的揭示以及作家情感的传达、作品艺术基调的奠定等，都有着不可忽视的意义。

**【思考与练习】**

1. 环境描写并不是巴金后期才开始运用的，但为何他后期作品中的环境描写更加为人所称道？试以"激流三部曲"和《寒夜》为例，比较二者环境描写的异同。

2. 巴金在评价《寒夜》时，认为这是一本"希望的作品"，寒夜消散正是为了迎接黎明。请结合小说具体内容，试谈你的看法。

（赵 琦）

# 梅雨之夕（存目）

施蛰存

施蛰存（1905—2003），原名施德普，字蛰存，常用笔名施青萍、安华等，我国著名文学家、翻译家、教育家，"新感觉派"的代表人物。

施蛰存在文学创作、古典文学研究、碑帖研究、外国文学翻译等方面均有建树，其代表作有短篇小说集《上元灯》《李师师》《梅雨之夕》，散文集《灯下集》《待旦录》《枕戈录》等。

## 【作品导读】

作为"新感觉派"的代表作家，施蛰存立足现实主义并结合西方现代派的写作技巧与方法，创作了诸多分析社会各个阶层人物内心的小说，《梅雨之夕》就是其中的一部经典之作。

《梅雨之夕》选自上海新中国书局 1933 年 3 月出版的同名小说集，施蛰存曾在《梅雨之夕》自跋中对该短小说有这样一个定位："《梅雨之夕》这一篇……是描写一种心理过程的。"① 这篇运用了弗洛伊德"精神分析法"的心理剖析小说，以 20 世纪 30 年代的上海为依托，描写了一位中年男子在梅雨天的下班途中的"艳遇"经历。然而，这个故事并没有传统小说中的固定情节，而是凭借对主人公"我"的心理活动，尤其是潜意识的描写，建构起整部作品的主干。这些文字背后，隐含着主人公"我"全面且立体的形象以及大都市的现代文明对于人性的影响。

在日常状态下，"我"作为一位普通的公司员工，每天步行上下班，在公司处理枯燥烦琐的工作；在下雨天，"我"从不乘电车，也不曾买一件雨衣，一味地撑着伞、踏着水步行回家，只有傍晚时分安静地欣赏城市的雨景是自己的一件乐事。然而，那天下班路上的"艳遇"，似乎在平淡无味的水中撒入了些许泡

---

① 施蛰存：《梅雨之夕》，上海新中国书局 1933 年版。

腾片粉末，给"我"的生活掀起了短暂的波澜。"我"在对从头等车上下来的乘客进行观察时，遇到了一位容颜姣好、肢体匀称、谈吐不俗的姑娘，情不自禁地和她一起站到了木器店屋檐下避雨，逐渐对她产生了感情，体中的欲望即弗洛伊德所说的"力比多"也得到了攀升，甚至主动构建并一厢情愿地进入与她的情感世界中。面对这个"美的对象"，"我"虽然声称对她没有任何依恋，但是转过头就开始痛恨为什么没有人力车夫来接这位正处于窘境的女子。

在"本我"以及"快乐原则"的影响下，"我"终于决定将自己的伞分一半给她遮蔽风雨并送一送她，而后甚至认为她是"我"的初恋，还联想到铃木春信的《夜雨宫诣美人图》，在这个幻想的感情世界中越陷越深。然而，伴随的还有一丝担忧和惶恐：在送她回家的路上，"我"害怕会出现自己的熟人或认识她的人，会疑心街旁店铺中的人是否正在以异样的眼光注视"我"，甚至将一家店的女店员误认为是"我"的妻子……尽管"本我"的"快乐原则"在怂恿"我"与这位姑娘产生感情，但是"自我"的理智以及现实生活无时无处不在提醒"我"不要违背伦理道德，不要忘记自己还有妻子与家庭。

尽管"本我"与"自我"发生了冲突与撕扯，但幻想终究抵不过现实：这位姑娘不是"我"的初恋，她也没有如初见般的美丽，"我"还开始嫌弃她的嘴唇有些厚。终于，幻想的"情"的世界被现实击碎，而"我"就如大梦初醒般，恍如隔世。"本我"与"自我"的矛盾，表现的不仅仅是"我"的欲望的短暂释放和对新鲜感情的渴望，更是本能与家庭和伦理道德相抗衡后不得不屈服于现实的无奈。

结合"我"的日常状态以及置身于"情"的世界时的表现，"我"的形象可以总结为——"雨天限定"的孤独但快乐的城市闲行者。下雨天，"我"不乘坐电车，主动远离城市与人群，以旁观者的身份欣赏雨景，熟悉而坦然地穿过一条条道路，去观察、审视形形色色的人与事。孤独是因为"我"和众人十分不同：认为雨天撑着伞闲行是一大乐趣；不理解行人为什么要慌乱地避雨，不理解有雨具的人们为何也要对雨如此嫌弃；对这座城市中的陌生人比对自己的妻子更有好奇心和关注的意愿。而快乐是因为一场偶然的"美丽邂逅"，被压抑许久的欲望得到激发，由社会畸形的繁荣与压力带来的心理创伤被暂时抚平，在这一特定时间内生活似乎拥有了丰富的色彩。但是，"我"只能是一位"雨天限定"的城市闲行者。只有在雨天，"我"才可以拥有独行且欣赏雨景、观察陌生人的乐趣，才可以有机会触发"本我"与"自我"的冲突，去体验真实的人性显现后的状态。在雨停之后，快乐的"本我"会被现实的"自我"打败，"我"需要回到家，去做一位遵守伦理道德的人夫，去承担起家庭的责任。

　　《梅雨之夕》之所以能够在心理剖析小说领域占据一定位置，一方面是因为施蛰存对弗洛伊德"精神分析学说"的创造性运用，将主人公的潜意识进行剖析，使人物极具矛盾的心理赤裸裸地展现在读者面前，使读者拥有置身其中的真实感，为之后中国的现代派小说尤其是偏重心理分析的作品创作提供了很好的实践案例；另一方面是因为作者以 20 世纪 30 年代的上海为立足点，塑造了一个"雨天限定"的孤独但快乐的城市闲行者形象，大胆地展现了传统伦理与人们内心欲望的碰撞与冲突，揭示了生活在畸形繁荣（20 世纪 30 年代上海的繁荣是建立在衰落的、被帝国主义和官僚主义压迫的旧中国的基础之上）的大都市的知识分子的迷惘与苦恼，展现了都市文明病对知识分子生命力以及人性的创伤。在一定程度上而言，这是当时经济发达的上海在精神、道德以及人性方面的弱点。可以说，这些隐忍与冲动、克制与激情相互碰撞的文字背后隐藏的是一颗被现实与欲望互相撕扯的心。

【思考与练习】

　　1.《梅雨之夕》与《子夜》均以上海为背景，两部作品向读者揭露的人性有何不同？

　　2. "我"是一个城市闲行者，那么"我"与上海这座城市的关系如何？试谈你的理解。

（徐佳鑫）

# 边城（存目）

沈从文

　　沈从文（1902—1988），原名沈岳焕，我国现代著名小说家、散文家、文物专家。早年曾在湖南地方军队任职，后对新文学产生兴趣，遂开始从事文学创作，1923 年开始陆续在报刊上发表作品。1930 年任教于青岛大学，后主编《大公报》。沈从文的代表作有小说集《蜜柑》《雨后及其他》《神巫之爱》，散文集《从文自传》《湘行散记》等。

　　1957 年始，沈从文在中国历史博物馆、故宫博物院从事文物研究工作，1978 年后在中国社会科学院历史研究所任研究员，其相关著作有《中国丝绸图案》《唐宋铜镜》《龙凤艺术》等。

## 【作品导读】

　　《边城》是沈从文最具代表性的作品，创作于 1934 年，原载于《国闻周报》第 11 卷，后由上海生活书店出版单行本。《边城》一经发表就获得了广泛赞誉，被李健吾誉为"一颗千古不灭的珠玉"。

　　沈从文是具有特殊意义的乡村世界的表现者和反思者，沈从文笔下的乡村世界是在与都市社会对立互参的总体格局中表现出来的，沈从文笔下的湘西世界，展现出与都市社会迥异的人生图景。《边城》的问世，意味着沈从文文学世界的整体架构基本完成。沈从文不仅在小说整体上与都市现代文明进行对照，而且始终关注湘西世界在现代转型过程中，乡村人的生存方式、人生足迹及其历史命运。作品近于乡村风俗画的集成，作者有意渲染乡村牧歌情调与乡村谐趣，着意从中提取一种与自然契合的生命形式，寄寓着对生命的哲学思考。

　　《边城》中，沈从文以"乡下人"的主体视角架构他的"湘西世界"。《边城》以 20 世纪 30 年代湘川黔边界的小镇茶峒为背景，以兼具抒情诗和小品文的优美笔触，描绘了湘西特有的社会风貌，泼染出一幅民性淳朴的风俗画。

　　小说讲述了船家少女翠翠的爱情悲剧，围绕翠翠与傩送的爱情，以嵌接方式展开傩送—翠翠—天保与翠翠—傩送—团总女儿两组关系结构的叙事链。沈从文从翠翠、傩送身上发现了乡村世界另一种生命形式，它蕴含着勤劳、朴实、善良，信守着人性本质。老船夫是沈从文笔下老乡村的儿子，一方面，他身上具备"乡下人"的传统美德；另一方面，他承袭了"乡下人"信天守命的精神遗产。沈从文借此凸显了一种"优美、健康、自然，而又不悖乎人性的人生形式"。

《边城》充分展示了沈从文特有的文化视角。走车路—走马路，要碾坊—要渡船，是两种不同文化形态的对立。前者是典型的封建文化，后者是拥有生命自由的原始文化，即湘西区域文化的产物。翠翠与傩送的爱情悲剧，归根到底是一种文化的悲剧。苏雪林认为，沈从文"想借助文字的力量，把野蛮人的血液注射到老态龙钟，颓废腐败的中华民族的身休里去，使他兴奋起来，午轻起来"。沈从文期望将乡下人准乎自然的生命形式，保留一些本质在青年人的身体里，而这种希望的追求正是建立在当时以金钱为核心的所谓"现代文明"的基础上。

《边城》熔写实、纪梦、象征于一炉，追求小说的诗意境界。小说中两种文化的交织与冲突，是对现实主义的把握。白塔的坍塌象征着原始的、古老的湘西的终结；白塔的重修，意味着作者对人际关系重塑的理想主义期待；翠翠与傩送的爱情变化及主人公的人生选择，其内在意蕴超越爱情，更深层的是对湘西少数民族生存处境的思考。

沈从文被称为"文字的魔术师"，小说语言风格独特，"格调古朴，句式简峭，主干凸出，少夸饰，不铺张，单纯而又厚实，朴讷却又传神"，具有浓郁的湘西地方色彩。他以湘西方言为母语，经过选择、提炼、加工，结合古典文学与民间文学的句式，突出表现湘西人特有的风韵和神采。

沈从文深受废名抒情小说的影响，"田园牧歌式"的乡土抒情文体是其小说最突出的特点。其创作风格深刻影响了后来的孙犁、汪曾祺等，为中国乡土小说增添了浓墨重彩的一笔。

【思考与练习】

1. 试析翠翠和老船长的人物形象。
2. 试析《边城》的艺术风格。

（任佳勇）

# 一千八百担

## ——七月十五日宋氏大宗祠速写（存目）

### 吴组缃

吴组缃（1908—1994），原名吴祖襄，我国现代著名作家。他与林庚、李长之、季羡林并称"清华四剑客"。新中国成立后，任清华大学、北京大学教授。

吴组缃的小说多以皖南农村经济与社会制度的衰落为题材，以鲜明的写实主义风格享誉文坛，其代表作有短篇小说《篆竹山房》《黄昏》《一千八百担》《天下太平》《樊家铺子》，小说集《西柳集》，小说散文集《饭余集》，长篇小说《鸭嘴涝》等。

### 【作品导读】

从五四时期的"问题小说"发展到 20 世纪 20 年代中期的"乡土文学"，形成了中国现代文学特别是小说创作上的现实主义潮流。进入 30 年代，包括吴组缃在内的一批进步作家崛起，他们将马克思主义的社会历史观与现实主义的创作方法相结合，开拓了革命现实主义文学的广阔道路，形成了 30 年代的文学主潮。吴组缃在这一时期的小说关注中国农村社会经济制度衰落导致的民不聊生的现实，对黑暗势力进行无情的鞭挞，对底层人民寄予无限的同情；文笔细腻委婉，风格悲凉含蓄，以鲜明的写实主义风格享誉文坛。他在创作中采用了许多地方的方言，朴素细致，人物描写传神，有浓郁的地方特色。

《一千八百担》是吴组缃的代表作品之一。小说以 20 世纪 30 年代的乡镇社会为背景，通过描写宋氏大家族成员对义庄一千八百担稻谷的争夺，剖析了宋氏各地主贪婪自私的本质，深刻反映了中国农村经济的全面崩溃，揭露了封建社会的腐朽和没落。

作者在广阔而鲜明的时代背景下，采用截取生活横断面的叙述手法，正面描写了徽州地区宋氏大家族的一次祠堂集会。小说只写了宋氏大家族将要开会前的场面（实际上会议并未开成），却将这个先前很有名望、出过几个举人的封建大家族内部的丑恶、腐朽、各谋私利、分崩离析表现得淋漓尽致。先后出场的二三十个人，他们各怀鬼胎，钩心斗角。商会会长子寿想以松龄要用钱安葬祖先骨殖的名义，让义庄买下他家没人要的竹山，以便自己从中谋取好处；义庄管事柏堂坚持要将这一千八百担稻谷用于归还欠宋月斋的借款，以便自己可以贪污一笔利息；区长绍轩主张从义庄拿钱来支付所谓的"剿匪壮丁队"的费用；小学校长翰芝主张用这一千八百担稻谷的钱来办学……其他宋氏子弟也有自己的理由要从义庄借款。在小说的结尾，祠堂外饥饿的农民聚众借粮，带着农具从库里分走稻谷。小说深刻揭示了宋氏子弟贪婪自私的本质，以及中国农村封建大家族的腐朽没落。

在艺术表现上，吴组缃注重对日常生活场景的描绘，行义质朴，从容铺叙，绝不故弄玄虚，极具现实主义作家之风。在《一千八百担》中，作者成功运用表现力丰富的象征手法，借助"宋氏大祠堂"这一意味深长的象征性场景，将宋氏众子弟的行径相互映衬，极具讽刺意味。在语言上，叙述语言在现代书面语言的基础上，化用古汉语中生动而具有概括力的词语和句法，在凝练细腻之中又不失醇厚典雅。人物语言注重对各阶层人物语言的使用和熔炼，追求人物语言的个性化。在结构上，小说分一明一暗两条线索，祠堂中众宋氏子弟争夺稻谷为明，祠堂外众村民的"目连戏"为暗。最后，村民被逼无奈围攻祠堂借粮，由暗转明，两条线索合二为一。至此，小说达到高潮也趋于结尾。小说表现出作者对中国农村社会经济衰落的真切认识，表达了对下层民众生活困苦的深切同情。小说情节发展张弛有度，于人物对话中展现社会面貌。

【思考与练习】

1. 这篇小说体现了吴组缃怎样的语言风格？
2. 你如何理解作者对小说结尾的处理。

（严晓虎）

# 月牙儿（节选）

### 老　舍

老舍（1899—1966），原名舒庆春，字舍予，我国现代著名作家，杰出的语言大师，被誉为"人民艺术家"。曾任中国文联副主席、中国作家协会副主席、北京市文联主席。老舍的文学创作多以北京平民的生活为背景，具有浓郁的生活气息，语言朴实无华，幽默诙谐，人物形象塑造得鲜活自然，使人印象深刻。

老舍一生著作颇丰，代表作有长篇小说《老张的哲学》《四世同堂》《骆驼祥子》，中篇小说《月牙儿》《我这一辈子》，短篇小说集《赶集》《火车集》，剧本《张自忠》《龙须沟》等。

## 一

是的，我又看见月牙儿了，带着点寒气的一钩儿浅金。多少次了，我看见跟现在这个月牙儿一样的月牙儿；多少次了。它带着种种不同的感情，种种不同的景物，当我坐定了看它，它一次一次的在我记忆中的碧云上斜挂着。它唤醒了我的记忆，像一阵晚风吹破一朵欲睡的花。

## 二

那第一次，带着寒气的月牙儿确是带着寒气。它第一次在我的云中是酸苦，它那一点点微弱的浅金光儿照着我的泪。那时候我也不过是七岁吧，一个穿着短红棉袄的小姑娘。戴着妈妈给我缝的一顶小帽儿，蓝布的，上面印着小小的花，我记得。我倚着那间小屋的门垛，看着月牙儿。屋里是药味，烟味，妈妈的眼泪，爸爸的病；我独自在台阶上看着月牙，没人招呼我，没人顾得给我作晚饭。我晓得屋里的惨凄，因为大家说爸爸的病……可是我更感觉自己的悲惨，我冷，饿，没人理我。一直的我立到月牙儿落下去。什么也没有了，我不能不哭。可是我的哭声被妈妈的压下去；爸，不出声了，面上蒙了块白布。我要掀开白布，再看看爸，可是我不敢。屋里只有那么点点地方，都被爸占了去。妈妈穿上白衣，我的红袄上也罩了个没缝襟边的白袍，我记得，因为不断的撕扯襟边上的白丝儿。大家都很忙，嚷嚷的声儿很高，哭得很恸，可是事情并不多，也似乎值不得嚷：爸爸就装入那么一个四块薄板的棺材里，到处都是缝子。然后，五六个人把他抬了走。妈和我在后边哭。我记得爸，记得爸的木匣。那个木匣结束了爸的一切：每逢我想起爸来，我就想到非打开那个木匣不能见着他。但是，那木匣是深深的埋在地里，我明知在城外哪个地方埋着它，可又像落在地上的一个雨点，似乎永难找到。

三

妈和我还穿着白袍，我又看见了月牙儿。那是个冷天，妈妈带我出城去看爸的坟。妈拿着很薄很薄的一罗儿纸。妈那天对我特别的好，我走不动便背我一程，到城门上还给我买了一些炒栗子。什么都是凉的，只有这些栗子是热的；我舍不得吃，用它们热我的手。走了多远，我记不清了，总该是很远很远吧。在爸出殡的那天，我似乎没觉得这么远，或者是因为那天人多；这次只是我们娘儿俩，妈不说话，我也懒得出声，什么都是静寂的；那些黄土路静寂得没有头儿。天是短的，我记得那个坟：小小的一堆儿土，远处有一些高土岗儿，太阳在黄土岗儿上头斜着。妈妈似乎顾不得我了，把我放在一旁，抱着坟头儿去哭。我坐在坟头的旁边，弄着手里那几个栗子。妈哭了一阵，把那点纸焚化了，一些纸灰在我眼前卷成一两个旋儿，而后懒懒的落在地上；风很小，可是很够冷的。妈妈又哭起来。我也想爸，可是我不想哭他；我倒是为妈妈哭得可怜而也落了泪。过去拉住妈妈的手："妈不哭！不哭！"妈妈哭得更恸了。她把我搂在怀里。眼看太阳就落下去，四外没有一个人，只有我们娘儿俩。妈似乎也有点怕了，含着泪，扯起我就走，走出老远，她回头看了看，我也转过身去：爸的坟已经辨不清了；土岗的这边都是坟头，一小堆一小堆，一直摆到土岗底下。妈妈叹了口气。我们紧走慢走，还没有走到城门，我看见了月牙儿。四外漆黑，没有声音，只有月牙儿放出一道儿冷光。我乏了，妈妈抱起我来。怎样进的城，我就不知道了，只记得迷迷糊糊的天上有个月牙儿。

## 四

刚八岁，我已经学会了去当东西。我知道，若是当不来钱，我们娘儿俩就不要吃晚饭；因为妈妈但分有点主意，也不肯叫我去。我准知道她每逢交给我个小包，锅里必是连一点粥底儿也看不见了。我们的锅有时干净得像个体面的寡妇。这一天，我拿的是一面镜子。只有这件东西似乎是不必要的，虽然妈妈天天得用它。这是个春天，我们的棉衣都刚脱下来就入了当铺。我拿着这面镜子，我知道怎样小心，小心而且要走得快，当铺是老早就上门的。我怕当铺的那个大红门，那个大高长柜台。一看见那个门，我就心跳。可是我必须进去，似乎是爬进去，那个高门坎儿是那么高。我得用尽了力量，递上我的东西，还得喊："当当！"得了钱和当票，我知道怎样小心的拿着，快快回家，晓得妈妈不放心。可是这一次，当铺不要这面镜子，告诉我再添一号来。我懂得什么叫"一号"。把镜子搂在胸前，我拼命的往家跑。妈妈哭了；她找不到第二件东西。我在那间小屋住惯了，总以为东西不少；及至帮着妈妈一找可当的衣物，我的小心里才明白过来，我们的东西很少，很少。妈妈不叫我去了。"可是妈妈咱们吃什么呢？"妈妈哭着递给我她头上的银簪——只有这一件东西是银的。我知道，她拔下过来几回，都没肯交给我去当。这是妈妈出门子时，姥姥家给的一件首饰。现在，她把这末一件银器给了我，叫我把镜子放下。我尽了我的力量赶回当铺，那可怕的大门已经严严的关好了。我坐在那门墩上，握着那根银簪。不敢高声的哭，我看着天，啊，又是月牙儿照着我的眼泪！哭了好久，妈妈在黑影中来了，她拉住了我的手，呕，多么热的手，我忘了一切的苦处，连饿也忘了，只要有妈妈这只热手拉着我就好。我抽抽搭搭的说："妈！咱们回家睡觉吧。明儿早上再来！"妈一声没出。又走了一会儿："妈！你看这个月牙儿；爸死的那天，它就是这么歪歪着。为什么它老这么斜着呢？"妈还是一声没出，她的手有点颤。

## 五

妈妈整天的给人家洗衣裳。我老想帮助妈妈，可是插不上手。我只好等着妈妈，非到她完了事，我不去睡。有时月牙儿已经上来，她还哼哧哼哧的洗。那些臭袜子，硬牛皮似的，都是铺子里的伙计们送来的。妈妈洗完这些"牛皮"就吃不下饭去。我坐在她旁边，看着月牙，蝙蝠专会在那条光儿底下穿过来穿过去，像银线上穿着个大菱角，极快的又掉到暗处去。我越可怜妈妈，便越爱这个月牙，因为看着它，使我心中痛快一点。它在夏天更可爱，它老有那么点凉气，像一条冰似的。我爱它给地上的那点小影子，一会儿就没了；迷迷糊糊的不甚清楚，及至影子没了，地上就特别的黑，星也特别的亮，花也特别的香——我们的邻居有许多花木，那棵高高的洋槐总把花儿落到我们这边来，像一层雪似的。

## 六

妈妈的手起了层鳞，叫她给搓搓背顶解痒痒了。可是我不敢常劳动她，她的手是洗粗了的。她瘦，被臭袜子熏的常不吃饭。我知道妈妈要想主意了，我知道。她常把衣裳推到一边，楞着。她和自己说话。她想什么主意呢？我可是猜不着。

## 七

妈妈嘱咐我不叫我别扭，要乖乖的叫"爸"：她又给我找到一个爸。这是另一个爸，我知道，因为坟里已经埋好一个爸了。妈嘱咐我的时候，眼睛看着别处。她含着泪说："不能叫你饿死！"呕，是因为不饿死我，妈才另给我找了个爸！我不明白多少事，我有点怕，又有点希望——果然不再挨饿的话。多么凑巧呢，离开我们那间小屋的时候，天上又挂着月牙。这次的月牙比哪一回都清楚，都可怕；我是要离开这住惯了的小屋了。妈坐了一乘红轿，前面还有几个鼓手，吹打得一点也不好听。轿子在前边走，我和一个男人在后边跟着，他拉着我的手。那可怕的月牙放着一点光，仿佛在凉风里颤动。街上没有什么人，只有些野狗追着鼓手们咬；轿子走得很快。上哪去呢？是不是把妈抬到城外去，抬到坟地去？那个男人扯着我走，我喘不过气来，要哭都哭不出来。那男人的手心出了汗，凉得像个鱼似的，我要喊"妈"，可是不敢。一会儿，月牙像个要闭上的一道大眼缝，轿子进了个小巷。

## 八

我在三四年里似乎没再看见月牙。新爸对我们很好，他有两间屋子，他和妈住在里间，我在外间睡铺板。我起初还想跟妈妈睡，可是几天之后，我反倒爱"我的"小屋了。屋里有白白的墙，还有条长桌，一把椅子。这似乎都是我的。我的被子也比从前的厚实暖和了。妈妈也渐渐胖了点，脸上有了红色，手上的那层鳞也慢慢掉净。我好久没去当当了。新爸叫我去上学。有时候他还跟我玩一会儿。我不知道为什么不爱叫他"爸"，虽然我知道他很可爱。他似乎也知道这个，他常常对我那么一笑；笑的时候他有很好看的眼睛。可是妈妈偷告诉我叫爸，我也不愿十分的别扭。我心中明白，妈和我现在是有吃有喝的，都因为有这个爸，我明白。是的，在这三四年里我想不起曾经看见过月牙儿；也许是看见过而不大记得了。爸死时那个月牙，妈轿子前面那个月牙，我永远忘不了。那一点点光，那一点寒气，老在我心中，比什么都亮，都清凉，像块玉似的，有时候想起来仿佛能用手摸到似的。

## 九

我很爱上学。我老觉得学校里有不少的花，其实并没有；只是一想起学校就想到花罢了，正像一想起爸的坟就想起城外的月牙儿——在野外的小风里歪歪着。妈妈是很爱花的，虽然买不起，可是有人送给她一朵，她就顶喜欢的戴在头上。我有机会便给她折一两朵来；戴上朵鲜花，妈的后影还很年轻似的。妈喜欢，我也喜欢。在学校里我也很喜欢。也许因为这个，我想起学校便想起花来？

## 十

当我要在小学毕业那年，妈又叫我去当当了。我不知道为什么新爸忽然走了。他上了哪儿，妈似乎也不晓得。妈妈还叫我上学，她想爸不久就会回来的。他许多日子没回来，连封信也没有。我想妈又该洗臭袜子了，这使我极难受。可是妈妈并没这么打算。她还打扮着，还爱戴花；奇怪！她不落泪，反倒好笑；为什么呢？我不明白！好几次，我下学来，看她在门口儿立着。又隔了不久，我在路上走，有人"嗨"我了："嗨！给你妈捎个信儿去！""嗨！你卖不卖呀？小嫩的！"我的脸红得冒出火来，把头低得无可再低。我明白，只是没办法。我不能问妈妈，不能。她对我很好，而且有时候郑重的说我："念书！念书！"妈是不识字的，为什么这样催我念书呢？我疑心；又常由疑心而想到妈是为我才作那样的事。妈是没有更好的办法。疑心的时候，我恨不能骂妈妈一顿。再一想，我要抱住她，央告她不要再作那个事。我恨自己不能帮助妈妈。所以我也想到：我在小学毕业后又有什么用呢？我和同学们打听过了，有的告诉我，去年毕业的有好几个作姨太太的。有的告诉我，谁当了暗门子。我不大懂这些事，可是由她们的说法，我猜到这不是好事。她们似乎什么都知道，也爱偷偷的谈论她们明知是不正当的事——这些事叫她们的脸红红的而显出得意。我更疑心妈妈了，是不是等我毕业好去作……这么一想，有时候我不敢回家，我怕见妈妈。妈妈有时候给我点心钱，我不肯花，饿着肚子去上体操，常常要晕过去。看着别人吃点心，多么香甜呢！可是我得省着钱，万一妈妈叫我去……我可以跑，假如我手中有钱。我最阔的时候，手中有一毛多钱！在这些时候，即使在白天，我也有时望一望天上，找我的月牙儿呢。我心中的苦处假若可以用个形状比喻起来，必是个月牙儿形的。它无倚无靠的在灰蓝的天上挂着，光儿微弱，不大会儿便被黑暗包住。

## 十一

叫我最难过的是我慢慢的学会了恨妈妈。可是每当我恨她的时候，我不知不觉的便想起她背着我上坟的光景。想到了这个，我不能恨她了。我又非恨她不可。我的心像——还是像那个月牙儿，只能亮那么一会儿，而黑暗是无限的。妈妈的屋里常有男人来了，她不再躲避着我。他们的眼像狗似的看着我，舌头吐着，垂着涎。我在他们的眼中是更解馋的，我看出来。在很短的期间，我忽然明白了许多的事。我知道我得保护自己，我觉出我身上好像有什么可贵的地方，我闻得出我已有一种什么味道，使我自己害羞，多感。我身上有了些力量，可以保护自己，也可以毁了自己。我有时很硬气，有时候很软。我不知怎样好。我愿爱妈妈，这时候我有好些必要问妈妈的事，需要妈妈的安慰；可是正在这个时候，我得躲着她，我得恨她；要不然我自己便不存在了。当我睡不着的时节，我很冷静的思索，妈妈是可原谅的。她得顾我们俩的嘴。可是这个又使我要拒绝再吃她给我的饭菜。我的心就这么忽冷忽热，像冬天的风，休息一会儿，刮得更要猛；我静候着我的怒气冲来，没法儿止住。

## 十二

事情不容我想好方法就变得更坏了。妈妈问我，"怎样？"假若我真爱她呢，妈妈说，我应该帮助她。不然呢，她不能再管我了。这不像妈妈能说得出的话，但是她确是这么说了。她说得很清楚："我已经快老了，再过二年，想白叫人要也没人要了!"这是对的,妈妈近来擦许多的粉,脸上还露出褶子来。她要再走一步,去专伺候一个男人。她的精神来不及伺候许多男人了。为她自己想,这时候能有人娶她——是个馒头铺掌柜的愿要她——她该马上就走。可是我已经是个大姑娘了,不像小时候那样容易跟在妈妈轿后走过去了。我得打主意安置自己。假若我愿意"帮助"妈妈呢,她可以不再走这一步,而由我代替她挣钱。代她挣钱,我真愿意;可是那个挣钱方法叫我哆嗦。我知道什么呢,叫我像个半老的妇人那样去挣钱?! 妈妈的心是狠的,可是钱更狠。妈妈不逼着我走哪条路,她叫我自己挑选——帮助她,或是我们娘儿俩各走各的。妈妈的眼没有泪,早就干了。我怎么办呢?

<br>

十三

我对校长说了。校长是个四十多岁的妇人,胖胖的,不很精明,可是心热。我是真没了主意,要不然我怎会开口述说妈妈的……我并没和校长亲近过。当我对她说的时候,每个字都像烧红了的煤球烫着我的喉,我哑了,半天才能吐出一个字。校长愿意帮助我。她不能给我钱,只能供给我两顿饭和住处——就住在学校和个老女仆作伴儿。她叫我帮助文书写写字,可是不必马上就这么办,因为我的字还需要练习。两顿饭,一个住处,解决了天大的问题。我可以不连累妈妈了。妈妈这回连轿也没坐,只坐了辆洋车,摸着黑走了。我的铺盖,她给了我。临走的时候,妈妈挣扎着不哭,可是心底下的泪到底翻上来了。她知道我不能再找她去,她的亲女儿。我呢,我连哭都忘了怎么哭了,我只咧着嘴抽达,泪蒙住了我的脸。我是她的女儿、朋友、安慰。但是我帮助不了她,除非我得作那种我决不肯作的事。在事后一想,我们娘儿俩就像两个没人管的狗,为我们的嘴,我们得受着一切的苦处,好像我们身上没有别的,只有一张嘴。为这张嘴,我们得把其余一切的东西都卖了。我不恨妈妈了,我明白了。不是妈妈的毛病,也不是不该长那张嘴,是粮食的毛病,凭什么没有我们的吃食呢?这个别离,把过去一切的苦楚都压过去了。那最明白我的眼泪怎流的月牙这回没出来,这回只有黑暗,连点萤火的光也没有。妈妈就在暗中像个活鬼似的走了,连个影子也没有。即使她马上死了,恐怕也不会和爸埋在一处了,我连她将来的坟在哪里都不会知道。我只有这么个妈妈,朋友。我的世界里剩下我自己。

## 十四

妈妈永不能相见了，爱死在我心里，像被霜打了的春花。我用心的练字，为是能帮助校长抄抄写写些不要紧的东西。我必须有用，我是吃着别人的饭。我不像那些女同学，她们一天到晚注意别人，别人吃了什么，穿了什么，说了什么；我老注意我自己，我的影子是我的朋友。"我"老在我的心上，因为没人爱我。我爱我自己，可怜我自己，鼓励我自己，责备我自己；我知道我自己，仿佛我是另一个人似的。我身上有一点变化都使我害怕，使我欢喜，使我莫名其妙。我在我自己手中拿着，像捧着一朵娇嫩的花。我只能顾目前，没有将来，也不敢深想。嚼着人家的饭，我知道那是晌午或晚上了，要不然我简直想不起时间来；没有希望，就没有时间。我好像钉在个没有日月的地方。想起妈妈，我晓得我曾经活了十几年。对将来，我不像同学们那样盼望放假，过节，过年；假期，节，年，跟我有什么关系呢？可是我的身体是往大了长呢，我觉得出。觉出我又长大了一些，我更渺茫，我不放心我自己。我越往大了长，我越觉得自己好看，这是一点安慰；美使我抬高了自己的身份。可是我根本没身份，安慰是先甜后苦的，苦到末了又使我自傲。穷，可是好看呢！这又使我怕：妈妈也是不难看的。

## 十五

我又老没看月牙了，不敢去看，虽然想看。我已毕了业，还在学校里住着。晚上，学校里只有两个老仆人，一男一女。他们不知怎样对待我好，我既不是学生，也不是先生，又不是仆人，可有点像仆人。晚上，我一个人在院中走，常被月牙给赶进屋来，我没有胆子去看它。可是在屋里，我会想象它是什么样，特别是在有点小风的时候。微风仿佛会给那点微光吹到我的心上来，使我想起过去，更加重了眼前的悲哀。我的心就好像在月光下的蝙蝠，虽然是在光的下面，可是自己是黑的；黑的东西，即使会飞，也还是黑的，我没有希望。我可是不哭，我只常皱着眉。

## 十六

我有了点进款：给学生织些东西，她们给我点工钱。校长允许我这么办。

可是进不了许多，因为她们也会织。不过她们自己急于要用，而赶不来，或是给家中人打双手套或袜子，才来照顾我。虽然是这样，我的心似乎活了一点，我甚至想到：假若妈妈不走那一步，我是可以养活她的。一数我那点钱，我就知道这是梦想，可是这么想使我舒服一点。我很想看看妈妈。假若她看见我，她必能跟我来，我们能有方法活着，我想——可是不十分相信。我想妈妈，她常到我的梦中来。有一天，我跟着学生们去到城外旅行，回来的时候已经是下午四点多了。为是快点回来，我们抄了个小道。我看见了妈妈！在个小胡同里有一家卖馒头的，门口放着个元宝筐，筐上插着个顶大的白木头馒头。顺着墙坐着妈妈，身儿一仰一弯的拉风箱呢。从老远我就看见了那个大木馒头与妈妈，我认识她的后影。我要过去抱住她。可是我不敢，我怕学生们笑话我，她们不许我有这样的妈妈。越走越近了，我的头低下去，从泪中看了她一眼，她没看见我。我们一群人擦着她的身子走过去，她好像是什么也没看见，专心的拉她的风箱。走出老远，我回头看了看，她还在那儿拉呢。我看不清她的脸，只看到她的头发在额上披散着点。我记住这个小胡同的名儿。

## 十七

像有个小虫在心中咬我似的，我想去看妈妈，非看见她我心中不能安静。正在这个时候，学校换了校长。胖校长告诉我得打主意，她在这儿一天便有我一天的饭食与住处，可是她不能保险新校长也这么办。我数了数我的钱，一共是两块七毛零几个铜子。这几个钱不会叫我在最近的几天中挨饿，可是我上哪儿呀？我不敢坐在那儿呆呆的发愁，我得想主意。找妈妈去是第一个念头。可是她能收留我吗？假若她不能收留我，而我找了她去，即使不能引起她与那个卖馒头的吵闹，她也必定很难过。我得为她想，她是我的妈妈，又不是我的妈妈，我们母女之间隔着一层用穷作成的障碍。想来想去，我不肯找她去了。我应当自己担着自己的苦处。可是怎么担着自己的苦处呢？我想不起。我觉得世界很小，没有安置我与我的小铺盖卷的地方。我还不如一条狗，狗有个地方便可以躺下睡；街上不准我躺着。是的，我是人，人可以不如狗。假若我扯着脸不走，焉知新校长不往外撵我呢？我不能等着人家往外推。这是个春天。我只看见花儿开了，叶儿绿了，而觉不到一点暖气。红的花只是红的花，绿的叶只是绿的叶，我看见些不同的颜色，只是一点颜色；这些颜色没有任何意义，春在我的心中是个凉的死的东西。我不肯哭，可是泪自己往下流。

## 十八

我出去找事了。不找妈妈，不依赖任何人，我要自己挣饭吃。走了整整两天，抱着希望出去，带着尘土与眼泪回来。没有事情给我作。我这才真明白了妈妈，真原谅了妈妈。妈妈还洗过臭袜子，我连这个都作不上。妈妈所走的路是唯一的。学校里教给我的本事与道德都是笑话，都是吃饱了没事时的玩艺。同学们不准我有那样的妈妈，她们笑话暗门子；是的，她们得这样看，她们有饭吃。我差不多要决定了：只要有人给我饭吃，什么我也肯干；妈妈是可佩服的。我才不去死，虽然想到过；不，我要活着。我年轻，我好看，我要活着。羞耻不是我造出来的。

(原刊《樱海集》，人间书屋 1935 年 8 月初版)

**【作品导读】**

老舍的作品大多取材于市民生活。老舍善于描绘城市贫民的生活和命运，在对市民日常生活进行全景式风俗描写的同时，也在深思探索民族的命运。钱理群曾这样评价老舍，他第一个把"乡土"中国社会现代性变革过程中小市民阶层的命运、思想和心理通过文学表现出来，并获得了巨大的成功。老舍以深刻的人生体验、高超的文学天赋、谅人慰己的幽默心态以及孜孜不懈的艺术追求，创造出独树一帜的文学风格，无愧于"人民艺术家"的光荣称号。

《月牙儿》是老舍创作的一部中篇小说，原刊载于 1935 年 4 月 1 日、8 日、15 日的《国闻周报》，后收入短篇小说集《樱海集》。20 世纪 30 年代的中国，社会动荡不安、民不聊生，社会秩序失范，底层市民在人性、自尊与金钱、生存中挣扎抉择。作品通过母女两代沦为暗娼的悲惨遭遇，向读者展现了旧中国底层妇女的不幸命运，揭示了社会的黑暗以及黑暗的社会给底层民众造成的灵与肉的创伤，具有极强的思想性和艺术感染力。

小说采用第一人称"我"的视角进行自述，如泣如诉，没有一笔旁白，都是"我"的亲身经历和内心独白。第一人称的叙述更有利于增强作品的主观性和抒情性，情节随着"我"内心情感的变化展开："是的，我又看见月牙儿了"，这月牙儿唤起了我种种不同的情感和回忆。第一人称的视角使得主人公的直接登场显得自然而不突兀，通过"我"淡然平和地诉说，读者被吸引到一个充满了药味儿、烟味儿、眼泪的小屋里，被一种凄凉悲惨的氛围所压抑；同时向读者逐层展现了主人公是如何一步一步堕入黑暗，走向毁灭的。

《月牙儿》这部作品充满了凄美诗意，不仅缘于自述的抒情性，还得益于多种手法的交相运用。其中，"月牙儿"的象征意义最引人注意，"月牙儿"作为文章的题目，在小说中起到了线索作用，它成为"我"的见证人，"我"的每次命运起伏转折都有它的身影。从父亲的去世，到母亲的改嫁，再到"我"委身于第一个男人乃至最后在狱中，月牙儿都是"我"的心灵的慰藉。月牙儿的孤寂冷清反照出主人公的命运和处境，月牙儿微弱的光象征着主人公无力的反抗，月牙儿的孤单象征着主人公的无助，月牙儿的周遭永是暗夜象征着主人公所处时代的黑暗险恶……月牙儿作为意象，在整部作品中一共出现了8次，展现了主人公从自尊纯洁到为生活所迫而自甘堕落的详细发展过程。

老舍以他一贯的人道主义情怀关注着底层市民的生与死，悲与痛，《月牙儿》可以说是底层市民悲惨生活的真实写照，是被侮辱被压迫的底层妇女的一首悲歌。在黑暗的旧社会中，我们看到贫穷可以使男子潦倒，饥饿可以使妇女堕落，金钱可以使人性泯灭。

【思考与练习】

1. 试从主客观角度分析"我"堕落的原因。
2. 试比较《月牙儿》和《骆驼祥子》两部作品主题的异同。

（龙媛媛）

# 骆驼祥子（节选）

老 舍

## 二十二

祥子忘了是往哪里走呢。他昂着头，双手紧紧握住车把，眼放着光，迈着大步往前走；只顾得走，不管方向与目的地。他心中痛快，身上轻松，仿佛把自从娶了虎妞之后所有的倒霉一股拢总都喷在刘四爷身上。忘了冷，忘了张罗买卖，他只想往前走，仿佛走到什么地方他必能找回原来的自己，那个无牵无挂，纯洁，要强，处处努力的祥子。想起胡同中立着的那块黑影，那个老人，似乎什么也不必再说了，战胜了刘四便是战胜了一切。虽然没打这个老家伙一拳，没踹他一脚，可是老头子失去唯一的亲人，而祥子反倒逍遥自在；谁说这不是报应呢！老头子气不死，也得离死差不远！刘老头子有一切，祥子什么也没有；而今，祥子还可以高高兴兴的拉车，而老头子连女儿的坟也找不到！好吧，随你老头子有成堆的洋钱，与天大的脾气，你治不服这个一天现混两个饱的穷光蛋！

越想他越高兴，他真想高声的唱几句什么，教世人都听到这凯歌——祥子又活了，祥子胜利了！晚间的冷气削着他的脸，他不觉得冷，反倒痛快。街灯发着寒光，祥子心中觉得舒畅的发热，处处是光，照亮了自己的将来。半天没吸烟了，不想再吸，从此烟酒不动，祥子要重打鼓另开张，照旧去努力自强，今天战胜了刘四，永远战胜刘四；刘四的诅咒适足以教祥子更成功，更有希望。一口恶气吐出，祥子从此永远吸着新鲜的空气。看看自己的手脚，祥子不还是很年轻么？祥子将要永远年轻，教虎妞死，刘四死，而祥子活着，快活的，要强的，活着——恶人都会遭报，都会死，那抢他车的大兵，不给仆人饭吃的杨太太，欺骗他压迫他的虎妞，轻看他的刘四，诈他钱的孙侦探，愚弄他的陈二奶奶，诱惑他的夏太太。……都会死，只有忠诚的祥子活着，永远活着！

　　"可是，祥子你得从此好好的干哪！"他嘱咐着自己。"干吗不好好的干呢？我有志气，有力量，年纪轻！"他替自己答辩："心中一痛快，谁能拦得住祥子成家立业呢？把前些日子的事搁在谁身上，谁能高兴，谁能不往下溜？那全过去了，明天你们会看见一个新的祥子，比以前的还要好，好的多！"

　　嘴里咕哝着，脚底下便更加了劲，好像是为自己的话作见证——不是瞎说，我确是有个身子骨儿。虽然闹过病，犯过见不起人的症候，有什么关系呢。心一变，马上身子也强起来，不成问题！出了一身的汗，口中觉得渴，想喝口水，他这才觉出已到了后门。顾不得到茶馆去，他把车放在城门西的"停车处"，叫过提着大瓦壶，拿着黄砂碗的卖茶的小孩来，喝了两碗刷锅水似的茶；非常的难喝，可是他告诉自己，以后就得老喝这个，不能再都把钱花在好茶好饭上。这么决定好，爽性再吃点东西——不好往下咽的东西——就作为勤苦耐劳的新生活的开始。他买了十个煎包儿，里边全是白菜帮子，外边又"皮"又牙碜。不管怎样难吃，也都把它们吞下去。吃完，用手背抹了抹嘴。上哪儿去呢？

　　可以投奔的，可依靠的，人，在他心中，只有两个。打算努力自强，他得去找这两个——小福子与曹先生。曹先生是"圣人"，必能原谅他，帮助他，给他出个好主意。顺着曹先生的主意去作事，而后再有小福子的帮助；他打外，她打内，必能成功，必能成功，这是无可疑的！

　　谁知道曹先生回来没有呢？不要紧，明天到北长街去打听；那里打听不着，他会上左宅去问。只要找着曹先生，什么便都好办了。好吧，今天先去拉一晚上，明天去找曹先生；找到了他，再去看小福子，告诉她这个好消息：祥子并没混好，可是决定往好里混，咱们一同齐心努力的往前奔吧！

　　这样计划好，他的眼亮得像个老鹰的眼，发着光向四外扫射，看见个座儿，他飞也似跑过去，还没讲好价钱便脱了大棉袄。跑起来，腿确是不似先前了，可是一股热气支撑着全身，他拼了命！祥子到底是祥子，祥子拼命跑，还是没有别人的份儿。见一辆，他开一辆，好像发了狂。汗痛快的往外流。跑完一趟，他觉得身上轻了许多，腿又有了那种弹力，还想再跑，像名马没有跑足，立定之后还踢腾着蹄儿那样。他一直跑到夜里一点才收车。回到厂中，除了车份，他还落下九毛多钱。

　　一觉，他睡到了天亮；翻了个身，再睁开眼，太阳已上来老高。疲乏后的安息是最甜美的享受，起来伸了个懒腰，骨节都轻脆的响，胃中像完全空了，极想吃点什么。

　　吃了点东西，他笑着告诉厂主："歇一天，有事。"心中计算好：歇一天，把事情都办好，明天开始新的生活。

　　一直的他奔了北长街去，试试看，万一曹先生已经回来了呢。一边走，一边心里祷告着：曹先生可千万回来了，别教我扑个空！头一样儿不顺当，样样儿就都不顺当！祥子改了，难道老天爷还不保佑么？

　　到了曹宅门外，他的手哆嗦着去按铃。等着人来开门，他的心要跳出来。对这个熟识的门，他并没顾得想过去的一切，只希望门一开，看见个熟识的脸。他等着，他怀疑院也许没有人，要不然为什么这样的安静呢，安静得几乎可怕。忽然门里有点响动，他反倒吓了一跳，仿佛夜间守灵，忽然听见棺材响了一声那样。门开了，门的响声里夹着一声最可宝贵，最亲热可爱的"哟！"高妈！

　　"祥子？可真少见哪！你怎么瘦了？"高妈可是胖了一些。

　　"先生在家？"祥子顾不得说别的。

　　"在家呢。你可倒好，就知道有先生，仿佛咱们就谁也不认识谁！连个好儿也不问！你真成，永远是'客（怯）木匠一锯（句）'！进来吧！你混得倒好哇？"她一边往里走，一边问。

　　"哼！不好！"祥子笑了笑。

　　"那什么，先生，"高妈在书房外面叫，"祥子来了！"

　　曹先生正在屋里赶着阳光移动水仙呢："进来！"

　　"唉，你进去吧，回头咱们再说话儿；我去告诉太太一声；我们全时常念道你！傻人有个傻人缘，你倒别瞧！"高妈叨唠着走进去。

　　祥子进了书房："先生，我来了！"想要问句好，没说出来。

　　"啊，祥子！"曹先生在书房里立着，穿着短衣，脸上怪善净的微笑。"坐下！那——"他想了会儿："我们早就回来了，听老程说，你在——对，人和厂。高妈还去找了你一趟，没找到。坐下！你怎样？事情好不好？"

　　祥子的泪要落下来。他不会和别人谈心，因为他的话都是血作的，窝在心的深处。镇静了半天，他想要把那片血变成的简单的字，流泻出来。一切都在记忆中，一想便全想起来，他得慢慢的把它们排列好，整理好。他是要说出一部活的历史，虽然不晓得其中的意义，可是那一串委屈是真切的，清楚的。

　　曹先生看出他正在思索，轻轻的坐下，等着他说。

　　祥子低着头楞了好大半天，忽然抬头看看曹先生，仿佛若是找不到个人听他说，就不说也好似的。

　　"说吧！"曹先生点了点头。

　　祥子开始说过去的事，从怎么由乡间到城里说起。本来不想说这些没用的事，可是不说这些，心中不能痛快，事情也显着不齐全。他的记忆是血汗与苦痛砌成的，不能随便说着玩，一说起来也不愿掐头去尾。每一滴汗，每一滴血，都是由生命中流出去的，所以每一件事都有值得说的价值。

进城来，他怎样作苦工，然后怎样改行去拉车。怎样攒钱买上车，怎样丢了……一直说到他现在的情形。连他自己也觉着奇怪，为什么他能说得这么长，而且说得这么畅快。事情，一件挨着一件，全想由心中跳出来。事情自己似乎会找到相当的字眼，一句挨着一句，每一句都是实在的，可爱的，可悲的。他的心不能禁止那些事往外走，他的话也就没法停住。没有一点迟疑，混乱，他好像要一口气把整个的心都拿出来。越说越痛快，忘了自己，因为自己已包在那些话中，每句话中都有他，那要强的，委屈的，辛苦的，堕落的，他。说完，他头上见了汗，心中空了，空得舒服，像晕倒过去而出了凉汗那么空虚舒服。

"现在教我给你出主意?"曹先生问。

祥子点了点头；话已说完，他似乎不愿再张口了。

"还得拉车?"

祥子又点了点头。他不会干别的。

"既是还得去拉车，"曹先生慢慢的说，"那就出不去两条路。一条呢是凑钱买上车，一条呢是暂且赁车拉着，是不是? 你手中既没有积蓄，借钱买车，得出利息，还不是一样? 莫如就先赁车拉着。还是拉包月好，事情整重，吃住又都靠盘儿。我看你就还上我这儿来好啦；我的车卖给了左先生，你要来的话，得赁一辆来；好不好?"

"那敢情好!"祥子立了起来。"先生不记着那回事了?"

"哪回事?"

"那回，先生和太太都跑到左宅去!"

"呕!"曹先生笑起来。"谁记得那个! 那回，我有点太慌。和太太到上海住了几个月，其实满可以不必，左先生早给说好了，那个阮明现在也作了官，对我还不错。那，大概你不知道这点儿；算了吧，我一点也没记着它。还说咱们的吧：你刚才说的那个小福子，她怎么办呢?"

"我没主意!"

"我给你想想看：你要是娶了她，在外面租间房，还是不上算；房租，煤灯炭火都是钱，不够。她跟着你去作工，哪能又那么凑巧，你拉车，她作女仆，不易找到! 这倒不好办!"曹先生摇了摇头。"你可别多心，她到底可靠不可靠呢?"

祥子的脸红起来，哽吃了半天才说出来："她没法子才作那个事，我敢下脑袋，她很好! 她……"他心中乱开了：许多不同的感情凝成了一团，又忽然要裂开，都要往外跑；他没了话。

"要是这么着呀，"曹先生迟疑不决的说，"除非我这儿可以将就你们。你一个人占一间房，你们俩也占一间房；住的地方可以不发生问题。不知道她会洗洗作作的不会，假若她能作些事呢，就让她帮助高妈；太太不久就要生小孩，高妈一个人也太忙点。她呢，白吃我的饭，我可就也不给她工钱，你看怎样？"

"那敢情好！"祥子天真的笑了。

"不过，这我可不能完全作主，得跟太太商议商议！"

"没错！太太要不放心，我把她带来，教太太看看！"

"那也好，"曹先生也笑了，没想到祥子还能有这么个心眼。"这么着吧，我先和太太提一声，改天你把她带来；太太点了头，咱们就算成功！"

"那么先生，我走吧？"祥子急于去找小福子，报告这个连希望都没敢希望过的好消息。

祥子出了曹宅，大概有十一点左右吧，正是冬季一天里最可爱的时候。这一天特别的晴美，蓝天上没有一点云，日光从干凉的空气中射下，使人感到一些爽快的暖气。鸡鸣犬吠，和小贩们的吆喝声，都能传达到很远，隔着街能听到些响亮清脆的声儿，像从天上落下的鹤唳。洋车都打开了布棚，车上的铜活闪着黄光。便道上骆驼缓慢稳当的走着，街心中汽车电车疾驰，地上来往着人马，天上飞着白鸽，整个的老城处处动中有静，乱得痛快，静得痛快，一片声音，万种生活，都覆在晴爽的蓝天下面，到处静静的立着树木。

祥子的心要跳出来，一直飞到空中去，与白鸽们一同去盘旋！什么都有了：事情，工钱，小福子，在几句话里美满的解决了一切，想也没想到呀！看这个天，多么晴爽干燥，正像北方人那样爽直痛快。人遇到喜事，连天气也好了，他似乎没见过这样可爱的冬晴。为更实际的表示自己的快乐，他买了个冻结实了的柿子，一口下去，满嘴都是冰凌！扎牙根的凉，从口中慢慢凉到胸部，使他全身一颤。几口把它吃完，舌头有些麻木，心中舒服。他扯开大步，去找小福子。心中已看见了那个杂院，那间小屋，与他心爱的人；只差着一对翅膀把他一下送到那里。只要见了她，以前的一切可以一笔勾销，从此另辟一个天地。此刻的急切又超过了去见曹先生的时候，曹先生与他的关系是朋友，主仆，彼此以好换好。她不仅是朋友，她将把她的一生交给他，两个地狱中的人将要抹去泪珠而含着笑携手前进。曹先生的话能感动他，小福子不用说话就能感动他。他对曹先生说了真实的话，他将要对小福子说些更知心的话，跟谁也不能说的话都可以对她说。她，现在，就是他的命，没有她便什么也算不了一回事。他不能仅为自己的吃喝努力，他必须把她从那间小屋救拔出来，而后与他一同住在一间干净暖和的屋里，像一对小鸟似的那么快活，体面，亲热！她可以不管二强子，也可以不管两个弟弟，她必须来帮助祥子。二强子本来可以自己挣饭吃，那两个弟弟也可以对付着去俩人拉一辆车，或作些别的事了；祥子，没她可不行。他的身体，精神，事情，没有一处不需要她的。她也正需要他这么个男人。

越想他越急切，越高兴；天下的女人多了，没有一个像小福子这么好，这么合适的！他已娶过，偷过；已接触过美的和丑的，年老的和年轻的；但是她们都不能挂在他的心上，她们只是妇女，不是伴侣。不错，她不是他心目中所有的那个一清二白的姑娘，可是正因为这个，她才更可怜，更能帮助他。那傻子似的乡下姑娘也许非常的清白，可是绝不会有小福子的本事与心路。况且，他自己呢？心中也有许多黑点呀！那么，他与她正好是一对儿，谁也不高，谁也不低，像一对都有破纹，而都能盛水的罐子，正好摆在一起。

无论怎想，这是件最合适的事。想过这些，他开始想些实际的：先和曹先生支一月的工钱，给她买件棉袍，齐理齐理鞋脚，然后再带她去见曹太太。穿上新的，素净的长棉袍，头上脚下都干干净净的，就凭她的模样，年岁，气派，一定能拿得出手去，一定能讨曹太太的喜欢。没错儿！

走到了地方，他满身是汗。见了那个破大门，好像见了多年未曾回来过的老家：破门，破墙，门楼上的几棵干黄的草，都非常可爱。他进了大门，一直奔了小福子的屋子去。顾不得敲门，顾不得叫一声，他一把拉开了门。一拉开门，他本能的退了回来。炕上坐着个中年的妇人，因屋中没有火，她围着条极破的被子。祥子楞在门外，屋里出了声："怎么啦！报丧哪？怎么不言语一声楞往人家屋里走啊?！你找谁？"

祥子不想说话。他身上的汗全忽然落下去，手扶着那扇破门，他又不敢把希望全都扔弃了："我找小福子！"

"不知道！赶明儿你找人的时候，先问一声再拉门！什么小福子大福子的！"

坐在大门口，他楞了好大半天，心中空了，忘了他是干什么呢。慢慢的他想起一点来，这一点只有小福子那么大小，小福子在他心中走过来，又走过去，像走马灯上的纸人，老那么来回的走，没有一点作用，他似乎忘了他与她的关系。慢慢的，小福子的形影缩小了些，他的心多了一些活动。这才知道了难过。

在不准知道事情的吉凶的时候，人总先往好里想。祥子猜想着，也许小福子搬了家，并没有什么更大的变动。自己不好，为什么不常来看看她呢？惭愧令人动作，好补补自己的过错。最好是先去打听吧。他又进了大院，找住个老邻居探问了一下。没得到什么正确的消息。还不敢失望，连饭也不顾得吃，他想去找二强子；找到那两个弟弟也行。这三个男人总在街面上，不至于难找。

见人就问，车口上，茶馆中，杂院里，尽着他的腿的力量走了一天，问了一天，没有消息。

晚上，他回到车厂，身上已极疲乏，但是还不肯忘了这件事。一天的失望，他不敢再盼望什么了。苦人是容易死的，苦人死了是容易被忘掉的。莫非小福子已经不在了么？退一步想，即使她没死，二强子又把她卖掉，卖到极远的地方去，是可能的；这比死更坏！

烟酒又成了他的朋友。不吸烟怎能思索呢？不喝醉怎能停止住思索呢？

## 二十四

入了秋，祥子的病已不允许他再拉车，祥子的信用已丧失得赁不出车来。他作了小店的照顾主儿。夜间，有两个铜板，便可以在店中躺下。白天，他去作些只能使他喝碗粥的劳作。他不能在街上去乞讨，那么大的个子，没有人肯对他发善心。他不会在身上作些彩，去到庙会上乞钱，因为没受过传授，不晓得怎么把他身上的疮化装成动人的不幸。作贼，他也没那套本事，贼人也有团体与门路啊。只有他自己会给自己挣饭吃，没有任何别的依赖与援助。他为自己努力，也为自己完成了死亡。他等着吸那最后的一口气，他是个还有口气的死鬼，个人主义是他的灵魂。这个灵魂将随着他的身体一齐烂化在泥土中。

北平自从被封为故都，它的排场，手艺，吃食，言语，巡警……已慢慢的向四外流动，去找那与天子有同样威严的人和财力的地方去助威。那洋化的青岛也有了北平的涮羊肉；那热闹的天津在半夜里也可以听到低悲的"硬面——饽饽"；在上海，在汉口，在南京，也都有了说京话的巡警与差役，吃着芝麻酱烧饼；香片茶会由南而北，在北平经过双熏再往南方去；连抬杠的杠夫也有时坐上火车到天津或南京去抬那高官贵人的棺材。

北平本身可是渐渐的失去原有的排场，点心铺中过了九月九还可以买到花糕，卖元宵的也许在秋天就下了市，那二三百年的老铺户也忽然想起作周年纪念，借此好散出大减价的传单……经济的压迫使排场去另找去路，体面当不了饭吃。

不过，红白事情在大体上还保存着旧有的仪式与气派，婚丧嫁娶仿佛到底值得注意，而多少要些排场。婚丧事的执事，响器，喜轿与官罩，到底还不是任何都市所能赶上的。出殡用的松鹤松狮，纸扎的人物轿马，娶亲用的全份执事，与二十四个响器，依旧在街市上显出官派大样，使人想到那太平年代的繁华与气度。

祥子的生活多半仗着这种残存的仪式与规矩。有结婚的，他替人家打着旗伞；有出殡的，他替人家举着花圈挽联；他不喜，也不哭，他只为那十几个铜子，陪着人家游街。穿上杠房或喜轿铺所预备的绿衣或蓝袍，戴上那不合适的黑帽，他暂时能把一身的破布遮住，稍微体面一些。遇上那大户人家办事，教一干人等都剃头穿靴子，他便有了机会使头上脚下都干净利落一回。脏病使他迈不开步，正好举着面旗，或两条挽联，在马路边上缓缓的蹭。

可是，连作这点事，他也不算个好手。他的黄金时代已经过去了，既没从洋车上成家立业，什么事都随着他的希望变成了"那么回事"。他那么大的个子，偏争着去打一面飞虎旗，或一对短窄的挽联；那较重的红伞与肃静牌等等，他都不肯去动。和个老人，小孩，甚于至妇女，他也会去争竞。他不肯吃一点亏。

打着那么个小东西，他低着头，弯着背，口中叼着个由路上拾来的烟卷头儿，有气无力的慢慢的蹭。大家立定，他也许还走；大家已走，他也许多站一会儿；他似乎听不见那施号发令的锣声。他更永远不看前后的距离停匀不停匀，左右的队列整齐不整齐，他走他的，低着头像作着个梦，又像思索着点高深的道理。那穿红衣的锣夫，与拿着绸旗的催押执事，几乎把所有的村话都向他骂去："孙子！我说你呢，骆驼！你他妈的看齐！"他似乎还没有听见。打锣的过去给了他一锣锤，他翻了翻眼，朦胧的向四外看一下。没管打锣的说了什么，他留神的在地上找，看有没有值得拾起来的烟头儿。

体面的，要强的，好梦想的，利己的，个人的，健壮的，伟大的，祥子，不知陪着人家送了多少回殡；不知道何时何地会埋起他自己来，埋起这堕落的，自私的，不幸的，社会病胎里的产儿，个人主义的末路鬼！

（节选自老舍《骆驼祥子》，《宇宙风》1937 年第 46、48 期）

**【作品导读】**

老舍生于北京城一个贫民家庭，大杂院中的生活经历和社会底层的市民生活，使他对底层小人物的生活及心理状态有着较深入的了解和真切的同情。这也是老舍笔下的祥子与胡适、鲁迅从知识分子的俯视角度塑造的人力车夫形象有所不同的原因之一。此外，市井街巷的戏曲、大鼓、相声等民间艺术，也给他提供了丰富的写作素材，有利于他作品中"京味"和平民化风格的形成。他的作品大多定格于街头巷尾的市民生活场景，描写社会底层市民的贫苦生活和悲惨命运。

　　长篇小说《骆驼祥子》，于1936年在《宇宙风》第25期开始连载，至1937年第48期载完，共24章。之后国内又有多个版本出现，且被译为英、法、日、德、俄等多种文字，影响深远。小说以20世纪20年代军阀混战为背景，以人力车夫的生活为切入点，讲述了北平城里的破产农民祥子，为了拥有自己的洋车，实现在城市独立生活的梦想，经历了人生的三起三落，仍旧努力无望，最终成为行尸走肉的悲惨命运。这种命运，对于当时的旧社会底层劳苦大众来说，有一定的共通性。祥子是小说的中心人物，祥子买车是小说的线索。随着祥子的脚步，小说展示了车厂、茶馆、大杂院等生存环境，呈现出一幅20世纪二三十年代的北平生活画卷。

　　节选内容为《骆驼祥子》的第22章、第24章后半部分。

　　在第22章中，那个初次进城，善良勤奋，有着健壮体格和买车愿望的淳朴农民——祥子，好像又回来了。之前经历的被军阀抢车、被孙侦探敲诈、被虎妞强行占有等事情，在这里，得到了释然。他重拾信心，对以后的生活又有了新的希望。他的希望变现的前提是曹先生和小福子，这是他可以投奔依靠的人。然而小福子已经找不到了。他的一切努力化为泡影，美好的梦想再次破灭。于是，"烟酒又成了他的朋友。不吸烟怎能思索呢？不喝醉怎能停止住思索呢？"鲁迅有言，"悲剧是将人生有价值的东西毁灭给人看"。祥子的坚毅与希望是短暂的"回光返照"，小福子的去世是压倒他的最后一根稻草，从希望到幻灭，在这一章体现得淋漓尽致。

　　在最后一章中，小说以描述祥子消极的生活状态结尾，反映了破产农民在"市民化"过程中的艰难与希望的幻灭。祥子的结局不是个例，这结局是由个体、时代、文化、民族等多种因素导致的。诚然，他是"社会病胎里的产儿"，身上存在着几千年来民族文化的劣根性，他无知、胆小、一根筋。但"把人变成鬼"的黑暗社会才是最终将他拖向深渊的根源，祥子成了"个人主义的末路鬼"。这也证明了在黑暗的旧社会里，底层劳动人民想通过个人的奋斗来改变命运，是根本行不通的。在当时的社会背景下，穷人只有一条路，即想靠自己努力爬上去而终于爬不上去，最后仍然是一个穷苦人罢了。

　　《骆驼祥子》是对以祥子为代表的小人物悲剧命运的真实写照。老舍塑造了一个勤奋、上进、努力的祥子，但这些传统的优良品德在面对现代文明的时候，还是被粉碎一地。这是祥子最大的悲剧，也是时代的悲剧。

**【思考与练习】**

1. 祥子那么努力，为什么始终无法实现梦想？

2. 阅读整本书，并阅读老舍《我怎样写〈骆驼祥子〉》（1945 年《青年知识》第 1 卷第 2 号），思考为什么《骆驼祥子》出版后大受欢迎。

（董筱琳）

# 死水微澜（节选）

## 李劼人

李劼人（1891—1962），原名李家祥，曾用笔名老懒、菱乐等。抗日战争期间，积极从事救亡活动，组织并参加中华全国文艺界抗敌协会成都分会，并担任会刊《笔阵》的主笔。李劼人深受19世纪法国文学的影响，他对中国传统的历史小说形式进行了根本性突破，形成了寓社会政治史于文化风俗史之中的全新的历史小说创作模式。

李劼人的主要代表作品有中篇小说《同情》，长篇小说《死水微澜》、《暴风雨前》、《大波》（上、中、下卷）、《天魔舞》，短篇小说集《好人家》等；主要翻译书目有长篇小说《马丹波娃利》，中篇小说《彼得与露西》等。

## 一五

四川总督才奉到保护教堂，优遇外宾的诏旨，不到五天，郫县三道堰便出了一件打毁教堂，殴毙教民一人的大案子。上自三司，下至把总，都为之骇然。他们所畏的，并不是逃遁到陕西去的太后与皇帝，而正是布满京城，深居禁内的洋元帅与洋兵。他们已听见以前主张灭洋的，自端王以下，无一个不受处分，有砍头的，有赐死的，有充军的，这是何等可怕的举动！只要洋人动一动口，谁保得定自己能活几天？以前那样的大波大浪，且平安过去了，看看局面已定，正好大舒一口气时，而不懂事的百姓，偏作了这个小祟，这真是令人思之生恨的事！于是几营大兵，漏夜赶往三道堰，仅仅把被打死的死尸抬回，把地方首人捉回，把可疑的百余乡下人锁回，倾了一百余家，兵丁们各发了一点小财，哨官总爷们各吃了几顿烧猪炖鸡，而正凶帮凶则鸿飞杳杳，连一点踪影都没有探得。

总督是如何的着急！全城文武官员是如何的着急！乃至身居闲职，毫不相干的郝同知达三，也着急起来。他同好友葛寰中谈起这事，好象天大祸事，就要临头一样，比起前数月，萧然而论北京事情的态度，真不同！他叹道："愚民之愚，令人恨杀！他们难道没有耳朵，一点都不晓得现在是啥子世道吗？拳匪已经把一座锦绣的北京城弄丢了，这般愚民还想把成都城也送给外国人去吗？"

葛寰中黯然的拈起一块白果糕向嘴里一送，一面嚼，一面从而推论道："这确是可虑的。比如外国人说，你如不将正凶交出，你就算不尽职，你让开，待我自己来办！现在是有电报的，一封电报打去，从北京开一队外国兵来，谁敢挡他？又谁挡得住他！那时，成都还是我们的世界？我们就插起顺民旗子，到底有一官半职之故，未见得就能如寻常百姓一样！大哥，你想想看，我们须得打一个啥子主意？"

郝达三只是叹息，三老爷仍只吧着他的杂拌烟，很想替他哥打一个主意，只是想不出。太太与姨太太诸人在窗根外听见洋兵要来，便悄悄商量，如何逃难。大小姐说她是不逃的，她等洋兵到来，便吊死。春兰想逃，但不同太太们一道逃，她是别有打算的。春秀哩，则甚望她们逃，都逃了，她好找路回去。

这恶劣的气氛，还一直布满到天回镇，罗歪嘴等人真个连做梦都没有料到。

云集栈的赌博场合，依然是那样兴旺；蔡兴顺的杂货铺生意，依然靠着掌柜的老实和掌柜娘的标致，别的杂货铺总做不赢它；蔡大嫂与罗歪嘴的勾扯，依然如场上人所说，那样的酽。

也无怪乎其酽！蔡大嫂自懂事以来，凡所欣羡的，在半年之中，可以说差不多都尝味了一些。比如说，她在赶青羊宫时，闻见郝大小姐身上的香气，实在好闻，后来问人，说是西洋国的花露水。她只向罗歪嘴说了一句："花露水的香，真比麝香还好！"不到三天，罗歪嘴就从省里给她买了一瓶来，还格外带了一只怀表回来送她。其余如穿的、戴的、用的，只要她看见了，觉得好，不管再贵，总在不多几天，就如愿以偿了。至于吃的，因为她会做几样菜，差不多想着什么好吃，就弄什么来吃，有时不爱动手，就在红锅饭店去买，或叫一个会做菜的来做。而尤其使她欣悦的，就是在刘三金当面凑和她生得体面以前，虽然觉得自己确有与人不同的地方，一般男女看见自己，总不免要多盯几眼，但是不敢自信自己当真就是美人。平时大家摆龙门阵，讲起美人，总觉得要天上才会有，不然，要皇帝宫中与官宦人家才有。一直与罗歪嘴有了勾扯，才时时听见他说自己硬是个城市中也难寻找的美人，罗歪嘴是打过广的，所见的女人，岂少也哉，既这样说，足见自己真不错。加以罗歪嘴之能体贴，之能缠绵，更是她有生以来简直不知的。在前看见妈妈等人，从早做到晚，还不免随时受点男子的气，以为当女人的命该如此，若要享福，除非当太太，至少当姨太太。

及至受了罗歪嘴的供奉，以及张占魁等一般粗人之恭顺听命，然后才知道自己原本可以高高乎在上，而把一般男子踏到脚底的。刘三金说的许多话，都验了，然而不遇罗歪嘴，她能如此吗？虽然她还有不感满足的，比如还未住过省城里的高房大屋，还未使过丫头老妈子，但到底知道罗歪嘴的好处，因而才从心底下对他发生了一种感激，因而也就拿出一派从未孳生过的又温婉，又热烈，又真挚，又猛勇的爱情来报答他，烘炙他。确也把罗歪嘴搬弄得，好象放在爱的火炉之上一样，使他热烘烘的感到一种从心眼上直到毛尖的愉快。他活了三十八岁，与女人接触了快二十年，算是到此，才咬着了女人的心，咀嚼了女人的情味，摸着了甚么叫爱，把他对女人的看法完全变了过来，而对于她的态度，更其来得甜蜜专挚，以至于一刻不能离她，而感觉了自己的嫉妒。

他们如此的酽！酽到彼此都着了迷！罗歪嘴在蔡大嫂眼里，完全美化了，似乎所有的男子，再没一个比罗歪嘴对人更武勇豪侠，对自己更殷勤体会，而本领之大，更不是别的甚么人所能企及。似乎天地之大，男子之多，只有罗歪嘴一个是完人，只有罗歪嘴一个对自己的爱才是真的，也才是最可靠的！她在罗歪嘴眼里哩，那更不必说了。不仅觉得她是自己有生以来，所未看见过，遇合过，乃至想象过的如此可爱，如此看了就会令人心紧，如此与之在一处时竟会把自己忘掉，而心情意态整个都会变为她的附属品，不能由自己作主，而只听她喜怒支配的一个画上也找不出的美人！她这个人，从顶至踵，从外至内，从毛之细之有形至眼光一闪之无形，无一不是至高无上的，无一不是刚合式的！纵然要使自己冷一点，想故意在她身上搜索出一星星瑕疵，也简直不可得。不是她竟生得毫无瑕疵，实在这些瑕疵好象都是天生来烘托她的美的。岂但她这个人如此？乃至与她有关的，觉得都有一种说不出的可爱，只要是她不讨厌，或是她稍稍垂青的。比如金娃子也比从前乖得更为出奇；蔡傻子也比历来忠厚老实；土盘子似乎也伶俐得多；甚至很难见面的邓大爷邓大娘何以竟那样的蔼然可亲？岂但与她有关的人如此？就是凡她用过的东西，乃至眼光所流连，口头所称许的种种，似乎都格外不同一点，似乎都有留心的必要。但蔡大嫂绝不自己承认着了罗歪嘴的迷，而罗歪嘴则每一闭上眼睛着想时，却能深省"我是迷了窍了！我是迷了这女人的窍了！"

他们如此的酽！酽到彼此都发了狂！本不是甚么正经夫妇，而竟能毫无顾忌的在人跟前亲热。有时高兴起来，公然不管蔡兴顺是否在房间里，也不管他看见了作何寻思，难不难过，而相搂到没一点缝隙；还要风魔了，好象洪醉以后，全然没有理知的相扑，相打，狂咬，狂笑，狂喊！有时还把傻子占拉去作配角，把傻子也教坏了，竟自自动无耻的要求加入。端阳节以后，这情形愈加厉害。蔡大嫂说："一人生一辈子，这样狂荡欢喜下子，死了也值得！"罗歪嘴说："人生能有几个三十几岁？以前已是恍恍惚惚的把好时光辜负了，如今既然懂得消受，彼此又有同样的想头，为啥子还要作假？为啥子不老实吃一个饱？晓得这种情味能过多久呢？"

大家于他们的爱，又是眼红，又是怀恨，又是鄙薄。总批评是：无耻！总希望是：报应总要来的！能够平平静静，拿好话劝他们不要过于浪费，"惜衣有衣穿，惜饭有饭吃，你们把你们的情省俭点用，多用些日子，不好吗？"作如是言的，也只是张占魁等几个当护脚毛的，然而得到的回答，则是"人为情死！鸟为食亡！"

大概是物极必反罢？罗歪嘴的语谶，大家的希望，果于这一天实现了。

蔡大嫂毕生难忘的这一天，也就是恶气氛笼罩天回镇的这一天，早晨，她因为宵来太欢乐了，深感疲倦，起床得很晏。虽说是闲场可以晏点，但是也比平时晏多了，右邻石姆姆已经吃过早饭，已经到沟边把一抱衣服洗了回来，蔡兴顺抱着金娃子来喊了她三次，喊得她发气，才披衣起来，擦了牙，漱了口。土盘子已把早饭做过吃了，问她吃饭不？她感觉胃口上是饱满的，不想吃。便当着后窗，在方桌上将镜匣打开来梳头。从镜子中，看见自己两颊瘦了些，鼻翅两边显出弯弯的两道浅痕，眼神好象醉了未醒的一样，上眼皮微微有点陷，本是双眼皮的，现在睁起来，更多了一层，下眼泡有点浮起，露出拇指大的青痕，脸上颜色在脂粉洗净以后，也有点惨白。她不禁对着镜子出起神来，疑惑是镜子不可靠，欺骗了自己，但是平日又不呢？于是，把眼眶睁开，将那黑白分明最为罗歪嘴恭维的眼珠，向左右一转动，觉得仍与平常一样的呼灵；复偏过头去，斜窥着镜中，把翘起的上唇，微微一启，露出也是罗歪嘴常常恭维的细白齿尖，做弄出一种媚笑，自己觉得还是那么迷人。寻思：幸而罗歪嘴没在旁边，要不然，又会遭他抱着尽亲尽舐了。由此思绪遂想到宵来的情况，以及近几日来的情况；这一下，再看镜中人时，委实是自然的在笑，而且眼角上自然而然同微染了胭脂似的，眼波更象清水一般，眉头也活动起来。如此的妩媚！如此的妖娆！镜子又何尝不可靠呢？心想："难怪罗哥那样的颠狂！难怪男人家都喜欢盯着我不转眼！"但是镜子中人又立刻回复到眼泡浮起微青，脸颊惨白微瘦的样子。她好象警觉了，口里微微叹道："还是不能太任性，太胡闹了！你看他们男子汉，只管胡闹，可是吃了好大的亏？不都是多早就起来了，一天到晚精精神神的！你看我，到底不行啦！就变了样子了！要是这样下去，不到一个月，不死，也不成人样了！死了倒好，不成人样，他们还能象目前这样热我吗？不见得罢？那才苦哩！……"

手是未曾停的，刚把乌云似的长长的头发用挑头针从脑顶挑开，分梳向后，又用粉红洋头绳扎了纂心，水绿头绳扎了腰线，挽了一个时兴的牡丹大纂，正用抿子蘸起刨花水，才待修整光净时，忽然一阵很急遽的脚步声响，只见罗歪嘴脸无人色的奔了进来，从后面抓住她的两个肩头，嘶声说道："我的心肝！外面水涨了！……"

她的抿子，掉在地下，扭过身紧紧抓住他两手，眼睛大大睁起，茫然将他瞪着。

他将她搂起来，挤在怀里，向她说道："意外的祸事！薛大爷半夜专人送信来，刚才到，制台派了一营巡防兵来捉我同张占魁九个人！……"

她抖了起来，简直不能自主了，眼睛更分外张大起来。

他心痛已极，眼泪已夺眶而出："说是犯了啥子滔天大罪，逮去就要短五寸的。叫我们赶快逃跑，迟一点，都不行，信写得太潦草！……"

她还是茫然的瞪着他，一眼不眨。两只手只不住摸他的脸，摸他的耳朵，颈项。两腿还是在打战。牙齿却咬得死紧，显出两块牙腮骨来。

他亲了她一下，"死，我不怕！"又亲一下，"跑，我更是惯了！"又结实亲一下，"就只舍不得你；我的心……"

张占魁同田长子两个慌慌张张跑了进来道："还抱着在么！朱大爷他们都走远了！"

他才最后亲了她一下道："案子松了，我一定回来！好生保养自己！话是说不完的！"

他刚丢了手要走，她却将他撩住，很吃力的说了一句："我跟你一道走！"声音已经嘎了。

"那咋行！……放手！你是有儿子的！"

田长子鼓起气，走上来将她的手劈开，张占魁拖着罗歪嘴就走，她掀开田长子，直扑了过去。罗歪嘴踉踉跄跄的趱出了内货间，临不见时，还回头过来，嘶声叫道："我若死了！……就给我报仇！……"

她扑到内货间的门口，蔡兴顺忙走来挽住她道："没害他！……过山号已吹着来了！……"

她觉得象是失了魂魄的一样，头晕得很，心翻得很，腿软得很，不自主的由她的丈夫扶到为罗歪嘴而设而其实是她丈夫独自一人在睡的床上，仰卧着。没一顿饭的工夫，门外大为嘈杂起来，忽然涌进许多打大包头，提着枪，提着刀的兵丁，乱吵道："人在哪里？人在哪里？"

两个兵将蔡兴顺捉住。不知怎地，吵吵闹闹的，一个兵忽倒举起枪柄，劈头就给蔡兴顺一下。

她大叫一声，觉得她丈夫的头全是红的。她眼也昏了，也不知道怕，也不知是那来的气力，只觉得从床上跳起来，便向那打人的兵扑去。

耳朵里全是声音，眼睛里全是人影。一条粗的，有毛的，青筋楞得多高的膀膊，横在脸前，她的两手好象着生铁绳绞紧了似的，一点不能动，便本能的张开她那又会说话，又会笑，又会调情，又会吵闹，又会骂人，又会吞吐的口，狠命的把那膀膊咬住。头上脸上着人打得只觉眼睛里出火，头发着人拉得飞疼，好象丢开了口，又在狂叫狂骂，叫骂些甚么？自己也听不清楚。猛的，脑壳上大震一下，顿时耳也聋了，眼也看不见了，甚么都不知道了。

直到耳里又是哄哄的一阵响，接着一片哭声钻进来，是金娃子的哭声，好象利箭一样，从耳里直刺到心里，心里好痛呀！不觉得眼泪直涌，自己也哭出声来。睁开眼，果见金娃子一张肥脸，哭得极可怜的，向着自己。想伸手去抱他，却痛得举不起来。

她这才拿眼睛四下一看，自己睡在一间不很亮，不很熟悉的房间里，床也不是自己的。床跟前站了几个女人，最先入眼的，是石姆姆。这位老年妇人，正皱着庞大的花白眉头，很惨淡的神情，看着她在，忙伸手将金娃子抱起来道："好了！不要哭了！妈妈醒过来了！……土盘子，快抱他去诓着！"

跟着，是场尾打铁老张的老婆张三婶，便端了一个土碗，喂在她口边道："快吃！这是要吃的！你挨了这一顿，真可怜！……周身上下，那处不是伤？"

她凑着嘴，喝了两口，怪咸的，想不再喝，张三婶却逼着她非叫喝完不可。

她也才觉得从头上起，全是痛的。痛得火烧火辣，想不呻唤，却实在忍不住，及至一呻唤，眼泪便流了出来，声音也就变成哭泣了。很想思索一下，何以至此？只是头痛，头昏，眼睛时时痛得发黑，实在不能想。

糊糊涂涂的，觉得有人把自己衣裤脱了，拿手在揉。揉在痛处，更其痛，更其火烧火辣的，由不得大叫起来。仿佛有个男子的声音说："不要紧，还未伤着筋骨，只是些皮伤肉伤，就只脑壳上这一打伤，重些。幸而喝了那一碗尿，算是镇住了心。……九分散就好，和些在烧酒里，给她喝。"

她喝了烫滚的烧酒，更迷糊了。

不知过了好久，又被一阵哭声哭醒，这是她的妈妈邓大娘的哭声。站在旁边抹眼泪的，是她的后父邓大爷。

邓大娘看见她醒了，便住了哭，一面颤着手抚摸她的头面，一面哽咽着道："造孽呀！我的心都痛了！打得这个样子，该死的，那些杂种！"

她也伤心的哭了起来道："妈！……你等我死了算了！……"

大家一阵劝，邓大爷也说了一番话，她方觉得心气舒畅了些，身上也痛得好了点。便听着石姆姆向她妈妈叙说："邓大娘，那真骇人呀！我正在房子后头喂鸡，只听见隔壁就象失了火的一样闹起来，跟着就听见蔡大嫂大叫大闹的声音，多尖的！我赶快跑去，铺子门前尽是兵、差人，围得水泄不通，街上的人全不准进去。只听见大家喊打，又在喊：'这婆娘疯了，咬人！整死她！整死她！'跟着蔡大哥着几个人拖了出来，脑壳打破了，血流下来糊了半边脸。蔡大哥到底是男人家，还硬铮，一声不响，着大家把他背剪起走了，又几个人将蔡大嫂扯着脚倒拖了出来。……唉！邓大娘，那真造孽呀！她哩，死人一样，衣裳裤子，扯得稀烂，裹脚布也脱了，头发乱散着，脸上简直不象人样。拖到街上，几个兵还凶神恶煞的又打又踢，看见她硬象死了一样，才骂说：'好凶的母老虎！老子们倒没有见过，护男人护到这样，怕打不死你！'大家只是抢东西，也没人管她。我才约着张三婶，趁乱里把她抬了进来。造孽呀！全身是伤，脑壳差点打破，口里只有一点游气。幸亏张三婶有主意，拿些尿来跟她抹了一身，直等兵走完了，土盘子抱着金娃子找来，她才算醒了。……造孽呀！也真骇死人了！我活了五十几岁，没有见过把一个女人打成这样子！……我们没法，所以才赶人给你们报信。"

邓大娘连忙站起来，拜了几拜道："多亏石姆姆救命！要不是你太婆，我女儿怕不早死了！……将来总要报答你的！"说着，又垂下泪来。

邓大爷从外面进来道："抢空了！啥子都抢空了！只剩了几件旧家具，都打了个稀烂！说是因为幺姑娘咬伤了他们一个人，所以才把东西抢空的。还要烧房子哩，管带说，怕连累了别的人家，闹大了不好。……"

邓大娘道："到底为的啥子整得这样凶？"

"说是来捉罗大老表的，他们是窝户，故意不把要犯交出，才将女婿逮走了。朱大爷的家也毁了，不过不凶，男的先躲了，女的没拉走，只他那小老婆受了点糟踏，也不象我们幺姑娘吃这么大的亏！"

"到底为的啥子事呀？"

"这里晓得？只好等把幺姑娘抬回去后，我进城去打听。"

一六

蔡大嫂被抬回父母家的第三天，天回镇还在人心惶惶之际，顾天成特特从他农庄上，打着曾师母酬谢他的一柄崭新的黑绸洋伞，跑到镇上，落脚在云集栈的上官房内。

顾天成在鸦片烟馆与陆茂林分手之后，刚走到西御街的东口，便碰着顾辉堂的老二天相，一把拉住，生死不放，说是父亲打发来请他去的。他当下只佩服他幺伯的消息灵通，以及脸皮来得真老！

虽然恨极了他幺伯，但禁不住当面赔礼，认错，以及素所心仪的钱亲翁帮着在旁边，拿出伺候堂翁的派头，极其恭而有礼的，打着调子说好话："姻兄大人是最明白道理的人，何待我愚弟说呢？令叔何敢冒天下大不韪，来霸占姻兄之产？这不过，……不过是世道荒荒，怕外人有所生心，方甘蒙不洁之名，为我姻兄大人权为保护一下！……"

幺伯娘又格外捧出一张红契，良田五十亩，又是与他连界的，说是送给他老婆做祭田。他老婆的棺材哩，已端端正正葬在祖坟埂子内，垒得很大，只是没有竖碑。说不敢自专，要等他自己拿主意。

阿三也在那里，来磕了一个头，说是前六天才被幺太公着人叫回农庄，仍然同阿龙一处。房子被幺太公的佃客住坏了些，竹子也砍了些，一株枣子树着佃客砍去做了犁把。只是牛栏里，多了一条水牛，猪圈里，新喂了两头架子猪，鸡还有三只，花豹子与黑宝仍在农庄上。阿三还未说完，幺伯已拿出一封老白锭，很谦逊的说是作为培修农庄之用。

平日动辄受教训的一个侄儿，平步登天的当了一家人的尊客，讲究的正兴园的翅席，请他坐在首位上作平生第一遭的享受，酒哩，是钱亲翁家藏的陈年花雕，烫酒的也是钱翁亲自一手教出来的洪喜大姐。

酒本是合欢之物，加以主人与陪客的殷勤卑下，任你多大的气，也自消了。况乎产业仅仅被占了一百多天，而竟带回了恁多子息，账是算得过的，又安得而不令他欣喜呢？于是，大家胸中的隔阂全消，开怀畅饮畅谈起来。今天的顾天成，似乎是个绝聪明，绝能干，绝有口才的人了；他随便一句话，似乎都含有一种颠扑不破的道理，能够博得听者点头赞赏，并似乎都富有一种滑稽突梯的机趣，刚一出口，就看见听者的笑已等着在脸上了。他吃了很多的酒，钱亲翁不胜钦佩说："天成哥的雅量，真了得！大概只有刘太尊才陪得过！"

他从幺伯家大醉而归的次日，本就想回农庄去看看的。恰逢三道堰的案件发生，又不敢走了。并连许多教友都骇着了，已经出了头大摇大摆在街上挺着肚皮走的，也都一齐自行收藏起来。就是洋人们也骇了一大跳，找着教友们问，四川人是不是放马后炮的？

幸而四川的官员很得力，立刻发兵，立刻就把这马后炮压灭，立刻就使洋人们得了安慰，教友们回复了原神。

他留了十来天，把应做的事，依照陆茂林所教，做了之后，便回到农庄。举眼一看，无一处不是欣欣向荣的，独惜钟幺嫂没有回来，不免使他略感一点寂寥。

过了两天，叫阿龙到天回镇去打听有甚么新闻。回来说的，正是他所期待的。于是，待到次晨，便打着洋伞走来，落脚在云集栈的上官房内。

他大气盘旋的叫幺师打水来洗脸。洗脸时，便向幺师查问一切：赌博场合呢？前天星散了。罗歪嘴等人呢？前天有兵来捉拿，逃跑了；连舵把子朱大爷都跑了。为甚么呢？不知道，总不外犯了甚么大案。

罗歪嘴等人逃跑了，真是意外啦！但也算遂了心愿，"虽没有砍下他们的驴头，到底不敢回来横行了。"他想着，也不由笑了笑。

他不是专为打听罗歪嘴等人的消息而来的，他仍将蓝大绸衫抖来披上，扣着钮绊时，复问："蔡兴顺杂货铺在那一头？"

"你大爷要去看打得半死的女人吗？看不着了！已抬回她娘家去了！"

顾天成张眼把幺师看着，摸不着他说的甚么。幺师也不再说，各自收了洗脸盆出去。

顾天成从从容容走出客栈，心想，他从北场口进的场，一路都未看见甚么兴顺号杂货铺，那吗，必然在南头了，他遂向南头走去。

果然看见一间双间铺面，挂着金字已旧了的招牌。只是铺板全是关上的，门也上了锁，他狐疑起来："难道闲场日子不做生意吗？"

忽见陆茂林从隔壁一间铺子里走出，低着头，意兴很是沮丧，连跟在后面送出的一个老太婆，也不给她打个招呼。

顾天成赶快走到他背后，把他肩头一拍道："喂！陆哥，看见了心上人没有？"

"啊！是你，你来做甚么？"

他笑道："我是来跟你道喜的！只是为啥子把铺面关锁着？"

"你还不晓得蔡大嫂为护她的男人，着巡防兵打得半死，铺子也着抢光了？"他也不等再问，便把他从石姆姆处所听来的，完全告诉了他。说完，只是顿脚道："我害了她了！我简直没想到当窝户的也要受拖累！打成这样子，我还好去看她吗？"他只是叹气。

走到云集栈门前，他又道："早晓得这样，我第一不该出主意，她晓得了，一定要报复我。第二我该同着巡防营一道来，别的不说，她就挨打，或者也不至于挨得这样凶法。说千说万，我只是枉自当了恶人！"

顾天成邀他进去坐一坐，他也不。问蔡大嫂的娘家在那里？他说了一句，依旧低着头走了。

（选自《死水微澜》，中华书局1936年版）

**【作品导读】**

长篇小说《死水微澜》是李劼人的代表作。作者以"死水微澜"这一简洁的词语为作品命名，既含蓄雅致，又似乎直指小说的内涵，让人尚未开始阅读便思绪万千。会是怎样的死水？又因何而泛起微澜？然而，带着疑惑的读者亲自到文本中探寻答案，最终得出的结果，又或许并非如人所想象的一般。

故事发生在四川成都附近的乡镇，主人公邓幺姑是一个性格干练、模样俊俏的农村姑娘。在嫁入省城的愿望破灭以后，她成了天回镇上兴顺号杂货铺的老板娘"蔡大嫂"。丈夫蔡兴顺人称"蔡傻子"，他的懦弱愚钝无法满足邓幺姑的精神需求。而蔡兴顺的表哥罗德生则为人豪爽，颇有彪悍侠义的江湖气概，人送外号"罗歪嘴"。于是，邓幺姑和罗歪嘴两人你来我往，逐渐萌生了感情。至此，小说所描绘的民众生活无一不是平淡琐碎的日常。故事情节虽然不断推进，但并未出现强烈的冲突和转折。甚至罗邓两人的奸情逐渐公之于众，蔡傻子的反应竟然也只是默许。一切似乎都是自然而然，他们的生活就如同一片沉寂幽深的死水，根本见不到半点波澜。

搅动起这片死水的风波，源于一场告发。因争风吃醋而与罗歪嘴结仇的陆茂林，密告罗勾结义和团反洋人。四川总督派兵砸封了兴顺号，被迫逃亡的罗歪嘴、银铛入狱的蔡傻子和伤势惨重的邓幺姑，一同受到此事的牵连。三人原本的平静生活因此被打破，一丝波澜在沉寂的死水中漾起。但是很快，这点点微澜又迅速被死水吞没——出于现实利益的考量，邓幺姑果断应允了倚仗洋人势力的顾天成，将以"顾三太太"的全新身份，继续面对生活。

由此看来，李劼人笔下所写的"死水"，是普通民众日复一日的平常生活，而引发动荡的"微澜"，则是指由告发而引起的具体事件。这是故事情节中所书写的"死水微澜"。然而，将人物形象与故事情节相结合，"死水微澜"又存在更为丰富的内涵。

从男性角色的视角来看，《死水微澜》展示的是时代大背景。从小加入哥老会的罗歪嘴，是当地袍哥势力的头目。"走官府、进衙门""包打官司、包收烂账"，纵横八九十里，罗大爷的名头都足够响亮。而与他对峙的，是土粮户出身的顾天成。本欲出钱捐官的顾三贡爷，因受到罗歪嘴等人的设计，未能成功晋升官绅阶层。在丧妻丢子等一系列悲剧发生以后，顾天成投靠了能助其报仇的洋人，成了信奉洋教的教民。最终，求娶成功的顾天成，无疑战胜了仓皇逃亡的罗歪嘴，外来的教民势力顺利碾压了传统的地方组织。

清末的四川，在中国大地被帝国主义列强入侵的时代大背景之下，李劼人通过对"袍哥"与"教民"两股势力的此消彼长的描写，展示了社会生活的变迁。郝公馆里的"龙门阵"一次次点明时代的巨变，可是从义和团运动的兴起，到光绪皇帝的出逃，人们的反应却始终是不以为意地谈笑。时代变迁所带来的巨大动荡，似乎永远也冲击不到这片土地。麻木的芸芸众生构成了这"死水"一片，任时代风云变幻，展现在普罗大众的身上又不过是那一点"微澜"。

从女性角色的视角来看，《死水微澜》刻画的是普通百姓。生长在乡间的邓幺姑，是一个为天回镇的一片"死水"带来生机的女性角色。她顽强坚韧，即便身陷平庸的琐碎日常，依然有勇气为追求幸福而纵情恣意；她果敢决绝，在冷静考量现实利益之后，毅然应允顾天成的求娶。容貌俊俏、衣着鲜亮是她外在的鲜活，敢爱敢恨、泼辣爽朗是她内心的张扬。邓幺姑始终保持着原始的生命欲望和坚定的生活信念，她野性蓬勃的生命，好似隐匿于平静水面之下奔涌的波涛，努力在沉寂的死水之中激荡出波澜。因此，这一视角的"死水微澜"是非常规意义的：是死水，也是一片生机；是微澜，亦是波涛汹涌。

此外，《死水微澜》细致地描绘了当地的空间建筑、民情风俗、起居服饰等。小说中关于天回镇、兴顺号、云集栈和郝公馆等空间场景的描写十分充分，占用大量篇幅；对天回镇赶场、青羊宫赶会等热闹场面更是进行了生动细腻的描绘。这些看似与情节内容不大相关的描写，实则增强了小说内容的真实性，暗示了人物命运的发展走向，更将这部作品打造为极具巴蜀文化色彩的地方名片。李劼人的《死水微澜》突破了中国传统的历史小说形式，将宏大的社会政治寓于丰富多样的文化风俗之中，创造了全新的历史小说创作模式。

【思考与练习】

1. 如何理解"死水微澜"的含义？

2. 李劼人曾到法国留学，其文学创作受到许多法国作家的影响。很多人将《死水微澜》这部作品和福楼拜的《包法利夫人》进行比较研究，试分析邓幺姑和爱玛两个女性形象的异同。

（李京泽）

# 华威先生（存目）

张天翼

张天翼（1906—1985），原名张元定，字汉弟，号一之，笔名张天净、铁池翰，我国现代著名作家。1922年，张天翼开始创作滑稽和侦探小说；1926年，开始用张天翼这一名字写作；1926年底，加入中国共产党；1929年，正式开始职业写作生涯；1931年，加入中国左翼作家联盟。抗日战争爆发后，一直在长沙等地从事抗日救亡工作和文艺活动。新中国成立后，历任中国文学艺术界联合会委员、中国作家协会书记处书记、《人民文学》主编等职。

张天翼的代表作有童话《大林和小林》《宝葫芦的秘密》《秃秃大王》，小说《华威先生》《包氏父子》《鬼土日记》《清明时节》《万仞约》《一年》等。

**【作品导读】**

《华威先生》于1938年4月16日发表于《文艺阵地》创刊号，是该杂志的第一篇文章，也是张天翼先生最具代表性的作品之一。在抗日战争全面爆发的大背景下，作者敏锐地察觉到国民党当局强硬争夺统一战线领导权、破坏和压制抗日活动的现状，在《华威先生》中塑造了"一个混在抗日文化阵营中的国民党官僚、党棍的形象"[1]。华威先生整日忙碌，却从未干过一件实事儿；他到处开会，宣扬"一个领导中心"，打着抗日的旗号到处监视人民群众的抗日爱国活动，极力将各个抗日团体的领导权抓在手中，作者辛辣锋利地讽刺了那些"挂着抗战招牌，但是不干抗战的实际事情，专门闹摩擦"[2]的反动官僚。

作品发表之初就受到了文艺界的广泛关注，并多次引发学界论争。对于作家本人而言，其创作初心就是要塑造一个"空口说白话的抗日工作者"[3]，旨在

---

[1] 唐弢：《中国现代文学史简编》，人民文学出版社1984年版，第326页。
[2] 沈承宽、黄侯兴、吴福辉：《张天翼研究资料》，知识产权出版社2010年版，第189页。
[3] 梁汝怀：《华威先生的儿子》，《中学时代》1947年第10期，第8页。

揭露国民党推行的"包而不办"的消极片面抗战路线,讽刺打着抗战旗号、不行抗战之事的虚伪国民党官僚,以此表达对国民党反动集团消极抗日的愤慨。作品发表后,在小说界掀起了续写高潮,先后出现《华威先生在上海》《华威先生的儿子》《华威先生轶事》《华威先生其人其事》等文章。近些年来,国内兴起的连环画改编热潮进一步丰富了这一文学经典的表达方式,使其焕发出新的生命力。

张天翼的小说创作受鲁迅影响,同时,在创作上实现了由漫画式讽刺艺术向素描式讽刺艺术的转变。创作《华威先生》时,作者摒弃了前期漫画式夸张的创作手法,以写实的原则、朴素的语言来刻画人物,形成了"速写"式的独特风格。《华威先生》截取了华威日常生活中的几个片段加以描写,全篇仅4000多字,一个反动官僚的形象便跃然纸上,尽得风流。小说语言简洁明快、文约事丰、泼辣风趣、诙谐幽默,常用比喻、叠词、夸张等修辞手法,增强了小说"笑"的艺术效果,使读者在会心一笑的同时,领略到讽刺小说所独具的凌厉、尖峭的语言之美。此外,作者在创作时巧妙地选择了内部视角,叙述者"我"在故事中是一个仅起叙述作用的次要人物,叙述主体与被叙述者之间始终保持着一定距离,最大限度地减少叙述者的全知全能视角,留下诸多叙述空白,这为读者开辟了广阔的想象和思考空间,产生了微言大义的艺术效果。

张天翼继承并发展了鲁迅开创的现代小说的讽刺艺术,把批判的锋芒直指20世纪30年代黑暗的中国社会,激起广大读者对反动官僚的憎恨、鄙视和唾弃。张天翼运用素描式的讽刺手法,以不改变事件原貌的方式把可笑的事物加以集中、裁剪,在尽可能平静的叙述中暗寓褒贬。鲜明的对比、看似自相矛盾的情节安排、漫画式的描写手法、戏剧性的片段截取,辅以详尽的细节描写和妥帖的道具配置,使华威先生滑稽可笑的形象跃然纸上。反讽手法的成功运用,一方面为"华威"这一艺术形象赋予了永恒的魅力,另一方面也体现了作家讽刺艺术的纯熟,把现代讽刺文学推向了一个崭新的阶段。

夏志清认为,张天翼是1928年至1937年这十年中最富才华的短篇小说家,认为他最好的小说"属于讽刺的范畴",在其《中国现代小说史》中更是专章介绍和分析张天翼的作品,这份"偏爱"背后虽然或多或少掺杂着种种意识形态因素及夏志清本人的情感倾向,但毫无疑问的是,张天翼的确戳穿了国民党官僚道貌岸然的伪善外表,展现了反动军阀消极抗战的种种丑态,揭露了他们对抗战文化工作"包而不办"的可恶行径,创作出揭露现实问题的讽刺艺术精品。但需要指出的是,学界至今对于张天翼及其作品的研究仍有不足,那些薄弱甚至真空的研究地带仍然需要一代代学人不懈探索。

**【思考与练习】**

1. 有选择地阅读作者早期作品，体会其创作风格的变化。

2. 结合文本，试分析作者是如何塑造"华威先生"这一形象的，并简单谈谈你对"华威先生"这一形象的认识。

（高哲璇）

# 呼兰河传（节选）

萧　红

萧红（1911—1942），原名张廼莹，笔名萧红、悄吟等，我国现代著名作家，被誉为"20世纪30年代文学洛神"。1933年4月，萧红以笔名"悄吟"发表了小说《弃儿》，这是她公开发表的第一篇作品，从此开启写作之路。鲁迅称赞她是"中国当代最有前途的女作家"。

萧红的代表作品有短篇小说《渺茫中》《旷野的呼喊》，中篇小说《生死场》，长篇小说《呼兰河传》《马伯乐》等。

## （一）

呼兰河这小城里边住着我的祖父。

我生的时候，祖父已经六十多岁了，我长到四五岁，祖父就快七十了。

我家有一个大花园，这花园里蜂子，蝴蝶，蜻蜓，蚂蚱，样样都有。蝴蝶有白蝴蝶，黄蝴蝶。这种蝴蝶极小，不太好看。好看的是大红蝴蝶，满身带着金粉。

蜻蜓是金的，蚂蚱是绿的，蜂子则嗡嗡的飞着，满身绒毛，落到一朵花上，胖圆圆的就和一个小毛球似的不动了。

花园里边明晃晃的，红的红，绿的绿，新鲜漂亮。

据说这花园，从前是一个果园。祖母喜欢吃果子就种了果园。祖母又喜欢养羊，羊就把果树给啃了。果树于是都死了。到我有记忆的时候，园子里就只有一棵樱桃树，一棵李子树，因为樱桃和李子都不大结果子，所以觉得它们是并不存在的。小的时候，只觉得园子里边就有一棵大榆树。

这榆树，在园子的西北角上，来了风，这榆树先啸，来了雨，大榆树先就冒烟了。太阳一出来，大榆树的叶子就发光了，它们闪烁得和沙滩上的蚌壳一样了。

祖父一天都在后园里边，我也跟着祖父在后园里边。祖父戴一个大草帽，我戴一个小草帽，祖父栽花，我就栽花，祖父拔草，我就拔草。当祖父下种种小白菜的时候，我就跟在后边，把那下了种的土窝，用脚一个一个的溜平。那里会溜得准，东一脚的，西一脚的瞎闹。有的把菜种不单没被土盖上，反而把菜子踢飞了。

小白菜长得非常之快，没有几天就冒了芽了。一转眼就可以拔下来吃了。

祖父铲地，我也铲地。因为我太小，拿不动那锄头杆，祖父就把锄头杆拔下来，让我单拿着那个锄头的"头"来铲。其实那里是铲，也不过爬在地上，用锄头乱勾一阵就是了。也认不得那个是苗，那个是草。往往把韭菜当做野草一起的割掉，把狗尾草当做谷穗留着。

等祖父发现我铲的那块满留着狗尾草的一片，他就问我：

"这是什么？"

我说：

"谷子。"

祖父大笑起来，笑得热了，把草摘下来问我：

"你每天吃的就是这个吗？"

我说：

"是的。"

我看着祖父还在笑，我就说：

"你不信，我到屋里拿来你看。"

我跑到屋里拿了鸟笼上的一头谷穗，远远的就抛给祖父了。说：

"这不是一样的吗？"

祖父慢慢的把我叫过去，讲给我听，说谷子是有芒针的，狗尾草则没有，只是毛嘟嘟的真像狗尾巴。

祖父虽然教我，我看了也并不细看，也不过马马虎虎承认下来就是了。一抬头看见了一个黄瓜长大了，跑过去摘下来，我又去吃黄瓜去了。

黄瓜也许没有吃完，又看见了一个大蜻蜓从旁飞过，于是丢了黄瓜又去追蜻蜓去了。蜻蜓飞得多么快，那里会追得上。好则一开初也没有存心一定追上，所以站起来，跟了蜻蜓跑了几步就又去做别的去了。

采一个矮瓜花心，捉一个大绿豆青蚂蚱，把蚂蚱腿用线绑上，绑了一会，也许把蚂蚱腿就绑掉，线头上只拴了一只腿，而不见蚂蚱了。

玩腻了，又跑到祖父那里去乱闹一阵，祖父浇菜，我也抢过来浇，奇怪的就是并不往菜上浇，而是拿着水瓢，拼尽了力气，把水往天空里一扬，大喊着：

"下雨了，下雨了。"

太阳在园子里是特大的，天空是特别高的，太阳的光芒四射，亮得使人睁不开眼睛，亮得蚯蚓不敢钻出地面来，蝙蝠不敢从什么黑暗的地方飞出来。是凡在太阳下的，都是健康的，漂亮的，拍一拍连大树都会发响的，叫一叫就是站在对面的土墙都会回答似的。

花开了，就像花睡醒了似的。鸟飞了，就像鸟上天了似的。虫子叫了，就像虫子在说话似的。一切都活了。都有无限的本领，要做什么，就做什么。要怎么样，就怎么样。都是自由的。倭瓜愿意爬上架就爬上架，愿意爬上房就爬上房。黄瓜愿意开一个谎花，就开一个谎花，愿意结一个黄瓜就结一个黄瓜。若都不愿意，就是一个黄瓜也不结，一朵花也不开，也没有人问它似的。玉米愿意长多高就长多高，他若愿意长上天去，也没有人管。蝴蝶随意的飞，一会从墙头上飞来一对黄蝴蝶，一会又从墙头上飞走了一个白蝴蝶。它们是从谁家来的，又飞到谁家去？太阳也不知道这个。

只是天空蓝悠悠的，又高又远。

可是白云一来了的时候，那大团的白云，好像翻了花的白银似的，从祖父的头上经过，好像要压到了祖父的草帽那么低。

我玩累了，就在房檐底下找个阴凉的地方睡着了。不用枕头，不用席子，就把草帽扣在脸上就睡了。

## （二）

祖父的眼睛是笑盈盈的，祖父的笑，常常笑成和孩子似的。

祖父是个长得很高的人，身体很健康，手里喜欢拿着个手杖。嘴上则不住的抽着旱烟管，遇到了小孩子，每每喜欢开个玩笑，说：

"你看天空飞个家雀。"

趁那孩子往天空一看，就伸出手去把那孩子的帽给取下来了，有的时候放在长衫的下边，有的时候放在袖口里头。他说：

"家雀叼走了你的帽啦。"

孩子们都知道了祖父的这一手了，并不以为奇，就抱住他的大腿，向他要帽子，摸着他的袖管，撕着他的衣襟，一直到找出帽子来为止。

祖父常常这样做，也总是把帽放在同一的地方，总是放在袖口和衣襟下。那些搜索他的孩子没有一次不是在他衣襟下把帽子拿出来的，好像他和孩子们约定了似的，"我就放在这块，你来找吧！"

　　这样的不知做过了多少次，就像老太太永久讲着"上山打老虎"这一个故事给孩子们听似的，那怕是已经听过了五百遍，也还是在那里回回拍手，回回叫好。

　　每当祖父这样做一次的时候，祖父和孩子们都一齐的笑得不得了。好像这戏还像第一次演似的。

　　别人看了祖父这样做，也有笑的，可不是笑祖父的手法好，而是笑他天天使用一种方法抓掉了孩子的帽子，这未免可笑。

　　祖父不怎样会理财，一切家务都由祖母管理。祖父只是自由自在的一天闲着，我想，幸好我长大了，我三岁了，不然祖父该多寂寞。我会走了，我会跑了。我走不动的时候，祖父就抱着我，我走动了，祖父就拉着我。一天到晚，门里门外，寸步不离，而祖父多半是在后园里，于是我也在后园里。

　　我小的时候，没有什么同伴，我是我母亲的第一个孩子。

　　我记事很早，在我三岁的时候，我记得我的祖母用针刺过我的手指，所以我很不喜欢她。我家的窗子，都是四边糊纸，当中嵌着玻璃，祖母是有洁癖的，以她屋的窗纸最白净。别人抱着把我一放在祖母的炕边上，我不假思索的就要往炕里跑，跑到窗子那里，就伸出手去，把那白白透着花窗棂的纸窗给通了几个洞，若不加阻止，就必得挨着排给通破，若有人招呼着我，我也得加速的抢着多通几个才能停止。手指一触到窗上，那纸窗像小鼓似的，嘭嘭的就破了。破得越多，自己越得意。祖母若来追我的时候，我就越得意了，笑得拍着手，跳着脚的。

　　有一天祖母看我来了，她拿了一个大针就到窗子外边去等我去了。我刚一伸出手去，手指就痛得厉害。我就叫起来了。那就是祖母用针刺了我。

　　从此，我就记住了，我不喜她。

　　虽然她也给我糖吃，她咳嗽时吃猪腰烧川贝母，也分给我猪腰，但是我吃了猪腰还是不喜她。

　　在她临死之前，病重的时候，我还曾吓了她一跳。有一天她自己一个人坐在炕上熬药，药壶是坐在炭火盆上，因为屋里特别的寂静，听得见那药壶骨碌骨碌的响。祖母住着两间房子，是里外屋，恰巧外屋也没有人，里屋也没人，就是她自己。我把门一开，祖母并没有看见我，于是我就用拳头在板隔壁上，咚咚的打了两拳。我听到祖母"哟"的一声，铁火剪子就掉了地上了。

　　我再探头一望，祖母就骂起我来。她好像就要下地来追我似的。我就一边笑着，一边跑了。

　　我这样的吓唬祖母，也并不是向她报仇，那时我才五岁，是不晓得什么的。也许觉得这样好玩。

祖父一天到晚是闲着的，祖母什么工作也不分配给他。只有一件事，就是祖母的地櫈上的摆设，有一套锡器，却总是祖父擦的。这可不知道是祖母派给他的，还是他自动的愿意工作，每当祖父一擦的时候，我就不高兴，一方面是不能领着我到后园里去玩了，另一方面祖父因此常常挨骂，祖母骂他懒，骂他擦的不干净，祖母一骂祖父的时候，就常常不知为什么连我也骂上。

祖母一骂祖父，我就拉着祖父的手往外边走，一边说，

"我们后园里去吧。"

也许因此祖母也骂了我。

她骂祖父是"死脑瓜骨"，骂我是"小死脑瓜骨"。

我拉着祖父就到后园里去了，一到了后园里，立刻就另是一个世界了。决不是那房子里的狭窄的世界。而是宽广的，人和天地在一起，天地是多么大，多么远，用手摸不到天空。而土地上所长的又是那么繁华，一眼看上去，是看不完的，只觉得眼前鲜绿的一片。

一到后园里，我就没有对象的奔了出去，好像我是看准了什么而奔去了似的，好像有什么在那儿等着我似的。其实我是什么目的也没有，只觉得这园子里边无论什么东西都是活的，好像我的腿也非跳不可了。

若不是把全身的力量跳尽了，祖父怕我累了想招呼住我，那是不可能的，反而他越招呼，我越不听话。

等到自己实在跑不动了，才坐下来休息，那休息也是很快的，也不过随便在秧子上摘下一个黄瓜来，吃了也就好了。

休息好了又是跑。

樱桃树，明是没有结樱桃，就偏跑到树上去找樱桃。李子树是半死的样子的，本不结李子的，就偏去找李子。一边在找，还一边大声的喊，在问着祖父：

"爷爷，樱桃树为什么不结樱桃？"

祖父老远的回答着。

"因为没有开花，就不结樱桃。"

再问：

"为什么樱桃树不开花？"

祖父说：

"因为你嘴馋，它就不开花。"

我一听了这话，明明是嘲笑我的话，于是就飞奔着跑到祖父那里，似乎是很生气的样子。等祖父把眼睛一抬，他用了完全没有恶意的眼睛一看我，我立刻就笑了。而且是笑了半天的工夫才能够止住，不知那里来了那许多高兴。把

后园一时都让我搅乱了，我笑的声音不知有多大，自己都感到震耳了。

后园中有一棵玫瑰。一到五月就开花的。一直开到六月。花朵和酱油碟那么大。开得很茂盛，满树都是，因为花香，招来了很多的蜂子，嗡嗡的在玫瑰树那儿闹着。

别的一切都玩厌了的时候，我就想起来去摘玫瑰花，摘了一大堆把草帽脱下来用帽兜子盛着。在摘那花的时候，有两种恐惧，一种是怕蜂子的勾剌人，另一种是怕玫瑰的剌剌手。好不容易摘了一大堆，摘完了可又不知道做什么了。忽然异想天开，这花若给祖父戴起来该多好看。

祖父蹲在地上拔草，我就给他戴花。祖父只知道我是在捉弄他的帽子，而不知道我到底是在干什么。我把他的草帽给他插了一圈的花，红通通的二三十朵。我一边插着一边笑，当我听到祖父说：

"今年春天雨水大，咱们这棵玫瑰开得这么香。二里路也怕闻得到的。"

就把我笑得哆嗦起来。我几乎没有支持的能力再插上去。等我插完了，祖父还是安然的不晓得。他还照样的拔着垄上的草。我跑得很远的站着，我不敢往祖父那边看，一看就想笑。所以我借机进屋去找一点吃的来，还没有等我回到园中，祖父也进屋来了。

那满头红通通的花朵，一进来祖母就看见了。她看见什么也没说，就大笑了起来。父亲母亲也笑了起来，而以我笑得最厉害，我在炕上打着滚笑。

祖父把帽子摘下来一看，原来那玫瑰的香并不是因为今年春天雨水大的缘故，而是那花就顶在他的头上。

他把帽子放下，他笑了十多分钟还停不住，过一会一想起来，又笑了。

祖父刚有点忘记了，我就在旁边提着说：

"爷爷……今年春天雨水大呀……"

一提，祖父的笑就来了。于是我也在炕上打起滚来。

就这样一天一天的，祖父，后园，我，这三样是一样也不可缺少的了。

刮了风，下了雨，祖父不知怎样，在我却是非常寂寞的了。去没有去处，玩没有玩的，觉得这一天不知有多少日子那么长。

……

（九）

除了念诗之外，还很喜欢吃。

记得大门洞子东边那家房户是养猪的，一个大猪在前边走，一群小猪跟在后边。有一天一个小猪掉井了，人们用抬土的筐子把小猪从井里钓了上来。钓上来，那小猪早已死了。井口旁边围了很多人看热闹，祖父和我也在旁边看热闹。

那小猪一被打上来，祖父就说他要那小猪。

祖父把那小猪抱到家里，用黄泥裹起来，放在灶坑里烧上了，烧好了给我吃。

我站在炕沿旁边，那整个的小猪，就摆在我的眼前。祖父把那小猪一撕开，立刻就冒了油，真香，我从来没有吃过那么香的东西，从来没有吃过那么好吃的东西。

第二次，又有一只鸭子掉井了，祖父也用黄泥包起来，烧上给我吃了。

在祖父烧的时候，我也帮着忙，帮着祖父搅黄泥，一边喊着，一边叫着，好像拉拉队似的给祖父助兴。

鸭子比小猪更好吃，那肉是不怎样肥的。所以我最喜欢吃鸭子。

我吃，祖父在旁边看着。祖父不吃，等我吃完了，祖父才吃。他说我的牙齿小，怕我咬不动，先让我选嫩的吃，我吃剩了的他才吃。

祖父看我每咽下去一口，他就点一下头。而且高兴的说：

"这小东西真馋"，或是"这小东西吃得真快"。

我的手满是油，随吃随在大襟上擦着，祖父看了也并不生气，只是说：

"快沾点盐吧，快沾点韭菜花吧，空口吃不好，等会要反胃的……"

说着就捏几个盐粒放在我手上拿着的鸭子肉上。我一张嘴又进肚去了。

祖父越称赞我能吃，我越吃得多。祖父看看不好了，怕我吃多了，让我停下，我才停下来。我明明白白的是吃不下去了，可是我嘴里还说着：

"一个鸭子还不够呢！"

自此吃鸭子的印象非常之深，等了好久，鸭子再不掉到井里，我看井沿有一群鸭子，我拿了秫秆就往井里边赶，可是鸭子不进去，围着井口转，而呱呱的叫着。我就招呼了在旁边看热闹的小孩子，我说：

"帮我赶哪！"

正在吵吵叫叫的时候，祖父奔到了，祖父说：

"你在干什么？"

我说：

"赶鸭子，鸭子掉井，捞出来好烧吃。"

祖父说：

"不用赶了，爷爷抓个鸭子给你烧着。"

我不听他的话，我还是追在鸭子的后边跑着。

祖父上前来把我拦住了，抱在怀里，一面给我擦着汗一面说：

"跟爷爷回家，抓个鸭子烧上。"

我想：不掉井的鸭子，抓都抓不住，可怎么能规规矩矩贴起黄泥来让烧呢？于是我从祖父的身上往下挣扎着，喊着：

"我要掉井的。我要掉井的。"

祖父几乎抱不住我了。

（节选自萧红《呼兰河传》，上海杂志公司，1941 年 5 月）

**【作品导读】**

《呼兰河传》以萧红的童年所见所感为主线，讲述呼兰河小城的生存图景、人情世故。童年时的天真烂漫、不知所以然的快乐与背后深藏的封建陋习对人性的压榨形成强烈对比。《呼兰河传》第一、二章用全景叙述的方式，叙述呼兰河城的整个生存景观；在第三、四章中，视野再次聚焦，叙述了荒凉的"我家"、祖父祖母以及"粗人"们的生活境况；从第五章到第七章，"我"的视野再度缩小，选取"点"，聚焦于"小团圆媳妇"、有二伯、磨官冯歪嘴子等几个主要人物。

《呼兰河传》以呼兰河小城为主角，全书没有贯穿整部作品的故事情节与人物，叙述视角也不尽相同，每一章稍加整理都可单独成篇。《呼兰河传》共使用了三种叙述视角，第三人称视角主要集中在第一、二、四、五、七章，儿童视角贯穿于第三章及之后的所有章节，成人视角则集中在第三章和第四章。

节选中，第一节的主角是家中的大花园，花园里的果木虫花是"我"幼时的玩伴。因为"我"是母亲的第一个孩子，所以家中并无同龄的孩子，这大概是"我"迷恋大自然，在花园里度过童年的原因。因寂寞而找寻乐趣，也因这份寂寞收获了别有洞天的童年记忆。第二节以温馨愉悦的笔调讲述"我"和祖父相处的故事，细致温情地塑造了善良、孩子气、有趣的祖父形象。第九节选取"烧小猪""赶鸭子"两个片段，在塑造"馋嘴"的"我"的形象的同时，表达对祖父的喜爱和思念之情。

节选第三章第一、二、九节，主要讲述童年的"我"与祖父的温馨时光。之所以独特，除却全文自然愉悦的叙述笔调，营造的优美恬淡的回忆氛围外，第三章首次改变第一、二章中以第三人称叙述视角为主的方式，采用第一人称叙述视角展开文本。"呼兰河这小城里边住着我的祖父"直接点明"我"这个叙述者。"我"从文本故事的内部来观察故事的发生，给予了作为主角的"我"讲故事的机会，同时作为亲历者，"我"又是故事的主角。客观与主观的兼备，给文本叙述增添了复杂性。作者从第三章讲述童年趣事，自然是真情流露，而第一人称叙述视角的使用，使作者、文本、读者三者之间的距离大大缩小，文本的真实性和亲近感大幅上升，从而完成读者与作者跨越时间和空间的情感交流和思想共鸣。同时，第三章中多次出现"我小的时候"的语句，成人视角的跳脱叙述和原本的儿童视角形成对比，幼时眼中的"大花园"和成年后记忆中的"呼兰河小城"超越时空的限制，在读者面前融通。

萧红善于捕捉日常生活中的碎片式场景，加之点染，呈现出独特的画面。采用儿童视角，运用拟人化的手法，使画面又增添了些许稚嫩的色彩。偶尔采用的通感手法，如第三章中"那粉房里的歌声，就像一朵红花开在了墙头上。越鲜明，就越觉得荒凉"，就是选用富有童趣的喻体，散文化的风格也因此油然而生。《呼兰河传》中儿童化的语言，自然质朴，直率而不做作。正是这种淳朴而稍显笨拙、细腻而不失醇厚的艺术风格，构成"萧红体"的显著特征。

从第三章开始，潜藏着作者挥之不去的思乡之情。萧红从东北到重庆，从上海到香港，如同"无脚鸟"一般四处漂泊，生命的尽头亦即停止飞翔的时刻。《呼兰河传》从抗战期间构思酝酿，到退居武汉时开始动笔，最后在香港完成，本身就是一部"漂泊"的书。在《呼兰河传》中，童年时的温馨记忆和成年后的精神皈依纷繁交错，萧红寻找的是片刻的心灵慰藉。她一生漂泊，命运坎坷，与家庭的决裂、恋爱婚姻的两度失败、抗战时期的艰辛流亡再加上重病缠身，这些痛苦更促使她渴望回到童年，寂寞更深，思乡亦更深。

【思考与练习】

1. 萧红是如何采用片段式手法，构造具有画面感的场景的？请结合具体情节分析。

2. 如何理解萧红在《呼兰河传》中对祖父的感情？于萧红有何意义？

（李　姣）

# 金锁记（存目）

张爱玲

张爱玲（1920—1995），原名张瑛，笔名梁京，我国现代著名作家。张爱玲深受中国古典文学影响，又接受了良好的西式教育，从而形成中西兼备的文学视野。

张爱玲的代表作有《沉香屑·第一炉香》《沉香屑·第二炉香》《倾城之恋》《红玫瑰与白玫瑰》等。1969 年以后，主要从事古典小说的研究，著有红学论集《红楼梦魇》。

## 【作品导读】

《金锁记》是张爱玲初入文坛时创作的一部小说，也是张爱玲最重要的代表作之一。初载于 1943 年 11 月、12 月《杂志》第 12 卷第 2 期、第 3 期，后收入其小说集《传奇》。

《金锁记》讲述的是一个女人的故事，这个可怜、可憎、可悲、可叹的女人名叫曹七巧。《金锁记》从三十年前一个有月亮的晚上写起，丫鬟凤箫和小双夜间一时兴起的谈话，引出了姜公馆的二奶奶曹七巧这一主要人物，从侧面交代了曹七巧的身家背景——"家里是开麻油店的"。

曹七巧是被利欲熏心的哥哥嫂子"卖"到姜家，给姜家天生残疾的二儿子当姨奶奶的。从此，七巧的不幸人生便宣告开始。她嫁到姜家是以自己的肉体和青春为代价的。姜家二少爷是个"坐起来还没三岁小孩高"的骨痨病患者，根本没有正常的性生活能力。七巧在长期的欲望压抑之下，心理逐渐扭曲、变态。并且由于她的出身卑微，哥哥又是因为丰厚的嫁妆才把她"嫁"给姜二少爷，所以嫁到姜家后，七巧遭到众人的冷落与讥笑。姜公馆里没有人尊重她，就连许多下人也瞧不起她。不公平的生存环境和没有丝毫爱情的畸形婚姻，使七巧的人性逐渐被打击摧毁，她用抽大烟来填补自己的空虚，用尖酸刻薄来报复身边的所有人。她不再将希望寄予爱情和婚姻，而是把自己的生命与金钱捆绑在一起，给自己套上了"黄金的枷锁"。

曹七巧在姜公馆生活了数十年，在丈夫、婆婆去世后，其金钱欲在分家时得到了极大的满足。"这些年了，她戴着黄金的枷锁，可是连金子的边都啃不到，这以后就不同了。"在分家产时她的锱铢必较，以及小说中不断出现的她"剃刀片"般的声音，无不显示了她对钱财的重视。分家独过后，小叔子姜季泽突然登门，二人打情骂俏，姜季泽甚至表达了对她的爱慕。曹七巧动摇了，她心里对爱情的渴望被唤醒了，"七巧低着头，沐浴在光辉里，细细的音乐，细细的喜悦……"但转念，她意识到"他想她的钱，她卖掉她的一生换来的几个钱？""不行！她不能有把柄落在这厮手里"，她心头的怀疑盖过了对爱的喜悦。之后，她对姜季泽多番试探，掷扇决裂。但是姜季泽走后，曹七巧并没有感到快意，反而"一颗心直往下坠，与现实失去了联系"。曹七巧开始向施暴者"疯子"的角色转换，人性中的"邪恶"越来越让人惊颤，扭曲与变态占据她性格的全部。她近似疯狂地破坏着自己儿女的婚姻，她对儿子长白的两任妻子百般折磨，最终导致她们香消玉殒，使长白失去了正常的生活。而七巧对女儿长安所做的一切，更是让人胆战心惊。她在长安十三岁时逼迫她裹脚，使女儿正常的学校生活停滞，在女儿寻求到自己的幸福时又肆意破坏，将女儿推向绝望的深渊。

曹七巧是张爱玲塑造的众多女性中一个极其典型的人性扭曲的形象，但她的这种"邪恶"并非与生俱来。曹七巧的一生，追求亲情、爱情而不得，从未体验过真正的幸福，因此变得扭曲，开始仇视周围所有的人，将自己禁锢在黄金的枷锁之中，并最终葬送了自己和儿女的人生。"七巧似睡非睡横在烟铺上。三十年来她戴着黄金的枷。她用那沉重的枷角劈杀了几个人，没死的也送了半条命。"七巧的一生是悲剧的一生，苍凉的一生。在这个人物的身上，张爱玲寄寓了太多想要表达的内容。对封建文化的批判，对女性命运的关注，对人性的深刻剖析，等等。

**【思考与练习】**

1. 试分析曹七巧的人物形象。
2. 曹七巧的悲剧命运到底是由什么造成的？结合文本谈谈你的看法。

（宋雨萱）

# 我在霞村的时候（存目）

## 丁 玲

丁玲（1904—1986），原名蒋伟，字冰之，我国著名作家、社会活动家。1927年凭借处女作《梦珂》正式登上文坛，1930年加入左翼作家联盟，1936年到达陕北延安，成为第一位到延安的知名文人。丁玲一生都探索着中国女性的生存、地位、价值等问题，以特有的笔触成功塑造了许多女性形象。

丁玲的代表作品有短篇小说集《在黑暗中》《自杀日记》《一个女人》《水》《夜会》《我在霞村的时候》《一颗未出膛的枪弹》，长篇小说《母亲》《太阳照在桑干河上》《韦护》等。

### 【作品导读】

《我在霞村的时候》是丁玲在延安时期创作的名篇，也是抗战时期的新文学作品中较为少见的以慰安妇为主人公的作品。作为现代文学史上最具代表性的女作家之一，丁玲有着极强的女性意识，她始终站在女性的立场去书写女性，其作品往往流露出对女性命运的关注与思考，透露出对女性的同情与爱护。延安时期，丁玲对女性命运的思考已经从狭隘的家庭、欲望、恋爱等小圈子中走出来，其创作开始侧重于通过战争、革命的激烈冲突来展现女性灵魂的成长。

《我在霞村的时候》塑造了一个虽遭受日寇凌辱，却仍坚持地下抗日工作的乡村青年女子的形象。乡村女青年贞贞因反对父母包办婚姻、计划与情人夏大宝私奔，因为没有及时转移，不幸被日军掳走。在受尽凌辱后又因接受党的任务而不得不利用自己的特殊身份来获取情报，帮助游击队进行抗战工作。身染重病的贞贞偷跑回家乡后，却发现自己已不再为同乡所接纳，生命尊严受到伤害的贞贞，希望在延安重新找到自己的价值。小说借贞贞的畸形命运揭示出女性在战争中身体保护与革命利益之间不可调和的矛盾，表现出作为革命者的丁玲对女性在革命阵营中的位置的思考、对愚昧麻木的国民劣根性的批判。小说结尾，贞贞远走延安不仅显示出女性在革命洗礼下的灵魂的成长，更是预示着民族新生力量的崛起。

在艺术手法上，小说情节清晰，行文张弛有度，语言平实凝练。作者选择以次要人物和环境描写为切入点，巧妙地安排了所有人物的出场顺序，先是描写不同人物眼中的贞贞，然后通过"我"这个女性主义的眼睛来实现对人物的塑造，从而升华了人物形象。这种独具匠心的复调式叙述方式是丁玲小说艺术魅力的表现之一。此外，小说虽然是以第一人称的视角来展开叙事，但与《莎菲女士的日记》直截了当的第一人称叙述不同，《我在霞村的时候》因叙述者并非事件的当事人而使得人物之间存在界限，在一定程度上强化了叙事的真实性。

【思考与练习】

1. 试分析贞贞的人物形象。
2. 为什么说《我在霞村的时候》是对鲁迅启蒙主题的继承？

（王　宇）

# 围城（存目）

钱锺书

钱锺书（1910—1998），原名仰先，字哲良；后改名锺书，字默存，号槐聚，曾用笔名中书君，我国现代著名作家、文学研究家，与饶宗颐并称"南饶北钱"。1929年，钱锺书考入清华大学外文系；1937年，获牛津大学艾克赛特学院学士学位。曾任西南联合大学、上海暨南大学教授，中国科学院文学研究所研究员，中国科学院副院长等。

钱锺书学贯中西，对史学、哲学、文学等均有深入研究，其代表作品有《围城》《谈艺录》《管锥编》等。

## 【作品导读】

《围城》初版于1947年，是钱锺书耗时两年完成的长篇讽刺小说。故事背景设定为20世纪30年代末的旧中国，展现了处于半殖民地半封建社会的知识分子群体的精神困境。

总体来看，小说结构以时间为序，可大致梳理为：留学归国游船篇—"芝麻酥糖"交际篇—三闾大学旅途篇—三闾大学政治篇—香港上海婚姻篇。小说以青年知识分子方鸿渐的活动为主线展开。方鸿渐留学欧洲四年，除了夸夸其谈之外，一无所获，于是买了一张博士学历的假文凭算作给家人的一个交代。归国船上，方鸿渐与鲍小姐交往甚密，并得到苏文纨的青睐。回国后，方鸿渐周旋于苏文纨和唐晓芙之间，被赵辛楣视为竞争对手；后由于苏文纨的阻挠，引发方、唐两人间的种种误解，以至于断绝来往。方鸿渐去国立三闾大学教书，结识了孙柔嘉，后因遭到同僚排挤，不得不离湘返沪。方鸿渐在事业受挫后，从一个围城走入了另一个围城——婚姻。与孙柔嘉结婚后，二人因种种矛盾争吵不休，最终分道扬镳。

作者极具想象力的文笔是这部作品的一大亮点。作品文字生动凝练，语言幽默诙谐又饱含哲理性，如"忠厚老实人的恶毒，像饭里的砂砾或者出骨鱼片里未净的刺，会给人一种不期待的伤痛"。不同于老舍的"含泪的微笑"，钱锺书的诙谐偏于一种冷幽默，如"这'老'字的位置非常为难，可以形容科学，也可以形容科学家。不幸的是，科学家和科学大不相同，科学家像酒，愈老愈可贵，而科学像女人，老了便不值钱"。诙谐的语言加上比喻、夸张等丰富多样的修辞手法，相得益彰，使得小说通俗易懂，独具特色。小说以记叙为主要表达方式，辅以议论、抒情、描写，虚实结合，妙趣横生，辛辣的讽刺中不失人性的温情。通过塑造高等知识分子市侩且鲜活的群像，揭示社会现实与人生百态。作者运用"蟠蛇章法"的叙事手段，首尾呼应，齐整有序，故事结构极具张力。此外，作者细致刻画书中人物的内在心理世界与外部语言环境，精细入微的环境描写、细节拿捏使得人物际遇更为逼真生动，人物性格贴合角色形象，情感活动也更加细腻流畅。

《围城》中谈及婚姻问题时引述了一句英国古语"结婚仿佛金漆的鸟笼，笼子外面的鸟想住进去，笼内的鸟想飞出来，所以结而离，离而结，没有了局"。方鸿渐害怕陷入被禁锢的窠臼，当他和苏文纨产生了一种暧昧不清的关系时，他的内心充满忧虑，他害怕承担责任，这是对婚姻"围城"的恐惧。但方鸿渐依旧结了婚，自己走进婚姻的"围城"里痛苦不堪，无奈离婚，终于走出了"围城"。实际上，小说中的"围城"，并不局限于婚姻，人生亦是如此。方鸿渐被困在人生的"围城"里，于上海、香港、内地之间，在丰满的理想与骨感的现实之间，兜兜转转，碌碌无为。志大才疏、得过且过的方鸿渐其实是当时知识分子群体的一个缩影。他们鱼目混珠，追名逐利，腐朽堕落，怯懦媚外，只能做一些于国无益、于己无害的俗事来填充生活，陷入精神内耗的"围城"无法自拔。

解读小说，"人性"是逃不开的视角，人生宽广而人性复杂，这部小说中，知识分子的人性被剖析得淋漓尽致。李梅亭以不当主任为名威胁高松年校长按自己的报价购买他从上海带来的所有药品，这是人性的贪婪；韩学愈恬不知耻地夸耀买来的三流大学文凭，害怕被戳穿，又厚颜无耻地想在三闾大学站稳脚跟，于是机关算尽，钩心斗角，这是人性的假面与荒唐；苏文纨坐观方鸿渐和赵辛楣的争斗获取一种被爱的优越感，而当要嫁给曹元朗的时候却不想让赵辛楣爱上别的女人，这是人性的虚伪；方鸿渐受欧风美雨的影响，思想前卫却并无真才实学，优柔寡断，不能也不敢对人生做出准确把握，而是任由生活的风浪扑打，苟且偷安，这是人性的懒惰。

作品条理清晰，语言简明深刻、诙谐幽默，叙事理性冷峻，见解新颖独特，是一部可读性极高的小说，值得反复阅读，细细品味。

**【思考与练习】**

1. 方鸿渐为何无法走出他的"围城"?
2. 深入阅读,体会《围城》的语言特色。

(侯博文)

# 我的两家房东（存目）

康 濯

康濯（1920—1991），原名毛季常。1938 年，康濯毕业于延安鲁迅艺术研究院文学研究室，曾任湖南省文联主席、中国作协书记处书记。

康濯的代表作有长篇小说《东方红》，短篇小说集《我的两家房东》《正月新春》《春种秋收》《公社的秧苗》《腊梅花》，中篇小说《水滴石穿》《黑石坡煤窑演义》，论文集《初鸣集》等。

## 【作品导读】

小说以 1940 年晋察冀边区实行二五减租，开展民主运动，宣传边区施政纲领二十条为背景，讲述了在党的政策保护下，青年男女的婚姻爱情故事。金凤退掉了不如意的婚姻，和栓柱订婚；金凤姐姐也逃离了水深火热的包办婚姻，做了自己的主人。小说表现了在党的领导下，边区青年男女对婚恋自由的渴望和老一辈破除封建思想的艰难，揭示了婚恋自由观念必然成为主流的历史趋势。

1939 年后，从鲁迅艺术研究院毕业的康濯到冀西山区"作群众工作，搞土地问题和生产，搞农村剧团，编通俗报刊、作一般的宣传工作"，在繁忙的工作之余进行文艺创作。革命地区农民的斗争生活使他认识到，文艺应该更好地反映生活，于是立志为解放区农民写作。1942 年 5 月，毛泽东发表《在延安文艺座谈会上的讲话》，创造性地提出"文艺为工农兵服务"等重要论断，明确了革命文艺的方向、道路等基本方针，这也使康濯反省自己"灵魂深处还是一个小资产阶级知识分子的王国"，决心在火热的群众斗争中磨炼自己。此时期，晋察冀边区农民和土地问题成为他创作的重心。到了 1946 年，抗日战争已经胜利，晋察冀边区的军事、政治和物质环境得到极大改善，在多年的艺术积累与探索后，康濯创作出了代表作《我的两家房东》。

《我的两家房东》以第一人称"我"的形式，借助下乡干部老康的视角，反映了《中共中央北方分局关于晋察冀边区目前施政纲领》（以下简称《纲领》）中关于婚姻的规定对边区青年男女的影响。在此之前，金凤的姐姐以及金凤都处在包办婚姻的压迫之下。金凤的姐姐 16 岁出嫁，常年受公婆打骂，丈夫大她 10 岁且出轨；金凤 14 岁定下婚约，对方是个落后分子，大她 7 岁且私生活混乱。包办婚姻的阴影一直笼罩着这个家庭。但是作为家长的老太太和陈永年老头却被陈旧的封建思想禁锢，对这种状况选择沉默。老康的来临，带来了边区政府的《纲领》，金凤即便是没有文化的妇女，不懂得"离婚""妇女社会地位"这些新词，但是本能地把《纲领》同自身命运紧密连接在一起，平时对文化学习并不积极的金凤姐姐与老太太也紧密关注。最后，在《纲领》的支持下，金凤姐姐成功离婚，金凤退婚，并和栓柱订婚，思想顽固的陈永年也在老康的劝说下，解放了自身的思想，为女儿们的幸福跺脚欢呼。小说人物形象刻画鲜明，成功描绘了一批接受新思想的农民形象。金凤活泼开朗，热爱学习，为追求自身命运而抗争，用新的标准来选择对象；栓柱积极上进，朝气蓬勃，勤劳腼腆却又不乏机智，乐于进行文化学习；边区政府的代表人物老康，深受农民喜爱，不仅向农民讲授党的政策，还关心农民生活，将他们的事放在心上。老一辈农民在边区政府的领导下，转换了思想，金凤姐姐获得了自由，老太太和陈永年看着女儿生活好了，也抛弃了以往的封建包办婚姻观念。

《我的两家房东》描绘了金凤和栓柱两个新农民，他们不再愚昧、封建，而是积极学习文化知识，追求进步，追逐自由和爱情。同时，边区农民在党的政策下，能穿得上布、吃得上白面，生活水平逐渐提高。此外，广大农民同样获得了启蒙，民主意识不断增强，被封建传统禁锢的思想得到解放。

小说同样取得了较高的艺术成就。首先，小说以第一人称的叙述方式，采用内聚焦叙事，用"我"的行动链接小说中各个任务，使得小说结构紧凑，主题突出，表现出党同封建思想的斗争以及对自由婚姻的保护。其次，心理描写细腻。小说中的心理描写多通过细微动作表现出来，初恋栓柱的一个"闪"的眼神，引发金凤"脑瓜子低得靠近了胸脯"，表现了恋人的害羞与激动；栓柱面对调笑的时候总会"支支吾吾"，脸也不时"一阵血红"。再次，小说对于日常生活的刻画入木三分，拉近读者之间的距离；"结记着""顶事"等方言俗语展现了河北独特的地域色彩，也增添了文章的真实性。郭沫若赞誉道：这部小说"可以说是达到了完善的地步"，"作家的笔力可以说已经突破了外边的水准。寂寞的中国创作界可以说不寂寞了"。

**【思考与练习】**

1. 试分析小说的语言艺术。
2. 试分析小说中金凤的形象。

（李秉权）

# 登记（节选）

赵树理

赵树理（1906—1970），原名赵树礼，我国现代小说家，"山药蛋派"创始人。赵树理一生创作了大量文学作品，包括小说、戏曲、诗歌、杂论等，共200余万字。他的小说大多以华北农村为背景，反映了农村社会的变迁和存在其间的矛盾斗争，塑造了各具特色的农村人物，其开创的"山药蛋派"，成为新中国文学史上最重要、最有影响的文学流派之一。

赵树理的代表作有《三里湾》《小二黑结婚》《李有才板话》等。

## 三、不准登记

燕燕回家去吃过饭，艾艾回家去洗过锅碗，五婶、燕燕、小晚和艾艾，四个人都往区上去。三个青年人都觉着五婶讨厌，故意跑在前边不让五婶追上，累得五婶直喘气。走到区公所门口，门口站着五六个人，男女老少都有，只是一个也认不得。原来五婶约着人家西王庄那个孩子在区公所门口等，现在这五六个人，好象也都是等人，有两个大人似乎也是当介绍人的，其中有两个青年男子，一个有二十多岁，一个有十五六岁。燕燕他们三个人，都估量着那个十五六岁的就是给燕燕说的那一个，因为五婶说过"实岁数是十五"，可是谁也认不得，不愿意随便打招呼。停了一会，五婶赶到了。五婶在区门边一看说："怎么西王庄那个孩子还没有来？"她这么一说，他们三个才知道是估量错了，原来那一个也不是。就在这时候，收发室里跑出一个小孩子来向五婶嚷着说："老大娘！我早就来了！"嗓子比燕燕的嗓子还尖。燕燕一看：比自己低一个头，黑光光的小头发，红红的小脸蛋，两只小眼睁得像小猫，伸直了他的小胖手，手背上还有五个小窝窝。燕燕想："这孩子倒也很俏皮，不过我看他还该吃奶，为什么他就要结婚？"五婶说："咱们进去吧！"他们先到收发处挂了号，四个人相跟着进去了。

正月天，亲戚们彼此来往得多，说成了的亲事也特别多，王助理员的办公室挤满了领结婚证的人，累得王助理员满头汗。屋子小，他们进去站在门边，只能挨着次序往桌边挤。看见别人办的手续，跟五婶说的一样，很简单：助理员看了介绍信，"你叫什么名？"叫什么。"多大了？"多大了。"自愿吗！""自愿！""为什么愿嫁他？"或者"为什么愿娶她？""因为他能劳动！"这一套，听起来好象背书，可是谁也只好那么背着，背了就发给一张红纸片叫男女双方和介绍人都盖指印。也有两件不准的，那就是有破绽：一件是假岁数报得太不相称，一件是从前有过纠纷。

快轮到他们了，燕燕把艾艾推到前边说："先办你的！"艾艾便挤到桌边。这时候弄出个笑话来：助理员伸着手要介绍信，西王庄那个孩子也已经挤到桌边，信就在手里预备着，一下子就递上去！五婶看见着了急，拉了他一把说："错了错了！"那孩子说："不错，人家都是一人一封！"原来五婶在区门口没有把艾艾和燕燕向那孩子交代清楚，那孩子看见艾艾比燕燕小一点，以为一定是这个小的。王助理员接住他的信还没有赶上拆开，小晚就挤过去跟他说："说你错了你还不服哩！"回头指了指燕燕又向他说："你是跟那一个！"经他一说破，满屋子弄了个轰堂大笑！王助理员又把信递给那个孩子说："你怎么连你的对象也认不得？"小晚说："我两个没有介绍信，能不能登记？"王助理员说："为什么没有介绍信？"艾艾说："民事主任不给写！燕燕她妈替她去还给写，我们亲自去了不给写！他要叫我嫁给他的外甥！""你们是哪个村？""张家庄！"问艾艾："你叫什么？""张艾艾！"王助理员注意了她一下说："你就是张艾艾呀？""是！"王助理员又看着小晚说："那末你一定就是李小晚了？"小晚说："是！"王助理员说："谁的介绍人呢？"燕燕说："我！""你叫什么？""马燕燕！"王助理员说："你两个都来了？你怎么能当介绍人？""我怎么不能当介绍人？""村里有报告，说你们的声名不正！"三个人同问："有什么证据？"王助理员说："说你们早就有来往！"小晚说："早有个来往有什么不好？没来往不是会把对象认错了吗？"这句话又说得大家笑起来。王助理员说："村里既然有报告，等调查调查再说吧！"燕燕说："助理员！你说叫他们两个人结了婚有什么不好？为什么还要调查呢？他们两个人都没有结过婚，和谁也没有麻烦！两个人又是真正自愿，还要调查什么呢？"助理员说："反正还得调查调查！这件事就这样了。"又指着西王庄那个孩子说："拿你的信来吧！"小孩子递上了信，五婶一边把村公所给燕燕写的介绍信也递上去。

王助理员问西王庄那个孩子："你叫什么？""王旦！""十几了？""十……

二十了！"小王旦说了个"十"就觉着和五婶教他的话不一样，赶快改了口，王助理员说："怎么叫个'十二十'呢？"小王旦没话说，王助理员又问："你们是自愿吗？""自愿。""为什么愿意跟她结婚？""因为她能劳动！"王助理员又看了看燕燕的介绍信说："马燕燕！你说他究竟多大了！"燕燕说："我不知道！"五婶急得向燕燕说："你怎么说不知道？"燕燕回答说："五奶奶！我真正不知道，你那里跟我说过这个？"五婶不知道燕燕是有意叫弄不成事，还暗暗埋怨燕燕说："这闺女心眼儿为什么这么死？就算我没有跟你说过，可是人家说二十，你就不会跟着说二十吗？"在这时候，小王旦偏要卖弄他的聪明。他说："人家是真正不知道！我住在西王庄，人家住在张家庄，我两个谁也没有见过谁，人家怎么知道我多大了呢？"王助理员说："我早就知道你没有见过她！要是见过，怎么还能认错了呢？你没有见过人家，怎么知道人家能劳动？小孩子家尽说瞎话！不准你们两个登记！一来男方的岁数不实在，说不上什么自愿不自愿；二来见了面连认也不认得，根本不能算自由婚姻！都回去吧！"

五个人都出了区公所：小王旦回西王庄去了，五婶和他们三个年轻人仍回张家庄去。在路上，五婶怪燕燕说错了话，燕燕故意怪五婶教她说话的时候没有教全。艾艾跟小晚说王助理员的脑筋不清楚，燕燕说王助理员的脑筋还不错。

他们四个人相跟了一段，还跟来的时候一样，三个青年走在前边商量自己的事，五婶在后边赶也赶不上。他们谈到以后该怎么样办，燕燕仍然愿意帮着艾艾和小晚想办法，他们两个也愿意帮着燕燕，叫她重跟小进好起来。用外交上的字眼说，也可以叫做"定下了互助条约"。

（节选自赵树理《登记》，工人出版社 1950 年版）

**【作品导读】**

在 20 世纪的中国文坛上，赵树理无疑是一个特殊的存在：他认定自己是"文摊"作家，但主流话语推举其为文艺创作的"方向"。赵树理追求平民化的语言，一生为了农民写作，被誉为写农民生活的"铁笔"和"圣手"。

赵树理的作品多取材于现实生活，反过来是为了作用于现实生活。赵树理经常关注农村生活中的实际问题，并将其中迫切需要解决的问题纳入他的小说创作之中，达到宣传政策、解决问题的目的。《登记》创作于《中华人民共和国婚姻法》颁布不到两个月的时间里，是为了配合宣传刚颁布的《中华人民共和国婚姻法》而创作的小说，也是赵树理在新中国成立之后传播最广、被改编次数最多的一篇小说，被称为《小二黑结婚》的"姊妹篇"。

《登记》讲述了两对青年人追求恋爱自由、婚姻自主的故事，但在深层意义上鞭挞了农村基层政权中出现的官僚主义现象。赵树理始终贴近群众、处处为读者考虑，坚持走通俗化、大众化路线。为了让广大农民看得懂，听得明白，赵树理在小说创作过程中坚持运用简洁明快、浅显直白、质朴幽默的叙述方式，运用口语化语言，使小说贴近生活；吸收民间戏曲、板话的特点，在语言中增加节奏感和韵律，使得小说便于在民众间传播；此外，赵树理在《登记》中大量运用对话来推动情节发展，在对话中显露细节，在人物语言中凸显个性，达到很好的效果。《登记》的情节设计十分巧妙。"罗汉钱"不仅是小说中男女之间互传爱意的信物，还是小说的引子。小飞蛾是在发现了艾艾的"罗汉钱"后，才猜测出女儿隐秘的心思，进而展开情节叙述；同时，"罗汉钱"作为一个有代表性的意象，打通时间界限，将母女两代人的相似处境通过"罗汉钱"巧妙地串联在一起，增加了小说的戏剧性。

赵树理身为农民作家，始终将笔触落在中国农村，力图把林林总总的农村人物形象展现在读者面前。《小二黑结婚》中的三仙姑和《登记》中的小飞蛾就是赵树理笔下具有典型意义的人物形象，她们代表了处于当时社会背景下的大部分女性群体。赵树理通过对这些典型人物的塑造，表达了自己对农村包办婚姻问题的看法，展现出广大农民，特别是农村女性在包办婚姻制度中心灵演变的艰难轨迹，以此让更多人了解农村包办婚姻制度，推动农村婚姻制度的改革。

**【思考与练习】**

1. 《登记》体现了作者怎样的创作立场？

2. 试分析《小二黑结婚》中的三仙姑和《登记》中的小飞蛾二者形象的异同。

（吉媛圆）

# 02

## | 话 剧 |

# 终身大事

胡　适

胡适（1891—1962），原名嗣穈，字希疆，后改名适，字适之，我国现代著名思想家、文学家、哲学家。胡适提倡使用白话文，是新文化运动的倡导者。

胡适的代表作有《尝试集》《中国哲学史大纲》《胡适文存》等。

## 序

前几天有几位美国留学的朋友来说，北京的美国大学同学会不久要开一个宴会。中国的会员想在那天晚上演一出短戏。他们限我于一天之内编成一个英文短戏，预备给他们排演。我勉强答应了，明天写成这出独折戏，交于他们。后来他们因为寻不到女角色，不能排演此戏。不料我的朋友卜思先生见了此戏，就拿去给《北京导报》主笔刁德仁先生看，刁先生一定要把这戏登出来，我只得由他。后来因为有一个女学堂要排演这戏，所以我又把它翻成中文。

这一类的戏，西文教做 Farce，译出来就是游戏的喜剧。

这是我第一次弄这一类的玩意儿，列位朋友莫要见笑。

## 戏中人物

田太太

田先生

田亚梅女士

算命先生（瞎子）

田宅的女仆李妈

## 布景

　　田宅的会客室。右边有门，通大门。左边有门，通饭厅。背面有一张沙发榻。两旁有两张靠椅。中央一张小圆桌子，桌上有花瓶。桌边有两张座椅。左边靠壁有一张小写字台。墙上挂的是中国字画，夹着两块西洋荷兰派的风景画。这种中西合璧的陈设，很可表示这家人半新半旧的风气。

　　开幕时，幕慢慢地上去，台下的人还可听见台上算命先生弹的弦子将完的声音。田太太坐在一张靠椅上。算命先生坐在桌边椅子上。

## 终身大事

　　田太太：你说的话我不大听得懂。你看这门亲事可对得吗？

　　算命先生：田太太，我是据命直言的。我们算命的都是据命直言的。你知道——

　　田太太：据命直言是怎样呢？

　　算命先生：这门亲事是做不得的。要是你家这位姑娘嫁了这男人，将来一定没有好结果。

　　田太太：为什么呢？

　　算命先生：你知道，我不过是据命直言。这男命是寅年亥日生的，女命是巳年申时生的。正合着命书上说的"蛇配虎，男克女。猪配猴，不到头"。这是合婚最忌的八字。属蛇的和属虎的已是相克的了。再加上亥日申时，猪猴相克，这是两重大忌的命。这两口儿要是成了夫妇，一定不能团圆到老。仔细看起来，男命强得多，是一个夫克妻之命，应该女人早年短命。田太太，我不过是据命直言，你不要见怪。

　　田太太：不怪，不怪。我是最喜欢人直说的。你这话一定不会错。昨天观音娘娘也是这样说。

　　算命先生：哦！观音菩萨也这样说吗？

　　田太太：是的，观音娘娘签诗上说——让我寻出来念给你听。（走到写字台边，翻开抽屉，拿出一张黄纸，念道）这是七十八签，下下。签诗说："夫妻前生定，因缘莫强求。逆天终有祸，婚姻不到头。"

　　算命先生："婚姻不到头！"这句诗和我刚才说的一个字都不错。

　　田太太：观音娘娘的话自然不会错的。不过这件事是我家姑娘的终身大事，我们做爷娘的总得二十四小心的办去。所以我昨日求了签诗，总还有点不放心。今天请你先生来看看这两个八字里可有什么合得拢的地方。

算命先生：没有。没有。

田太太：娘娘的签诗只有几句话，不容易懂得。如今你算起命来，又合签诗一样。这个自然不用再说了。（取钱付算命先生）难为你。这是你对八字的钱。

算命先生：（伸手接钱）不用得，不用得。多谢，多谢。想不到观音娘娘的签诗居然和我的话一样！（立起身来）

田太太：（喊道）李妈！（李妈从左边门进来）你领他出去。（李妈领算命先生从左边门出去）

田太太：（把桌上的红纸庚帖收起，折好了，放在写字台的抽屉里。又把黄纸签诗也放进去，口里说道）可惜！可惜这两口儿竟配不成！

田女：（从右边门进来。她是一个二十三四岁的女子，穿着出门的大衣，脸上现出有心事的神气。进门后，一面脱下大衣，一面说道）妈，你怎么又算起命来了？我在门口碰着一个算命的走出去。你忘了爸爸不准算命的进门吗？

田太太：我的孩子，就只这一次，我下次再不干了。

田女：但是你答应了爸爸以后不再算命了。

田太太：我知道，我知道，但是这一回我不能不请教算命的。我叫他来把你和那陈先生的八字排排看。

田女：哦！哦！

田太太：你要知道，这是你的终身大事，我又只生了你一个女儿，我不能胡里胡涂的让你嫁一个合不来的人。

田女：谁说我们合不来？我们是多年的朋友，一定很合得来。

田太太：一定合不来。算命的说你们合不来。

田女：他懂得什么？

田太太：不单是算命的这样说，观音菩萨也这样说。

田女：什么？你还去问过观音菩萨吗？爸爸知道了更要说话了。

田太太：我知道你爸爸一定同我反对，无论我做什么事，他总同我反对。但是你想，我们老年人怎么敢决断你们的婚姻大事。我们无论怎样小心，保不住没错。但是菩萨总不会骗人。况且菩萨说的话，和算命的说的，竟是一样，这就更可相信了。（立起来，走到写字台边，翻开抽屉）你自己看菩萨的签诗。

田女：我不要看，我不要看！

田太太：（不得已把抽屉盖了）我的孩子，你不要这样固执。那位陈先生，我是很喜欢他的。我看他是一个很可靠的人。你在东洋认得他好几年了，你说你很知道他的为人。但是，你年纪还轻，又没有阅历，你的眼力也许会错的。就是我们活了五六十岁的人，也还不敢相信自己的眼力。因为我不敢相信自己，所以我去问菩萨又去问算命的。菩萨说对不得，算命的也说对不得，这还会错吗？算命的说，你们的八字正是命书最忌的八字，叫做什么"猪配猴，不到头"，正因为你是巳年申时生的，他是——

田女：你不要说了，妈，我不要听这些话。（双手遮着脸，带着哭声）我不爱听这些话！我知道爸爸不会同你一样主意。他一定不会。

田太太：我不管他打什么主意。我的女儿嫁人，总得我肯。（走到她女儿身边，用手巾替她揩眼泪）不要掉眼泪。我走开去，让你仔细想想。我们总是替你打算，总想你好。我去看午饭好了没有。你爸爸就要回来了。不要哭了，好孩子。（田太太从饭厅的门进去了）

田女：（揩着眼泪，抬起头来，看见李妈从外边进来，她用手招呼她走近些，低声说）李妈，我要你帮我的忙。我妈不准我嫁陈先生——

李妈：可惜，可惜！陈先生是一个很懂礼的君子人。今儿早晨，我在路上碰着他，他还点头招呼我咧。

田女：是的，他看见你带了算命先生来家，他怕我们的事有什么变卦，所以他立刻打电话到学堂去告诉我。我回来时，他在他的汽车里远远的跟在后面。这时候恐怕他还在这条街的口子上等候我的信息。你去告诉他，说我妈不许我们结婚。但是爸爸就回来了，他自然会帮我们。你叫他把汽车停到后面街上去等我的回信。你就去罢。（李妈转身将出去）回来！（李妈回转身来）你告诉他——你叫他——你叫他不要着急！（李妈微笑出去）

田女：（走到写字台边，翻开抽屉，偷看抽屉里的东西。伸出手表看道）爸爸应该回来了，快十二点了。

（田先生约摸五十岁的样子，从外面进来）

田女：（忙把抽屉盖了。站起来接她父亲）爸爸，你回来了！妈说，妈有要紧话同你商量，——有很要紧的话。

田先生：什么要紧话你先告诉我。

田女：妈会告诉你的。（走到饭厅边，喊道）妈，妈，爸爸回来了。

田先生：不知道你们又弄什么鬼了。（坐在一张靠椅上。田太太从饭厅那边过来）亚梅说你有要紧话，——很要紧的话要同我商量。

田太太：是的，很要紧的话。（坐在左边椅子上）我说的是陈家的这门亲事。

田先生：不错，我这几天心里也在盘算这件事。

田太太：很好，我们都该盘算这件事了。这是亚梅的终身大事，我一想起这事如何重大，我就发愁，连饭都吃不下了，觉也睡不着了。那位陈先生我们虽然见过好几次，我心里总有点不放心。从前人家看女婿总不过偷看一面就完了。现在我们见面越多了，我们的责任更不容易担了。他家是很有钱的，但是有钱人家的子弟总是坏的多，好的少。他是一个外国留学生，但是许多留学生回来不久就把他们的原配的妻子休了。

田先生：你讲了这一大篇，究竟是什么主意？

田太太：我的主意是，我们替女儿办这件大事，不能相信自己的主意。我就不敢相信我自己。所以我昨儿到观音庵去问菩萨。

田先生：什么？你不是答应我不再去烧香拜佛了吗？

田太太：我是为了女儿的事去的。

田先生：哼！哼！算了罢。你说罢。

田太太：我去庵里求了一签。签诗上说，这门亲事是做不得的。我把签诗给你看。（要去开抽屉）

田先生：呸！呸！我不要看。我不相信这些东西！你说这是女儿的终身大事，你不敢相信自己，难道那泥塑木雕的菩萨就可相信吗？

田女：（高兴起来）我说爸爸是不信这些事的。（走近她父亲身边）谢谢你。我们应该相信自己的主意，可不是吗？

田太太：不单是菩萨这样说。

田先生：哦！还有谁呢？

田太太：我求了签诗，心里还不很放心，总还有点疑惑。所以我叫人去请城里顶有名的算命先生张瞎子来排八字。

田先生：哼！哼！你又忘记你答应我的话了。

田太太：我也知道。但是我为了女儿的大事，心里疑惑不定，没有主张，不得不去找他来决断决断。

田先生：谁叫你先去找菩萨惹起这点疑惑呢？你先就不该去问菩萨，——你该先来问我。

田太太：罪过，罪过，阿弥陀佛——那算命的说的话同菩萨说的一个样儿。这不是一桩奇事吗？

田先生：算了罢！算了罢！不要再胡说乱道了。你有眼睛，自己不肯用，反去请教那没有眼睛的瞎子，这不是笑话吗？

田女：爸爸，你这话一点也不错。我早就知道你是帮助我们的。

田太太：（怒向她女儿）亏你说得出，"帮助我们的"，谁是"你们""你们"是谁？你也不害羞！（用手巾蒙面哭了）你们一齐通同起来反对我；我女儿的终身大事，我做娘的管不得吗？

田先生：正因为这是女儿的终身大事，所以我们做父母的该格外小心，格外慎重。什么泥菩萨哪，什么算命合婚哪，都是骗人的，都不可相信。亚梅你说是不是？

田女：正是，正是。我早知道你决不会相信这些东西。

田先生：现在不许再讲那些迷信的话了。泥菩萨，瞎算命，一齐丢去！我们要正正经经的讨论这件事，（对田太太）不要哭了。（对田女）你也坐下。（田女在沙发榻上坐下）

田先生：亚梅，我不愿意你同那姓陈的结婚。

田女：（惊慌）爸爸你是同我开玩笑，还是当真？

田先生：当真。这门亲事一定做不得的。我说这话，心里很难过，但是我不能不说。

田女：你莫非看出他有什么不好的地方？

田先生：没有。我很喜欢他。拣女婿拣中了他，再好也没有了，因此我心里更不好过。

田女：（摸不着头脑）你又不相信菩萨和算命？

田先生：决不，决不。

田太太与田女：（同时问）那么究竟为了什么呢？

田先生：好孩子，你出洋长久了，竟把中国的风俗规矩全都忘了。你连祖宗定下的祠规都不记得了。

田女：我同陈家结婚，犯了那一条祠规？

田先生：我拿给你看。（站起来从饭厅边进去）

田太太：我意想不出什么。阿弥陀佛，这样也好，只要他不肯许就是了。

田女：（低头细想，忽然抬起头显出决心的神气）我知道怎么办了。

田先生：（捧着一大部族谱进来）你瞧，这是我们的族谱。（翻开书页，乱堆在桌上）你瞧，我们田家两千五百年的祖宗，可有一个姓田的和姓陈的结亲？

田女：为什么姓田的不能和姓陈的结婚呢？

田先生：因为中国的风俗不准同姓的结婚。

田女：我们并不同姓。他家姓陈我家姓田。

田先生：我们是同姓的。中国古时的人把陈字和田字读成一样的音。我们的姓有时写作田字，有时写作陈字，其实是一样的。你小时候读过《论语》吗？

田女：读过的，不大记得了。

田先生：《论语》上有个陈成子，旁的书上都写作田成子，便是这个道理。两千五百年前，姓陈的和姓田只是一家。后来年代久了，那写作田字的便认定姓田写作陈字的便认定姓陈。外面看起来好像是两姓，其实是一家。所以两姓祠堂里都不准通婚。

田女：难道两千五百年前同姓的男女也不能通婚吗？

田先生：不能。

田女：爸爸，你是明白道理的人，一定不认这种没有道理的祠规。

田先生：我不认它也无用。社会承认它。那班老先生们承认它。你叫我怎么样呢？还不单是姓田的和姓陈的呢，我们衙门里有一位高先生告诉我说，他们那边姓高的祖上本是元朝末年明朝初年陈友谅的子孙，后来改姓高。他们因为六百年前姓陈所以不同姓陈的结亲；又因为两千五百年前姓陈的本又姓田，所以又不同姓田的结亲。

田女：这更没有道理了！

田先生：管他有理无理，这是祠堂里的规矩，我们犯了祠规就要革出祠堂。前几十年有一家姓田的在南边做生意，就把女儿嫁给姓陈的。后来那女的死了，陈家祠堂里的族长不准她进祠堂。她家花了多少钱，捐到祠堂里做罚款，还把"田"字当中那一直拉长了，上下都出了头，改成了"申"字，才许她进祠堂。

田女：那是很容易的事。我情愿把我的姓当中一直也拉长了改作"申"字。

田先生：说得好容易！你情愿，我不情愿咧！我不肯为了你的事连累我受那班老先生们的笑骂。

田女：（气得哭了）但是我们并不同姓！

田先生：我们族谱上说是同姓，那班老先生们也都说是同姓。我已经问过许多老先生了，他们都是这样说，你要知道，我们做爹娘的，办儿女的终身大事，虽然不该听泥菩萨瞎算命的话，但是那班老先生的话是不能不听的。

田女：（作哀告的样子）爸爸！——

田先生：你听我说完了。还有一层难处。要是你这位姓陈的朋友是没有钱的，倒也罢了，不幸他又是很有钱的人家。我要把你嫁了他，那班老先生们必定说我贪图他家有钱，所以连祖宗都不顾，就把女儿卖给他了。

田女：（绝望了）爸爸！你一生要打破迷信的风俗，到底还打不破迷信的祠规！这是我做梦也想不到的！

田先生：你恼我吗？这也难怪。你心里自然总有点不快活。你这种气头上的话，我决不怪你，——决不怪你。

李妈：（从左边门出来）午饭摆好了。

田先生：来，来，来。我们吃了饭再谈罢。我肚里饿得很了。（先走进饭厅去）

田太太：（走近她女儿）不要哭了。你要自己明白，我们都是想你好。忍住。我们吃饭去。

田女：我不要吃饭。

田太太：不要这样固执。我先去，你定一定心就来。我们等你咧。（也进饭厅去了。李妈把门随手关上，自己站着不动）

田女：（抬起头来，看见李妈）陈先生还在汽车里等着吗？

李妈：是的。这是他给你的信，用铅笔写的。（摸出一张纸，递与田女）

田女：（读信）“此事只关系我们两人，与别人无关，你该自己决断。”（重念末句）“你该自己决断！”是的，我该自己决断！（对李妈说）你进去告诉我爸爸和妈，叫他们先吃饭不用等我。我要停一会再吃。（李妈点头自进去。田女士站起来，穿上大衣，在写字台上匆匆写了一张字条，压在桌上花瓶底下。她回头一望，匆匆从右边门出去了。略停了一会）

田太太：（戏台里的声音）亚梅你快来吃饭，菜要冰冷了，（门里出来）你那里去了？亚梅！

田先生：（戏台里）随她罢。她生了气了，让她平平气就会好了。（门里出来）她出去了？

田太太：她穿了大衣出去了。怕是回学堂里去了。

田先生：（见花瓶底下的字条）这是什么。（取字条念道）“这是孩儿的终身大事，孩儿该自己决断，孩儿现在坐了陈先生的汽车去了，暂时告辞了。”（田太太听了，身子往后一仰，坐倒在靠椅上。田先生冲向右边的门，到了门边，又回头一望，眼睁睁的显出迟疑不决的神气。幕下来）

（完）

## 跋

这出戏本是因为几个女学生要排演，我才把它译成中文的。后来因为这戏里的田女士跟人跑了，这几位女学生竟没有人敢扮演田女士，况且女学堂似乎不便演这种不道德的戏！所以这稿子又回来了。我想这一层很是我这出戏的大缺点。我们常说要提倡写实主义。如今我这出戏竟没有人敢演，可见得一定不是写实的了。这种不合写实主义的戏，本来没有什么价值，只好送给我的朋友

高一涵去填《新青年》的空白罢。（适）

（刊于《新青年》1919 年第 6 卷第 3 期）

## 【作品导读】

独幕剧《终身大事》最初是用英文写成的。当时，胡适应美国留学的朋友的邀约，为美国大学同学会的演出而创作此剧，但没有人出演女主角，因此未能演出。后来有一女学堂想要排演此剧，于是胡适将其翻译成中文，发表于1919 年第 6 卷第 3 期《新青年》。在易卜生的戏剧作品《玩偶之家》以及女性解放思想的影响下，《终身大事》完成了中国化的娜拉形象的一次伟大尝试。胡适让易卜生笔下出走的娜拉走入中国，并塑造了田亚梅这一新女性的形象。胡适借女主人公田亚梅的"出走"，表现了对中国封建文化和封建礼教的批判。

该剧故事情节十分简单：女主角田亚梅与陈先生自由恋爱并打算结婚，但这样一桩美事，并没有得到她的父母田先生和田太太的同意，两人坚决反对女儿与陈先生的婚事。他们反对的原因皆是长久以来禁锢人们个性和思想的封建文化与封建礼教。为了女儿的婚事，田太太先向观音菩萨求签，结果是下下签，意味着这桩婚事在"神明"的眼中并不合适。于是田太太又为女儿请来了一个算命先生，算命先生同样认为两个人的八字不合，不宜婚配。算命先生那所谓的"蛇配虎，男克女。猪配猴，不到头"与观音菩萨签诗中的"夫妻前生定，因缘莫强求。逆天终有祸，婚姻不到头"的说法，更是坚定了田太太反对女儿婚事的决心。田亚梅本以为反对母亲求神拜佛、找算命先生算命的父亲，能够同意这门婚事，可到头来，貌似开明的父亲成了田亚梅婚姻自由路上的又一绊脚石。田先生认为，田、陈两姓本是一家，从祠规来看，这门婚事是万不能成全的。但是，追求婚姻自主、个性解放的田亚梅决定自己掌握自己的命运，于是给父母留下了一张写有"这是孩儿的终身大事，孩儿该自己决断"的字条后，乘坐陈先生的车子离开了。

《终身大事》无论是在形式上还是在思想上，都深受易卜生《玩偶之家》的影响。胡适在《易卜生主义》中详细介绍了易卜生的戏剧思想及其作品的社会意义。胡适认为，易卜生的戏剧"有一条极显而易见的学说，是说社会与个人相互损害；社会最爱专制，往往用强力摧折个人的个性，压制个人自由独立的精神"。正因如此，娜拉的出走是易卜生敢于揭露社会弊病，倡导个性自由的具体体现。当时的中国深受封建思想和文化的禁锢，整个社会亟待一场新的思想来洗礼。胡适的《终身大事》完全按照西方话剧形式来编写，这种以生活化、口语化的对话为主的戏剧形式在中国话剧史上具有非常重要的地位。田亚梅的出走，同娜拉一样，彰显了对个性与自由的大胆追求。正是这种反对旧思想的束缚，提倡个性解放、婚姻自由的思想，成为时代的强音，对社会产生巨大影响。可以说，《终身大事》影响了许多以"出走"为主题的作品，这也可以说是这部剧的文学史意义。

在艺术上，该剧虽然简短，但剧中的人物个性鲜明。田太太最先出场，从她与算命先生的对话中可以看出她深受封建文化和思想的影响，迷信神灵，把女儿的幸福交给菩萨和瞎子算命先生。我们不能说她不爱自己的女儿，只能说她爱女儿的方式是封建社会对人性桎梏的一种表现。田太太的形象正是封建大家庭中典型的迷信、守旧的妇女形象。而田先生则是一个表里不一，深受封建礼教影响的人。他并不是田亚梅口中那样开明的新式家长，他虽然不相信算命先生和菩萨这样迷信的思想，却把田、陈两姓不能通婚的所谓祠规看得比女儿的幸福还重要。可以说，田太太与田先生分别是受封建文化和封建礼教影响的典型代表；田亚梅则是当时新女性的代表人物，她敢于反抗封建文化和封建礼教的压迫、追求个性和婚姻自由，勇于冲破父母的束缚，追寻自己的幸福。此外，该剧富有个性化、口语化、动作化的语言，将人物性格展现得淋漓尽致，情节精巧、紧凑，笔法细腻。可以说，该剧激发了当时年轻人敢于反抗、敢于斗争的力量和勇气，具有重要的现实意义。

**【思考与练习】**

1. 田太太、田先生和田亚梅分别具有怎样的性格特征？
2. 阅读易卜生的《玩偶之家》，思考其对胡适《终身大事》的影响。

（任佳勇）

# 泼　妇

### 欧阳予倩

　　欧阳予倩（1889—1962），我国著名戏剧、戏曲、电影艺术家，话剧运动的倡导人之一。留学日本时期，成为我国话剧团体"春柳社"的重要成员。回国后，组织"新剧同志会"、春柳剧场，为我国初期的话剧运动开辟道路。欧阳予倩还致力于对我国传统戏曲的继承和改革，与梅兰芳齐名，有"南欧北梅"之誉。新中国成立后，任中国文联副主席、中央戏剧学院院长等。

　　欧阳予倩的主要代表作品有话剧《潘金莲》《忠王李秀成》《回家以后》《桃花扇》，编剧电影《天涯歌女》《新桃花扇》《木兰从军》等。

　　布　　景：中上家庭的厅堂
　　上场人名：陈慎之（三十岁。）
　　　　　　　其妻于素心（二十四岁。）
　　　　　　　其父陈以礼（五十五六。）
　　　　　　　其母吴氏（姨太太扶正的，四十八岁。）
　　　　　　　其新娶之妾王氏（十六七岁的讨人。）
　　　　　　　其妹芷祥（二十五岁。）
　　　　　　　其姑母（四十五六。）
　　　　　　　丫头。
　　　　　　　老妈。
　　　　　　　男仆。
　　（开幕，以礼与妻吴氏，对坐谈心。陈以礼看着报，吴氏抽着水烟。）
　　以礼：（冷笑）
　　吴氏：你笑什么？
　　以礼：现在这些人说的话，我真不懂，作的事越发不懂！
　　吴氏：懂它干什么？我不看报，连问也都懒得问。

以礼：弄到你面前来，不由你不问。

吴氏：呵！我当你笑的是国家大事呢！

以礼：家还管不了，还管什么国！咳，大家庭小家庭，到处闹笑话！

吴氏：（冷笑）哼，看将来怎么样。……自己家里有房不住，倒撮弄着丈夫
　　　住到外头去，不过是怕公公婆婆管她就是了；其实像我们这种人家，
　　　何尝拿着我们从前做媳妇的规矩来责备儿媳妇？真是待客一样，谁
　　　知还是不行，我们少奶奶还是要分居另住。其实有衣穿，有饭吃，
　　　还有什么不称心？作人家的儿媳妇，除了管家，侍奉公婆，养儿子，
　　　还有什么事情？

以礼：风头总是要出的，爱情总是要讲的，自由总是要学的。

吴氏：要说自由呢，像我们少奶奶哪些儿不自由？麻雀也让她打，大世界
　　　新世界也让她去逛；她自己不打不逛怪谁呢？不过她是想疯疯癫癫
　　　的学时髦罢了。若说爱情，那更是有趣，难道说公公婆婆不让他们
　　　那么着吗？（笑）原要他们养儿子，难道……

以礼：不过是学着那租小房子的风气罢了。好好的夫妻不知道为什么要学
　　　姘头的样子，那才是拿肉麻当有趣呢！如今还恨不得学着西洋人，
　　　当着大庭广众爱谁就跟谁搂着抱着才称心呢！将来总有一天脱着裤
　　　子满街跑。

吴氏：这些时慎之也不大十分宠着她了。

以礼：随他去吧，好在不是父母替他订的，这会儿儿子也养了，咱们的心
　　　愿就算达到啦！

吴氏：他的那个人，今天要接回来了。

以礼：儿媳妇进门，既有了孙子，本来不必让慎之再娶妾，不过她不会服
　　　侍他，他如今事情又忙，总得叫他舒服舒服。让他去吧。
　　　（丫头上。）

丫头：姑太太跟大姑娘同回来了。

吴氏：呵呵。
　　　（姑母跟芷祥同上，老妈带着些纸盒子礼物。）

姑母：哥哥！嫂嫂！

芷祥：爹爹！妈妈！

以礼、吴氏：妹妹好！孩子，坐着吧！
　　　（叫过了，随意寒暄几句，以礼看见礼物。）

以礼：为什么又要花钱？

姑母：没有什么好东西。

芷祥：爹吃不了，我来替你吃吧。……哥哥怎么不在家，银行里事忙？

以礼：今天行里放假。

姑母：陪着少奶奶去了吧？

吴氏：哼，真是没得说的。……谁像得姑母那样贤惠就好了。

姑母：我有什么贤惠，不过年纪大了，不能出风头罢了。

（大家笑笑。）

以礼：如今这样的风头，少出些吧，我听着都要脑子胀，（看着芷祥）你可
　　　别学你嫂嫂！

芷祥：我的程度够不上。

以礼：你男人呢，人好了么？

芷祥：完全好了，他倒常常在家，也不大出去。

吴氏：他讨的那个人还听话么？

芷祥：也还好，男人家总是靠不住的，讨了个小在家里，只要不到外头去
　　　闹也就算了。听说哥也要讨姨嫂了，真的吗？

（大家笑着，吴氏同姑母轻轻地说一句话。）

芷祥：什么？

姑母：今天就要接回来了，我们都没有知道。

芷祥：嫂嫂知道了肯干休吗？

吴氏：你哥哥也因为你嫂嫂不会作人家，不会侍奉老人家，所以想着在外
　　　头讨个人进来，这也算是上了爱新鲜讲文明的当，求这样一个补救
　　　的法子。

（陈以礼长叹。）

吴氏：常言说得好，"儿子大了由不得父母"。我们老头子，老太婆，只好由
　　　着他们去。若说是要人来侍奉，那本来就没有这种好福气，不敢有这
　　　样的妄想。不过如今你哥哥已经拿生米煮成了熟饭，定着今天要接进
　　　门了；你嫂嫂就知道，哭一阵，闹一阵，总是有的——不过哭着闹着，
　　　也就不像个文明人罢了！能够不让她闹呢是最好，所以……

以礼：就算是办了，她也闹不出所以然。她若是懂得道理的，也就不会闹；
　　　男人家三妻四妾，从古至今就有的，你母亲也是扶正的，（吴氏目止
　　　之）如今养着你们，还不是一样好！

吴氏：这些话说它干什么。

以礼：真的，难道说父母真不能作主？

吴氏：你听我说，……今天我盼望你们早些来；姑妈呢，姑丈是有姨太太的；（对芷祥）你呢，你丈夫也新讨小。你们都是过来人，回头倘若见着我们那个少奶奶的时候，就请姑妈把话简直对她说明了。（对芷祥）你也从旁边劝劝她。她听了你们的话，将他人比自己，马上恍然大悟，岂不是省得许多闲话么？我因为怕你们费事，所以没有预先告诉你们。

姑母：吃喜酒，我是要来的，要我去劝少奶奶，我可不敢！

芷祥：姑母不上前，我是更怕碰钉子。

（外面叫"少爷"声。）

吴氏：慎之回来了。

（慎之留着小胡子，拿着手皮包、手杖，戴眼镜，西装，气昂昂地上。）

慎之：啊哟！姑妈，妹妹，都来了。

姑母、芷祥：来道喜来的！

慎之：什么喜？

芷祥：哥哥还装着呢，不是今天纳宠吗？

慎之：笑话，纳什么宠？不过是替爹妈面前买个丫头罢了。

姑母：得了吧，这是你自己的事，别尽往父母身上推。

芷祥：（用指头羞着慎之）哥哥你不是说永不讨小的么？

慎之：从前是从前，现在是现在，从前哥哥是学生，现在哥哥是银行的副经理，指日就是正经理了。哥哥如今是要充人物的了，岂有不讨姨太太而能称新人物的吗？哈哈！（一半玩笑的口气——这是现在自己掩饰短处的一种方法。）

芷祥：嫂嫂发起脾气来，看你怎么样？

慎之：请姑妈、妹妹给我调停调停。

姑母、芷祥：我们可管不了。

慎之：拜托拜托。（行礼）

（仆人拿上烛来点起。）

慎之：怎么就点？

男仆：汽车就到了。

慎之：（看表）还早吧？

姑母：心里不要跳。

慎之：哪儿的话。

（仆人、丫头、娘姨慌着上说："来了来了。"）

吴氏：芷祥！你去接着进来吧。

姑母：我也去。

吴氏：那不敢当。

（芷祥并不出门，只在门口等着，娘姨搀着新姨奶进来。芷祥请以礼加件马褂出来，芷祥先告诉新姨奶叫老太爷磕头，次吴氏，次则与慎之磕头，吴氏又叫给姑母及芷祥都磕头。芷祥等与以礼、吴氏、慎之道喜。）

以礼：（对姨奶）好了，你算到了我家了，比不得在外头。要学规矩，好好的侍奉你少爷，有什么不懂的，先禀明老太太，好好作人家，多作事，少说话！我们必定疼你的。

（姨奶低着头。忽报少奶奶来了，大家失色，便让姨奶里面去。红烛搬开。素心上，手里抱着儿子，后面娘姨提着一个手巾包。进门的时候，满屋的人你看着我，我看着你，笑笑。于素心觉着有些奇怪，却也不在意。吴氏接着小孩子，抱在怀里叫"乖乖"。大家都依次叫了一声。慎之拿出雪茄抽着，丫头、老妈子面面相觑，好像很不自然的。于素心接过手巾包，解开，取出一双鞋子，一件衣服，对吴氏说。）

素心：这是我替婆婆作的，不知合式不合式。

吴氏：你作的有什么不好？谢谢你。（客气得很。）

（此时以礼溜下，姑母上前看鞋子，称赞"好巧手"。慎之便与妹子作手势。芷祥摇手。慎之作行礼状，求她劝嫂嫂的意思。）

素心：昨天那糟鱼，婆婆吃着怎么样？

吴氏：好得很呢，你是真孝顺，真贤惠，又替我作衣服，作鞋，还要送菜来给我吃，在家还要料理小孩子，自己还要念书，太忙了，也得休息休息。你要是没工夫，这边也不要天天来；想着我们，就来看看罢了。（说着又亲小孩子。）

素心：我也不忙什么，一件衣差不多打了半个月，还说贤惠呢！（笑）

姑母：要是我有了你这身本事，那就好了，我也想你教我说几句外国话才有趣呢。

（以礼叫吴氏说："你来看看！"吴氏知道是叫她，连忙进去，姑母也跟着进去，说道："我也到里面去歇歇去。"慎之也想走，欠身说："我还有一封信要写呢。"素心目止之说："我还有话给你说"，慎之站住，芷祥跑下，慎之、素心相视而笑。）

素心：怎么样？

慎之：你怎么佯？

素心：我没有怎么样，怎么大家见着我，都有些说不出的意思似的？

慎之：那恐怕是你疑心。老人家呢，给我们思想两样，不必说它，只要我们夫妻间满意也就是了。

素心：我们两个人中间，总不会发生什么问题吧？

慎之：那自然，我们又不是由着父母订的；我想世界上恐怕没有再比我们美满的姻缘了。从前我们在美术展览会见面的时候，不过很简单的说几句话，彼此的性情已经觉得十分相投，以后也经过些困难，好容易盼到了结婚，我们的爱情也真是热到了极处，就是结了婚，还是跟没结婚似的。就是到如今养了儿子，无时无刻，不给新婚的时候一样。我每天在外头办事，总想着要回家；回了家看见你，好像就是度蜜月的头一天呢。因为我们的爱情是积累来的，所以才跟人家不同。（素心沉吟如有所思）（慎之接过小孩说）这就是我们爱情的纪念品。……呵……爱情纪念品呵……宝贝……

素心：（接过小孩）我跟你的相爱，那是不消说的；我自从给你订交以来，就把我的躯壳跟灵魂全交给你了。

慎之：我的躯壳同灵魂也未尝没有交给你呵！

素心：只怕我们太好了，为造物所忌，忽然生出不幸的事来！

慎之：你放心，我们的心已经是千锤百炼过的，无论形式有没有变化，精神是永远如一的！

素心：你说形式的变化，这话我不懂。我现在以为环境的力量最大，一个人要战胜环境，是很不容易的。只怕受了环境的支配，形式上就起了变化，跟着精神也就起了变化！

慎之：你还疑心我吗？

素心：我怎么忍来疑心你，疑心你就跟疑心我自己一样，不过……

慎之：怎么样？

素心：不过一个人在学堂里念书的时候，没有受过社会的陶融，心志十分纯洁；既经毕了业，出来办事了，所接触的，各处不同，同时又多少受习惯上的压迫，渐渐的把初衷变了，久而久之，自然就影响到种种事情上去！

慎之：你为什么说这话，我不懂？（局促不安，却作出温存微笑的样子。）

素心：惟愿你不懂就好！

（慎之用手搭在素心的肩上，素心也一手抱着小孩子，一手拉着慎之的那一只手。）

慎之：反正千句话并成一句话，我无论如何，总能够保持我的均衡，我总不更变我的主张，我总不更变我的信仰！

（慎之接过小孩子，素心伏在慎之的肩上，半晌无言，慎之拍着素心的背。）

慎之：好了，好了，……你又不知道感触着什么事，在这儿发闷呢！

素心：（抬起头似泣似笑的叹气说）咳……爱情到了一定的程度，就要生出意外的疑虑！我简直是恐怖，好像怕得很似的！

慎之：怕什么，有我保证，你还怕吗？

素心：我也保证我自己是信你到底的。

慎之：（在袋内取出一条钻石项链）我送给你一个保证品吧。

素心：（笑笑）你何必去买这些东西，我是从来没有戴过的！

（小孩哭，呵着他。）

慎之：这不过是玩玩罢了，这是我劳动的成绩，就借你的身上发表发表吧。

（将项链替素心挂上，看表）我这时候还要去写封很要紧的信去，好像妹妹、姑母还有话跟你说呢！（芷祥从门里张望，慎之对她作手势下。）

（素心如有所思，上下徘徊，芷祥与姑母相推不敢出来，拉拉扯扯的上。上来又笑着，互相推诿。上场后与素心说话，大家都很客气有礼。）

素心：姑妈妹妹。（她们尽笑不止）为什么这样高兴？笑什么事情？

姑母：没有什么，不过是痴人多笑罢了。

素心：姑妈有些头痛，好了？

（芷祥接着小孩。）

姑母：好了，谢谢你！

素心：听说姨太太有了喜了。

姑母：可不是吗！倒省了我不少的事。

芷祥：姑妈从前可也气够了！

姑母：这会儿想来真是傻子，气什么呢？男人家见一个爱一个，也是常事，谁能够叫他们不爱呢？他要讨小，你跟他斗气，也是枉然，反闹得没意思。倒不如一半儿顺着他，让他自己难为情。你姑父这会儿倒也好，常要小老婆来跟我做事，我也落得让他去，只要他有了个小老婆不到外头偷鸡摸狗的胡逛，也就算了。（对芷祥）你们姑爷新娶那个人倒也老实似的。

芷祥：倒也没什么，清官难断家务事。只要面子上过得去，像我们这样大家子的人，还争风吃醋不成？

姑母：夫妻只要是好，别说一个小老婆，他就讨十个八个，也占不了大老婆半丝儿去。我是老了，像你们年轻貌美的，丈夫哪能不欢喜？

素心：女人家在世界上，讨了男人欢喜就完了吗？

姑母：虽不一定要讨男人欢喜，可是……咳！男人家事情真难说，女人要作得人家说贤惠也真不容易。

素心：（微笑）像姑妈跟妹妹才真贤惠呢。

芷祥：你又要来奚落我们了，嫂嫂还要多么贤惠。

姑母：真是。

芷祥：像哥哥跟嫂嫂这样好夫妻哪里有？嫂嫂又是学堂里出身，哥哥就有不到之处，见着嫂嫂也就感化了，可是？

姑母：可不是吗！

素心：别取笑了，妹妹刚才还想说什么？

芷祥：没有什么，不过说哥哥好罢了。

姑母：慎之可真不错，这也是少奶奶能够让着他。

素心：（不甚耐烦）也没有什么让不让。

（姑母、芷祥吃吃地笑。）

素心：听说有人要替慎之讨小，是真的吗？

姑母、芷祥：这话是从那里来的？

素心：我也不过看着大家的情形，猜想罢了。

姑母：那是没有的事，不过比方说……要是慎之讨小，你便怎么样呢？（有幸灾乐祸的样子。）

（芷祥只是笑。）

素心：那也没有什么。

芷祥：嫂嫂不气坏了吗？

素心：我也犯不着气的。

姑母：本来这话我不想说的。你既问，我也不能不说，你是个贤惠人，谅来说也不妨。

素心：总是要知道的，姑妈亦何妨直说呢？

姑母：他那人已经接到这里来了。

素心：（大惊，假作镇定）呵！已经接到家了？这真奇事，其实慎之要讨小，也没有什么了不得，不过，我又不是不让他讨，他何必定要瞒着我呢？

姑母：所以他要我们来慢慢的告诉你。（笑）他总是有些难为情，不好意思当面讲，他十分觉得对不住你——这呢，也就算他是有良心的！

素心：笑话，这有什么对得起对不起，只是这样一来，似乎太没有意思。

芷祥：妈跟爹爹的意思，想要作为这人是嫂嫂替哥哥讨的。

素心：（极力忍怒）我没有这样贤惠；我，也不会作这样……（看颈饰。）

芷祥：事已至此了，嫂嫂的意思怎么样呢？

姑母：（笑）总不要便宜了慎之。

　　　　（芷祥紧接。）

芷祥：老实发作他一顿吧。（细细瞧着素心。）

素心：（冷笑）既是他欢喜，我还说什么！我想那个人一定是堂子里的！

姑母：恐怕是的，慎之因为作了银行里的事，场面上的人都来应酬他。现在的应酬，还不总是那些地方——其实呢，他的风头，就是你的福气。

芷祥：人家都羡慕着嫂嫂的福气哪。

姑母：可是年轻人在繁华地方，真有把握的可就少了。（想定主意。）

素心：这些话都不用说它；既是人已经到了家，总不能老是藏着起来，我看我们不妨见见。一来让慎之好受，二来让二位老人家放心。姑母，妹妹，看怎么样呢？

　　　　（姑母芷祥大为诧异。）

姑母：真的吗？

芷祥：想不到嫂嫂是这样贤惠。

素心：不是贤惠不贤惠的话，要不，怎么样呢？

姑母、芷祥：自然只好如此！

素心：那就烦姑母跟妹妹告诉爹爹、妈妈、慎之，就着今天来了！大家见见吧！

姑母：我去说。

素心：我去预备一样见面礼来！（下）

　　　　（姑母与芷祥惊诧相视。）

姑母：你看怎么样？

芷祥：我们就照这样跟爹妈说吧！

（慎之溜上。）

慎之：怎么样？

（芷祥作着怪相下。）

姑母：今天是要唱《顶花砖》了！……你少奶奶真贤惠！

（慎之笑着，以礼同吴氏、芷祥上，丫头、老妈跟着。）

以礼：这样很好，本来应该如此！

吴氏：这也难得，你好福气，少奶奶真贤惠，这会儿就让她们见见吧。

（芷祥远远地羞着慎之，慎之对他作神气。）

姑母：总是要见见的，我去请少奶奶来吧！

以礼：自然要叫王姑娘来伺候着！

芷祥：我来去叫她！（下，同慎之妾王氏上。）

慎之：我要去开会！（欲走忽听见素心叫。）

素心：慎之何必走呢！

（慎之大窘，只好回头，低头不是，假笑也不好，也就不敢走。）

以礼、吴氏：芷祥叫王姑娘跟嫂嫂磕头！

芷祥：是！（正去搀王氏。）

素心：慢来，这是什么意思？（对王氏）我跟你是同样的人，你与我一面不相识，为什么就给我磕头！

大家：这是应该的！

素心：不应该！（对王氏）你是怎么来的？

王氏：也不是我自己来的，是这儿少爷讨我来的！

素心：我知道他是拿着钱骗你来的！

王氏：我可不知道。

素心：你放心，没人难为你！（向慎之）你从前对我是怎么说的？你向来对我是怎么说的？你方才对我是怎么说的？你不是反对一夫多妻制的吗？你不是主张神圣恋爱的吗？你不是自命为主张女子解放的中坚分子吗？你不是绝对以真实不欺为信条的吗？你不是主张"废娼说"，不忍拿金钱去压迫那无辜的女子吗？你始终不能不取掉你那正义人道的假面，到了今天，你自己证明你自己从头至尾全是诈伪！（慎之笑）你不要得意，笑，哭，都不能掩饰你的诈伪了。我一生受了你的骗，也只怪我自己从前跟你相交的时候，没有看出你的弱点。你骗人骗得得意了，所以丢了我又去骗别人，现在也没有别的多话，第一步，你先把她退了，把卖身纸还她，使她自由，再另外送她两千块钱让她自活。

（众人无话半晌。慎之只是装笑。）

以礼：（大怒）这还了得！哪里有大老婆逼丈夫退小老婆的道理？就是吃醋争风，也不能当着大众，今天就算父母作了主，也没什么了不得！

素心：我的主意已定，不是加我些龌龊罪名，就吓得住的。你们要不听我，我就杀了这儿子。（取出小刀放在小孩子的颈上，大家要抢。）你们要抢，我的刀就下去了。是，否，一句话！

（大家作神气挤眉挤眼的意思是要慎之暂时敷衍。）

慎之：（不得已取出卖身纸及支票两纸交与王氏）好，好，好，依你！（对王氏）这个交给你吧，你爱怎么自由，你就去自由吧！（又对素心）这下好了吧？（对王氏）你后头歇歇去吧！

大家：这样也好！这样也好。

素心：慢着！（对王氏）你把卖身纸撕了！（王氏取了纸，素心将卖身纸抢过来撕了，王氏很怕。）你且别忙后头去，我今天的抱不平要打到底，我是负责任的！

（大家很奇怪，以礼只是叹气，吴氏只是糊里糊涂说"好了，好了"。）

（素心又对王氏说）你无论如何，也出不了他的手，你就是出去，也一定没有结果。如今你还是跟我，让我叫你受些相当的教育，可以自立。我把你当亲妹妹看待，以后决不再叫男人来骗你！现在你的事，有我担保；我还要了我自己的事呢！（向慎之）我们就此告别吧，请你写两张离婚书，一张你签字给我；一张我签字给你。（慎之迟疑）不必假惺惺了，痛快些写吧！

姑母：夫妻还是好夫妻，说完了就好了，何必这样呢？

慎之：你要离开我，我也没法，写吧！（取纸写着。）

芷祥：哥哥，何必呢？大家都是一时之气，就都认了真，这样叫爹妈怎么受呢？（想去阻止。）

以礼：唔！让你们去！反正现在父母都是讨厌的，都是废物！（下）

吴氏：我是更管不着！（哭，芷祥去劝。）

（慎之将离婚书写好，交给娘姨送过去，素心签字，各持一张。）

素心：好了！谢谢你！（对王氏）你放心！我不会待错你！我是始终帮助你的，你跟我去。我一定叫你作一个有用的人。（王氏很为难的样子却是无可如何）儿子，我也带着走！

慎之：那可不行！

吴氏：那怎么成呢？

以礼：（从内赶出）儿子带去！笑话！儿子是陈家的子孙，你在这里，你是他的母亲；你既离了婚，你就是外人，你怎么能够带他去？不行，万不行！

素心：（指儿子）他不是你们私有的，他是国家世界公有的，我决不忍拿将来有用的国民，放在这种家庭里，在这种欺骗的父权之下，受那种欺骗的教育，使他被养成一个罪恶的青年！要知道让一个清洁无瑕的儿童，去受罪恶的熏染，是作母亲的罪恶，与其让他将来不好，不如让他就在目前干干净净的死在他母亲的手里！（持刀欲刺，大家大惊，素心笑）我那里忍心就杀了他？宝贝！我也没有闲工夫说废话了。（向王氏）妹妹！我们去吧！（拉着王氏下，素心的颈饰掷向慎之说。）爱情的保证品啊！

（王氏作无奈状随下。）

大家：（面面相觑）真好个泼妇啊！

（完）

一九二二年于上海

（收入《剧本汇刊》第一集，商务印书馆 1931 年版）

**【作品导读】**

五四时期，中国的有识之士普遍对西方文化采取包容态度，以图冲破封建伦理对中国社会千百年来的禁锢。易卜生的社会问题剧传入中国后，其所主张的个性解放如一缕春风，对中国社会的思想启蒙与戏剧创作产生了重要影响，一系列社会问题剧如雨后春笋般涌现，其中以婚姻关系为题材的作品数量尤多，《泼妇》便是其一，在当时赢得了较高声誉。

该剧写于 1922 年，主要讲述于素心与陈慎之的纳妾行为进行斗争的故事。于素心在五四启蒙思潮中和陈慎之自由恋爱并步入婚姻，初期二人相敬如宾、生活和睦，直至陈慎之升职为银行副经理，为了所谓的"充人物"，背弃了与素心"一夫一妻制"的承诺，并让姑母等人从中调解，然而结果出乎众人预料，素心非但没有选择妥协，反而要求陈慎之交出王氏的卖身契并当众撕毁，最终坚持离婚，带走了孩子。

《泼妇》作为独幕剧，篇幅短小凝练，剧中人物可分三类来相互参照、比较：封建伦理的坚守者、个性解放的新青年以及启蒙思想的背弃者。通过描述这起家庭矛盾，向读者展示了作者对于五四时期新旧婚恋观冲突的审视与思考。

戏剧以陈父与吴氏的对坐谈心开场，二人冷笑着谈论他们眼中儿媳的种种"疯癫"行径：一来不满其与长辈分居一事，因为这与中国传统所期待的"四世同堂"家庭观念相违背；二来暗地里指责她不用心服侍陈慎之。陈、吴二人对话进行到此，便引出了这出家庭矛盾的导火索——陈慎之纳妾。姑母与陈芷祥被请来以"过来人"的身份劝说于素心，其所道之言如下：

> 姑母：恐怕是的，慎之因为作了银行里的事，场面上的人都来应酬他。现在的应酬，还不总是那些地方——其实呢，他的风头，就是你的福气。
> 芷祥：人家都羡慕着嫂嫂的福气哪。①

纳妾一事在她们看来既能减少丈夫在外花天酒地的频率，又能有人协助料理家务，另外姑母二人也默认了身为妻子无法左右丈夫的决定，"他要讨小，你跟他斗气，也是枉然"，不如把丈夫在外"有风头"当成自己的福气。在千百年来封建伦理的束缚下，人们信奉"女子无才便是德"，传统女性被祖辈们传下来的规训蒙蔽了双眼，集体无意识地践行着"三从四德"的封建礼教，不平等的婚姻关系让她们沦为男性的附属品，丧失了在社会中的独立地位与话语权。依附男人过活已然成为中国传统女性在婚姻中的常态，以至于当于素心发出"女人家在世界上，讨了男人欢喜就完了吗？"的质疑声时，姑母的反应怔愣而木讷，想来是从未认真思考过此类问题。

于素心与陈家爆发矛盾冲突的导火索为纳妾一事，究其本质，是封建伦理与新思想之间摩擦相斥的结果。女主人公于素心长期浸润在新式学堂"主张男女平等，个性解放"的思潮里，所结交的也多是一些新式人物，起初与丈夫陈慎之的结合也是响应了"自由恋爱"的号召。她认为婚姻是躯体与灵魂的相互交付，强调男女关系的平等，且从未放弃过追寻自我价值。反观同样接受过西方自由民主思想熏陶的男主人公陈慎之，在学堂时，他以"新青年"自我标榜，口头上喊着个性解放和男女平等，然而当他离开校园回归社会后，就撕破了"新青年"的假面，变成封建社会的"吃人者"，正如于素心对他最后的批判：

> 素心：你放心，没人为难你！（向慎之）你从前对我是怎么说的？你向来对

---

① 《欧阳予倩全集》第1卷，上海文艺出版社1990年版，第49页。

我是怎么说的？你方才对我是怎么说的？你不是反对一夫多妻制的吗？你不是主张神圣恋爱的吗？你不是自命为主张女子解放的中坚分子吗？你不是绝对以真实不欺为信条的吗？你不是主张"废娼说"，不忍拿金钱去压迫那无辜的女子吗？你始终不能不取掉你那正义人道的假面，到了今天，你自己证明你自己从头至尾全是诈伪……①

事实上，《泼妇》中陈慎之形象的设定足够真实，极具讽刺意义与社会价值。五四时期青年们心潮澎湃地追求新思想，争做"新青年"。然而他们当中的大部分人都是在旧文化的耳濡目染下长大的，在他们眼中新文化或许有吸引力，但想要撼动扎根已久的国民劣根性，单靠报刊的宣传是远远不够的。尤其是像陈慎之这类家境较为优渥的男性，他们更不愿割舍在封建制度下所享有的既得利益，没有破旧立新的思想觉悟。而于素心对于旧婚恋观的彻底批判显然是带有作者一定的理想主义追求的，揭示了本剧作的反封建主题。作者肯定了她勇敢反对封建压迫的斗争精神，而最终陈家众人一句"真好泼妇啊！"的评价，虽含有作者的反讽之意，却也让读者窥见了女性解放之路仍然道阻且长。

**【思考与练习】**

1. 于素心"娜拉式"出走后的结局是什么？
2. 试比较《泼妇》中的于素心与《玩偶之家》中的娜拉两位人物的异同。

（郑依青）

---

① 《欧阳予倩全集》第1卷，上海文艺出版社1990年版，第51页。

# 赵阎王

洪　深

洪深（1894—1955），字伯骏，号潜斋、浅哉，我国现代著名剧作家、导演艺术家和文艺理论家，话剧艺术的开拓者与奠基者之一。洪深立志要将中国话剧发扬光大，"话剧"这一新的戏剧样式的名字便是由他拟定的。

洪深一生创作电影剧本 38 部，其中《申屠氏》（刊登于《东方杂志》1925年第 22 卷第 1 号至第 4 号）是中国电影史上第一部较为完整的电影文学剧本，其话剧代表作有《赵阎王》《五奎桥》等，著有影剧理论专著《电影戏剧表演术》等 12 部。

## 登场人物

（以登场先后为次序）
赵大——赵阎王
老李
小马
营长
兵多人
王狗子
黑物多个
前清县官
衙役多人
妇人
老者
洋人

洋奴

土匪

## 第一节
## 第一幕

这件事发生在一个军营里面，这军营所在，本是一个荒村。这荒村却离城不远，这城内便有万千居民，正是人烟稠密，市场热闹。这荒村内除了一家粮食店，五百个兵，没有别的人家。这一营的人，因天冷都睡去了；点得洋灯，生得火盆的，就只营官们居住的几间屋子。

这一间屋子，便是营长的卧室。靠后壁尽左，放着一张军用三折铁床；床上有白狼皮褥子，西式枕头，粉红湖绉的被，靠左边安着一张上有装镜下连衣柜的矮桌，桌上手枪一枝、军刀把、除下来的军帽、解下来的皮带，还有粉盒、香皂、镜箱、香水瓶等，横七竖八的堆着。右壁上悬一轴美人画，画右有门，通着院子。画左钉上，挂几件营长的军服，从壁上偏左有四方纸糊小窗，现时关着。窗前堆了两只木箱，都有军需课封条。屋左床前，小炭火盆内，还有余火。屋右当地，放着小方桌子，四把椅子。桌上两盏洋灯，一盏未点；一盏点着，却是无甚亮光，想是油尽快灭了。

右首的门，猛地开了，走进一个人来：身上穿的灰色军服又旧又脏；褂子上的钮扣，有好几个早已脱落；腿上也无扎布，只散着脚管；一双老棉鞋，当差的日子久了，前面有点张口。他弯着背，耸着肩，满脸都有纹路，鬓边微微灰白。他没精打采，很是疲倦；虽只四十来岁的人，然而世上的风波经得多了，看来却象五十出外。

他手里拿着一把磁茶壶，想是刚冲得一壶滚水。进了门，转身把门关上。在方桌上取了一个杯子，斟了半杯茶，自己慢慢地喝着；又把两只手捧着热茶壶暖手。茶喝完踌躇了半晌；忽然想起他本来要做一件事，连忙将茶壶放在炭火盆上温着，又略略拨了拨炭；拖过一把椅子，想坐在火盆旁取暖；忽地走到纸窗边，朝外望了一望，摇摇头自言自语地打算起来。

赵大：这是多早晚哪！许有半宵多哪，早哩！还得一会儿工夫，才会回来。（看着门）咱溜吧！回到自己棚里，找点什么吃的，再睡他一个大觉。这十六圈麻将，总得四更天，才完得了。他妈的，今天真冷！（走到门旁，忽又转念）算了吧，还是好好的当差吧！这几天营长输得多啦，咱也就没交好运，碰上都是钉子，回头屋子不暖啦，热茶没有啦，咱是干什么的！（坐火盆旁）这清茶愈喝愈饿得慌。（对着火盆呆看了一刻，觉得身上冷起来；浑身打战，在床上拽了一条粉红湖绉被，裹在身上，重复坐下。才要打盹，听得门外一响，赶快立起，把被放还，那门外却再无声息了，便骂道）没有回来，活见鬼么！

　　有人把门轻轻偷着开了，伸进头来，低声唤道："喂！赵大哥。"

赵大：（转身，低声），是你在外头装孙子呀，敞着门，热气都跑啦，要进来，快进来吧，老李。

老李也是个军人，不过二十多岁，军服虽是旧破，精神却还振作，他踩着脚走进来小心关上了门。

老李：这儿就是天宫啦，你上咱棚里去睡去，不冻结实，才怪呢！（指床）今儿输赢大啦。

赵大：知道！

老李：王排长赢了也不敢说歇，多半非干到天明不可。

赵大：哪一天不到天明呀！（指着洋灯）一宵总得点两盏灯的油。

老李：（从怀内取出一瓶烧酒来）来一杯吧！

赵大：（桌上取了两个茶杯，把酒分开喝着）好白干！

老李：小铺子的掌柜，进城来着，捎来两瓶，一瓶卖半块钱，真不讲理；独家的生意吗！村里也没有第二家粮食店。

赵大：小铺子不是不肯赊账吗？（听着话，一面他将原点的灯吹灭了，另点了一盏。）

老李：肯，听说快关饷啦。

赵大：听谁说的？

老李：小马。

赵大：小马不能知道。

老李：嘿！（吃了两口闷酒，对着木箱，瞥了一眼，未便即说来意）赵大哥，您跟着营长当差，比小马可知道得多啦，我说大哥借几个钱行么？

赵大：（笑起来了）和尚碰见秃子，两头都是光光的。

老李：别说这个，您比咱们好！

赵大：打哪儿好起来？咱们当军人的，指着的就是饷；这营里好几个月不关饷啦，谁还不干！

老李：您也是真没钱哪！

赵大：（说反话）有钱。这有五个多月，没见一个大饷啦，谁家王八孙子的
　　　钱多着呢！（咒了一句，略出得胸中恶气）老李，这还是走着一鼻子
　　　的好运，每天没有断了口粮，等着吧！

老李：（愤然立起）等着！这不等着么？咱们是苦差使呀！几两银子的饷，
　　　就是他妈的卖命钱！大哥们一条命，就值得这八两银子一个月，还
　　　要欠着五个多月么？咱们为什么来着！

赵大：真是。

老李：天下没有会当差不会吃草的王八蛋，一匹马还要吃粮食；咱们的饷，
　　　是半年不发，差使是半年不派；要是出的差，开的仗，哪怕他妈不
　　　关双饷，总有法子找补找补。打死啦，也算啦。大哥！我这话对么？

赵大：对！对！（默然有感）我想都有个命，咱们命该倒霉。

老李：当兵也有走运的，你听说过新编的第八十九师吗？本来是一旅改的，
　　　正招着兵哩！不欠饷，给现钱。

赵大：听说过。

老李：好多位兄弟们想着：这儿不干啦，欠的饷也不要啦，痛痛快快的一
　　　走，哪儿给现钱，上哪儿去当差。好，年轻不发财，老了等着退伍
　　　解散哪！

赵大：（想起从前，又念到将来，不胜凄然）再上别处去吗？

老李：大哥，您也这么想吗？

赵大：（又转了一个念头，脸上微有笑容）老李，坐下！

老李不甚明白赵大的意思，糊里糊涂，在方桌旁坐下。

赵大：咱们皮包着骨头肉的，都有一个运气一个命。咱打十八岁死了爷，
　　　出来找饭；二十多岁当兵，到过两广，出过口子，四川打苗子，南
　　　京打革命党，河南拿白狼，什么地方没有去过，什么东西没有吃过，
　　　什么大事没有见过。（顺手将矮桌上手枪拿起，看了一看）拿着这枝
　　　枪吧！有六个枪弹，只许要七条命，不许要五条命。弟兄们说咱狠
　　　似阎王，咱姓赵的一辈子没有吃过别人家的亏。（得意极了，拍着
　　　胸）今天！（不觉声音凄楚）赵阎王有四十多岁啦，你看！咱还成个
　　　什么东西！（冷笑几声）赵阎王不是没有阔过，（叹气）唉！好吃
　　　的、好喝的，金表、大洋钱，到手还有不要的么？可是命里没有，
　　　水里来，他汤里去，发财呀！姓赵的不打那么想啦！

老李：大哥在这儿饿得乐啦。

赵大：咱不乐，咱也不怨。

老李：打脸水，倒溺壶，沏开水，抹桌子，大冷的天守着夜，招骂，挨嘴巴，做奴才，做猪，做狗，这还不乐！

赵大：你骂人，我打死你！

　　　两个人睁眼对看了半响，便似两位凶神。

老李：（不愿弄糟了事，所以按住怒气）大哥！咱是替你冤得慌，有了发财的路子，不能不跟您提，南边北边，招兵的地方多着哩，去呀！准有好处。

赵大：（是过来人的话）南边北边么？反正总是一样啊。

老李：不，您听我说，咱们营长上头，不是五爷么？五爷不算大，只管一旅几千个人，上头有师长，管一万几千个人，这上头还有大帅将军，他有钱有势，京里的总统都比不上他，譬如说吧……

赵大：这个我全晓得。

老李：我提的这位招兵的主儿，也算是师长，可是管着一省的兵，就有一样好处，（凑近，郑重说出）是咱们这儿大帅将军的仇人。

赵大：这是怎么说？

老李：不论什么人，他都肯收留；要是吃过饷，当过差的，还许派个连长；要是在咱们这儿大帅将军手下不干了去的，那是格外的红。

赵大：咱就不信！

老李：这是新鲜事，头几年不这么着，敢不是因为仇大了。（停了一停）管他那些么？他们有仇，是咱们的好处，咱们去，还能不红么？

赵大：（摇摇头）你说得多么容易！

老李：溜！

赵大：溜得了么！

老李：行！打这营里出去，别向西！向西十来里地，就是城，城里人多热闹，给人瞧见，那就不方便啦，出去冲北，不到二十里地，有个大松林，周围也有二三十里，山上山下，连成一片。这个林子，白天进去也是漆黑，本没有道儿可走，地上尽是枯叶、烂树枝、死老鼠。这个林子，枪打不到，眼看不见，就有千军万马，也是无用。要再一乱一迷道，还许进不去，出不来。象咱们人少，认定了方向，穿过林子，走过山，那就离得他们远啦，怎么会溜不了！

赵大：不许他们绕着道儿过山呀？要是给他们追上……

老李：绕过山来，咱们已先走了三天啦，追不上！

赵大：追上拿住，这是枪毙呀！

老李：（心里着实有点害怕）你拿枪毙来吓唬我呀！

赵大：逃跑拿住，这不比是喝醉了酒，耍个钱，打坏了人，或者玩个闺女，犯了这几样，还可以求得下来呀！你逃跑，好嘛！上头花了钱养着咱们，为的是有了事，上气讲打，咱们拼着性命出个力，争这个面子，这才叫忠心，你现吃着他的粮，要呕别处干去，太不懂得恩典啦！这花钱的大帅，不枪毙你，枪毙谁？

老李：都行！这是拿住了的话。（心里不服，出语强硬）可是老天爷全看见啦，吃粮当差，凭什么叫恩典哪！有什么好处，到过咱的身上来！

赵大：你去那别处，准好许多么？（苦口劝他）准比这儿好么？准有好处？

老李：有拿着现钱招兵的。

赵大：对呀！不欠饷给现钱啊，（问他一句，言外有意）给多久呢？

老李无话可答，连喝了两杯酒，坐下自己寻思。

赵大：给不了几天的饷，银子也完了吧！

老李喝酒，不答应。

赵大：再说，你的新弟兄们，许不如这儿旧伙计，倒同过甘苦的。你那位新大帅，许比咱们的脾气更坏，侍候不对，就要吃亏。

老李回过头去，不要听。

赵大：再说现今的世界，哪一个营里不闹穷？哪一位骑着马挂着刀的，不指着讹诈骇骗，害了人、刻薄了自己的弟兄们发了财？（加劝一句，声音恳切）到处都是一样啊！你将就点儿在这里蹲着吧！

老李狠狠地睁了他一眼。

赵大：再说你自己就没有安着好心，人家就有好处到你么？你还想着红起来，当连长，做热梦么？

老李：（立了起来，颇有点醉意了，身子摇晃着，口齿不甚清楚）咱这去，本也不是做忠臣充孝子去的！（他并不很醉，不过借着一副酒脸，胡说乱道）官高钱多，天下通行，今儿的世界，做大大的坏事，是高升发财；做小小的坏事，是挨骂送命；要是安着好心行好事，那是行不去！（拍着桌子）咱要的是功名、大洋钱。什么叫天理良心，一脚踹得远远的去！（提起脚来待踢，却跌坐在椅子上。）

赵大：你醉啦？

老李：我说的是实话！

赵大：走吧！走吧，走吧，歇歇去吧！

老李：我说的是好话呀！

老李立起来，脚下还是不稳，赵大过去搀扶，被他一把推过。他慢慢地走到门旁，在门上摸了两摸，摸着转手，开了门；那冷风迎头一吹，他立住了脚直了腰，深深地吸了两口气，人便明白过来，恍如梦中初醒，往屋里四周一看，见有一个人正呆呆地望着自己，那人正是赵大。他似笑非笑地哼了一声，便似失落了宝贝，重又拾着一般。不觉得意，转身重复关上了门，一步步走过来。

老李：大哥，你瞧！我怎么就糊涂啦？我把正事给忘啦。

赵大：你还有什么正事？

老李：咱要借支几个月的饷，好过个下半世。

赵大：（觉得怪极）借……饷……

老李：就是，就是！

赵大：上哪儿去借？

老李：问这屋子借！

赵大：别在这儿胡说八道啦！

老李：这屋子里的钱多着呢。大哥，我跟你商量，这件事你别跟别人提，营长，他富着呢！

赵大：啊啊！富着呢！

老李：这件事秘密着呢！……大哥，我没喝醉——小马呀！他说的，他知道，他看见的！也是碰巧，小马说，咱们的饷，早打上头领下来啦，两个月的，有八九千块大洋……

赵大：（不耐烦）没有的话，领来了饷，怎么会不发呢？

老李：那就不许么？营长准是有个用意啊！

赵大忽然立定了，自己寻思起来，并不答言。

老李：（以为赵大未曾听见，接着又说）大哥，他这九千块钱的钞票，营长一个人藏着，都在这屋子里呢！

赵大摇摇头。

老李：是真的，这是咱们两个人的机会，过两天这饷就许发出去，那就迟了。

赵大：（断定这事是子虚乌有，在他虽是旁人，却又当将此事的是非虚实辨说明白，他是真心实意，并无虚伪，所以字字说来沉着响亮）饷！确是没有领下来咧！

老李：（不服）呋！不讲理么！

赵大：（十二分信得过）我知道！

老李：营里五百个弟兄们，都不知道，小马问过排长，排长都不知道，你……

赵大：我（不慌不忙）知道！

老李：你凭什么，就能知道？

赵大：（十二分拿得定，一字一字慢慢地说）营长的事，就是咱的事，营长心里的事，没有不跟咱明说的。要是打早领来了饷的话，必然打早跟咱提过啦；这前后一字不提，准还是饷没有领下来。

老李：大哥！我没有喝醉，你才醉咧！

赵大：你就不信，咱们营长，还能瞧得起个人。

老李：他可不是很瞧得起你，他骂你王八蛋，打你的嘴吧！

赵大：（直认）有的！（激昂）可是他也把咱当做个人看待来着，他使用着咱，他信咱。（转缓，反是语语沉痛）当初咱惹下大祸，东奔西走，无地投奔；咱说，一个人，难道真是一点天良没有么，倘若有人肯将我收留，让我改邪归正，咱从此以后，准要做个仁义之人；咱到这营里，侍候着营长，早早晚晚，差不离也四年啦，才有今日；营长把我当做他的心腹近人，大事小事，好事坏事，一齐交托与咱，有不能对人家说的话，也对咱说，有不能不背人家的事，也不背着咱，这是为了什么？营长口里不说，咱心里还能不知道么？这是营长明白咱的忠心好意，感激报恩，所以他使用我，信我，哪怕他骂打，他不怪我，我不恨他，别说这九千块钱，就是九万块钱，也不肯欺瞒咱姓赵的呀。

老李：（听得这番慨然直谈，便知取银非易，却还不肯歇手）大哥，您这个话，说得真明白呀！营长有事，不肯欺瞒了你，为的是他念着姓赵的好处，大哥，姓赵的真好福分呀！

赵大看了他一眼。

老李：（连着说）胡金标受冻成病，不能上操，汤药不全，睡在棚里受罪，营长没念着呀！张得胜赊人粮食，领不着饷，还不了账，跟人口角打架，回来记过，监禁三天，营长没念着呀！诸位弟兄，让人支过来，摔过去，赶着，骂着，好似四蹄落地，不会开口的牲口，一句话回得不合，三十、五十军棍，打完啦，还得支撑着伤痛，谢恩当差，营长没念着呀！干了这个扛枪的买卖，处处招恨，做了好事，满不提起，坏事不论什么，都归在咱们身上，祖宗八代，都给人骂够啦，营长没念着呀！京北战事，弟兄们糊里糊涂，伤伤死死，到

底图了什么，几百人埋在一坑，上无墓土，下无棺木，营长没念着
呀！有人把咱们当做个人来着！

赵大皱了眉，默然无话。

老李：这领来的饷，咱打听得确实，计算过多时；这又不是营长自己的钱，
藏着不发，多半是存了克扣军饷的心，他的来历不明，咱们以贼偷
贼，也没罪过；洋钱到手，立刻别处投军，他也许怕人议论，不敢
声张；就使拿咱，咱们穿过林子，远走高飞得久了！

赵大仍有不以为然的意思。

老李：这屋子里的银子，就您大哥知道，别人翻箱倒笼的费事，还许找寻
不着；况且您是家猫，咱是野猫，哪儿有撇下了您的道理；我今晚
此来，本为邀您同道而行，指着钱，跟您讲话，无非为此啊！

赵大：别说没有饷银，就是满屋子堆着，营长派咱在他自己屋里看守，咱
也不能干这个昧心的事！

老李：（未肯决裂）大哥，您呆守着干什么！难道您还有什么指望么？还是
能升官？还是能发财？为什么不趁着头上有黑发，嘴里有白牙，混
几天快乐日子过过？你说营长念你好，信用着你，您记不得王狗子
么？他跟咱们的（低声）旅长，多年朋友，多大的情分，怎么后来
王狗子的命，还送在旅长手里呢？

赵大听他提起王狗子的事，忽然大怒，脸色改变，眼都红了。

老李：您说什么，就是什么，咱们不去投军也罢！这拿性命挂上枪尖儿上
找主顾，不定哪一天，就许亏折了老本，大哥有了这几千大洋，回
乡还不够下半世的嚼里么！大哥！大哥！

赵大不应。

老李：（性急起来）这银子在哪儿藏着，您给指出来吧！

赵大看得此事无法了结，他只不回答。

老李：（又恨，又急）这银子我是吃定啦，咱就是要借用几千，今天不成不
散，（恶狠狠地）豁着吃人命官司吧！

赵大：好无法无天的话，你人不怕，鬼不怕，你不怕（指着天）老天爷么？
（抬头一望，不寒而栗）举头三尺有神明，老天爷看着哩，报应有迟
早，谁也放不去，谁也跑不了，杀人的偿命，有冤的报冤！

老李：（蛮）谁他妈的不要发财的？别搅了人家的事，咱们白刀子进去，红
刀子出来，送他妈的一条混蛋狗命上西天！

赵大：（定）赵阎王老啦，拳头还不老，别说银子，这地上的尘土，也不许

谁带一点去！

老李：你可真是尽忠报国呀！（口里说着，两眼只顾在屋里四周打量。）

赵大：干什么？

老李：（三脚两步，走到矮桌边）寻一寻！

赵大：（上前拦阻）干不得！

老李：混账！（就是一拳。）

赵大被他打昏在地，半晌不能出声。

老李得了空，慌乱着搜寻屋里所藏的军饷，先把床上被褥翻起，不见有物；急将矮桌上层抽屉倒翻在地，一看也不过是旧书烂纸、碎布破鞋；连忙拉开下层屉子，只见满满盛着许多衣服，有散的，有包的，摸一摸，想是里面藏着东西，急切中看不真，便把屉子拖到方桌边，就着灯光仔细翻寻，长衫短裤，丢得满地，提出一个衣包，一顿撕扯开了，可是衣服之外，别无银钱；他气极，将包摔过一边，蹲下去，弯着腰，再待摸索。

赵大：（这时已经醒回来，扶着墙勉强立起。桌子上的手枪，一把捞在手里）扔下！

老李：好东西！（霍地立起，捏着拳头，转过身来待打。）

赵大：你！（擎着手枪，对准老李。）

老李：（改口）咱们也是老伙计们！您看！……（人急智生）这是图个什么？（说到什么两字，猛扑赵大，夺住右臂，三扭两捏，将枪打落在地，一脚远远踢开。）

赵大：（顺势抱住老李，口里大呼）拿强盗！拿强盗！

老李舍命挣脱，赵大死也不放，两个扯抱在一处，只在房子里转，床铺拉翻，桌椅碰倒；正打得一片声响，只听得那屋外也是万声齐起，人语嘈杂，脚步往来，那警笛经人紧连吹着，一递一声，嘘嘘地叫。

老李将赵大狠狠打了几拳，按在地下。

赵大渐渐支持不住，但仍抱着两条腿，不肯放松。

老李一步步向门退走，把赵大的身体在地上拖。

只见几个武装军服的人，推开门，抢进来，先揪住老李。随后进来的一个，虽也穿着军裤皮靴，上身却是一件黑缎对襟皮马褂，头上不见军帽，却戴着红结小瓜皮，他服式不伦不类，固然可笑；但他自有一种气度仪表，便象个行权发令的身分。那警笛已是住了，屋里外的兵，都候着他的号令。

老李：（用力挣）哥儿们！……放手！……这不干众位的事！

兵：营长拿你！

老李方不言语，心里恨恨，虽知身犯军法，他生性强横，也不畏惧。赵大还躺在地上，未曾放手。

营长：（踢踢他）滚起来！你说！

两个兵，半拖半提，将他拖起，站在一旁。

营长：这成什么？

赵大：（一路喘着）回营长的话，李连成杀人放抢……安心害人，他要打抢……在屋里寻出饷银，都要算他的！

营长：谁说这屋里有饷银？

赵大：营长问他……他好不是东西，喝酒闲谈来着，说的都是混账话！

营长：（看屋里天翻地复，桌上还有酒瓶，心中大怒，拿酒瓶掼得粉碎）混账东西！你们不是自己找死，整营的人，都闹了起来啦，我不重重办一办，我不用再干营长，你们吃着粮，老实当差不好，想造反，很好！很好！（对护兵说）拉出去！锁他在院子里，替他醒醒酒。（对老李）今日我没有工夫，明天拿军法来慢慢地问你，枪毙你，还不省事！

老李：姓赵的，你听说，咱们有冤报冤，有仇报仇，老子活着不能见你，做鬼也是后会有期，你记着点儿吧！

护兵将老李拉出。

营长：（追呼）小马！

小马：（在门外应）咋！

营长：去回排长王老爷，就说没有什么大事，牌可以打下去，教他们别散，我还要翻本，我就来！

小马：（门外应）咋！

赵大：（拾起衣服，慢慢折迭）还好！没有丢东西。

营长：（到底信不过，自己关上门，从床下拖出一个手提皮箱，开了查看，上面也盖着几件旧衣，底下却藏着一包一包的，都是钞票，匆匆点了数，见确是一无短缺，并未翻动，才放下心；转又恼怒起来）这个东西该死！真要抢去饷银，我才白忙得冤哩！哼！好现成便宜的事！（取出一卷钞票，重将皮箱关好，藏在床下。）

赵大：唉！（立刻缩住，他乍见了这许多钞票，很吃一惊，方知老李说的话不差，营长竟然背着他私藏下饷银了！他心里痛苦，真比刀割还要难过，一肚子说不出的恼恨，代人固然不平，自己也灰心，便抒发在这声抑遏不畅的叹息中！停了手，张着口，眼睛盯着营长，只是发呆。）

营长：（瞪了他几眼。很有气，叽咕骂着）狗样子！（钞票放在怀里，待走出去。）

赵大开门侍候着。

营长：（走到门口，忽然立住，看了赵大两眼，拍拍地一连打了几个嘴巴）混蛋！这儿是什么地方，闲杂人可以进来的么？嘎！你看的什么屋子！

赵大：（不敢分说，不敢躲打）咋！咋！咋！

营长：你随便得很，还让李连成来喝酒闲谈，胆子大极了！明天饷银如有短少，我都问着你，可恶的东西，我有工夫来收拾你！（说完就走，砰的一声门关上了；那脚步声，愈走愈远。）

赵大：（眼睁睁地，半晌不动，慢慢转过脸来，瞅定了那床下皮包，好似寻着仇人一般，所有怨气，都要出在它身上，汹汹地冲过去，急待动手，忽又立定，再三按捺，勉强制住，逼出一声狂笑来）啊啊！菩萨神灵，瞧见了没有？（挥臂，问天）凡人存着好心的，有天良的，老实的，讲究忠义的，都是傻子吧？（恨了一回，自想何苦，那睚眦必报的行为，就做来，也不值得。摇摇头，摆摆手）为人还是做一个傻子的好！（重去拾起衣服，一件一件扑去尘土，放还在屉子里）本来这钱，数目不少呀，九千多块哩，您想有钱有福，还怕不能买几顷地，盖大房子，养牲口呀！做财主是好的，怨不得老李起这个心。（寻着了手枪，放在矮桌上）老李这可完了，明天军法，问得不好，真许枪毙，这样死也冤得慌，他恨我可恨透啦，必不肯善罢甘休，我看躲着他点儿的好。为甚不上别处去呢？（将几本旧书，齐了又齐，心里原是想着别事）象我一个穷光棍，一个大没有，不带着钱，无路可走呀！（猛回过头去，望着那藏钱的皮箱，半晌，似乎有点动心）我这个……不过是个偷窃小罪，作的恶有限不多，再说咱们吃苦受罪，还算少么？可以说取之无愧！（转过头来，两眼直视，再四寻思，立了起来，重又蹲下）不对！不对！营长有什么亏负着咱的地方？他，从前，有过好处到咱。（将两个抽屉，放回原处，又去铺理床褥）他的脾气，可是真坏，火儿真大，从来没见过这样不讲理的人。（立直了，顿脚，自己责备自己）这种的差，当他干什么？又没有做着军官，还说有个贪图；这做小兵的，还是图个快乐，还是图个太平？还是有名，还是有利？赵阎王，你怎么那样昏呀！

（贪念又起）就是借用几百块钱，这一点儿，营长许不在乎，这一点儿，许不至于害他！（看了一眼皮箱，对天拱手）咱对天盟誓，诸位神道老天爷，我这是无可如何，借用几百块钱盘缠，往他乡躲仇避祸，有了这些钱，我上别处去安身，以后真要做个好人！（跪下）诸位神道老天爷！只此一回，永不再犯；倘若违反此语，乱枪打我，不得好死！（立起来，看了看，屋里无人，便踩着脚走向床前，刚要动手，不料呀的一声门开，有人进来打断。）

赵大：（慌张）小马。

小马：惊着你么？

赵大：营长的屋子，你随便可以进来么？你太可恨啦！

小马：别骂！别骂！我是营长差来的，有公事，营长又输啦，教再拿几百块钱。

赵大：知道了，我就送去，你快请吧！

小马：（看着赵大这样失神落志，也猜着了八九分）我说赵阎王，有大米白饭，咱们大伙尝尝，别一个人自己吃独食，常言道，见者有份，您有发财的地方，求您带携带携，想着点儿小马。

赵大：你说的是什么话？

小马：这个不用说出来，彼此心里明白，营长管着饷银，您是跟着营长当差的，"门前有小河，担水容易多"。（挤了挤眼睛）对不对？

赵大：我不明白！

小马：你是真不懂呀？明说吧，军饷是天下人的公物，营长使得，咱亦使用得，您是更不必说啦！

赵大：（心虚口软）好嘛！干那样昧心的事，您别听瞎话！

小马：瞎话么？

赵大：（勉强）真是没有这回事！

小马：你敢说这屋子里没有银票？

赵大：是没有！

小马：（目不转睛，睃着赵大）哼！

赵大转脸。

小马：好！（冷笑一声）没有，就没有吧！（走了出去。）

赵大：（恨恨）你笑，你笑什么，难道我还怕你，你也太会欺负人啦！（一面数说，一面将方桌边椅子推进放好）这还是没有拿着我什么呀！（立定向着门外说）要是我这筋斗，栽在他的手里，那才真有个够受的，我心里是明白透亮，（坐下来，愁丧着脸）这么大年岁，还来丢送这把老脸，让小马们耻辱取笑！（不堪想及，赶紧将两手蒙着头，掩了眼）给这种不够东西的东西作践！比王八蛋都不如么！（慢慢放下手来，只是呆想，一歇摇摇头，一歇踯踯脚，一歇又起来走走）小马刚才进来，一忽儿工夫，哪儿就会瞧出什么来！（使劲地说）“老虎不吃人，枉担恶名”，这屋子里有的是银票，山后林子里，有的是出路，左右是一拿，为什么不拿个三千五千，图个眼下快活。（愤激）咳呀！咱一辈子，也没有过了一天的好日子！（毅然决然）干吧！送命就送命，也是值得的！（便去开床下的皮箱。）

那房门自己慢慢地罅开好些，砰的一声，又关上了，无非是风。

赵大：（骇了一跳，仍把皮箱踢入床下）是谁？（不应，又怒喝）是谁？（不应，愈加疑惑）是谁？（仍不应。他颠着脚尖，似捉鼠的怒猫一般，走着防着，悄悄到门边，又立定听了一听，才猛地把门拉开，只见门外并无半个人影。此时正值严冬天气，夜色已深，虽有点点星月，却被北风吹送的黑云掩住亮光，一片冷凄凄黑漆漆，对面不见，惟听得空中似乎有万种声响，如人号，如兽唬，如金鼓，如走沙，隐隐约约，令人毛骨悚然。他打了一个冷噤，立刻关门，缩进来不由得懔然畏惧）有鬼！（如此胆寒心虚，总因种种恶意贪念，制止不住，对自己恨道）赵阎王，你让什么东西蒙住了心，想起干这种坏事？（天良发现）生成的贱骨肉，我一定要学好，你一定不让我做好人做到底么！

小马：（小马开门进来。坐在椅上佯佯地）营长教你去！

赵大：（诧异）教我去？

小马：快去吧！营长早炸啦，教你送五百块钱去的，干么不送！

赵大：坏啦！忘啦！（立刻从皮箱内，拿出几卷钞票，抬起身来，只见小马笑咪咪望着那藏银的皮箱，十分眼热忻羡，忽然一个念头，恐防小马有诈）费心！您给带去吧！

小马：（坐在椅上不动）你自己去吧，营长有话要吩咐你！

赵大：请您回！就说咱离不开，（瞟着皮箱，意思显然）这屋子里有东西！

小马：这屋子交给我，我替你看着。

赵大：（愈想愈疑）你这个狗东西，别是调虎离山之计吧！（把手缩回）这五百块，也得说明白咧！

小马：营长的钱，您倒小心，肯这样的把守着，准不会出岔子，营长自己

都要不动吗？（站起来）你不用忙，营长会赏你！（口吻恶毒）你自
个儿，怕不是有口难分么？我替你说好去！（走出。）

赵大：（渐渐明白这事情不妙，营长如若听了小马这番言语，不偷也要宽他
　　　偷的，断无好开交）罢了！罢了！（索性取许多钞票，塞在身上，收
　　　拾停当，将次要走，忽又听得门响，连忙抢了手枪，回过身来拟着
　　　来人，哪知劈面逢见的正是营长，两人都吃一惊，半晌无言，营长
　　　退向门口，想阻住去路，赵大手起一枪，那营长中弹，稍一踟蹰，
　　　赵大已冲出门去了。）

——急急闭幕

第二节
第二幕

　　这已到了路的尽头处，当前一座遮天隔地的大树林，林子深处，蔓连模糊，
结成一个黑块，也不知此中是何世界，林子外边，一根一根竖挺着的老树，一
堆一堆蹲踞着的碌石，其实凶恶。那夜更深了，些微星光，映在冻地上，一片
清冷，远远听得有铁笛，铜鼓之音。

赵大：（脚步匆忙，直向前走，一见林子，寻块石头坐下）这可是松林啦，
　　　也有走到的时候！好呀，让我歇歇腿，（搓摸着，对腿劝慰）伙计！
　　　今儿辛苦你们啦，到了老家，给你热水烧酒，洗洗尘土，现在可不
　　　能松你，还得当一会儿差，送咱过林子去。（望来路）这趟走真不含
　　　糊，一个劲儿的跑，二十里地，才许有一个时辰。（靠着树休息，听
　　　得那若断若续的铜鼓不觉心烦）勃郎郎！勃郎郎！倒霉鼓总不住声，
　　　抬腿呀，指打鼓就能赶上么！（张望追兵不见）别说这有多远啦，一
　　　百步都瞧不真么！（抬头）满天乌云，（傻笑）今宵真黑，比着营长
　　　的心还黑！（转身向林子，笑容骤敛）你瞧瞧这林子，什么玩意儿，
　　　从古至今，有活人在这里头走过么？（又一阵铜鼓声，风吹入耳）勃
　　　郎郎！打你妈的一辈子的鼓吧！赵阎王没那么大工夫来理会你，（鼻
　　　子里冷笑）为了姓赵的一个人，出上队伍啦，来二百，来三百，你
　　　们一营都来，还能跟我进林子啊！（指点）你瞧一棵树，又是一棵
　　　树，又是一棵树，大大小小，乱七八糟的长着，辨不出东西南北，
　　　几百个人胡撞瞎碰，能不迷惑住么？进去容易，出来可难了！这样
　　　周围十几里的大林子啊，你们在里面转圆圈儿吧，转上二十五年，

别想活着出来啦!(一番盘算,真觉得无愁无恐,索性高枕石块,睡在地上。)

林中渐渐索索有怪声。

赵大:(翻身坐起,大喝)什么东西!是谁!是谁!(跳起来,怀里拉出手枪,紧对黑处)我开枪打你,(林中却无动静)什么呢?没有人,许是个松鼠儿。(细寻树根,见一鼠爬上树梢)可不是松鼠儿,混账东西,你也会欺负我,(伸臂朝上将枪晃了两晃)再敢吓唬人,我要你的命!(倒放了心)赵阎王的眼睛,夜看百步,讲究在黑地里打老鼠。(把枪仍想放在怀内,却因一晚走动太多,那褂子皮带,都牵在身上,不甚舒服,顺手解了皮带,重新扎括,那口袋里一卷卷的钞票,尽数挖了出来,摊在地上)没经意,就拿了这么许多!(胡乱点了数)这一堆有三千块钱。姓赵的快开开眼,也不枉着活了一世,(急急将钞票藏入衣袋,余下几卷,取手巾包了,系在腰里)明天到了林子那一边,这些钱都是你的啦,快走吧!

一刹那间,乌云遮没了星月。

赵大:(自己害怕)我的祖宗,怎么这样黑呀!也不晓得道儿在哪里,(点头)那是自然啦!我要冲着北走,总能出得去的。(又寻入路)可是真没有路,一点路儿找不出来,我怎么能知道是冲南是冲北呢?(想)不错,我听谁说来着,这林子进去的地方,有棵树削掉了皮,做的暗号,等我找找。(刮燃火柴,到树边上下照看)不对!(换树,点着枯枝细照)这树怎么不见呢?别是我走错了林子吧!(又换树,忽然噗的一口,将火吹灭)你疯啦!赵阎王,你往常聪明巧妙,赛过狐狸,今天就这样糊涂,漆黑的天,你教个火照着自己,让人家好觑见你,对你瞄准啊!(赶快将枯枝火柴,扔在地上,抓些泥土,掩灭余火。)

那夜色愈见沉黑,赵大蹲在那里,便似一团黑影,面目已辨不出。

赵大:(立起来,猛然身子退后,神色改变,两眼逼视,骇极大叫)你!你!你是干什么的!血!血!血!一脸一脑袋都是血!(细认愈骇)营长!营长!你!你来来拿我呀,不行!不行!这一次不行!姓赵的不当你的差啦!要走!非走不可!哪怕我得掐死你!(自己一人,两手乱舞,望空挣斗了一会)我真抓不着你,(张开眼,爽然若失)什么都不见了。(叹口气)营长在营里,刚被我打了一枪,他影子也不能来啦!(喘着)这是走得太累,走上火来啦,神虚心乱,见神见

鬼的，其实不碍，沉住气，一忽儿就好。（话未说完，又跳起来）小
马，你也来么！凭什么你要分我的好处，太欺负人。（望空撑拒）滚
开，滚开！（住手）他也去了，姓赵的外号叫阎王，真鬼都不怕，还
怕假鬼么？（干笑了一会。）

一阵风过，铜鼓声格外响。

赵大：鼓的声音近了，（摸枪）这枝枪百发百中，弟兄们还不知道么？两无
　　　冤仇，何苦当真追赶！（狠心忽起）你们真要翻脸，我有一个枪子
　　　儿，就要你们一条命，还有五个子儿哩，要五条命，你们五个来换
　　　我一个，姓赵的性命也没贱卖！（对着那般追他的兵狂喝）来呀！来
　　　呀！你们得先死五个，再想拿姓赵的。我走啦！你？你滚你妈的蛋
　　　去吧！（硬着头皮，走入林子去了。）

——闭幕

## 第三幕

寂寂深夜，惨惨微月，层层古木，一株株危然耸立。这已在林子中，远处
鼓声隐约可闻，近处树底有物，嘝里作响。

赵大：（踩着断枝落叶，穿绕寻路，被树根绊跌，爬起，倚树喘息）这里比
　　　外头真不一样啊！（自己周身看过）姓赵的是怎么啦？道儿都不会好
　　　好的跑了！（揉摸着膝盖）尽撞在树上，摔在桩子上，衣服扯破，也
　　　伤了几处，（望着树叹气）在这夜间黑地里，林子是顶古怪啦，没头
　　　没尾的，过了大树，又是矮树，走尽一段，又有一段，总不改样子，
　　　总也走不完。咳！（坐下）我要不歇会儿，可真不能往前走啦！（拍
　　　拍地，心里愁烦）没地方可以找一点儿吃的！

树根石底，忽然起了怪声，好似七八个人，呜呜号哭，十分凄惨。

赵大：（见有许多人，从树后转出来，仔细一认，连忙立起，笑逐颜开）啊
　　　呀！你们十几位都来了吗！（对着树拱手，让坐）好呀！好呀！不
　　　错，托福！　（以下皆是与人对谈，但实无一人）怎么说？二哥！
　　　（顿）想着回去啊！（顿）回老家，（顿）是呀！隔着千山万水！远
　　　着哩！（顿）家里老太太惦记你哪！（顿）有啦！您出来有十几年
　　　啦！早就该回去。（顿）嫂子整天地等着你！人心都是一样啊！小媳
　　　妇儿，还有不盼当家的早早回来的么！（顿）回不去！怎么回不去？
　　　（顿）哦！受了伤！（顿）打仗总免不了受伤呀！（顿）这一次打得

231

真厉害，（顿）您瞧见我来着，可不是么，我也在场！（顿）三天三夜！没断了枪炮！（顿）还下着大雨，（顿）后来您就挨了一枪，唉！（顿）您老等着，等着有人把您抬回棚里，上点药，给治好了。（顿）怎么说？他们没管你！（顿）二哥！他们把你活埋啦。（顿）你还没死，他们就动手把你埋啦！（愤极立起）谁他妈不是一样的人，下得了这种毒手，真的吗？真的吗？（顿）狼心狗肺，狠毒没有人心的小王八蛋！（咬牙）别忙，总有报应的时候，雷打火烧，天诛地灭！（喊）你们屈死的，这样不中用，就不会去讨命么？

呜呜号哭，一时又起，声音孤直，半晌始息。

赵大：（面色惊慌）二哥！……我……您怪我么！（气馁）我倒是下手来着，（赖）可是将军的命令，教把受伤太重，差不多不中用的，都扔在坑里！（别转头去，似有愧悔）你说的话，我全都记得啊！（追想前情，缓说）当时您瞧着三十五十个人，同下一坑，别说棺材，连芦席片儿都没有！您挂着眼泪，跟我磕头求告：说是您身上三处中枪，血流的太多，不知还能治得好治不好；多怕是活的分儿少，死的分儿多啦，可是嘴里这口气不断，心里总存着一点指望，也许可以治好，保留得这条老命；要我把您搁开一边，且不埋在坑里，只瞧您自己的运气，倘若不免一死，哪怕露尸沙场，雨打风吹，狗拖狼咬，决不怨我；万一遇救不死，挨回老家，一家子一辈子都念姓赵的活命之恩；咱们跟着一个主子当差，在一个营里吃粮，要我念着往常的交情，高抬贵手，也不枉为朋友一场。二哥！姓赵的听了你的话，心里好不惨伤，实在不忍哪！（恳切申说，惟恐不信）二哥！谁不知道将军的军法厉害，将军命令，不论是谁，不准私情；就是自家的弟兄们，伤重了，跟敌人一样，都得快埋，姓赵的没有法子呀！（两手拦隔，侧身躲避）二哥！且慢动手，您听我说，还不明白么？就是治得好，您也不能够再扛枪，再打仗啦，麻麻烦烦，把您救回来，也是白费！将军算定了，你们是没用啦，完啦，反正是一死，爽爽快快，早一点儿不好么？二哥！您怨命吧，姓赵的是旁人呀！（着急）你说我已经答应救你，为的是瞧见了你身上带着八十多块钞票，才起了歹心，把你活埋，简直是图财害命呀！这是哪儿的话！（老羞成怒）滚开吧！不听将军的命令，来听你的话，我自己的脑袋，都不要了么！赵阎王走啦，你们敢怎样吧！（满面杀气，冷笑）赵阎王就是这个脾气，翻脸不认得朋友！

只听得远远近近，呜呜鬼哭，一阵阵断顿不续，若有无限怨怒。

赵大：（盛怒）住嘴！住嘴！教你知道厉害！（对树放枪。）

立时万声俱寂。

赵大：（得意，傻笑）一群贱骨头！这一枪把他们制住了，（定了一会，便觉神志清楚了许多，那鼓声也近了）咦！我耽搁些什么，后面有人打着鼓追赶，放着路不走，糊里糊涂的，在这里瞎放枪，糟蹋枪子。（急速举步，但看见树不免胆寒）咳！怕的什么！林子里，那些都是树木，还会有别的东西么！（走入。）

（民国十一年长辛店）

——闭幕

## 第四幕

此时月亮从乌云中透了出来，眼前境界，历历清楚。这段林子，却不见有许多大树，靠近有一干两干，倒在地上，远望一丛，皆是矮树。

赵大：（跌跌跄跄奔入，扶着一段横木，便躺下来，在地上呻唤）哼！哼！（勉强坐起）呃呃！我的脚啊，（两手把脚搬近身旁）穿着这个鞋，我可一步真走不了啦！（脱了半天，才慢慢将两只棉鞋褪下）胀得这样紧法，你瞧多么肿呀！（伸直脚）嗳呀！（望林生叹）怎么还在林子里？早就该出去啦！（担心）走了又走，象是过了不少个时辰啦！

铜鼓声似乎响些。

赵大：你听呀！倒霉的铜鼓，又打起来了。（摇头）这声音是近了点儿呢还是远啦！也听不出来（又自己宽慰）怕什么，离着一大段路哩，哪儿就能赶上么！（身子往后一靠，略为安闲，仰着头看月亮）好呀！月亮出来，可以找个道儿走，不会再瞎碰瞎撞，绊着跌着啦。（转念）这一夜怎么这样长啊，天总不肯亮，（四顾）有了太阳，我才知道哪一面是东，哪一面是北呀！（苦笑）赵阎王本来在营里，当着好好儿的差，一下子竟弄得在荒林里逃命！……（低头不语。）

一团鬼火，绿阴阴地从矮树堆里钻出来，闪烁不定。

赵大：（摸袋）钱！还好都在。（意足）命里该是我的，总是我的！（掏出钱）要不是为着你，……（哽咽不能成声，一会又说）好了！可以享福寻乐了，拼着性命干一回，算没有白干！（想起枪打营长的事，心里惶恐）记着点儿，这钱是怎样得来的，也得行点好事才好！（指

233

一卷钞票）先花几百块，换买一块小小的麦田，自己的力气，挣换出吃的、穿的、喝的来，良心无亏，从此安分守己，做一个好人吧！（又指一卷）再花几百块钱，修盖娘娘庙，挂个新匾，初一十五，烧香上供，有罪赦罪，有冤解冤，保着平安无事！（又指一卷）这几百块钱，有亲戚朋友，穷的、老的，或是天灾人祸逼得无法的，我一生辛苦，样样尝到，哪能袖手旁观。（又指一卷）这几百块钱，修桥铺路，夏天汤药，冬天稀粥，也不枉了我姓赵的出门二十多年，今天发了财回来。

只听得铛郎郎地响，一团黑影，跟着那鬼火游出来，近前一看，却是一个人影，左手拿一只碗，右手掷骰子。

赵大：（抬头看见）我说是谁？是王狗子呀，好久不见，我真念着您哩！他们还说您当了革命党的奸细，给大帅将军枪毙啦，这见着您，我心里喜得什么似的，干么不说话呀！

王狗子将碗放在地上，只顾掷骰子，又做手势，似乎邀赵大入局。

赵大：（勃然大怒）我把你这个下贱不要脸的狗东西，当初姓赵的本是做了好人，当初，我省吃省穿，攒聚下来几十两饷钱，打算退伍回乡，及早改行，是你王狗子，连骗带哄，邀我跟你要钱，把我的钱都赢了去，我是无可如何，才从新当兵，混一口饭吃，思前想后，就是你这个坏蛋，赶络着我再向这下流里走……走……走到今天（抓着钞票，朝王狗子提了几提，却立刻塞入怀里）今天姓赵的，又发了财，又打算回家行好，你王狗子，又起了欺骗歹心，又来邀我要钱么？（拔出枪来）狗子呀！我已经要过你一次命啦，你逼着我，非再要你的命不可么？

铛郎郎骰子声。

赵大：去你的吧！（一枪打去，万景都灭。）

（民国五年春）

——闭幕

## 第五幕

山势至此，陡起成为小冈，过冈子去，无数峰岚，都密密盖着树木，那冈子上，却是平坦坦光地，约有百十尺围圆。

赵大：（一路喊来）好热呀！好热呀！好热！（走到冈子上，四面一望，忽然四肢僵直，双目紧闭，将身子左右旋转，举动木笨，是不由自主的样子，少停张开眼向远远了望，指手划脚，说出许多话来，都是呓语）烟！（指一处）黑烟直往上冒，（往后退缩）起了火啦！（再指）好大火！不远不远。（侧耳）什么？哭。娘儿们的声音！好些娘儿们哭哩！（立在石头上张望，吃惊）啊呀！这么许多姑娘媳妇们，四处乱跑。（咽了一口）兵老爷在后边追着。（目不转睛）唶！……唶！……唶！（哭声）……一个年轻的姑娘，冲这头跑，给他们抓住啦。（很细心看）那就是王三姐儿么，剃头王师父的妹子，（发急）他们把她按倒在地。三个，三位兵老爷，都堆在她的身上了。（两手掩着眼睛）喔……喔……喔！

铜鼓声如雨点一般，打得甚急。

赵大：（仍是昏迷不醒）不好了，兵老爷来啦！冲着我们的房子来啦！（摇手）不！不！这是我的家！我不愿意走呀！（干笑）我这么大年纪，又老又丑，还怕什么！（催旁人）玉姐儿，你，你快跑！快！快跑呀！（吃惊）不行啦，兵老爷都到了门口，跑不出去啦！（着急）玉姐儿快藏起来，藏起来，藏起来！你还是死了吧！（叹息）年轻的小闺女，长得这样美，……（踯脚）快！快……打窗户里跳出去！那不是窗户么！（屏息而待）好了，好了，（反而自慰）我的女孩儿总算保住了……她死啦。（掩面啜泣。）

又一阵铜鼓声。

赵大：兵老爷，你进来要什么？……开箱子干么？……咱们穷苦人家，没有值钱的东西……（厉声）把皮袄给我留下！……兵爷，我不敢！（改口）你把这衣服留下赏我吧！……只有一件绸衣，还是做新媳妇的时候，我婆给我的，……别弄脏，藏着给玉姐儿陪嫁哩。……别拿走！……听老人家一句话吧！……六十多岁的人，说话决不会错呀！……走吧走吧！财主家里去，可怜穷人，放过他们吧！干嘛点火？……不是要放火！天唶，……白烟往上直冒，一下子就穿顶了。……咱们穷人，碍着你们什么啦，这样狠心毒手啊！……兵爷！没有人，铺底下没有藏着人！……（陪笑）我就有这么一个小子……他实在是骇坏啦，这孩子不会害人……饶了他吧……别打他，那枪把多么重呀！……（发急）别把枪尖儿指着他，这个式儿不好……（跪下）求求你，求求你，我跟诸位跪下啦！……有福有量的兵老爷……还是杀我吧！诸位别……（大叫）唶！……唶……

唷！……我的孩子也死了！死了！死……（大笑）好热呀！……
（脱去衣服）火愈烧愈大，也罢！……火神菩萨收了老婆子去吧！我
还要活着干什么！（拥身一跳，倒在地上，乱喊乱滚。）

又有一阵铜鼓声。

赵大：（渐渐静下来，躺着不动，忽地翻身坐起，自己莫名其妙）我这是做
些什么呀！（看了一转）还在林子里？（指脱下来的衣服）咦，把衣
服、钞票，满地乱扔！（仍旧穿上。）

又是一阵铜鼓声，只见状似人形的黑物，一个一个现出来，接连有几十个。

赵大：你是谁！……都是烧死的冤鬼呀！……那不是三个年轻俏皮的姑娘，
怎么浑身黑的，眼睛鼻子都没有？……还有老头儿……还有小小
子……（大骇，往后退缩）几千个弟兄们放火的，怎么单来找我一
个人！（拔枪）瞧我好欺负呀！（连击两枪，万景都寂。）

（民国前一年南京）

——闭幕

## 第六幕

仍在冈子上。

赵大：（伏在地上求祷）老天爷！救救俺吧！我一辈子无恶不作，早就该报
应，早就该死，念我从没有存心故意毒害他人，老天爷！我本不愿
意做坏事啊！

铜鼓声不绝于耳。

赵大：（跪直伸诉）那次见男女老少，在火里滚跌叫唤，我向弟兄求情，他
们说，不放火不能抢劫，做事得斩草除根；我心里不忍，想回营不
干，弟兄们把刀架在我颈上，说同过河，同下水，发财在一块儿，
倒霉也在一块儿，大家动手，不许一个人单做好人，先杀背群的；
我没有法子，只好依从，到后来做溜了手，才胡作胡为的呀！

铜鼓声。

赵大：（磕头）那狗子是我乡亲，流落在外，我拿钱替他治病，又代他找着
差使，这东西恩将仇报，反而骰子里灌铅，诈骗了我的银子，你想
有一点血气儿的人，谁还能甘心忍受，我才蒙报他是革命党，原为
教他吃苦几时，出口冤气，谁知审出来真凭实据，他真是奸细，给
营长枪毙了呢！营长升官，我心里悔得了不得，五百两赏银，一文

不要，老天爷！你也瞧见的呀！（磕头）我赵大不能算是顶坏，多一半是冤枉的，老天爷！可怜开恩吧！

渐渐明朗，现出衙门，居中一官，翎顶袍褂，据案高坐，十数衙役，横眉怒目，侍立两侧，笔架签筒，夹棍竹板，色色齐备，便是前清时审判公堂。

一妇人朝上跪着，那官儿颠头播脑，问了许多话。妇人只是摇头。官儿想了一想，和颜悦色，指着赵大又问。妇人仍是摇头。官儿拍案怒问。妇人只顾摇头。官儿无法，命差役将妇人带过一边。

又一老者跪上堂来。官儿照旧问了许多话。老者摇头。官儿剀切开导。老者固执不从，仍是摇头。官儿厉色，拔出一把签，指指赵大，那老者叩了一个头，跪着摇头。官儿大怒，指挥左右，将老者上了夹棍，老者痛得昏绝了去。

赵大：（骇得手足无措，口里只叫）老天爷！

喷了一口冷水，那老者渐渐醒转。官儿指着赵大，又问。那老者回过头，望了一眼，叹了口气，很象不得已的样子，勉强点了点头。官儿大喜。

赵大：青天大老爷！冤枉啊！

带上那妇人来又问。妇人仍是摇头。官儿大怒，掷下一签，衙役等将妇人按住鞭背。

赵大：啊呀！大老爷！

那妇人被鞭得一丝两气，官儿指着赵大再问，便连忙点头称是。官儿大喜。

赵大：青天大老爷，冤枉啊！

那衙役等，将着竹片夹棍，恶狠狠地望着他。

赵大：（爬前跪下，叩头求告）青天大老爷！冤枉啊！（说了许多遍，官儿全未听见）老爷别把小的当做凶手，小的没有杀人呀！老爷！他们是打昏了，瞎指胡说，小的是冤枉的呀！

衙役将夹棍扔在当地。

赵大：老爷开恩！小的打不得啦！腿骨都夹碎啦，青天大老爷！

衙役摩拳擦掌，即待动手。

赵大：（抬头问天）天老爷！这叫做公道，这叫做讲理么？咱们没钱没势的老百姓，遇着这群（悲愤填胸）豺狼，还想活命么！（激烈）可是姓赵的，不能容容易易就死了，我得先杀几个人，（立誓）诸位神道老天爷，只此一次，永不再犯；我赵大往别处躲仇避祸，从此以后，要做一个好人。（拔出枪，指着官）狗官听着，现在是民国，有王法的，你还要冤枉我么？（一枪打去，万景俱灭。）

（光绪三十二年）

——闭幕

## 第三节
## 第七幕

林中，赵阎王前遇活埋被害诸冤鬼处。鼓声更近了。

赵大：（筋倦力疲，步履艰难）这可怎么着！（跌倒在地）五个枪子儿，都使完啦，天还不亮！（爬起想走，又跌在地）给他们拿住吧，我真不在乎啦！（抱着头哭）我怎么会有今天，当初……（坐起思量往事，无限凄伤）咱们也是本分人家，种田过活，老爹死下来，留下一所房子、一块地，我养着老娘，对河邻居刘家的小姑娘，叫小金子，（爱深难忘，提起名字，犹觉恋恋）咱们俩自小在一块儿长大的，小金子说给我做了媳妇，指望不久过门，娘儿三个，有吃有穿，短不了和和睦睦，有几天好日子。

（长叹）谁知那个年头，来了一个鬼子，说咱们拜祖宗敬神道，全不对，死了还得下地狱受罪。那鬼子尽教着村里人吃洋教，说鬼子话，拜洋菩萨，他妈的又要盖洋教堂。这可坏啦，我说俺自个儿的地，怎不让种呢，原来村里的王老虎，欺着俺跟妈是孤寡，没人帮助，把咱的地偷占着卖给鬼子啦，盖上洋庙，大红砖房，王老虎发了几百吊钱的财，咱们一个大钱没见，鬼子势力大着哩，哪儿去讲理啊，妈一急病死啦！我的小金子，她……也……死……了！好鬼子！好鬼子！（抱头又哭。）

树后走出两个人：一个深目黄须，胡服手杖；一个肥头大腹，宽袖长袍。那洋人虎视熊盼，四处指点；那洋奴胁肩谄笑，一路奉承。

那洋人戏取棍子，在赵大头上轻轻敲了两下。

赵大：（跳起骂道）什么东西！

洋人昂着头，睁着眼，反而有气。

赵大：（见是洋人，骇得慌了手脚，连忙跪下）洋老爷，洋大人！别打！别打！洋大人！（叩头。）

洋人十分得意，慢慢走开。

赵大：咳！咱们都不是人！（爬起来，恨说）好厉害的鬼子，县里老爷都怕他，府里老爷怕他，道里老爷怕他，抚台大人怕他，都怕他，北京

　　　皇帝万岁爷也怕鬼子，好呀！（声泪俱下）穷人不怕他，别把咱们穷
　　　人太赶急了，总有一天反起来，拿鬼子一个个斩尽杀绝，报仇雪恨，
　　　（站在一块石头上，侧目看看洋人、洋奴，忽然一阵狂笑，眼红声
　　　酷）我说是谁！原来是王老虎啊！你害得我好，你害得我好，啊啊！
　　　也有走到赵阎王手里来的时候，（狂笑）今天杀人偿命，欠债还钱！
　　　洋奴向洋人打恭作揖，那洋人便走前来护着他。

赵大：（正要抓住仇人，被洋人恃蛮拦阻，真是忍无可忍）怎么说？王老虎
　　　拜过洋菩萨，就可以白欺负人么？

洋奴在洋人背后，有揶揄之色。

赵大：（字字沉着，国人同痛）鬼子！你听我说！你到俺村里来，甘言笑
　　　脸，说为是行善救苦，咱们老实心眼，受你哄骗，把你当做朋友，
　　　礼貌相待。哪知你这个东西，口是心非，结交了坏人匪类，欺负良
　　　善，尽讲究损人利己，胡行胡为；你的势力大啦，咱们斗不过你，
　　　今天你财也发啦，田地拿过去啦，什么都是你的理，什么都是你占
　　　便宜啦，咱们呢，丑丢尽啦，不是人，应该倒霉的啦，永世比不上
　　　你洋大人，连猪狗都不如啦！姓赵的有田有地，母子两个，过的安
　　　安乐乐的日子，好鬼子，你搅得咱们家破人亡啊！你真把姓赵的，
　　　当做个不要脸怕死贪生没有心肝的王八蛋，不敢把鬼子怎么样么？
　　　（一股怒气，上冲牛斗）我……我……我……（举起手来，却待
　　　行凶。）

洋人霍地竖起那棍子。

赵大：（积威之下，到底不敢，十分委屈，只好往肚里咽，那只举起的手，
　　　慢慢缩回来）有……什么……法……子，……鬼子手里有棍子！（无
　　　可如何，但怨毒愈甚。）

洋人也有些担心，提棍防着。

赵大：（不顾死活，跳起喝道）没有你们这群毛子，姓赵的何至如此！还我
　　　那块地，还我小金子，不杀你，死也不能甘心！（拔枪，三放不响）
　　　枪也欺负我！（掷枪在地）老子不要啦，你们有枪，老子不怕，老子
　　　有金钟罩，铅子打不进，给我一根木棍，给我一根木棍。（拾树枝在
　　　手）姓赵的一辈子不肯吃亏，杀大毛子，杀二毛子，杀三毛子。
　　　（将棍乱击，万景都灭。）

　　　　　　　　　　　　　　　　　　　　　　　　　　　　　　（庚子）

　　　　　　　　　　　　　　　　　　　　　　　　　　　　——闭幕

## 第八幕

林中，赵大遇见王狗子处。铜鼓声更近了。

只见密密层层，立着许多人，大牛衣服破烂，状如乞丐，几个红布缠头，绣衣画面，如戏上扮的二郎神、三太子、孙悟空、猪八戒、秦叔宝、武松、黄天霸等等，有的拿着枪刀，有的拿着钯锹扁担。红旗大书干字，另有许多旗帜，写的是"扶清灭洋"，"天神天将义和神团"，"杀大毛子，杀二毛子，杀三毛子"。"姜太公在此"，"月光老师在此"等字。

赵大：（伏地诵咒）天灵灵，地灵灵，奉请祖师来显灵。（叩头三十六）左青龙，右白虎，云凉佛前心，玄火神后心，先请天王将，后请黑煞神。（伏地不动。少时白沫满口，跃起，指挥众人，操棍舞跳，口里叫喊，与铜鼓相应。）

## 第九幕

铜鼓声打成一片，少刻住了。

小马领着一队，老李做响导，已追到赵大入林子处。

小马同老李向内张望，众人藏伏在树背石后，持枪守待，如临大敌。

老李：就是这个林子！

小马：（很不高兴）好家伙，足足走了三十多里地！（擦汗）

老李：（在地上寻看，得意说）打这儿进去的，准没错儿。

小马：（不信）由你说！

老李：（举起枯枝）树枝儿，没有人打火点着，自己会烧起来么？

众人都回过来看。

小马：（无话可答，但心里不愿）你可不能说他还在里头吧！

老李：（冷）跑不了！

小马：他先到三个时辰。这早晚许在林子那一边啦！

老李：（冷）说不定，不认得路。走不出去，瞎钻瞎撞，就许在里头转上一辈子的圈子。

小马：真他妈当的倒霉差，大冬天，在被窝里睡着还冷，到荒地里来喝西北风儿！拿住赵大，追回赃来，明天是营里弟兄大伙儿都关饷，咱们就该白辛苦的！

老李：营长不说，拿不住赵大，这一个月欠饷，就算没了么？

小马：不是为这几两银子，我还不来哩！

老李：（冷）拿得住！

小马：他早是高飞远走了！

老李：（冷）在里头。

小马：好吧！就算在里头吧！他在暗处，咱们在亮处，他拿着枪等着，谁不知道赵阎王是百发百中呀！

老李语塞，众人听见，赶快将身伏下。

老李：（冷）等着！等着！等着！太阳快出来啦！东面发亮啦！
　　　　忽听得林中有物作声甚厉，众人回身注视。

小马：（走进）小心着！小心着！

又听得赵大在内，直着喉咙，忘命狂喊。

小马：是他！是他！正是赵大，一个人舞着跳着，疯疯癫癫的，（大喜）手里枪也没有，舞着根树枝儿。（将手一招，许多兵都跟着冲进去了。）

老李：（跟到树边，忽又一个转念，不走进去）原来如此啊！营长简直都推在赵大身上，小马这些混蛋，也会信他，（暗笑）我不明白，赵大这一枪，怎么单打不死他，腿上小小的伤，那会致命么？

林中枪声连发。

老李：（默然，少顷长叹）完了！这是你眼睛不认得人，对着恶虎凶狼也要尽忠报国，才有今天的下场！

小马：（走出来）拿住了！拿住了！

军队凯旋回来，几个兵抬进赵大，放在亮处。

老李：（解开赵大的衣服，摸着胸口，摇摇头）咳！（随手拾起一卷钞票）这么许多钱，准有几千块。

小马：来！交给我，我带回去。

老李一包包递给他，众人看了眼红。

老李：（在赵大腰里，摸着一包东西，似乎是几卷钞票，不觉诧异）哦！（眉头一皱，计上心来，连忙将赵大身体翻转，脱去他上身军褂）还有！都在口袋里，（对小马）你连这件褂子拿去吧！

小马：（接了褂子，高兴）老李！全靠是你！没你，咱们怎么也不会知道赵大走林子这条路。你回到营里，营长准肯开恩，这趟将功赎罪定了！

老李：（听了怫然，深知营长虽尤放他做响导，但抢劫饷银，本是他起意的，恐难免罪责，幸而他心里已另有主意，便点了点头，故意望着赵大叹气道）也是咱们多年的朋友，三次在块儿出差打仗，他死得好惨呀！

小马：（似乎有些感动）也是他运气不好？

老李：诸位先走一步，（指赵大）等我掘个坑，把赵大哥埋了。

众人惨然。

老李：（感慨）谁都许有这么一天！

众人听了，都不言语。

小马：走吧！营长还候着哩！

小马领了众人，打着鼓走了。

老李：（不觉真生感触）赵大哥！大哥！（悲痛）阎王爷，你也总算死得不含糊啦！弟兄们排着队打着鼓的送你！（弯下去，代他整理衣服）营长待你好么？营里这么些人，就是你心眼儿真实，就是你傻！（指点着数说一番，又是怪他，又是怜他）你啊！你做好人心太坏，做坏人心太好，好人坏人，都做不到家，我瞧你东奔西走，到处惹祸，一辈子也没有过了一天的好日子，（含泪）今天还是老李来埋你！（顿）老李求你帮个忙，行不行，腰里的钞票洋钱，借给我做盘缠吧！（不忍动手，停了一刻，终将赵大腰里系着的手巾包解下来，取出钞票，尽数放在自己怀里，即将手巾包了赵大的头）赵大哥你死了没鬼便罢，假如有灵，就保佑着我过林子回老家吧！（拉着赵大，又回头看看天光）天也快亮啦！（走入林子去了。）

——闭幕

## 【作品导读】

九幕剧《赵阎王》是洪深的成名作，创作于1922年冬天，发表于1923年1月《东方杂志》第1、2期，1923年2月于上海笑舞台上演。

洪深留学美国期间，受欧美文化影响较大。可以说，在某种程度上，《赵阎王》是对美国表现主义作家奥尼尔的八幕剧《琼斯皇》的借鉴。洪深与奥尼尔都接受了哈佛大学乔治·贝克教授的教导，洪深自己也表示，他的《赵阎王》受奥尼尔《琼斯皇》的影响很大。

剧作开头交代了故事发生在夜晚的军营之中。第一幕围绕赵大，也就是赵阎王与老李两个人的周旋展开。赵阎王年轻之时坏事做尽，但此时已经是四十岁开外的落魄之人，在营长手下混差事，为其看守屋子。二人所在的军营已有半年不发军饷，老李试图从营长的卧室中搜寻出营长私藏的军饷，而赵大却对营长忠心耿耿，并不相信营长私藏军饷，与老李极力对峙，待营长打牌中途归来将老李擒获。可随后赵大却发现营长的的确确私藏了他们的军饷，经过一番心理上的挣扎，又受到营长手下小马的威胁——哪怕没有偷也要使营长冤枉自己，最终决定一不做二不休，偷了钞票，打伤了营长，潜逃进军营外的树林中。

从第二幕到第八幕，赵大在树林中奋力奔逃，在精神极度紧张的状态下，出现了诸多幻觉。他不断地听到铜鼓声向自己迫近，一会儿看到被自己打伤的营长，一会儿看到在战争中被自己活埋的二哥，一会儿又看到被自己告发为革命党的王狗子。放火烧村、烧杀抢掠、强奸妇女……赵大曾经做过的不论是主动的还是被迫的一桩桩恶事，连同自己早年经历的悲惨往事，都在幻觉和自我独白中如同电影放映一般呈现出来。在这些幻觉的刺激下，赵大的精神逐渐崩溃。此时，整个树林一片幽深黑暗，烘托出一派阴森鬼魅的氛围。

第九幕是剧作的最后一幕，老李与小马带着人马追到林子里，射杀了疯疯癫癫的赵大，从他身上搜回了被偷的军饷。而老李知道自己虽被营长放出来做搜寻赵大的向导，但回到军营后恐还是难逃罪责，便假意埋葬赵大，令他人先行回营，实则盗取赵大腰间藏匿的钞票，在即将天明之时开始了自己的潜逃之路。

《赵阎王》最突出的艺术特点就是它的表现主义创作手法。洪深运用欧美现代戏剧的表现方式，通过独白、幻觉等来表现赵阎王过度紧张的心理和强烈的内心斗争。在对赵阎王这个人物进行刻画的时候，洪深避免了简单化处理，而是将其塑造成了一个具有复杂性的人物。赵大有悲剧性的一面——他原本是个老实巴交的农民，然而乱世之中田地被土豪和洋人所侵占，母亲与妻子死亡，自己被迫从军，花钱为同乡狗子治病却被恩将仇报……这桩桩件件悲惨经历使得他堕落为一个无恶不作的"阎王"。同时，他有罪恶的一面：他告发狗子是革命党使其惨死，他与其他士兵一起作恶，酿成了诸多人间惨剧。由此我们可以看出，在半殖民地半封建的黑暗社会中，人人都被罪恶所吞噬，成为罪恶的牺牲品，或成为罪恶本身。

虽然说《赵阎王》是一部表现主义戏剧，但其题材是现实主义的。洪深塑造"赵阎王"这个形象的目的是要揭露和鞭挞黑暗的封建社会，黑暗的封建社会是造成赵阎王这个悲剧人物的根源。洪深以现代派的艺术技巧表达现实主义内容，这是他对新文学形式的一种积极探索。

【思考与练习】

1. 结合文本，试谈你对"赵阎王"这个人物形象的理解。
2. 试分析《赵阎王》的艺术特点。

（宋雨萱）

# 一只马蜂（存目）

丁西林

丁西林（1893—1974），原名丁燮林，字巽甫，我国著名剧作家、物理学家、社会活动家。丁西林自幼喜爱文学，留学期间阅读了大量欧洲戏剧、小说。归国后从事业余戏剧创作，被誉为"独幕剧圣手"。

丁西林发表的剧作有《一只马蜂》《亲爱的丈夫》《酒后》《压迫》《瞎了一只眼》《北京的空气》，独幕喜剧《三块钱国币》，四幕喜剧《等太太回来的时候》《妙峰山》《孟丽君》等。

## 【作品导读】

丁西林是五四时期最具影响力的剧作家之一，同时是中国现代戏剧史上唯一一个专门写喜剧的剧作家。与同时期喜欢写篇幅宏大、主题深刻戏剧的剧作家不同，丁西林擅长创作篇幅短小、场景简单的独幕剧，他于1923年发表的处女作《一只马蜂》便是其中最具代表性的作品。

《一只马蜂》是一出简短诙谐的爱情喜剧。封建家长吉老太太想要督促儿子吉先生早日成家，却遭到儿子的敷衍。随后，吉老太太在医院认识的护士余小姐上门拜访，吉老太太又想把余小姐介绍给自己当医生的侄子，余小姐也是顾左右而言他。等吉老太太出去拿衣服后，吉先生和余小姐才在对话中慢慢揭露了他们二人早已相识相爱的真相。在吉家客厅中，二人确证了彼此的心意，吉先生伸手拥抱余小姐，余小姐吓得惊叫，惊叫声引来了吉老太太，二人连忙分开，为了解释惊叫声和掩盖自己的脸红，余小姐只好撒谎说是被一只马蜂咬了，这也是剧名《一只马蜂》的由来。

《一只马蜂》充分体现了丁西林独幕喜剧创作的特色。首先，丁西林戏剧中的角色之间都不存在极端对立的矛盾与冲突，有的只是为了喜剧效果而存在的小矛盾：或体现为小型的利益冲突，如《压迫》中的房东与房客之间的矛盾；或体现为新旧思想的差异，如《一只马蜂》中的封建势力吉老太太和新青年吉先生与余小姐的矛盾。其次，丁西林的剧中经常采用"二元三人"模式，即主要角色为三个人，形成二元对峙的格局。如《一只马蜂》中只有三个主要角色——吉老太太、吉先生、余小姐，催婚的吉老太太和被催的吉先生之间形成封建势力与新思想二元对峙的结构，但二者之间的这种冲突不是不可调和的，而是微妙的、善意的。正是在这种非宏大叙事的、具有世态人情的场景中，丁西林的喜剧才能达到使人会心一笑的轻松愉快的效果。再次，丁西林的喜剧往往是建立在"欺骗"的基础上，由欺骗所引发的一系列谎言、误会、反转，构成了强烈的戏剧冲突，给文本带来了极大的戏剧张力。如《一只马蜂》中，一开始吉老太太关心儿子的婚姻大事，吉先生明明心有所属，却并不明说，只是插科打诨地说一些俏皮话。余小姐和吉先生明明互相爱慕，却在吉老太太面前装作互不相识，只在语言和动作间流露出一些蛛丝马迹。吉老太太将自己的侄儿介绍给余小姐，余小姐假意应允，甚至提出要写信询问父母，吉老太太大喜过望，观众也认为这桩婚事必有眉目。结果在吉老太太走后，二人互诉衷情之时，余小姐轻描淡写的一句"那没有什么，我的父母不愿意我嫁给医生"就将剧情的走向整个翻转过来，真是让人出乎意料，同时忍不住会心微笑起来。

丁西林的戏剧语言也颇具特色，能够直接通过幽默的语言达到喜剧效果，《一只马蜂》中吉先生的语言就突出表现了此特点。吉先生把旧式女子比作"八股文"，把新式女子比作"白话诗"，认为护士和医生结合是"互助的原则，合作的精神，结婚时最好的演说资料"，其比喻之精当、用词之准确，令人赞叹。这种知识分子式的幽默满溢着一种温和的戏谑，读来令人捧腹。

**【思考与练习】**

1. 丁西林的喜剧语言有什么特色？在《一只马蜂》中是如何体现的？
2. 试分析《一只马蜂》中的戏剧冲突。

（何佳容）

# 雷雨（存目）

## 曹　禺

曹禺（1910—1996），原名万家宝，字小石，我国杰出的现代话剧剧作家，曾任中央戏剧学院副院长、名誉院长，北京人民艺术剧院院长等。曹禺作为新文化运动的开拓者之一，与鲁迅、郭沫若、茅盾、巴金、老舍齐名。1934 年，曹禺的话剧处女作《雷雨》问世，被认为是中国现代话剧成熟的标志，曹禺也因此被誉为"东方的莎士比亚"。

曹禺的代表剧作有《雷雨》《日出》《原野》《北京人》等。

### 【作品导读】

《雷雨》是中国话剧现实主义的基石，其发表标志着中国现代戏剧艺术的成熟，在中国现代话剧史上具有里程碑意义。作品最初发表于《文学季刊》，由"序幕""四幕正式悲剧""尾声"组成。作品一经发表，便在文学界和演艺界引发极大反响。1934 年 12 月 2 日，浙江上虞春晖中学学生在学校大礼堂首次演出《雷雨》全剧。1935 年 4 月 27 日至 29 日，杜宣、吴天和刘汝醴三人共同执导的《雷雨》以中华话剧同好会的名义，在东京神田一桥讲堂公演，此次演出在中国留日学生中引起很大反响，正在东京的巴金、郭沫若等人都观看了演出。直到如今，《雷雨》依旧活跃在话剧舞台上，是被翻译成各国语言文字最多的中国话剧之一。此外，《雷雨》还被改编成沪剧、黄梅戏、京剧、评弹、芭蕾舞、现代舞、音乐剧和歌剧等多种艺术形式，深受观众喜爱。

《雷雨》以现实中作者家庭内"很丑很丑"的往事为原型，以 1925 年前后的中国社会为背景，描写了在一个带有浓厚封建色彩的资产阶级家庭中的各种爱恨情仇、恩怨纠葛。剧中所有情节都围绕周、鲁两家的八个人物展开，八个人物在一天之内、两个场景之间轮番登场，隐匿三十年的家族秘密和身世悲剧在一个雷雨夜被彻底揭发。作者以狂风骤雨般的方式，发泄心中的郁闷，充分揭露了封建大家庭的罪恶，反映了深刻的社会及时代问题。

《雷雨》是曹禺的第一部话剧作品，也是他的成名之作。曹禺在作品中塑造了一系列经典的人物形象：专制、伪善的封建大家长周朴园，被抛弃、被压迫的善良女人鲁侍萍，试图摆脱罪孽却又不自知地犯下更大罪孽的周萍，以及勇于反抗压迫的青年工人鲁大海，等等。繁漪这一角色被认为具有"最雷雨"的性格，残酷的爱和不忍的恨在她心中被不断拉扯，既凌迟着自己，又毁灭了别人。毫无疑问，繁漪是觉醒的，她勇敢地与以周朴园为代表的封建家庭进行激烈的斗争，执着地追求浪漫的爱情和个人的自由，像"一朵艳丽的火花"，短暂但夺目。但是，她身上依然有着封建传统女性的局限性，潜藏在她思想深处的封建贵族思想、等级观念、门第意识仍在作困兽斗，对于爱情的盲目追求也成为她自缚的茧。可以说，繁漪的悲惨结局是早已注定的。

《雷雨》展示出曹禺高超的写作技巧，他对戏剧中矛盾与冲突的精心构筑，是一次极富创造性的尝试，打破了以往话剧"一人一事"的叙事模式，扭转了我国早期话剧作品缺乏整体戏剧性的疏陋态势，影响和改变了后来的话剧创作。曹禺在铺叙故事的过程中，采用"倒置"中包含新"倒置"的叙述顺序，环环相扣，巧设铺垫，前后文内容相互为证，匠心独运。整部作品呈现出以周朴园和鲁贵为结构中心、各种矛盾冲突相互交织的网络式团块结构，以"二人戏"为主体，建构起隐蔽的屏障，展现出剧中人物最深层的内心活动，牢牢抓住读者的眼球。一系列真相的隐瞒与揭示为读者带来了紧张与松弛交替的独特情感体验，先前紧张的消逝带来的是新的紧张，在冷热交替的场景营造中完成情节的推进与人物的塑造。

关于《雷雨》的主题，学界向来是争议不断的，即使是最广为接受的观点——揭露大家庭的罪恶——也不过是作者后来的追认，《雷雨》中所显示的是曹禺"所觉得的天地间的'残忍'"，是他身上"蛮性的遗留"，是他对宇宙间不明事物的"憧憬"。尽管《雷雨》的主题很难被定义，但它的伟大毋庸置疑。曹禺试图通过文字传达的对于人性复杂性的追问力透纸背，大概正如陈思和所说，《雷雨》是一部谁也说不清、说不尽的伟大的艺术作品。

**【思考与练习】**

1. 试谈你对《雷雨》主题的理解。

2. 有人说周冲是一个可有可无的角色，请结合作品谈谈你的看法。

（高哲璇）

# 上海屋檐下（存目）

夏 衍

夏衍（1900—1995），本名沈乃熙，字端先，我国著名戏剧作家，在电影、戏剧、散文、评论等诸多领域均做出卓越贡献。1929年秋参与筹备中国左翼作家联盟，左联成立后被推举为执行委员。

夏衍一生著作颇丰，所著话剧剧本有《秋瑾传》《赛金花》《上海屋檐下》《心防》《法西斯细菌》《芳草天涯》，电影剧本有《狂流》《春蚕》，改编电影剧本有《烈火中永生》《祝福》《林家铺子》等。

## 【作品导读】

《上海屋檐下》是我国现代左翼戏剧运动领导者、著名戏剧家夏衍最具代表性的话剧作品之一，创作于1937年6月。这部作品是夏衍应业余剧人协会实验剧团朋友的邀约而作。当时，夏衍大病初愈，抚养他长大而苦难了一生的母亲刚刚逝世。同时，我们的国家正经历着"历史上所遭遇的一个最严重的时代"，弥漫整部剧作的忧郁愁苦既是作家本人情感的真实写照，又是当时亿万普通民众苦难生活的缩影。剧作以当时的上海社会为背景，描写了黄梅时节一座普通的弄堂房子里五户人家的生活，反映了上海底层人民生活的本来面貌，隐晦而深刻地揭露了反动政府统治下的黑暗现实，既有力反映了深刻的社会问题，又与当时的抗战背景和党的宣传需要相契合。

在全面抗战的背景下，剧本的创作和排演过程一波三折，直到1937年11月，《上海屋檐下》单行本才由上海戏剧时代出版社仓促发行；1939年，《上海屋檐下》在重庆国泰电影院迎来首演（由"上影演员业余剧团"演出，当时改名为《重逢》）；话剧上映后常演不衰，新中国成立后的几次公演更是盛况空前。《上海屋檐下》是夏衍话剧作品中复排最多的作品，至今从未中断，这也彰显了该作品鲜活的生命力。

按照夏衍本人的说法，《上海屋檐下》是其创作的第四个剧本，但也可以说是第一个剧本。夏衍此前发表的三个剧本均是出于政治宣传的考量，直到接触了曹禺的作品，才开始重新思考文学创作的态度和方法等问题。可以说，《上海屋檐下》是夏衍思想转变后的第一部作品，虽然一时难以完全摆脱其创作时谙习的政治倾向，但他的确开始有意识地实践现实主义的创作方法，力图从这些小人物的生活中反映这个大时代，让当时的观众听到些将要到来的时代的声音。

此外，夏衍地下文化工作者的特殊身份也为他的创作提供了现实的模板。他长期居于上海弄堂，以平民学者的身份掩护自己开展地下工作。其间，夏衍接触到了形形色色的普通民众，见证着他们的喜怒哀乐。夏衍十分熟悉自己要描写的对象，试图通过对生活现状的真实描述，用最俭省的笔墨、诗一般的语言勾勒人物的音容笑貌，反映他们的思想感情。他笔下的故事，有着鲜明的时代特征和生活印记，这一点与契诃夫相似。焦菊隐说："不能全貌地了解生活，也不能摆脱传统的剧艺观念的人们，恐怕不能更懂得柴霍甫与夏衍剧本之淡雅，简单，平凡的下边，沸腾着多么巨大的一个现实的伟力。"《上海屋檐下》中的角色，都是上海城里随处可见的小市民，但是夏衍能够发现潜藏在日常生活下的人们的滚烫的生命力，挖掘出普通人平凡生活中蕴含的强大精神伟力。

《上海屋檐下》以一个黄梅天为故事发生的背景，从幕启到终场，天色始终阴晴不定，随着故事情节的波折和剧中人物情感的起伏时阴时雨。一方面，体现了作者在渲染氛围时的巧思，作者精心营造与剧中人物心境相契合的外部氛围，梅雨天气与人物情绪同频共振，能够极大地吸引与感染读者。另一方面，梅雨天气又有着特殊的象征意义，作者将自然气候和政治气候联系起来，以梅雨天气象征当时暗无天日的社会环境，既营造了极富诗意的舞台氛围，又影射了反动统治者的黑暗统治。

《上海屋檐下》堪称人像展览式结构的典范。作家以上海一个弄堂房子为横截面，展现了房子里职业不同、性格各异的五户人家的生活状况，以匡复、杨彩玉和林志成三人之间的复杂经历和情感纠葛为主线，主次线索井然有序、渐次展开。同时，剧中冲突和悬念的设置使得剧情引人入胜，节奏张弛有度，形成了严谨而完整的戏剧结构。夏衍还广泛借鉴了外国戏剧创作的成功经验，创造性地运用电影艺术的组接方法，采用多镜头的组合和衔接，把五户人家的悲欢集中展现在同一个舞台画面里。

阴郁的氛围几乎贯穿全剧，但到了结尾处，作者仍然慷慨地赋予作品一个充满温情与希望的结局。匡复在孩子们的歌声中获得力量，心无挂碍地重新踏上奋斗的道路。剧作结尾处写道："总有一天会晴的"，阴沉郁闷的氛围中隐现着逐渐明朗的希望，黄梅天气总会过去的，革命的曙光就在前方。

**【思考与练习】**

1. 你如何看待匡复最后的选择?

2. 阅读夏衍的《都会的一角》《赛金花》《秋瑾传》，试比较这些作品与《上海屋檐下》在创作手法方面的异同。

（高哲璇）

# 秋声赋（节选）

田 汉

田汉（1898—1968），原名田寿昌，我国革命戏剧运动、革命电影的奠基人，戏曲改革的先驱者，一生创作剧本百余部。田汉的创作风格多样，既有浪漫主义的风格，又有现实主义的内涵，并且始终将戏剧与人生、时代联系起来，被夏衍誉为"现代的关汉卿""中国的'戏剧魂'"。

田汉的代表剧本有《获虎之夜》《名优之死》《梅雨》《回春之曲》《秋声赋》《丽人行》《关汉卿》等。

## 第五幕（节选）

（大家都有不幸的预感）

子羽：我现在还有一丝希望，是我还没有接到黄志强先生的消息。除非志强也同归于尽，否则她们一定是安全的。

梦鹤：啊，子羽，报馆里刚才收了一封转给你的电报，发信处是南岳，不知是不是你说的那位黄先生打来的？

子羽：（紧张）里面说什么？

梦鹤：我没有看过。

子羽：（接电报，拆阅之）"伯母逃难中负伤"，啊呀，这怎么办？这怎么办？

大纯：（抓住她爸爸）爸爸，怎么奶奶负伤了？

子羽：负伤了。还不知你妈妈她们怎么样呢。

大纯：（哭）奶奶，妈妈！爸爸我要到长沙去，我要去打鬼子去。

子羽：爸爸也要去。一块儿去吧。快点收拾你的行李。

大纯：（哭）妈妈，我要妈妈。

子羽：快收拾行李去。（拭泪）

（大纯忙着提一个小箱子出来，把她的书物尽纳进去）

（殷家桢先生轻轻地敲门）

家桢：徐先生在家吗？

子羽：啊，殷先生，请进。

大纯：殷伯伯。（一礼之后，又忙着检行李）

家桢：中秋佳节怎么你们都忙着检行李，要上什么地方去吗？

子羽：（拭泪）对哪，我想赶今天晚车到衡阳去。

家桢：到南岳去看老太太去是不是？

子羽：对哪！

家桢：那你得找志强啊。

子羽：对哪。接了他的电报正预备带起大纯去找他。

家桢：不用去找他了，他来桂林了。

子羽：怎么？他来桂林了？在哪儿？

家桢：刚到，一下车到我们那儿洗了一个脸，喝了一口茶，就邀我一道来
　　　看你。他同我内人一道在后头呢。他的脚好像也负了伤，没有以前
　　　走得快了。

子羽：怎么他一个人来的吗？

家桢：一个人，行李也丢了。说陪您老太太到了南岳。

子羽：他谈起淑瑾她们没有？

家桢：（摇头）没有。

子羽：咳，（顿足）……

　　　（急出门预备去迎接黄志强与殷夫人）

家桢：（对梦鹤、小江）你们两位来多久了？

梦鹤：来了好半天了。报馆里叫我转黄先生的电报给子羽，刚刚翻出来，
　　　怎么黄先生人也来了？

家桢：现在军事紧张的时候，商电是慢的多了。常常人到了许多时候电报
　　　才到。

小江：大纯，你的箱子不用检了。你的小灯笼还是点起来吧。（替她点灯）

大纯：不，我还要去看奶奶和妈妈？（她还是检着）

　　　（子羽迎志强和殷夫人进来）

大纯：（急跑过去）黄伯伯，殷伯母。（她抓住志强的手）黄伯伯！我奶奶
　　　呢？我妈妈呢？您怎么没同她们一道回桂林来？您电报说我奶奶负
　　　伤了，伤在哪儿？

子羽：大纯，别闹。等黄伯伯好好地坐一会儿。

志强：（慨然）咳，大纯为什么不问呢？我若是大纯我也要问的。好孩子坐一坐，让黄伯伯慢慢地告诉你。（对梦鹤等招呼）

家桢：（替他介绍）这位是王梦鹤先生，这位是记者邱小江先生。（指志强）这位就是刚说的黄先生。

志强：（一一点头）黄志强。

小江：黄先生也是刚从长沙出来的吗？

志强：狼狈得很，行李全丢光了。总算把他老太太送到了南岳，可是在路上给敌机炸弹片炸伤了腿了。

子羽：伤了什么地方？要紧不要紧？

大纯：出血了没有？

志强：炸在这儿。出了点血，一到南岳我就找谈医生给老太太看了。说不大要紧，隔几个礼拜就好了。

子羽：（用很大的勇气）那么淑瑾呢？她还安全吗？还有蓼红也到长沙去了，你也见过她吗？

志强：都见过了。

子羽：你在什么地方见了阿胡的？

志强：在淑瑾那儿。

子羽：在淑瑾那儿！？

志强：我还看见她们两位一块儿工作一块儿游山呢。

梦鹤：那可好了。子羽也可以少些烦恼了。

志强：不，她们是完全出于一件新的动机。她们现在从事着同样的伟大的工作——抢救战区儿童，替第二代国民造福。老太太原先也以为她们决不会合作的。但事实证明她们不仅可以合作而且可以同生死共患难。这事实表现在九月二十七，敌人到长沙近郊的那一刻，她们的行动完全把我感动了。二十七号那天晚上，你老太太病了在床上，你太太伺候着她老人家。胡小姐刚从乡下回来，时候已经很晏了。我邀了陈团长同去看她们，让她们安了心。各处谣言很厉害，城外有了火光，搬家的人非常之多。但是我相信事情不会太坏，但是哪里知道敌人便衣队已经开始活动了。不到一个钟头就有两个鬼子兵闯进了你们家！

子羽：哦，敌人进了我们家！

大纯：怎么鬼子兵到了我们家了？

志强：对哪，鬼子兵来了，打门打得很厉害。胡小姐不是有枪吗？她要你妈妈陪你奶奶从后门逃走。她赶忙把灯吹灭，藏在黑影子里，第一个鬼子兵打着手电进来的时候，胡小姐朝着他一枪，把那鬼子给干了。

子羽、大纯：哦！

志强：可是第二个鬼子兵又进来了。一脚把胡小姐手里的枪给踢掉了，扑上去就一把抱住胡小姐。

子羽、大纯：哦！

志强：（抱住大纯在膝上看一封信）大纯，这是你妈妈给你的信，告诉你她们是怎样打鬼子的。你看吧！

（暗转）

（灯光忽暗，场景回到第四幕末段）

敌兵乙：（倒在地下）ツヨイ女ダナ！① （爬起来再扑蓼红，抱住她）

蓼红：滚你的吧。（奋力一推）

敌兵乙：（再跌倒，急扶住，拔枪）チクショオ！② （再抱蓼红）

蓼红：（挣扎中看看力薄）救命啦！

（门开，淑瑾拖出劈柴斧）

淑瑾：鬼东西！（照敌兵乙劈去）

敌兵乙：啊！（发枪）

蓼红：（闪电般推开敌兵乙）你敢——

（枪响，斧下敌兵乙倒）

（但淑瑾亦应声而倒）

蓼红：（急从地上拾起手电看看她，见没有伤，叫）淑瑾！淑瑾！

淑瑾：（清醒点）怎么，我没有死？

蓼红：淑瑾，你没有死，我把鬼子的手一推，子弹从你脸上擦过，只破了一点皮罢了。

淑瑾：蓼红，真谢谢你。

蓼红：那是你救了我。鬼子给你劈死了。

淑瑾：真的，快去看看老太太。

（蓼红正要去，徐母急跑过来）

① 好厉害的女人啊！
② 畜生！

徐母：淑瑾，淑瑾！

淑瑾：（急起）妈妈，不要紧，不要紧，鬼子给我们打死了。

徐母：我们快走，这儿不能待了，鬼子马上又要来的。他们要看到这儿干掉他们几个，这附近的老百姓都别想活。我们就快离开这儿。

淑瑾：好。

蓼红：我们快到留芳里把孩子们都带到湘雅医院去避一避。（从铺上搬被褥，快把这搬起去）天气冷了老人家别再冻了。

淑瑾：（抱起被子要走，用手电照被劈死的敌兵）鬼子你也有今日！

蓼红：淑瑾！我今天才发现我们自己的力量！

淑瑾：真是奇怪，我怎么连死人都不怕了？

徐母：我也不怕了。刚才吓出了汗，病也好像好多了。

蓼红：好，我们快走吧，我想敌人又要来的。

淑瑾：（从床上扯起一个草点燃火柴，对蓼红）蓼红，你扶妈妈快走吧，让我来放火，把房子和鬼子都烧了。

蓼红：（扶徐母）您快同我去吧。（从厨房门下）

淑瑾：（兴奋独自地）好，现在用我自己的手烧我自己的房子了。在三年以前我们长沙人为着不肯让鬼子占据我们一寸土，为着把长沙变成一片焦土，一座坟堆，曾经用老百姓自己的手把长沙烧成这个样子，于今又该这样做了。我们又要失去我们的家了。可是鬼子，你们这些法西斯的丑尸，也快要变成长沙灰了。你们只想到洞庭湖来、到长沙来，可是这儿真正成了你们的坟墓了。中国老百姓的愤怒就像一把烈火，想要把自己变成灰的鬼子们，来吧！来吧！（她烧起来了）

（灯光一变，回复到原来漓江边子羽家的场面。子羽、大纯父女、梦鹤、小江们正围着热心地看志强带来的信）

子羽：（吐了口气）

志强：（沉重地）第二天，敌人已经来了不少了。可是老百姓还可以勉强通过城门。我冒险到麻园岭去看她们，房子已经烧光了，到哪里找她们去。忽然碰到我认识的那个阿春——

子羽：阿春？

志强：就是在桂林擦皮鞋的那孩子，她常管胡小姐叫"妈妈"的。

子羽：哦，李阿春，我知道的。

志强：是她告诉我，她"妈妈"没有给烧死，和老太太，淑瑾，以及好多孩子躲在湘雅医院里，就是那天我到湘雅去接她们。我安排用一切方法把她们送到桂林交给你，算是完了我做朋友的责任。可是她们不肯跟我走，她们说敌人退走之后疮痍满目，问题很多，正需要她们工作，就拿战地儿童说，情形尤其严重，敌人此次在湘北抢走了我们大批儿童运回日本。我们若是不赶快对战后儿童的保育工作加倍努力，将来影响是很可怕的。

子羽：哦，所以你把家母接出来了。

志强：那时候老太太也那么说，她老人家也不愿意离开长沙，这不仅因为她爱家乡，而是她老人家不肯落后。她老人家觉得做工作，耐劳苦，她还赶得上年轻人哩。我实在太感动了。我自从亲眼看见了敌人的残暴，和我们军民的英勇抵抗，我想我也是一个中国人，为什么我们在拼命地想做生意，发国难财？因此，我对老伯母说，我愿意把我这几年来赚的几万块钱，捐出来保育一部分战区儿童。我拥护她老人家做保育院的院长。我这提议马上又得到阿胡和淑瑾的热烈的赞助，要我马上到南岳去看地方，做保育院的院址。顺便让老伯母养息养息。

子羽：哦，这样你就到了南岳了。那么她们呢？

志强：她们正在加紧收容难童，蓼红整天在城乡奔走，淑瑾守住那些孩子们教他们念书做工。她们真是名副其实地做着广大受难儿童的妈妈了。

梦鹤：（兴奋地）了不得！了不得！（手不停挥地记着）

小江：我也是从战地回来的，比起她们来，我才惭愧了。

（宋妈上来）

娘姨：大先生，菜好了。可是客人太多碗不够，怎么办？

子羽：到杨太太那里借去。

娘姨：要过花桥太远了。

家桢：咳，你客气什么？今晚都到我那儿去，我给志强洗尘。

梦鹤：（看看手表）谢谢。小江，我们报馆的聚餐时间都要过了。快走吧。（对徐）徐先生，黄先生，我们走了。谢谢你们使我们听了很好的故事。

子羽：那怎么办。她们不在家，实在不成个路数。

（对河鞭炮锣鼓之声轰然入耳）

梦鹤：别客气，我们进城去。回头你带大纯到城里玩玩。今晚又是佳节，又是庆祝第二次湘北大捷，热闹极了。

子羽：也许来的。……（送他们回去）

家桢：（顾其夫人）我们也走了。志强到我们那儿去，吃过饭回头陪你到环湖洗一个澡。

志强：也好，反正我什么行李也没有了。

（子羽送客回来）

殷夫人：不嫌弃，我送一副得了。

家桢：你就同大纯一起到我们那儿过中秋吧！你看今晚月色多好。

子羽：不，我既然今晚不去衡阳，就得把剧本赶完。

志强：也好，这几天你真够受的了，又要工作又要记挂着她们。现在一切可以放心了，你好好地睡一觉吧。（伸手）再见。

子羽：再见。（又同家桢夫妇等握手）再见。

殷夫人：大纯，明天上我们那儿玩去。

大纯：好，我一定来。

家桢：明天，有一个文艺家团圆会，你出席吗？桂林文艺界太沉闷了。也该热闹一番。

子羽：一定来的。

（他们走出去。子羽父女送到门外）

志强：（在外）今晚月亮真太好了。

子羽：（在外）真太好了。

殷夫人：徐先生，再见，小妹妹明天来，再见。

子羽：再见。

大纯：殷伯母，再见，您慢走。

（他们走远了）

（子羽先进来，伏案继续写他的剧本，大纯转来）

大纯：爸爸！

子羽：（默然把她抱坐膝上，一面写剧本，一面望着窗外月光低声地问）今晚月亮好不好，大纯？

大纯：好。

子羽：为什么好？

大纯：圆得好。

子羽：我们家圆不圆？

大纯：我们家奶奶在南岳，妈妈在长沙，我们在这儿。（虫声，水声，远远的鼓乐声，杂着凄惨的啼哭声）爸爸，奶奶和妈妈一定想着我们的。

子羽：一定想着我们的。

娘姨：（匆上）客人都走了，这下可以吃饭了，大先生。

子羽：好，就来了，把这一幕写完了就来了。你先吃吧！（娘姨下，闻邻近
　　　哭）咦，哪来的哭声？

大纯：李伯母家里那位小姐在哭，她爸爸给鬼子杀了。

子羽：我们家虽不同，可都活着，比起来还算幸福的了，今天晚上全世界
　　　有多少人笑着，可也不知有多少人哭着。（忽有听见）喂，你看河边
　　　那儿什么时候有了一对石头？

大纯：爸爸，您近视眼，看不清楚。真好笑，那哪里是石头，那是人，一
　　　男一女。

子羽：人？怎么一动也不动了。

大纯：他们谈得忘了一切了，他们一定是在讲恋爱哩。

子羽：我问你，你将来大了讲不讲恋爱？

大纯：讲的。可不像爸爸一样，把大家弄得苦死了。

子羽：好吧。但愿如此，可是现在爸爸也好了。大家都不苦了，大家都有
　　　工作了。连你七十岁的祖母都有工作了。

大纯：爸爸，我也有工作。

子羽：你有什么工作？

大纯：我不是在排戏吗？赵先生明天一早来接我。

子羽：对哪，你也有工作。难道爸爸会落在你们后面了，爸爸一定要赶上
　　　你们的。

　　　（一阵秋云，水声，虫声，哭声，那石头般的男女发出夜莺般的歌声
　　　——唱《银河秋恋曲》）

　　　　　　　　银河秋恋曲

　　秋风吹起了愤怒的火，

　　秋虫唱起了复仇的歌，

　　你从前方来，你可知道敌人的罪恶？

　　敌人奸淫掳掠，死伤的人比前次还要多。

　　亏着我军神勇、人民合作，

　　扫荡敌寇象秋风扫落叶，

　　飘堕在洞庭波。

　　这样才能我拥着你，你拍着我，

　　象牛郎织女相会在银河；

　　可不要忘了这同一的月亮下，

有多少妈妈哭着孩子！

妹妹哭着哥哥。

（一时对岸街市，提灯会人潮涌至，鞭炮锣鼓，与"打倒日本帝国主义"，"庆祝第二次湘北大捷"，"民主集团胜利万岁"，"中华民族万岁"等欢呼之声大作）

子羽：孩子，你听见没有？这是什么声音？

大纯：这是在庆祝胜利。爸爸这可也算得秋声？

子羽：这也是秋声。可是这样的秋声不会让我们悲伤，只会让我们更兴奋，更积极。不会让我们有迟暮之感，只会让我们向前努力，不知老之将至。

——幕落，全剧完。

（选自《文艺生活（桂林）》第 2 卷第 6 期，1942 年 6 月）

**【作品导读】**

《秋声赋》是田汉 20 世纪 40 年代的重要作品，反映了抗战时期人民的现实生活。"秋声赋"取自宋代文学家欧阳修的同名辞赋，欧阳修感叹"百忧感其心，万事劳其形"，寄托人生的苦闷之情。而田汉在这"秋意"中增添了"一些生气"，使悲秋多了些爽朗、洒脱之意，以此来鼓舞中华民族的抗日斗争。

全剧分为五幕，主要以诗人徐子羽的家庭和个人生活为视角，通过人物的心理变化侧面揭露战争的残酷，以及人在恶劣环境中的自我成长，凸显中华民族不屈不挠的抗争精神。徐子羽是个坚定的革命诗人，十年前曾为了革命事业锒铛入狱，在恶劣抗战环境下，坚持写文章、写剧本，支持抗战刊物，但在他心中也有深深的"寂寥"和"秋意"。除了复杂的抗战形势，桂林文化界的寥落，妻子、情人之间的矛盾也增添了诗人的烦忧。秦淑瑾是徐子羽的结发妻子，两人共同经历患难，并生了女儿大纯。但是夫妻两人的矛盾却日渐加深，除了情人胡蓼红的原因，徐子羽认为妻子不能像婚前那样支持自己的革命事业，反倒吃醋多疑；而秦淑瑾也并非传统的中国女性，结婚前也曾投身革命工作，结婚后才日渐沉入家庭琐事之中。胡蓼红与徐子羽生过一个孩子，但胡蓼红当时在做地下工作，便当了秦淑瑾和徐子羽的红娘，将丈夫让给了别人。抗战爆发后，胡蓼红又回到徐子羽身边，这引起了秦淑瑾和徐子羽夫妻之间的争执。战争虽然毁灭了物质，但却促成了人精神的洗礼，特别是两位女主人公的思想改变。徐子羽指责胡蓼红变成了爱情至上的利己主义者，失去了"为大众"的高尚品质；胡蓼红想成为大纯的妈妈却被断然拒绝，伤心之至，直到碰到原来救济的战争儿童，才幡然醒悟，最后投身于难童拯救工作。而秦淑瑾陪同徐母回到长沙，与胡蓼红在长沙重逢，两人一改前嫌，如秦淑瑾所说，胡蓼红成了她的一面镜子，启发她投身革命工作，战争让原本是情敌的两人并肩作战，投身于民族抗日救亡斗争中，完成了从情爱到国家、个人到民族的思想转变。从中也能看出革命知识分子的爱情观和婚姻观。在这个时期，为大众、为民族的高尚品质是爱情的魅力所在，是家庭婚姻的紧密纽带，它不仅成为个人的优秀品质，更是爱情婚姻里的必备因素。

田汉在这部剧作中仍然发扬了浪漫主义风格，开头的主题歌，第一幕最后对"风声，水声，虫声，船户号叫声"的描写，第三幕穿插《擦皮鞋歌》《秋叶之歌》，第四幕主人公唱起《潇湘夜雨》，第五幕众人唱起了《银河秋恋曲》，突破了戏剧的创作形式，增加了唱演，以此表明人物的心理，渲染故事的氛围，增加了诗的意境。第四幕在戏剧发展的高潮戛然而止，留下悬念，直至第五幕才重新接起叙述，这是采用了电影的闪回手法。此外，以自然的秋景秋声，人们心中的"秋意"贯穿全文，并描写人物逐渐从这"秋意"之中挣脱开来，凸显了民族的抗争精神。

田汉的艺术风格是复杂的。总的来说，他的剧作中既有浪漫主义的抒情色彩，又有对社会现实生活的反映。以 20 世纪 20 年代的代表作《获虎之夜》为例，《获虎之夜》讲的是莲姑与流浪儿黄大傻的悲惨爱情故事，横亘在两人之间的仍然是婚姻与阶级这一社会问题，主人公的大段抒情独白增强了戏剧的情感力量，最后男主人公的自杀则将悲剧性推向高潮。田汉在把握社会现实的同时，仍然具有一种强烈的主观抒情性，使剧作增加了诗意。《丽人行》以全景式的设计刻画了不同阶层的三个女性的不同命运，最后三个女人在夕阳中紧紧拥抱在一起，也是带有诗意性的场景。除此之外，田汉的剧作在结构上并不局限于"三一律"，而是设置开放式的场景和结构。《丽人行》共 21 场，分三条线索叙述三个女主人公的经历，各自分散叙述又在某一场中连接起来。在语言上，田汉擅长用大段的抒情独白来表现人物心理，增强了作品的情感力量。

**【思考与练习】**

1. 《秋声赋》体现了田汉怎样的艺术风格？

2. 试分析田汉剧本创作的艺术技巧。

（陆莉锚）

# 屈原（存目）

郭沫若

郭沫若（1892—1978），原名郭开贞，字鼎堂，我国现代著名文学家、历史学家、考古学家、古文字学家。1921 年，出版新诗集《女神》；同年，与成仿吾、郁达夫组织文学社团"创造社"，是新文化运动的重要旗手。新中国成立后，历任中华全国文学艺术会主席，中国科学院首任院长，政务院总理兼文化教育委员会主任等职。

郭沫若一生著作甚丰，代表作有诗集《女神》《前茅》《恢复》，戏剧《屈原》《虎符》《高渐离》，论著《文学论集》《中国古代社会研究》等。

## 【作品导读】

《屈原》创作于 1942 年 1 月，共五幕六场。1941 年，国民党制造了震惊中外的皖南事变。郭沫若"把这时代的愤怒复活在屈原的时代里"，通过表现以屈原为代表的爱国力量和以南后、靳尚为代表的卖国势力之间尖锐的矛盾冲突，塑造了一个伟大的爱国诗人、政治家的形象，并愤怒地鞭挞和揭露了卖国求荣、为个人利益不惜陷害忠良的南后、靳尚之类的小人行径。剧本对现实的影射和讽喻意义是十分明显的。

在郭沫若看来，历史剧的创作重要的不是外在的历史事实，而是内在的历史精神。他认为，"剧作家的任务是在把握历史的精神，而不必为历史的事实所束缚"。据此，他提出"失事求似"的历史剧创作原则。所谓"求似"，就是尽可能真实准确地把握与表现历史精神；所谓"失事"，就是在此前提下，可以和史实有所出入。郭沫若在不违背历史真实的前提下，为更鲜明地表现屈原的悲剧精神，又进行了一定虚构，如创造出新的历史人物——侍女婵娟。婵娟是对屈原形象的补充。她美丽、善良、纯洁，爱憎分明，为屈原的遭遇而焦急、愤怒，面对南后勇于进行无畏的抗争。她是从屈原辞赋的精神中虚构出来的人物，是道义美的形象化，具有十分感人的艺术魅力。同时，郭沫若依据一定的史料，从戏剧冲突的需要出发，以惊人的想象力、创造力，塑造了南后这样一个复杂而丰满的形象。在屈原和婵娟同南后的对峙中，善的一方节节败退，恶的一方步步为营。南后聪明美丽而又心狠手辣，在微笑中暗藏杀机。她咄咄逼人，陷害屈原，并要从肉体上消灭屈原。这是一个过去、现在和将来都能引起人们警惕与深思的艺术典型。

《屈原》代表了郭沫若历史剧的最高成就，同时也是 20 世纪中国话剧史上最杰出的浪漫主义作品之一。它的巨大思想意义和审美价值，使它一经诞生就受到热烈欢迎。《屈原》的上演使重庆山城沸腾起来，产生了强烈的震撼作用和巨大的社会影响，在当时有力地打击了国民党反动势力，鼓舞了广大人民群众。

**【思考与练习】**

1. 《屈原》体现了郭沫若怎样的历史剧创作原则？
2. 如何理解《屈原》中蕴含的时代精神？

（赵　玉）

# 03

## 诗 歌

# 天狗（存目）

郭沫若

## 【作品导读】

《天狗》最初发表在 1920 年 2 月 7 日上海《时事新报》文学副刊《学灯》上，后收入郭沫若的第一部白话新诗集《女神》。《天狗》是郭沫若的代表作品，呈现出中国现代诗歌的崭新气象。

《天狗》究竟"新"在何处？仅凭第一感觉，《天狗》似乎有一种狂躁的诗情在释放，甚至会感觉到诗歌的情感表达过于简单化和直白化，不太符合我们当下欣赏诗歌的标准，因此不太能够理解这首诗在中国现代诗歌创作史上独特的艺术价值。事实上，我们要欣赏现代新诗，有必要了解诗歌创作的具体历史语境。《天狗》创作于个体觉醒、思想解放的变革年代——五四时期。彼时，远在日本留学的郭沫若虽然未能亲身参与五四运动，但他用热烈恢宏的想象将时代青年的心理和感情化成诗歌语言，为自我和时代立言，可以说是言之有物、有感而发。由此出发，我们再来细细体会这首诗，便能感受到其展现的崭新艺术美感。

《天狗》在艺术上最夺人眼球的是整首诗中奇特恢宏的艺术想象。"我是一条天狗呀！"——诗歌首句宛若宣誓，于无限未知的混沌时空，一条"天狗"的形象飞腾而出。伴随着诗人恣肆开阔的想象，我们看到这条"天狗"开口就把日月、"一切星球"和"全宇宙"都吞了，这一形象带着一往无前的行动力和破坏力来彰显自身的存在，"我便是'我'了！"然而，"天狗"却也不仅仅是在狂躁的动态中破坏和吞并一切，它还在破坏吞并中积蓄能量，乃至成为能量本身，成为"日底光""月底光""一切星球底光""X 光线底光""全宇宙底 Energy 底总量"，使得自己的力量总是强大而稳固。"天狗"的力量似乎源源不断，永远不会消失，它外在的狂躁和内在强大的动能，在吸收和释放中得到平衡。于是，"天狗"要不停歇地"飞奔""狂叫""燃烧"，即使没有外部的能量来源，天狗仍在不断释放动能和捕捉能量，最后它便要从自己身上消耗和索取，

"我食我的肉""我饮我的血""我啮我的心肝"，只因为这就是"天狗"本身，"我便是'我'呀"的"天狗"本质如此，不会停息，直至"我的'我'要爆了"。不同于中国传统文化中对于"天狗"形象的妖魔化塑造，诗中对于"天狗"形象的塑造，使"天狗"充满破坏旧世界和建设新世界的力量，成为富有破坏力同时又具备创造精神的自由生命个体的象征。"天狗"对于力量的追逐和狂热，正是诗人对时代青年心理和精神的表达，写出了诗人在风云变幻的时代，对于中华民族青春活力的期待和自我献身时代的理想。

　　我们体会出诗中"天狗"形象是一反传统的崭新艺术创造时，自然也就能感受到诗人个性奔放的抒情方式和热烈昂扬的自我表达。郭沫若曾在《三叶集》中写道："生底颤动，灵底喊叫，那便是真诗，好诗"，"我所写的一些东西，只不过飞翔我一时的冲动，随便地乱跳舞罢了"。可见，诗人在诗歌的抒情表达方式上倡导生命感悟的尽兴抒发。在《天狗》中，就表现在其恣肆天真的情感表达上。全诗共四节二十九句，每一句均以"我"开头，多数以感叹号收尾，情绪饱满且充盈，抒情显豁而凌厉，在很大程度上区别于中国传统诗歌中的委婉含蓄和早期白话诗歌中质朴平易的抒情方式，为中国新诗开辟出一片新天地。此外，诗中这种抒情方式还营造出一位激情澎湃的"自我抒情主人公形象"，他和天狗融为一体，以"我"之主体呐喊着自身永不停歇的动能和渴望，彰显着狂飙突进的崭新时代精神，以及诗人对于个性释放和精神自由的追求，这也是诗歌最鲜明的艺术特征。

　　通过分析《天狗》中的"天狗"形象、抒情方式、诗人自我表达等艺术内容，我们可以理解郭沫若艺术创造的独特之处。与此同时，在形式层面，《天狗》同样有所创新，实现了诗体的极端自由。郭沫若曾在《论节奏》《论诗三札》等文章中论述自己对于诗歌形式的认识，指出"虽没有一定的外形的韵律，但在自体是有节奏的"，"形式方面我主张绝端的自由，绝端的自主"，《天狗》的诗体形式正是诗人这种自由奔放诗体观念的体现。这首诗共四节，但各节的诗句数量都不尽相同，分别是五句、一句、五句和十八句，此外，每一节诗歌内部的诗句也长短不一。然而正是这种自由的形式才能够容纳诗人想要表达的艺术内容，在诗句的长短变化中，读者能够感受到诗歌内在情绪的消长。这首自由诗虽没有古典诗歌齐整的格律和韵律，但通过排比与复沓，仍然形成了自身的节奏，营造了诗体内部的相对和谐。尤其是诗歌最后一节的最后两句，在前面连续的十六行诗句之后接踵而来，将前诗营造的节奏和情绪紧紧收束，使得诗歌充盈着饱满的情绪，令人回味无穷。由此，郭沫若亦被视为中国自由诗体的奠基者。

**【思考与练习】**

1. 《天狗》的艺术价值体现在哪里?

2. 结合你所了解的郭沫若的诗作及创造社其他诗人的作品,对比早期现代白话新诗以及中国古代诗歌,你认为郭沫若诗作的优势和局限分别是什么?

（翟传秀）

# 教我如何不想她

刘半农

刘半农（1891—1934），原名刘寿彭，后改名刘复，我国著名文学家、语言学家、教育家，新文化运动的先驱之一。刘半农的《汉语字声实验录》荣获"康士坦丁语言学专奖"，是我国首位获此国际大奖的语言学家。

刘半农著有《我之文学改良观》《诗与小说精神上之革新》等，代表诗集有《扬鞭集》《瓦釜集》等。

## 情 歌

天上浮着些微云，
地上吹着些微风。
啊，微风吹动我头发，——
教我如何不想她？

月光恋爱着海洋，
海洋恋爱着月光。
啊，这般蜜也似的银夜，——
教我如何不想她？

水面落花慢慢流，
水底鱼儿慢慢游。
啊，燕子你说些什么话，——
教我如何不想她？

枯树在冷风里摇，

野火在暮色中烧。

啊，西天还有些儿残霞，——

教我如何不想她？

（《晨报副镌》1923 年 9 月 16 日第 236 号）

## 【作品导读】

《教我如何不想她》是刘半农 1920 年 9 月 4 日在英国伦敦创作的一首白话新诗。在《晨报副镌》上发表时题为《情歌》，直到 1926 年收入《扬鞭集》时才改为现在我们熟悉的《教我如何不想她》。该诗也被赵元任谱成曲，在青年中广为流传。

作为初期白话新诗的尝试之作，尽管作者已经开始使用较为通俗易懂的白话和在古典诗词中很少出现的感叹词"啊"，但还是可以看出诗作仍旧浸润了些许旧诗的"汁水"。首先，全诗分为四个小节，每小节四句话，都以"教我如何不想她"作结，形式严谨而整齐。其次，从诗歌使用的意象来看，"月光""水面""落花""燕子""枯树"等都是古典诗词中常见的意象。在这些古典意象的加持下，营造的意境也是古典式的。以第三小节为例，"水面落花慢慢流，水底鱼儿慢慢游"两句很容易就使人联想到"花自飘零水自流。一种相思，两处闲愁"的忧愁之境；而后两句"啊，燕子你说些什么话，——教我如何不想她？"则可联想到"双燕归来细雨中"的诗句。再次，由写作手法看，对偶、顶针等古典诗词常用的手法也出现在这首诗中。可见，此时期的新诗仍不可避免地带有古典诗词的印迹。

另一点值得关注的是，这首诗也是刘半农首次将"她"字引入诗句的作品。由此衍生出一个问题——这个"她"到底是何许人？目前可供参考的有两种观点。一种认为"她"指作者心中思慕的"情人"形象。诗歌在《晨报副镌》发表时，该诗"后记"中署名为"洪熙"的人写道："这诗的格调意境，在新诗界为不可多得的作品，我自失意以来，几乎没有一日不背诵它。现在抄出来发表，介绍给国内的失恋青年，我想这在异邦的刘先生，或者不至于见怪罢。"由此可见，他将这首诗当作一首失恋情歌理解了。另一种则认为"她"指祖国，诗中表现的是作者的拳拳爱国心而非绵绵相思情。

那么，到底哪种解释更加合理呢？

不妨先了解此诗创作的时代背景。1920 年初，刘半农携妻女赴欧洲留学，于 3 月抵达英国伦敦，之后由于复杂的局势，教育部提供的留学经费一度停发，他不得不夜以继日地写作以换取生活费。9月4日，《教我如何不想她》创作完成。从这个方面看，似乎"思国"和"思妇"都有可能。但再结合其女刘小惠在《父亲刘半农》中的叙述，刘半农和妻子尽管是包办婚姻，但感情一直很好，对女儿小惠更是疼爱有加。写作这首诗时，妻女均在身边，并不存在外界一直遐想的"情人"，更何况拮据的经济条件更是让刘半农焦头烂额，一个"笑眯眯地安享我自由的饿死"的人，哪里有时间和精力再去想这样一位"女郎"呢？

1925年，刘半农在法国获得博士学位后预备回国。临行前去看望了赵元任夫妇，赵元任弹奏了这首《情歌》后说："半农兄，这次却又是你抢先了一步，赶在我之前，可以接近我们日夜思念的她！"可以看出"她"在此指的是祖国，而不是"情人"。

再看1920年刘半农创作的其他诗作，比如赴欧途中写下的《登香港太平山》——"山水溅溅，山树摩肩"，"稚儿欢笑奔我前"……既写美丽的山水景色又写可爱的孩子，不仅可以看出其慈祥父亲的形象，对祖国大好山河的赞美热爱也跃然纸上。在抵达欧洲后，陌生的环境、困顿的生活，很容易使他产生对祖国的思念之情。

从屈原的《离骚》开始，我国就有以香草美人来比喻国家和君王的传统，所以刘半农在这首诗中用"她"来指"祖国母亲"也是很正常的。有研究者进一步指出，"国家"其实是一个很宽泛的概念，是由一个个"小家"组成的，家乡的山水、亲人、建筑、人情……均可纳入其中。

《教我如何不想她》以游子柔和的笔触写尽对祖国母亲的思念，"微风"和"微云"、"月光"与"海洋"、"水面"与"鱼儿"都可看作诗人在形容自己与祖国之间的关系。诗作初次发表时以《情歌》为题，这首情歌是海外游子唱给祖国母亲的。

**【思考与练习】**

1. 诗中的"她"到底是谁呢？请谈谈你的理解。
2. 在刘半农初期白话新诗的基础上，后来的诗人还有哪些突破和创造？

（李钰洁）

# 弃妇（存目）

李金发

李金发（1900—1976），原名李淑良，中国现代象征派诗歌的开山鼻祖，被称为"诗怪"。李金发深受法国象征派诗人波德莱尔和魏尔伦等人的影响，其作品具有朦胧晦涩的象征主义美学特征。

李金发的代表作品有《微雨》《为幸福而歌》《食客与凶年》等。

## 【作品导读】

1919 年，出生于广东梅县的艺术青年李金发，告别了家乡，只身前往法国勤工俭学。此时正值法国后期象征主义诗歌运动兴起，李金发对波德莱尔的诗集《恶之花》大为喜爱，深深沉醉于波德莱尔塑造出的光怪陆离又充斥着病态与丑恶的魔幻世界里。

这样的机缘与共鸣使得李金发创造性地把西方的艺术方式引入中国新诗，他成为把象征主义介绍到中国的第一人，被称为"东方的波德莱尔"。李金发的诗作冲击着中国传统的诗学范式，他的诗歌瑰丽奇谲，朦胧、隐秘、晦涩的创作方式无疑震动了整个诗坛，搅动起中国新诗那片平静的湖面，因此他也被称为"诗怪"。

《微雨》是李金发于 1925 年出版的诗集，是中国早期象征诗派的代表作。《弃妇》就是其中的第一首诗，从中可以看到《恶之花》的影子。那么《弃妇》为何能够成为象征主义的代表作呢？

《弃妇》全诗共四节，前两节以弃妇的视角叙述，后两节以旁观者或"我"的视角叙述。"长发披遍我两眼之前，遂隔断了一切羞恶之疾视"，弃妇作为一个被社会抛弃并且被凝视的主体形象，不顾形象地把长发披挡在眼前，只为遮挡住从各处投射而来的刺眼的目光。"鲜血""枯骨"这些象征着死亡的意象，烘托出更加孤寂、黑暗的氛围。"黑夜与蚊虫联步徐来"，那些使弃妇恐惧害怕的东西，正在一步步向她走近，在她耳边狂呼、怒号，黑夜要把她吞噬，蚊虫要把她撕咬，无依无靠的弃妇只剩战栗。"靠一根草儿，与上帝之灵往返在空谷里"，弃妇仅能依靠一根脆弱的草儿来把所有希望寄托给"上帝之灵"。"游蜂""山泉""红叶"这一系列意象极具跳跃性，看似毫无关联，却都是动态的，象征着弃妇同它们一样飘零无所依。弃妇忧愁却毫无办法，她忽而疾走，忽而站立，却无法将隐忧消除。"夕阳之火""灰烬""烟突"这一系列意象也有某种关联性，纵使夕阳的火焰也不能将烦闷的情绪燃烧为灰烬，从烟突中散去，也象征着弃妇内心的寂灭。而"游鸦""海啸""舟子"又如前一段的意象一样给人以漂泊之感，如何在海啸之石上栖止，又如何静听舟子之歌？最后的"丘墓"象征了历尽苦难后的最终归宿。但弃妇依然保持着内心的倔强："永无热泪，点滴在草地，为世界之装饰。"

全诗由陌生化的语言、跳跃性的意象构成，充斥着绝望、孤寂的情感。诗歌充斥着意象、隐喻、悖论、通感，看似破碎零乱却始终有一条贯穿全文的情感线索，即对社会黑暗的不满与无奈。弃妇不仅指在异国飘荡的自己，更指在20世纪初处于社会动荡、在飘零沉浮中苦苦挣扎的中国青年。诗中的意象极具跳跃性，加之李金发的艺术造诣，使得诗歌中也有"画"的影子，"鲜血""黑夜""红叶""夕阳之火""灰烬"这些色彩的叠加增加了诗歌的艺术表现力，具有通感的诗学效果。波德莱尔认为通感是诗歌创作的"隐蔽法则"，是"香味、颜色和声音在交相呼应"。这些"联想的魔法"造成了诗意的晦涩、难懂，但也生动表达了诗人忧郁、彷徨、颓废的情绪。

**【思考与练习】**

1. 如何理解"弃妇"这一意象？
2. 《弃妇》体现了象征主义诗歌的哪些特点？

（范安琪）

# 死 水

闻一多

闻一多（1899—1946），本名家骅，字友三，我国现代著名诗人、文史学者、中国民主同盟早期领导人。曾任中山大学文学院教授、武汉大学文学院院长兼中文系主任、青岛大学文学院院长兼国文系主任、清华大学中文系教授。抗日战争爆发后，闻一多投身革命，1946 年被国民党杀害。

闻一多致力于研究新诗格律化的理论，著有诗集《红烛》《死水》，学术著作有《神话与诗》《唐诗杂论》《古典新义》《楚辞校补》等。


这是一沟绝望的死水，
清风吹不起半点漪沦。
不如多扔些破铜烂铁，
爽性泼你的剩菜残羹。

也许铜的要绿成翡翠，
铁罐上绣出几瓣桃花；
再让油腻织一层罗绮，
霉菌给他蒸出些云霞。

让死水酵成一沟绿酒，
飘满了珍珠似的白沫；
小珠笑一声变成大珠，
又被偷酒的花蚊咬破。

那么一沟绝望的死水，

也就夸得上几分鲜明。
如果青蛙耐不住寂寞，
又算死水叫出了歌声。

这是一沟绝望的死水，
这里断不是美的所在，
不如让给丑恶来开垦，
看他造出个什么世界。

（《晨报副刊·诗镌》1926 年第 3 号）

**【作品导读】**

《死水》创作于 1925 年，发表于 1926 年 4 月 15 日《晨报副刊·诗镌》第 3 号，是闻一多的代表作，后被收入同名诗集《死水》。

不同于早期创作《红烛》时的主观热烈情绪，闻一多创作《死水》时转向了客观与克制。可以说，《死水》一诗情感客观具象化的表现特征与"理性节制情感"的美学风格等，标志着诗人闻一多情感的变化，并展示出这一时期诗人对新格律体的主张。这在闻一多同时期的诗论中即可获得印证。《死水》发表一个月后，闻一多发表理论文章《诗的格律》，正式提出"三美"的诗学主张，认为"诗的实力不独包括音乐的美（音节），绘画的美（辞藻），并且还有建筑的美（节的匀称和句的均齐）"，而这些都较为完美地应用到了《死水》之中。

首先是"音乐的美"，这是指诗歌需要在节奏、重音、停顿、平仄等方面达到和谐，无论是听还是读都能如音乐般流畅优美。通读整首诗，我们可以感受到极其丰富的韵律感。以首节为例，诗句的停顿可以划分为：这是/一沟/绝望的/死水，清风/吹不起/半点/漪沦。不如/多扔些/破铜/烂铁，爽性/泼你的/剩菜/残羹。句中多为二、三音节一停顿，读起来抑扬顿挫，可以让读者感受到诗中情感的微妙流动和转化。其次是"绘画的美"，主要指诗歌在词汇选用和辞藻表达上要用心搭配，具备色彩感，能够融汇出色彩鲜明的图画。对于"死水"，我们一般能联想到的是一片混沌和脏污的水，而诗人却为我们细致地描绘出他所看到的"死水"，那里面或有"绿成翡翠"的铜，或有"绣出几瓣桃花"的铁罐，或有"罗绮"般的油渍，或有"云霞"状的霉菌，绿的、粉的、黄的、白的，同时聚集一处。不同于我们朦胧模糊的主观印象，在诗中"死水"是客观的、具体的，在强烈的色彩对比下，我们更能感受到这一片"死水"的真实质感，看到诗人试图展示的极富冲击性的画面——美和丑、优雅和污浊混于一处，意味深长。再次是"建筑的美"，指诗体形式并不能完全自由，节与节之间应该匀称，句与句之间应该均齐。《死水》全诗共分为五节，其中九字为一句，四句为一节，每节及每句之间都是可见的整饬和谐，并且音尺数也一致，都是三个双音节和一个多音节相配合。由此，《死水》达成了外在形式的结构美感。

除了体现诗人"三美"的诗学主张之外，《死水》还展现出"理性节制情感"这一创新性的美学原则。不同于创造社诗人如郭沫若等人直抒胸臆的象征和抒情方式，《死水》中"死水"的意象是诗人主观情感的具象化、客观化呈现，"死水"中美的与丑恶的共存，以一种沉郁克制的方式表达了诗人对于彼时中国现实的复杂情感。"这是/一沟/绝望的/死水，这里/断不是/美的/所在，不如/让给/丑恶/来开垦，看他/造出个/什么/世界。"——配合着诗中"三美"的美学特征，诗人在《死水》中表达出极大的隐忍情绪，将悲愤的宣泄转化为理性的抑制，形式与内容相得益彰，美感与意蕴相互映照，使得诗情更上一个层次，拥有更强、更坚实的表现力与感染力，展示出诗人大力赞赏的"戴着镣铐跳舞"的个性诗学态度。

【思考与练习】

1. 《死水》是如何体现诗人闻一多"三美"的诗学主张的？
2. 与同一时期创造社诗人的创作相比，《死水》有何特征？请举例说明。

（翟传秀）

# 我不知道风是在那一个方向吹

徐志摩

徐志摩（1897—1931），原名章垿，字槱森，后改字志摩，我国现代著名诗人、散文家，新月派代表诗人之一。1918 年至 1921 年先后赴美国和英国留学，深受欧美浪漫主义和唯美派诗风的影响。徐志摩倡导新诗格律，对中国新诗的发展做出重要贡献，是现代文学史上的标志性诗人之一。

徐志摩的代表作品有诗集《再别康桥》《翡冷翠的一夜》《猛虎集》，散文集《落叶》《巴黎的鳞爪》《秋》等。

我不知道风是在那一个方向吹
我不知道风
是在那一个方向吹——
我是在梦中，
在梦的轻波里依洄。

我不知道风
是在那一个方向吹——
我是在梦中，
她的温存，我的迷醉。

我不知道风
是在那一个方向吹——
我是在梦中，
甜美是梦里的光辉。

我不知道风

是在那一个方向吹——
我是在梦中，
她的负心，我的伤悲。


我不知道风
是在那一个方向吹——
我是在梦中，
在梦的悲哀里心碎！


我不知道风
是在那一个方向吹——
我是在梦中，
黯淡是梦里的光辉。

（选自《新月》月刊 1928 年 3 月 10 日第 1 卷第 1 号）

## 【作品导读】

《我不知道风是在那一个方向吹》是徐志摩写于 1928 年的作品，全诗共六节，每一节的前三句都相同，在形成匀称整齐的诗歌结构的同时，富有一种低回婉转的音乐美，这是前期新月派所主张的新诗规范化的成果。整首诗萦绕的"风"和"梦"的意象，同反复低吟回旋的诗歌节奏一起，共同编织成一片迷离悠远的诗境。每一节诗的最后一句各不相同，表现了主人公从欢乐到颓废低迷的过程。从"在梦的轻波里依洄"到"她的温存，我的迷醉"再到"甜美是梦里的光辉"，主人公沉醉在温柔甜美的情感中；然而到了第四节，诗中的情感陡转直下，"她的负心，我的伤悲"，主人公在感情中遭遇了不幸，继而"在梦的悲哀里心碎"，温存的梦境从此破碎了，只剩下一片黯淡，"黯淡是梦里的光辉"。

通常来说，这首诗被认定为徐志摩叙述自己爱情经历的诗。诗作发表于 1928 年，此时，徐志摩和陆小曼已结婚两年，而徐志摩曾经的挚爱林徽因早已与梁思成共赴美国学习建筑，并于同年成婚。徐志摩曾与林徽因在剑桥大学共同度过了一段美好的时光，前三节诗表达的也许就是这种感情的甜蜜。而待徐志摩追随林徽因回国之后，林徽因在理智的思索之下最终还是拒绝了徐志摩的求爱，这不能不说是"她的负心，我的伤悲"。从这个角度来看，《我不知道风是在那一个方向吹》的确可以被认为是徐志摩情感生活的注脚。但从更宽广的视野来看，这种低沉颓废的情绪是与当时的时代有关的。虽然新月派一直主张"纯诗"立场，正如新月派的代表诗人陈梦家所强调的"只为着写诗才写诗""始终忠实于自己，诚实表现自己渺小的一掬情感，不做夸大的梦"，但大革命的失败给当时的中国知识分子造成的普遍的精神幻灭还是无法避免的。虽然没有如中国诗歌会的诗人一样摆出战斗的立场，但后期新月派的诗歌情绪还是从总体上转向颓废和低迷，不仅徐志摩如此，新月派的其他诗人如陈梦家和孙大雨等也是如此。从这个意义上来看，令人"心碎"和"黯淡"的便不仅是爱情，而是一个大的"梦"的幻灭，一个诗之"梦"的幻灭，抑或一个纯真之"梦"的幻灭。

《我不知道风是在那一个方向吹》是徐志摩在新月派后期的作品，作为贯穿前后期新月派的灵魂人物，徐志摩的创作风格在前后呈现出一定的反差。前期代表作品如《雪花的快乐》呈现出的是一个自信、灵动、飞扬、潇洒的主人公形象，作为一片雪花，最重要的一点在于它知道自己的"方向"，并且能够坚定地飞往自己心之所向，哪怕最终消融在爱人的怀中也是真诚而炽热的。胡适曾经评价徐志摩："他的人生观真是一种单纯信仰，这里面只有三个大字：一个是爱，一个是自由，一个是美。"这句话高度概括了新月派前期的徐志摩。而到了后期，理想的幻灭导致他已经无法确定自己的方向了——"我不知道风是在那一个方向吹"，爱与美全然无处寻觅，国内政治乌烟瘴气，自己为了养家不得不四处奔波，又何谈自由？飞扬的少年人在经历了理想和爱情的双双失意后变得充满哀愁，不得不在梦中苦吟、心碎了。

**【思考与练习】**

1. 试析诗人在这首诗中所表达的思想感情。
2. 试比较徐志摩诗歌前后期创作风格的异同。

（何佳容）

# 我的记忆

戴望舒

戴望舒（1905—1950），我国现代著名诗人、翻译家。名作《雨巷》被赞为"替新诗的音节开了一个新纪元"，他也因此被誉为"雨巷诗人"。作为"现代派"新诗的举旗人和领袖，戴望舒在创作实践与理论两个方面，都对中国现代新诗的发展产生深远影响。

戴望舒的代表作有诗集《我的记忆》《望舒草》《望舒诗稿》《灾难的岁月》等，另有译著数十种。

我的记忆是忠实于我的，
忠实甚于我最好的友人。

它存在在燃着的烟卷上，
它存在在绘着百合花的笔杆上，
它存在在破旧的粉盒上，
它存在在颓垣的木莓上，
它存在在喝了一半的酒瓶上，
在撕碎的往日的诗稿上，在压干的花片上，
在凄暗的灯上，在平静的水上，
在一切有灵魂没有灵魂的东西上，
它在到处生存着，像我在这世界一样。

它是胆小的，它怕着人们的喧嚣，
但在寂廖时，它便对我来作密切的拜访。
它的声音是低微的，
但是它的话是很长，很长，

很多，很琐碎，而且永远不肯休；
它的话是古旧的，老是讲着同样的故事，
它的音调是和谐的，老是唱着同样的曲子，
有时它还模仿着爱娇的少女的声音，
它的声音是没有气力的，
而且还夹着眼泪，夹着太息。

它的拜访是没有一定的，
在任何时间，在任何地点，
甚至当我已上床，朦胧地想睡了；
人们会说它没有礼貌，
但是我们是老朋友。

它是琐琐地永远不肯休止的，
除非我凄凄地哭了，或者沉沉地睡了；
但是我是永远不讨厌它，
因为它是忠实于我的。

（选自《中央日报》，1928 年 7 月 31 日）

**【作品导读】**

谈起戴望舒，人们最熟悉的莫过于他的成名作《雨巷》。《雨巷》具有外在的音乐美，并通过"丁香""雨巷"等意象，营造出朦胧的意境，充满了象征意味，暗示出诗人迷茫的心境与惆怅、彷徨的情绪。《雨巷》是一首具有典型象征意义的抒情诗。而诗人在不久后创作的《我的记忆》，则展现出不同于《雨巷》的表达风格。

《我的记忆》创作于 1927 年大革命失败后。当时，大多数青年知识分子对前路感到迷茫，看不到希望和出路，内心充满苦闷孤寂，欲起身反抗，又无能为力。戴望舒身处这样的时代之中，现世的藩篱难以打破，未来的道路扑朔迷离，因此失落感和幻灭感涌上心头。在这个黑暗年代和个体幻灭的精神状态下，戴望舒回忆过去的岁月，以此使自己的心灵得到一丝安慰和片刻的自由与宁静。诗人依据真挚的心境，将抽象的记忆拟人化、形象化，并以朴素、亲切的口吻，平静地书写自己的日常经历，诉说"我"与"记忆"之间的交流，以自然的情绪流露表达出自己灵魂深处的另一个自我。

首节发出"我的记忆是忠实于我的,忠实甚于我最好的友人"的感慨,这感慨中表现了"记忆"的忠诚与真实,并将其赋予了"友人"的角色,同时引发读者思考:诗人经历了怎样的生活?为何发出此种感慨?这记忆是痛苦的、寂寞的还是乐观的、昂扬的?这些都给读者留下了丰富的想象空间,激发了阅读兴趣。

第二节将"记忆"具体化、立体化,借用多个日常事物表达抽象的情感态度,具体的"记忆"物象与抽象的情感和谐地融为一体。因此,我们便看到"记忆"的一个个生存形态排比开来。它存在在"燃着的烟卷上、绘着百合花的笔杆上、破旧的粉盒上、颓垣的木莓上、喝了一半的酒瓶上、撕碎的往日的诗稿上、压干的花片上、凄暗的灯上、平静的水上……"这些承载着"记忆"的物件纷繁丰富、由近及远,既表现出诗人丰富广阔的内心活动,又使读者的思绪跟随诗人的笔端渐渐化开。曾经的生命体验,爱情的纯洁,美好理想的幻灭……在这里都将化为种种过去的旧物件,逝去的终将逝去,只剩下碎片化的旧物存在于脑海中。诗人细细地咀嚼回味,平静地叙说着过往种种。值得一提的是,这一节目前可查的有两个版本,分别发表于 1928 年 7 月 31 日《中央日报》和 1929 年《未名半月刊(北平)》第 2 卷第 1 期,后者在前者的基础上删掉了"它存在在绘着百合花的笔杆上"。而关于改动的原因,学界没有统一的定论。

日常事物的丰富在于表现"记忆"的无处不在,那么"记忆"是以怎样的面貌出场的呢?在第三节中,诗人将物象赋予了人的特征和情感。它"胆小",它的声音"低微""没有气力",它还"夹着眼泪,夹着太息"。此时的"记忆"是一个内向、郁闷、含蓄的"少女",这也是当时诗人心境的折射。诗人的孤独感、幻灭感和失落感大概一直在心头难以化解,因此,"记忆"才来"作密切的拜访"。毕竟,人在处于得意舒适的生活状态中时,是很少回忆过去的;只有在失落、孤独之时,往日的记忆才会瞬时造访。第四节紧承上节,"它的拜访是没有一定的……但是我们是老朋友"。"老朋友"再次点出了"记忆"与"我"关系之密切,它会在"我"孤寂苦闷之时,给予安慰和陪伴。同时暗示了诗人与记忆为友,希望逃离现实的心境状态。

末节后两行与首节回环相扣,进一步表达了"记忆"的絮语无处不在,过往种种难以忘记。记忆并不会"永远不肯休止的",只是因为人在不断回忆。实际上这也是诗人对于"记忆"的依赖,对现实的逃避。"但是我是永远不讨厌它",在情感表达上,末节比首节更加强烈真挚,它去掉了音韵的束缚、意象的朦胧，简洁的语言和直抒胸臆的表达更符合现代人的阅读习惯。

《我的记忆》可以说是戴望舒诗歌创作的转折点。诗人有意去掉先前的整饬诗行及音乐美绘画美，转而以"诗的情绪的抑扬顿挫"、语言的真挚来抒发孤寂的感情，让读者感受诗人内在情绪的起伏变化。这就像是掀去朦胧的、华丽的头纱，露出了新娘子的真容一样，不仅是由朦胧向现代的转变，也是诗人心理成熟的转折点。正如艾青在《戴望舒的诗》中所言，"和他过去写的诗，那些充满了旧辞藻的语言有了很大差别。这些诗里，即使还是充满了忧伤，这种忧伤是属于现代人的。这些都是现代人的日常口语，而这些口语之作为诗的语言，在当时，是一个大胆的尝试"。

【思考与练习】

1. 试析《我的记忆》与《雨巷》在风格、艺术上的变化。
2. 简述戴望舒创作个性的形成过程。

（董筱琳）

# 生活（存目）

臧克家

臧克家（1905—2004），笔名少全、何嘉，我国现代著名诗人。臧克家一生出版诗集、诗论集和毛泽东诗词研究著作60多部，代表作《有的人》流传甚广。2000年，获得首届"中国诗人奖——终身成就奖"；2003年，获得由国际诗人笔会颁发的"中国当代诗魂金奖"。

臧克家的代表作有诗集《烙印》《一颗新星》《春风集》《欢呼集》，散文集《磨不掉的影像》《怀人集》《青柯小朵集》等。

## 【作品导读】

《生活》辑自臧克家的诗集《烙印》，作于1933年4月。"诗是离不开生活的，想了解（不是误解或曲解）一个人的诗，必先挖掘他的生活。"[①] 用诗来表现生活，或是用生活来作诗正是臧克家贯穿始终的诗歌理念。诗人为什么以"生活"为题，或者说是怎样的经历促使他产生了这样的感悟，是解读这首诗的切入点。

"人为烦恼而沉默时，神便赐予他表达的力量。"此时的臧克家，茕茕孑立、落落寡合，没有新知、没有故交，他只有诗，只有以勤奋的写作来宣泄心中的悲愤。1927年，臧克家进入武汉中央军事政治学校，接受革命洗礼。但大革命很快失败，伴随而来的是几年隐姓埋名的东北流亡生涯和饱受煎熬的病榻之苦。1930年，臧克家考入青岛大学，有幸与新月派代表诗人闻一多相识，切磋诗艺。然而，1932年夏，青岛大学爆发学潮，时任文学院院长兼国文系主任的闻一多，因拒绝一些学生的无理要求而遭到围攻，愤而辞职。作为学生，臧克家无力阻止学潮，唯有保持沉默。同学的孤立，让他感到痛苦，先生的受辱又使他愤懑。他失去了最好的老师和朋友，陷入了深重的孤独、忧郁和苦闷之中。通读《烙

---

[①]　吴嘉编：《克家论诗》，文化艺术出版社1985年版。

印》全集，那种痛苦、郁闷、躁动，甚至"连呼吸都觉得沉重"的心态，就不难让人理解了。

张惠仁在《论作为新诗史上的〈烙印〉》一文中，将诗集《烙印》中的诗大体分为两类："一是饱受苦难的劳动人民的写照，一是诗人自己人生观、生活态度的表白。"前者如有家难归、无处容身的难民（《难民》），强作欢颜而心有凄凄的舞女（《神女》），还有靠卖鱼糊口、食不果腹的贩鱼郎。这类诗描写的是"黑暗角落里的零零星星"，表现了诗人直面现实，以笔写出民众疾苦的现实主义精神。后者则如《烙印》《生活》《万国公墓》《希望》等，属于诗人称为"写人生永久性的真理"的一部分，它们更直接地表达了诗人对人生和现实社会的认识和看法：黑暗的现实使他感到"连呼吸都觉得沉重"（《烙印》），朦胧的理想又使他"抬起头望望前面"（《老马》），脆弱的情感使他想"抱紧草根静一静"（《像砂粒》），倔强的自信又使他"有勇气往下看"（《变》）；面对磨难他"咬紧牙关不敢轻忽"，而一旦克服了它，又怕"来一阵失却对手的空虚"（《生活》）。矛盾和斗争就这样拨动着诗人敏感的神经。闻一多在《烙印·序》中这样评价："《生活》确乎不是这集中最精彩的作品，但却有令人不敢亵视的价值，而这价值也便是这全部诗集的价值。"可以说，《生活》是《烙印》的基础。只有读懂《生活》，了解革命战争时期徘徊在革命道路上的知识分子面对时代、面对个人命运的艰难抉择，才能读懂《烙印》中那些反映苦难的诗篇。

在《生活》中，诗人扮演了一个不能主宰自己命运的角色，忍受着命运的无常、人生的变幻，历经磨难后却仍然带着苦涩的乐观、渺茫的希望，拖着被践踏、被蹂躏的自信，凭着一点倔强与傲慢——对现实社会的倔强与傲慢，坚强地拼搏着。生活真实地折磨着人，因为生活本身就是痛苦的，只有实实在在的痛苦，才是真正的生活。这是诗人的生活观、痛苦观，也是对《烙印》中痛苦、郁闷、沉重、躁动这一主题的强调与延伸。

诗人开篇就告诉我们生活是险恶的，它处心积虑地为你设下重重陷阱，就像"一万支暗箭埋伏在你周边，伺候你一千回小心里一回的不检点"；现实充满了苦难，它像《天空的星群》，任凭星移斗转，岁月变迁，始终有序而繁密地排列着；人生又如转瞬即逝的彗星，"它的光辉拖着你的命运"，总有划过天幕擦亮夜空的刹那，却又时时有跌落的危险。诗人在这里为我们铺陈的是一幅动荡年代人生际遇不定、命运飘摇无着的灾难图。开篇给人一种紧迫感和危机感，恰如坐在暂时尚未喷发又即将喷发的火山口上一样，你得时刻小心着、警惕着、惊恐着。然而尽管乌云蔽日，也还是有一缕阳光从缝隙里漏出来；虽然微妙却透着希望，即便是"病人眼中最后的灵光"也足以把自己推出"绝境的可怜"，给人自我安慰的力量。未来是遥远的，又是美好的，缘其美好，才使人从它身上汲取力量，而正是这一点理想、这些微小的美好，支持着诗人立足于幻梦之外、扎根于现实之中。接着，诗人想起过去年轻时也曾有不少幻想，也有过一段轰轰烈烈、刻骨铭心的军旅生涯，也有过一段和闻一多先生亦师亦友、铭心刻骨的学习生活；但那一切都好像"一道残红"，而今"记来全是黑影一片"。面对过去，诗人几多伤感，几多留恋，却并没有沉浸其中，而是时时告诫自己：还是不要去回想过去可喜的事吧，它们只能留在过去。而"为了生活的挣扎留在你心上的沉痛"才是真实的，生活的磨难使人"从棘针尖上去认识人生"，使人敏感与警惕，以至于"从一点声响上抖起你的心，像一员武士在嘶马声里想起了战争"。总之，现实生活是痛苦的，美好只在于将来。为了超越痛苦，追求美好，就必须勇敢、无畏地面对现实，而不会视人生为"一个无据的梦"，"更不会蒙冤似地不平，给蚊虫呷一口，便轻口吐出那一大串诅咒"。继而，诗人把自己比作生活舞台上一个既定的角色，人生舞台是充满险恶、充满风浪的，到处是暗箭，到处是灾难。但你既充当了这个角色，就要轰轰烈烈，"拼命地来一个痛快"，就要硬着头皮演下去，"叫人们的脸色随着你的悲欢涨落，就连你自己也要忘了这是作戏"。人生如戏，戏如人生，我们唯一能做的就是把生命活出精彩，还生活一份坚忍。诗人把"当前的磨难"看作对手，在生活的磨难中挣扎，用尽气力去和现实苦斗，和磨难苦斗，即使"累得你周身的汗毛都擎着汗珠"，也要做一副强者的姿态，"咬紧牙关不敢轻忽"。但是在美好尚未到来之前，还是要坚强地忍耐下去，不要叫苦，要"活着带一点倔强"，在斗争中领略生活的苦涩，因为"苦涩中有你独到的真味"。

臧克家在这里为我们呈现了一种生活的姿态，即所谓"人生永久性的真理"的坚忍主义。坚忍主义是带有臧克家个人奋斗色彩的人生哲学，它植根于臧克家生于斯长于斯的臧家庄；植根于儒家"积极入世"思想对他潜移默化的影响；它更是臧克家在经历了大革命的失败、东北流亡、痛失师友等一系列磨难之后，从生活中领悟到的。诗不是一种表白出来的意见，它是从一个伤口涌出来的一首歌曲。缘其痛，才显得真切实在，而不虚伪做作。

"诗的内容与技巧，有如骨与肉不可分离，缺一便不能成为一件活生生的完美的艺术品。"① 《生活》之所以历经 90 载而不衰，不仅仅在于深刻的生活哲理，更在于内容与技巧天衣无缝的融合。

---

① 吴嘉编：《克家论诗》，文化艺术出版社 1985 年版。

首先，诗之优美在于准确的音韵和节奏。所谓"准确"是指诗人要表达的情感与这种情感所寄托的形式之间的契合。历经磨难后的臧克家对于生活的态度，已然更加贴近现实。现实是苦的、痛的，然而苦得纯粹，痛得实在。那份擎着汗腥味的苦涩是朴素的，是经受风吹雨打之后的咬紧牙关与忍辱负重。《生活》所要表现的也正是生之艰、命之舛，是世事无常，飘摇不定。这样的情感是朴实的、坦诚的，它需要一种平静而不失力度、凝练而不乏意味、沉重而不落怨怼的叙述。而诗人正是以一种精练平缓、超然客观的态度，摒弃华丽的辞藻，放弃意境的刻意营造，铅华落尽见真淳，于朴素中表现痛后的隐忍、苦后的回甘，达到了文与质的统一。

其次，臧克家自幼时起便受到古典诗词的熏陶，颇谙遣词造句之道。他往往仔细琢磨一个字的分量、色彩和意味，尤其重视动词的选用，力求字字妥帖、无可挪移。比如"这可不是混着好玩，这是生活，一万支暗箭埋伏在你周边，伺候你一千回小心里一回的不检点"。"伺候"一词用拟人的手法，把生活对人处心积虑的捉弄刻画得淋漓尽致，它不会提醒你要谨慎，而是专等着你一回的不检点就给你一次致命的打击。生活的艰难，精神的紧张由此可见一斑。又如，"累得你全身的汗毛都擎着汗珠"一句，"全身"的汗毛都擎着汗珠，足见疲乏的程度之深，然而尽管如此，汗珠却并不是懒懒地流淌，而是颗颗"擎"着，这就准确地刻画出强者的生活态度：尽多困倦，尽多苦涩，却始终警惕着，小心着，不敢有丝毫疏忽和松懈。可以毫不夸张地说，《生活》一诗的诗眼即在于此，这是对诗人坚忍主义人生观最精辟、最独到的概括。

"艺术不是一种逃避现实的尝试，相反，它是一种赋予现实以生气的尝试。"①《生活》不仅鼓舞着苦难者奋斗，也给予苦难者无限的慰藉，在苦涩中咀嚼出"独到的真味"。它是诗人对个人生活经验的总结和普泛化意义的和谐统一。于诗人而言，诗是个人情绪的释放，是自我经验的告白，是一种流诸笔端形成文字的思绪的宣泄；对于读者则是共鸣，是一种心同此情的呼唤，是一首别人想唱而没有唱出、诗人唱出而没有唱尽的歌，即所谓"诗无达诂"。创作之末正是思索之始。臧克家的《生活》留在了90多年前，我们的生活却刚刚开始或仍在继续。我们该用怎样的心态去体味生活，将是一个永恒的话题。生活是无尽的，它要靠我们每个人用心去感悟，用我们的真实、苦难、希望，正所谓"花开在时间之外"，只要用尽气力去和它苦斗，尽管苦涩，但"苦涩中有你独到的真味"。

---

① ［美］布罗茨基：《文明的孩子》，刘文飞译，中央编译出版社1999年版。

**【思考与练习】**

1. 试析《生活》的艺术特色。
2. 试谈你对《生活》这首诗的理解。

（张　瑜）

# 手推车（存目）

## 艾 青

艾青（1910—1996），原名蒋正涵，字养源，号海澄，曾用笔名莪加、克阿、林壁等，我国现代著名文学家、诗人、画家，被誉为"中国诗坛泰斗"。1932年，艾青加入中国左翼美术家联盟，从事革命文艺活动，不久被捕。在狱中，艾青写了不少诗，其中，《大堰河——我的保姆》发表后便引起轰动，艾青一举成名。

艾青的代表诗作有《大堰河——我的保姆》《雪落在中国的土地上》《我爱这土地》《手推车》《向太阳》等。

## 【作品导读】

20世纪30年代，新诗创作主要沿着现实主义和浪漫主义两大传统继续发展。面对现代主义的蓬勃发展，艾青自觉地将现代主义创作手法和现实主义、浪漫主义诗歌创作传统相结合，成为推动新诗发展的集大成者。在长达近半个世纪的诗歌创作中，艾青一直坚持现实主义创作，把个人命运与时代悲欢紧密结合，谱写了一首首植根于中国大地的深沉悲歌。诗人根据自己的人生经历，去感受中国的现实和人民遭受的苦难，因此他的诗歌中总是充满了浓厚的人文情怀。在具有强烈历史责任感的创作态度下，艾青将感时忧国的情怀，探求民族解放、追求光明未来以及自我探索、追求进步的思想集中于自己的诗歌创作中，建构起一个丰富而有深度的诗歌世界。评论家冯雪峰评价他："艾青的根是深深地植在土地上"，是"在根本上就正和中国现代大众的精神结合着的、本质上的诗人"。在他的作品中，有《旷野》《手推车》这样描写中国农民苦难现实的作品，也有《巴黎》《马赛》这样描写西方现代都市畸形生活的作品，还有《雪落在中国的土地上》《我爱这土地》等描写自己对祖国深深眷恋的爱国主义诗篇。在艾青的诗歌创作中，忧郁是他诗歌的主基调，这种忧郁不仅来源于对中国所遭受苦难的同情，也来自诗人作为自觉思考个体对中国大地和中国人民的不断思索。艾青农民的身份和漂泊的经历，使其能更加近距离地感受中国农民的生活，为农民唱出内心的苦痛。"艾青"式的忧郁，正是他个人气质、时代情绪、民族传统与所受西方文化影响融为一体的最好体现。艾青的诗歌虽然"忧郁"，却总能给予人一种深沉的力量，给人希望，催人奋进，表达了对中国光明前景的坚定信念和对美好生活的不懈追求，这种"忧郁"是一种对于生命的思考，是一种使人奋进的力量。

在西方象征主义、印象派的影响下，艾青自觉地将其与中国古典诗歌创作手法相结合，使他的诗歌创作有了更加广阔的表现空间。在艾青的诗歌创作中，他强调"感觉"的重要性，强调捕捉"瞬间感觉和印象"，并融入艺术创作中去。强调"感觉"的作用不仅是西方印象派的主要特点，同时是中国古典诗歌一直遵循的内在要求，这就使艾青的诗歌成为传统与西方相融合的代表。土地、太阳是艾青诗歌中常见的主要意象，土地的意象表现了诗人对在中国大地上辛勤耕作的劳动者深沉的爱与关注，如《我爱这土地》中写道："为什么我的眼里常含泪水，因为我对这土地爱得深沉。"太阳的意象则表明了诗人对于光明生活的不断追求，太阳、火焰、春天、黎明都是诗人表达对新生活热烈向往的载体，如《向太阳》《黎明的通知》等。

作为推动新诗发展的集大成者，艾青还是自由诗体的倡导者和实践者。他的诗歌创作是以散文语言结构为基础的自由诗体，他认为"散文是先天性的美"，"新鲜而单纯"。他的诗歌不拘泥于固定的形式，注重内心情感的表达，自觉地将"散文美"与表现现实生活相结合，从而形成了自己独特的诗歌创作方法。

在艾青的创作中，中国新诗继续以一种昂扬的生命力向前发展着，抗战时期国统区的七月派诗人以及后来成为中国新诗另一位极具特色的代表的诗人穆旦，显然都受到了艾青的影响。艾青自发表《大堰河——我的保姆》登上诗坛以来，以自己独特的诗歌主题和艺术创作手法，为中国新诗的发展画上了浓墨重彩的一笔。

《手推车》这首诗创作于 1938 年，诗人当时从武汉去往山西临汾，一路上的所见所闻使他深感战乱中百姓所遭受的苦难之深重，于是便写下这首诗，表达自己对于战乱中百姓苦难的同情和对国破家亡、百姓流离失所光景的忧愤。

全诗分为上下两节，第一节中的"黄河流过的地域""枯干了的河底"首先为我们营造了一种荒凉枯寂的写实场景，为整首诗奠定了苍凉的叙事基调。随后，诗人又以"使阴暗的天穹痉挛的尖音""穿过寒冷与静寂"，从听觉上写出了手推车轮子滚动在这荒凉场景中所发出的空灵且具有穿透力的"尖音"，就好似代替人民用尽全力发出心底对于苦难的呐喊。

诗的第二节以"冰雪凝冻的日子""贫穷的小村与小村"为始，向读者进一步展示了战乱中百姓艰难的生存现状。紧接着，诗人就从视觉上以"单独的轮子""黄土层上深深的辙痕""穿过黄土与沙漠"写出百姓在行进途中的悲哀与苦痛。

艾青凭借自己的绘画功底，通过对写实场景的描写，以及听觉视觉双重角度的切换，把农民内心隐藏的情绪具体可感地外化出来，为我们展现了一幅真实可感的北国人民苦难图。全诗表达了诗人内心的民族忧患和爱国情怀，为正在受苦受难的中国大地和中国人民唱出一首嘹亮的悲歌。

**【思考与练习】**

1. 试析诗中"手推车"的象征意味。
2. 试析《手推车》的艺术创作手法。

（苏丽娜）

# 十四行集（存目）

冯　至

冯至（1905—1993），原名冯承植，字君培，我国现代著名诗人、学者、翻译家。冯至历任同济大学、西南联合大学、北京大学教授，中国社会科学院外国文学研究所所长。冯至的诗歌风格幽婉、沉郁且多具哲思，鲁迅称赞他是"中国最为杰出的抒情诗人"，曾获德国"歌德奖章""格林兄弟文学奖"等多个奖项。

冯至的代表作品有小说《伍子胥》，散文集《山水》，诗集《昨日之歌》《十四行集》，译作《海涅诗选》等。

## 【作品导读】

作为冯至的代表作和集大成作，《十四行集》最集中地反映出冯至诗歌的艺术特色与成就，它庄严、从容，带着一种生命的律动，完美地实现了外来形式的民族化。冯至是"高明的匠人"，将诸多流动的情感、记忆、生命体验塑成一座座凝固的雕塑，其间有生命的光辉闪烁。《十四行集》是冯至在西南联大任教期间写成的，彼时正值抗战，连绵的战火带给诗人新的生命体验。当时，七月派诗人致力于从生活与历史的深处开掘民族生命力；敌后根据地的诗人从民间传统与农民文化中汲取养料，进行了歌谣体新诗的尝试；而冯至则聚焦于战争背景下的个体生存状态。事实上，个人生命体验与个体生存境遇一直是冯至关注的核心主题。早期的《昨日之歌》沾染了不少感伤情绪，体现出诗人对人生无常的慨叹；后期的《伍子胥》将伍子胥的逃亡之旅转换成个体生存意义的追寻之旅，在人与宇宙、人与历史的对照与诘问中直视存在本身。《十四行集》在1942年由桂林明日出版社出版，包括二十七首十四行诗和六首杂诗；1949年又由上海文化生活出版社重印再版，后附杂诗四首，增序一篇。本文讨论的仅为二十七首十四行诗。

1. 从流动到凝固

在冯至的诗歌中，我们不难发现其心绪与情思漂浮不定、漫无边际，其热衷描绘的是记忆、生命、过去与未来。然而这些难以捕捉的抽象事物却往往以感性的形态表现出来，并经由十四行诗的规范与格式得以定型。将抽象的事物写得具体可感，这是冯至为中国诗歌提供的宝贵经验，这一宝贵经验在穆旦的诗歌中发扬光大。抽象事物与感性形态之间所产生的冲突，构成了冯至诗歌的艺术张力。诗为想象赋形，冯至以其塑匠之手将诸种流动的情思凝固成诗，体现于诗中，表现为流动事体向凝固事物的转化，譬如"过去的悲欢忽然在眼前，/凝结成屹然不动的形体"，"歌声从音乐的身上脱落，/归终剩下了音乐的身躯/化作一脉的青山默默"。《十四行集》的最后一首最为集中地表现出诗人的艺术理想："从一片泛滥无形的水里，/取水人取来椭圆的一瓶，/这点水就得到一个定型"，"向何处安排我们的思想？/但愿这些诗像一面风旗/把住一些把不住的事体"。将流动无形的情思转化为亲切可感的感性事体，这是冯至的追求所在，也是冯至选择十四行诗这一形式的原因。冯至巧妙地利用这一"风旗"，对节律、韵法做严格要求，实现了十四行诗的民族化，创造出二十七首庄严、沉静而又生机勃勃的十四行诗。

2. 永恒与死生之变

冯至在《十四行集》中孜孜不倦予以描写的不仅是生命，还有死亡。在《十四行集》中，死并非生的对立面，死亡也绝不是生命的终结。生命是脆弱的，然而脆弱的生命却往往在死亡的重压下绵绵不息，焕发出生的无限光彩。正是在死与生的辩证法中，冯至道出了永恒。《十四行集》中的生命无一不是渺小的、脆弱的，甚至是朝生暮死的，诸如小昆虫、蝉蛾、鼠曲草、初生的小狗。它们所处的环境危机四伏、险象环生，彗星、狂风、严冬、暴雨似乎永不止歇。在毁灭面前，这些渺小的生命爆发出它们全部的力量，有一种古希腊悲剧般的崇高，"我们赞美那些小昆虫，/它们经过了一次交媾/或是抵御了一次危险，/便结束它们美妙的一生"。冯至讴歌这些小生命中内在的、不竭的、浩瀚的生命力量，这一力量带着无可遏制的超越性战胜了死亡，向永恒进军，"'给我狭小的心/一个大的宇宙！'"，"看那小的飞虫，/在它的飞翔内/时时都是新生"。此外，冯至热情地礼赞生命经验的积累与传承。作为个体的生命终有一死，然而作为整体的生命将延绵不绝，"但是这一次的经验/会融入将来的吠声，/你们在深夜吠出光明"。在冯至看来，死是生的推动力，生命并不是向着死亡做徒劳的消耗，相反，是死亡在推动着生命向永恒进军，"蛇为什么褪去旧皮才能生长；/万物都在享用你的那句名言，/它道破一切生的意义：'死和变'"。

通读《十四行集》，一种自觉的、苍茫的、旺盛的生命意识扑面而来。这一生命意识远可以承接到《古诗十九首》，近则接续了里尔克的祷告诗。在战火与警报声中，冯至面对残破的山河一如几千年前站在川上的孔子，天地悠悠生死难料，过去与未来都隐没在河水里看不分明。在死与生的裂缝之中，某种本真如泉水般涌出。《十四行集》已然成了一面风旗，使那些把不住的事体无所遁形。

【思考与练习】

1. 阅读《昨日之歌》，思考冯至前后期诗歌创作风格的变化。

2. 鲁迅称冯至是"中国最为杰出的抒情诗人"，结合《十四行集》谈谈你的理解。

（杜　皓）

# 赞美（存目）

## 穆　旦

穆旦（1918—1977），原名查良铮，我国现代著名诗人、翻译家，"九叶诗派"的代表诗人。穆旦的诗作具有现代性和智性的深度，在现代诗歌史上有着重要地位。此外，他翻译的拜伦、雪莱、普希金等人的作品，在翻译界也享有很高声誉，影响深远。

穆旦的代表作品有《探险队》《穆旦诗集（1939—1945）》《旗》，译作《普希金抒情诗集》《济慈诗选》《雪莱抒情诗选》等。

## 【作品导读】

作为在 20 世纪 40 年代就已广受欢迎的青年诗人，九叶诗派的代表人物——穆旦的诗歌作品在海内外获得了高度赞誉。颠沛流离的大学生活、弃笔从戎的军旅生涯以及文化交融的留学经历，使穆旦在创作中获得了丰厚的精神资源和宽广的文艺视野。他将中国诗歌创作与欧美现代主义风格相结合，以身处的现实生活为诗歌形象的来源，因此，其诗歌具有哲学思辨与生活寓意的双重特色。

《赞美》这首诗歌创作之时，正值抗日战争最艰难的阶段，中华民族面临亡国灭种的危机。穆旦用凝重深沉的语言、悲愤浓烈的情感，赞美"战斗的中国"那历经苦难而坚韧不屈的民族精神。诗人的赞美超越了个人的情感层面，努力深掘民族苦难的残酷现实，力求在最底层民众中发现那永不屈服的民族脊梁，这也是抗战走向胜利的真正希望。

这首诗共四节，61 行诗句。第一节，从荒凉空旷的自然风景下笔，以大量意象结合现实主义的笔调，描绘出一幅压抑、厚重的画面，象征着在国事蜩螗的时代背景下民族正在经历的苦难。诗人以一种入世的态度去"拥抱"民族的苦难，并用"爱情""鹰群""干枯的眼睛"等种种意象，表现民族苦难之深重。在诗人直面社会现状之时，"到处看见的人民"正在默默承受着那个时代的民族的苦痛，这引起了诗人极大的感动和震撼。"沙漠""小路""骡子车""槽子船""野花""阴雨的天气"等意象，都是诗人被感动并振奋的精神的外化象征。"一个民族已经起来"是一种对抗战到底的必胜的信念，这种信念在诗人的心底油然而生。

第二节，诗人塑造了一个农夫的意象，把视线从自然风景转移到底层百姓身上。从古至今，劳动人民都是王朝兴衰更替的基石和动力，这个农夫象征着千千万万的正在默默承受着战乱、饥荒、徭役等沉重苦难的中国人民，这些负重前行的人民又象征着民族不屈不挠的精神脊梁。在民族危亡的时刻，这些"永远无言"的劳动人民"放下古代的锄头"挺身而出，用自己的死亡换来民族的生存。

第三节，诗人再次用宽广的自然环境描写，建构容纳巨大悲哀的空间。捐躯赴国难的"农夫"的家人依然在承受着"不可知的恐惧"，表现了底层民众在民族危亡关头的坚韧无畏，这些默默无闻的牺牲引发诗人巨大的悲愤，在痛哭中歌颂这个苦难时代里不屈的民众。

第四节，破屋檐下的寒风等意象是中华民族历史上长久以来的苦难、挣扎与抗争的象征。"耻辱的历史"和"无言的痛苦"都是诗人在面对民族苦难时最真切的体验，但诗人并未因此陷入信心的破灭和历史的虚无。因为诗人深信这个民族抗争到底的最后的希望还在，那千千万万的"农夫"就是这个民族最坚硬、最顽强的生命力，是这个民族抗争到底的最后希望。

《赞美》的语言凝练而质朴，立意深刻而厚重，意象丰富而饱满。诗人穆旦将具象的写实与真切的生命体验以及深邃的思考巧妙融合，张弛有度；诗歌结构严谨，前后呼应，语调明朗，韵律优美，极具阅读美感。

【思考与练习】

1. "一个民族已经起来"为何在诗中反复出现？

2. 阅读作品，体会穆旦诗歌的语言特色。

（侯博文）

# 憎恨（存目）

绿　原

绿原（1922—2009），原名刘仁甫，曾用译名刘半九，我国著名作家、诗人、翻译家。20世纪40年代，绿原在诗坛广受关注；抗日战争胜利前后，其爱国战斗诗篇在进步学生和年轻读者中广为流传，成为"七月诗派"后期主要代表之一。

绿原的代表作品有诗歌集《童话》《又是一个起点》《集合》《人之诗》《人之诗续编》《另一支歌》《我们走向海》，散文集《绕指集》《离魂草》《苜蓿与葡萄》《再谈幽默》等。

## 【作品导读】

20世纪40年代的中国诗坛崛起了一个新的诗歌流派——七月诗派，绿原是其中的重要代表。残酷的战争导致山河破碎，百姓无家可归，诗人们有感而发，纷纷用笔反映黑暗、丑陋的社会现实，以旺盛的生命力和执着的毅力肩负起保家卫国的使命。七月诗派追求诗歌与时代的密切结合，将诗歌与人民融为一体，追求诗歌鲜明的毫不含糊的政治倾向与革命功利主义的创作目的性。在七月诗派的作品中，我们可以看到不少昏暗的意象，这些意象象征着诗人内心的痛苦。但对于这种痛苦，他们并不是被动地承受，他们有一种勇于打破沉默，与黑暗厮杀的战斗精神，在他们的诗歌中可以看到一种粗犷的、高亢的、激越的对生命的呼喊。

绿原的《憎恨》就是体现这种战斗精神的代表作品之一。《憎恨》写于1940年12月，当时大后方充斥着白色恐怖，国民党反动当局大肆屠杀进步的革命人士，扼杀进步的文化事业。年轻的诗人绿原无畏残暴势力，勇敢地向复杂而严酷的现实突进。

《憎恨》全诗共五节，脉络清晰。诗歌的第一、二小节由舒缓的排比句和被分割的三个短句构成，"繁星""月光""风和野火"构成童话般安宁的情景，但三个决绝的"不问"却暗示美好已被吞噬；直白急切的短句充满张力，节奏的变化和戛然而止的咏调强烈表达了诗人对罪恶世界的控诉。第三节用"竖琴"和"五线谱"指明"没有诗"的原因——反动派禁锢诗人的创作自由，扼杀文化事业，字里行间充满了诗人的愤怒。第四节抒发了被压迫者奋起反抗的怒吼，"杀死那些专门虐待着青色谷粒的"反动派"蝗虫吧"，"祈祷""流泪""十字架"是毫无用处的，只有通过流血斗争，善良的人们才能奋起反抗。在尾节，诗人以一个转折句卒章显志，"不要写诗/要写一部革命史啊"，"诗"与"革命"两个词语的对照，启示所有人包括诗人，想要推翻反动派的统治，唯有"革命"，才能得到诗意的未来。

整首诗缘情取象，因象寄情，在浪漫、飘逸的意象中注入自己炽热的情感和冷峻的哲思。诗歌体现了社会现实的残酷黑暗，被压迫人民的苦难和悲愤，表达了诗人热切地呼喊人民奋起反抗的愿望。绿原曾经说："人必须用诗寻找理性的光/人必须用诗通过丑恶的桥梁/人必须用诗开拓生活的荒野/人必须用诗战胜人类的虎狼/人必须同诗一路勇往直前/即使中途不断受伤。"绿原诗歌中最为可贵的品质，是他对于社会、民族哀乐与共的参与精神，用真性情放声高歌，遇喜则赞，遇不平则愤而批判。因此，他的诗歌大多是发愤之作，含有内省的色彩，掩卷令人深思，在凝重的发愤中呈现歌德式的庄严与肃穆。

**【思考与练习】**

1. 《憎恶》体现了绿原诗歌怎样的语言特色？
2. 你如何理解"主观战斗精神"？

（邹　洁）

# 04

散文

# 青春（节选）

李大钊

李大钊（1889—1927），字守常，中国最早的马克思主义者和共产主义者，中国共产党的主要创始人之一。1913 年，李大钊东渡日本，就读于东京早稻田大学。1916 年回国后，他积极投身新文化运动，宣传民主、科学精神，抨击旧礼教、旧道德，向封建顽固势力展开猛烈斗争。

1917 年俄国十月革命胜利后，李大钊接受了马克思主义学说，开始在中国宣传马克思主义，发表《庶民的胜利》《布尔什维主义的胜利》等文章。1919 年，李大钊在《新青年》发表《我的马克思主义观》，标志着马克思主义在中国进入比较系统的传播阶段。1921 年中国共产党成立后，李大钊代表中央指导北方的工作，积极促进马克思主义与中国工人运动的结合。1927 年 4 月 6 日，李大钊不幸被捕，于 28 日英勇就义。

春日载阳，东风解冻。远从瀛岛，返顾祖邦，肃杀郁塞之象，一变而为清和明媚之象矣；冰雪冱寒之天，一幻而为百卉昭苏之天矣。每更节序，辄动怀思，人事万端，那堪回首，或则幽闺善怨，或则骚客工愁。当兹春雨梨花，重门深掩，诗人憔悴，独倚栏杆之际，登楼四瞩，则见千条垂柳，未半才黄，十里铺青，遥看有色。彼幽闲贞静之青春，携来无限之希望，无限之兴趣，飘然贡其柔丽之姿于吾前途辽远之青年之前，而默许以独享之权利。嗟吾青年可爱之学子乎！彼美之青春，念子之任重而道远也，子之内美而修能也，怜子之劳，爱子之才也，故而经年一度，展其怡和之颜，饯子于长征迈往之途，冀有以慰子之心也。纵子为尽瘁于子之高尚之理想，圣神之使命，远大之事业，艰巨之责任，而夙兴夜寐，不遑启处，亦当于千忙万迫之中，偷隙一盼，霁颜相向，领彼恋子之殷情，赠子之韶华，俾以青年纯洁之躬，饮尝青春之甘美，浃浴青春之恩泽，永续青春之生涯，致我为青春之我，我之家庭为青春之家庭，我之国家为青春之国家，我之民族为青春之民族。斯青春之我，乃不枉于遥遥百千万劫中，为此一大因缘，与此多情多爱之青春，相邂逅于无尽青春中之一部分空间与时间也。

　　块然一躯，渺乎微矣。于此广大悠久之宇宙，殆犹沧海之一粟耳。其得永享青春之幸福与否，当问宇宙自然之青春是否为无尽。如其有尽，纵有彭、聃之寿，甚且与宇宙齐，亦奚能许我以常享之福？如其无尽，吾人奋其悲壮之精神，以与无尽之宇宙竞进，又何不能之有？而宇宙之果否为无尽，当问宇宙之有无初终。宇宙果有初乎？曰：初乎无也。果有终乎？曰：终乎无也。初乎无者，等于无初；终乎无者，等于无终。无初无终，是于空间为无限，于时间为无极。质言之，无而已矣，此绝对之说也。若由相对观之，则宇宙为有进化者。既有进化，必有退化。于是差别之万象万殊生焉。惟其为万象万殊，故于全体为个体，于全生为一生。个体之积，如何其广大，而终于有限。一生之命，如何其悠久，而终于有涯。于是有生即有死，有盛即有衰，有阴即有阳，有否即有泰，有剥即有复，有屈即有信，有消即有长，有盈即有虚，有吉即有凶，有祸即有福，有青春即有白首，有健壮即有颓老，质言之有而已矣。……其变者青春之进程，其不变者无尽之青春也。其异者青春之进程，其同者无尽之青春也。其易者青春之进程，其周者无尽之青春也。其有者青春之进程，其无者无尽之青春也。其相对者青春之进程，其绝对者无尽之青春也。其色者差别者青春之进程，其空者平等者无尽之青春也。推而言之，乃至生死、盛衰、阴阳、否泰、剥复、屈信、消长、盈虚、吉凶、祸福、青春白首、健壮颓老之轮回反复，连续流转，无非青春之进程。而此无初无终、无限无极、无方无体之机轴，亦即无尽之青春也。青年锐进之子，尘尘刹刹，立于旋转簸扬循环无端之大洪流中，宜有江流不转之精神，屹然独立之气魄，冲荡其潮流，抵拒其势力，以其不变应其变，以其同操其异，以其周执其易，以其无持其有，以其绝对统其相对，以其空驭其色，以其平等律其差别，故能以宇宙之生涯为自我之生涯，以宇宙之青春为自我之青春。宇宙无尽，即青春无尽，即自我无尽。此之精神，即生死肉骨、回天再造之精神也。此之气魄，即慷慨悲壮、拔山盖世之气魄也。惟真知爱青春者，乃能识宇宙有无尽之青春。惟真能识宇宙有无尽之青春者，乃能具此种精神与气魄。惟真有此种精神与气魄者，乃能永享宇宙无尽之青春。

　　……虽然，地球即成白首，吾人尚在青春，以吾人之青春，柔化地球之白首，虽老犹未老也。是则地球一日存在，即吾人之青春一日存在。吾人之青春一日存在，即地球之青春一日存在。吾人有现在一刹那之地球，即有现在一刹那之青春，即当尽现在一刹那对于地球之责任。虽明知未来一刹那之地球必毁，当知未来一刹那之青春不毁，未来一刹那之地球，虽非现在一刹那之地球，而未来一刹那之青春，犹是现在一刹那之青春。未来一刹那之我，仍有对于未来一刹那之地球之责任。庸得以虞地球形体之幻灭，而猥为沮丧哉！

……

人类之成一民族一国家者，亦各有其生命焉。有青春之民族，斯有白首之民族，有青春之国家，斯有白首之国家。吾之民族若国家，果为青春之民族、青春之国家欤，抑为白首之民族、白首之国家欤？苟已成白首之民族、白首之国家焉，吾辈青年之谋所以致之回春为之再造者，又应以何等信力与愿力从事，而克以著效。此则系乎青年之自觉何如耳！……由历史考之，新兴之国族与陈腐之国族遇，陈腐者必败；朝气横溢之生命力与死灰沉滞之生命力遇，死灰沉滞者必败；青春之国民与白首之国民遇，白首者必败。此殆天演公例，莫或能逃者也。

……然而吾族青年所当信誓旦旦，以昭示于世者，不在龈龈辩证白首中国之不死，乃在汲汲孕育青春中国之再生。吾族今后之能否立足于世界，不在白首中国之苟延残喘，而在青春中国之投胎复活。……而在是等国族，凡以冲决历史之桎梏，涤荡历史之积秽，新造民族之生命，挽回民族之青春者，固莫不惟其青年是望矣。建国伊始，肇锡嘉名，实维中华。中华之义，果何居乎？中者，宅中位正之谓也。吾辈青年之大任，不仅以于空间能致中华为天下之中而遂足，并当于时间而谛时中之旨也。旷观世界之历史，古往今来，变迁何极！吾人当于今岁之青春，画为中点，中以前之历史，不过如进化论仅于考究太阳、地球、动植各物乃至人类之如何发生、如何进化者，以纪人类民族国家之如何发生、如何进化也。中以后之历史，则以是为古代史之职，而别以纪人类民族国家之更生回春为其中心之的也。中以前之历史，封闭之历史，焚毁之历史，葬诸坟墓之历史也。中以后之历史，洁白之历史，新装之历史，待施绚绘之历史也。中以前之历史，白首之历史，陈死人之历史也。中以后之历史，青春之历史，活青年之历史也。青年乎！其以中立不倚之精神，肩兹砥柱中流之责任，即由今年今春之今日今刹那为时中之起点，取世界一切白首之历史，一火而摧焚之，而专以发挥青春中华之中，缀其一生之美于中以后历史之首页，为其职志，而勿逡巡不前。华者，文明开敷之谓也，华与实相为轮回，即开敷与废落相为嬗代。白首中华者，青春中华本以胚孕之实也。青春中华者，白首中华托以再生之华也。白首中华者，渐即废落之中华也。青春中华者，方复开敷之中华也。有渐即废落之中华，所以有方复开敷之中华。有前之废落以供今之开敷，斯有后之开敷以续今之废落，即废落，即开敷，即开敷，即废落，终竟如是废落，终竟如是开敷。宇宙有无尽之青春，斯宇宙有不落之华，而栽之、培之、灌之、溉之、赏玩之、享爱之者，舍青春中华之青年，更谁与归矣？青年乎，勿徒发愿，愿春常在华常好也，愿华常得青春，青春常在于华也。宜有即华不得青春，青春不在于华，亦必奋其回春再造之努力，使废落者复为开敷，开敷者终不废落，使华不能不得青春，青春不能不在于华之决心也。

……

总之，青年之自觉，一在冲决过去历史之网罗，破坏陈腐学说之囹圄，勿令僵尸枯骨，束缚现在活泼泼地之我，进而纵现在青春之我，扑杀过去青春之我，促今日青春之我，禅让明日青春之我。一在脱绝浮世虚伪之机械生活，以特立独行之我，立于行健不息之大机轴。祖裼裸裎，去来无罣，全其优美高尚之天，不仅以今日青春之我，追杀今日白首之我，并宜以今日青春之我，豫杀来日白首之我，此固人生惟一之蕲向，青年惟一之责任也矣。……此其谓道，殆即达于青春之大道。青年循蹈乎此，本其理性，加以努力，进前而勿顾后，背黑暗而向光明，为世界进文明，为人类造幸福，以青春之我，创建青春之家庭，青春之国家，青春之民族，青春之人类，青春之地球，青春之宇宙，资以乐其无涯之生。乘风破浪，迢迢乎远矣，复何无计留春望尘莫及之忧哉？

（载《新青年》第 2 卷第 1 号，1916 年 9 月 1 日）

**【作品导读】**

1916 年 7 月中旬，回国不久的李大钊离开上海，抵达北京，开始参与创办《晨钟报》事宜。在发刊词中，他明确提出："青年当努力为国家自重，《晨钟》当努力为青年自勉，而各以青春中华之创造为唯一之使命。"此后，李大钊相继发表了多篇以"青春"和"青年"为关键词的文章，系统阐明了再造"青春中华"的理念，向青年们发出了奋起自觉的呼喊与召唤。在这一系列文章中，《青春》的创作时间最早，影响最大。

1. 《青春》的创作背景

《青春》发表于 1916 年 9 月 1 日《新青年》杂志第 2 卷第 1 号，具体创作时间已无从考证，但是通过文中"远从瀛岛，返顾祖邦"可推测是李大钊留日期间所作；此外，由"春日载阳，东风解冻""千条垂柳，未半才黄，十里铺青，遥看有色"等语句和"国内反对帝制斗争取得了关键性的胜利"的描述，可以大致推断出创作时间应在 1916 年 3 月至 5 月期间，也就是说《青春》创作于李大钊自日本回国之前的 1916 年春。

这时的李大钊因长期缺课，被早稻田大学开除。他并非不懂学业要专攻，只是更清楚"时事有缓急",尤其是在"国门风雨飘摇震荡之秋"。世纪中国，百年沉浮。鸦片战争后，中国内忧外患，日渐贫弱，经受着空前剧烈的危机与动荡——甲午痛创、维新破产、袁张复辟，屡遭大难，但有识之士却始终怀揣救亡图存的梦想，不畏荆棘，奋起抗争。然而，残酷的现实却是，洋务运动、戊戌变法、辛亥革命，都没能帮助国人找到一条行之有效的道路，从器物到制度，无不一触即溃，民族复兴的理想一次又一次破灭。

1916 年春，李大钊 27 岁，正值青春的年纪。而此时的民国政府，却"历经变革，一仍旧污"①，袁氏复辟，倒行逆施，虽计穷力竭，但国内时局却因此更加混乱，阴阳错行，天地大骇；兵连祸结，岁无宁日；邪说淫词，肆行横溢。李大钊曾用"军士变色于疆场，学子愤慨于庠序，商贾喧噪于廛市，农夫激怒于畎郊"来形容当日时局。他深知"再造中国之不可缓"，如果不能以新创造、新机运去"冲决一切陈腐之历史，破坏一切固有之文明"，那么等待国人的将是内忧不除，外辱难御。到那时，四邻腾笑，万众蒙羞，"中华之国家，待亡之国家也；中华之民族，衰老之民族也"。

正是在这黎明与黑暗的交接点上，李大钊几乎用尽全部精力，"忧国之所忧，哀民之所哀，为挽救'神州陆沉'"而研究学术，畅谈国策，提笔写下了《青春》一文，他以青春的号角振奋国群，以再造中华的使命唤醒青年的自觉，挽救中华民族于亡国灭种的危机之中，为古老的中国指明更生的方向。

2.《青春》的主要内容

西风尽，春归来，留学已三年的李大钊遥看春色"辄动怀思"，因节序更替，他联想到人类生命中的春天，进而呼唤"青春中国"的再造。

在这篇文章中，他自宇宙万物的生成演变入手，系统地阐述了对于宇宙和人生、国家和民族前途的看法，提出宇宙无尽、青春无尽的宇宙观和摆脱束缚、再造青春中华的思想理念。

概括来说，主要有以下几方面内容。

首先，阐明青春的宇宙观和人生观。文章开篇从哲理、佛理、易理、数理等方面进行分析，以泛青春论的哲学思想论述了"得永享青春之幸福与否，当问宇宙自然之青春是否为无尽"的宇宙观，并在此基础上，确立了"以宇宙之生涯为自我之生涯，以宇宙之青春为自我之青春。宇宙无尽，即青春无尽，即自我无尽"的人生观。呼吁青年"进前而勿顾后，背黑暗而向光明"，以"回天再造""悲壮之精神，以与无尽之宇宙竞进"，以"拔山盖世"和"乘风破

---

① 《直隶学界公电》，《顺天时报》1916 年 8 月 10 日。

浪"的气魄,"为世界进文明,为人类造幸福"。

其次,提出"青春中国之创造"的历史使命。中华民族在人类历史上岿然屹立几千年,创造了世所罕有的人类文明,这是不容忽视的历史事实。但近代以后,她却"衰老"了,"僵化"了,旧文明、旧传统如"僵尸枯骨"一般,要开始它的全面"扑杀"。因此,民族危亡之际,"冲决历史之桎梏,涤荡历史之积秽,新造民族之生命,挽回民族之青春"成为国人不可推卸的历史责任。然而,灾难深重的中国,究竟值不值得挽救?国家独立、民族解放,最终是否能够实现?国人对此各执一词。与消极悲观的论调不同,李大钊认为,与其纠结迷茫,不如勇往奋进。他警示青年,中国的未来任重道远,"所当信誓旦旦,以昭示于世者,不在酝酿辩证白首中国之不死,乃在汲汲孕育青春中国之再生。吾族今后之能否立足于世界,不在白首中国之苟延残喘,而在青春中国之投胎复活。"

再次,呼唤青年之"自觉"。《青春》的核心内容是创造青春之国家,然而,贫弱的中华是否能够回春再造,衰老的民族如何完成复活更生,关键还要依靠变革的主体——青年。因为青年不死,则中华不亡。正如国家不可一日无青年,青年也不可一日无觉醒。因此,"高尚之理想,圣神之使命,远大之事业,艰巨之责任",全"系乎青年之自觉"。那什么是"青年之自觉"?李大钊说,"一在冲决过去历史之网罗,破坏陈腐学说之囹圄……一在脱绝浮世虚伪之机械生活,以特立独行之我,立于行健不息之大机轴。"简单来说,就是要摆脱一切因袭与束缚,以青春之自觉为指引,"创建青春之家庭,青春之国家,青春之民族,青春之人类,青春之地球,青春之宇宙"。

3.《青春》的文学史价值

在《青春》这篇文章中,李大钊第一次正式提出了"青春中华"的主张和理想,这篇文章也是他正式投身新文化阵营的标志与宣言。文中对青春的呼唤和对青年的期待,潜藏着对"现代"中国的期盼与渴求,而这种方向性的指引,正是新文化运动的任务,也是新青年们努力的目标。

首先,指向"现代"。新文化运动的本质是企求中国现代化的思想启蒙运动。启蒙者的历史使命不是以文学家的身份建构自我,而是以建设现代国家为己任的角色担当。他们在西方现代思潮的影响下,总结了晚清以来历次社会变革的经验教训,意识到必须在思想文化领域进行彻底的革命,国家才有希望。于是,在新与旧、东与西的冲突与裂变中,现代文明的思想基因孕育而生。

李大钊的青春理想,就展现出这一思想基因的精神内核。他敏锐地意识到,时代的问题集中于中国之再造,而"青春"便是再造之唯一方向。实际上,这是李大钊对中国向何处去等问题进行的初步理论探索。像大多数新青年一样，此时的李大钊还没能为未来中国的建设制定出切实可行的方案，但是以摆脱一切因袭与束缚为前提和使命的再造"青春中华"思想，却为漫漫长夜中仍在苦苦探索救国方案的知识分子指明方向。在这个意义上，可以说，"青春中华"承载了中华民族复兴的历史使命，而《青春》便是引导中华民族告别衰老腐朽的精神宣言。

其次，唤醒"青年"。新文化运动主张除旧布新，进行思想启蒙，其核心其实是塑造"新青年"这一具有现代人格和时代精神的群体。因此，也可以说，新文化运动是一场呼唤"青年觉醒"的文化运动。作为旗手的陈独秀，在新文化运动发轫之初，就用"青年"来命名所创办的杂志，以"改造青年之思想，辅导青年之修养"为志向，把"自主的而非奴隶的""进步的而非保守的""进取的而非退隐的""世界的而非锁国的""实利的而非虚文的""科学的而非想象的"六条准则作为时代对青年的要求。此后，更是接连发表了40篇关于青年与青春的文章，构成了自"青春化的人格"到"青春化的社会"再到"青春化的国家"的思维路径。

李大钊的《青春》便体现了《新青年》以青年为思想启蒙的主体和目标的办刊主旨，赋予青年改造迟暮之民族、朽腐之国家的历史使命，促进青年民族国家意识的觉醒。

【思考与练习】

1. 试谈你对《青春》主要内容的理解。
2. 试谈你对《青春》文学史价值的理解。

（张　瑜）

# 初　恋

周作人

周作人（1885—1967），我国现代著名散文家、文学理论家、评论家、诗人、翻译家、思想家，中国现代散文的开创者与倡导者之一，新文化运动的代表人物之一。周作人曾任北京大学教授、燕京大学新文学系主任，与郑振铎、沈雁冰等人发起成立文学研究会，与鲁迅、林语堂等创办《语丝》周刊。

周作人的代表作品有散文集《雨天的书》《谈虎集》《风雨谈》，诗集《过去的生命》《儿童杂事诗》，译作有《乌克兰民间故事》《伊索寓言》等。

那时我十四岁，她大约是十三岁罢。我跟着祖父的妾宋姨太太寄寓在杭州的花牌楼，间壁住着一家姚姓，她便是那家的女儿。她本姓杨，住在清波门头，大约因为行三，人家都称她作三姑娘。姚家老夫妇没有子女，便认她做干女儿，一个月里有二十多天住在他们家里，宋姨太太和远邻的羊肉店石家的媳妇虽然很说得来，与姚宅的老妇却感情很坏，彼此都不交口，但是三姑娘并不管这些事，仍旧推进门来游嬉。她大抵先到楼上去，同宋姨太太搭讪一回，随后走下楼来，站在我同仆人阮升公用的一张板桌旁边，抱着名叫"三花"的一只大猫，看我映写陆润库的木刻的字帖。

我不曾和她谈过一句话，也不曾仔细的看过她的面貌与姿态，大约我在那时已经很是近视，但是还有一层缘故，虽然非意识的对于她很是感到亲近，一面却似乎为她的光辉所掩，开不起眼来去端详她了。在此刻回想起来，仿佛是一个尖面庞，乌眼睛，瘦小身材，而且有尖小的脚的少女，并没有什么殊胜的地方，但是在我的性的生活里总是第一个人，使我于自己以外感到对于别人的爱着，引起我没有明了的性之概念的，对于异性的恋慕的第一个人了。

我在那时候当然是"丑小鸭"，自己也是知道的，但是终不以此而减灭我的热情。每逢她抱着猫来看我写字，我便不自觉的振作起来，用了平常所无的努力去映写，感着一种无所希求的迷蒙的喜乐。并不问她是否爱我，或者也还不知道自己是爱着她，总之对于她的存在感到亲近喜悦，并且愿为她有所尽力，这是当时实在的心情，也是她所给我的赐物了。在她是怎样不能知道，自己的情绪大约只是淡淡的一种恋慕，始终没有想到男女关系的问题。有一天晚上，宋姨太太忽然又发表对于姚姓的憎恨，末了说道：

"阿三那小东西，也不是好货，将来总要流落到拱辰桥去做婊子的。"

我不很明白做婊子这些是什么事情，但当时听了心里想道：

"她如果真是流落做了，我必定去救她出来。"

大半年的光阴这样的消费过去了。到了七八月里因为母亲生病，我便离开杭州口家去了。一个月以后，阮升告假回去，顺便到我家里，说起花牌楼的事情，说道：

"杨家的三姑娘患霍乱死了。"

我那时也很觉得不快，想象她的悲惨的死相，但同时却又似乎很是安静，仿佛心里有一块大石头已经放下了。

十年九月

（选自《周作人散文选集》，百花文艺出版社 1987 年版）

**【作品导读】**

《初恋》写于 1922 年，这时的周作人 37 岁，早已成家立业，所以这是一篇带有自传体性质的回忆散文。那么，这时的周作人为什么要写 20 多年前的恋情呢？仅从文本出发我们无从得知，只有进一步了解周作人的生活、思想，以及作品的写作背景才可分析一二。

祖父因科场舞弊案在杭州入狱，周作人于 1897 年去杭州服侍祖父，与祖父的妾室一起住在花牌楼，并在此时认识了住在隔壁姚氏家的杨三姑娘，当时的周作人只有十三四岁，正是情窦初开的年纪。用作者的话来说，这个纤细灵动的少女"引起我没有明了的性之概念"，使他"于自己以外感到对于别人的爱着"，是"对于异性的恋慕的第一个人"。不是按部就班的父母之命，也不是历经情场后的乍见之欢，而是心无旁骛的朦胧迷悦，传达着彼此的真诚，这是一种澄澈又纯粹的感情，再加上杨三姑娘的死使得这种感情戛然而止在最美好的样态，所以成为作者难以忘怀的美好回忆。

作品全文不到 900 字，简单平实地讲述了少男少女的一场"秋波之恋"。我们可以将文本分为三部分：文章开头介绍了"初恋"发生的时间和地点，并将"我"和三姑娘相识的原因、经过做了简单描述。读罢，我们的眼前浮现出正襟危坐的少年伏于桌案前临摹字帖，少年身边站着一位怀抱大猫的少女，正专注地看着少年写字。时隔20多年，在周作人的记忆中，和三姑娘的相识定格成这样一幅朦胧美好的画面。文本的主体是以幼年周作人的视角展开的，描写的是见到三姑娘后"我"的心理活动和行为动作。三姑娘是活泼大胆的，她会跑到楼上同宋姨太太搭讪，跑到楼下看"我"写字，可"我"因着第一次产生对异性的恋慕之情，羞怯于大胆观察三姑娘的面容，所以作者笔下的少女只有一个"仿佛"的模糊模样。对于三姑娘的存在感到喜悦和亲近，想要在她眼中留下最好的印象，作者练字时"用了平常所无的努力去映写"。关于宋姨太太发表三姑娘将来去"做婊子"的话，"我"虽不理解却暗暗决定救她出来。少年和少女不曾谈过一句话，流动的情绪、纯粹的欢喜尽在不言之中。文章最后用11个字交代了"初恋"的死讯，并简洁描写了"我"对这一突然事件的态度，即由不快转为安静，文章便戛然而止了。周作人的反应无疑是令人费解的，一个14岁的少年，突然获知爱慕对象的死讯，不快是显而易见的，那么为何随即转为安静，"仿佛心里有一块大石头已经放下了"？有人认为是作者原来心中搭救的负担终于卸去而感到轻松，但这并不符合少年敢于救三姑娘的勇气和无畏精神。有人认为是分别的忐忑和忠诚守卫自己恋情的精神自觉没有了，总之都是与爱情有关的解释评析。现在我们回到最初的问题，故事发生20多年后，作者为何偏偏在此时，也就是1922年，写下这件模糊朦胧却美好圣洁的初恋往事？此时正是五四落潮期，周作人感到理想破灭，充满孤独和悲哀，并且身患疾病，更加痛苦郁闷。回想往事时，初恋的美好给予他快乐和安慰，再想到初恋对象的突然死亡自己也能坦然接受，由此，联想到寄予无限期待的、如同初恋般美好的五四运动已经落潮了，自己为何不能同样释然，使精神得到解脱呢？所以文章末尾突然的"平静"和"大石头"放下，既是14岁的周作人对初恋的情绪，也是37岁的周作人对五四落潮的态度，告别过往，看开世事，得到平静和解脱，这里颇有些屈原对于"香草""美人"的象征意味。

**【思考与练习】**

1. 结合具体文本和创作背景，试谈你对主人公"同时却又似乎很是安静，仿佛心里有一块大石头已经放下了"这种情绪的理解。

2. 结合文本具体内容，试析周作人散文的语言艺术。

（赵　琦）

# 卖豆腐的哨子（存目）

茅　盾

**【作品导读】**

《卖豆腐的哨子》是茅盾前期创作的一篇抒情散文，于 1929 年在日本写成。

20 世纪 20 年代的茅盾，以政治活动者和文学活动者的双重身份活跃在历史舞台上，1923 年他辞去《小说月报》的主编后，前者的色彩便更加浓重了。彼时，马克思主义正在中国以星火燎原之势点燃了一批批醉心于文学和政治的青年的心，他们对中国光明的前景有着巨大的期冀，心怀理想，想要在时代的风云中大展身手，茅盾便是在这种大环境下成长起来的。处于政治和文学交错中的茅盾，其实是更热衷于政治的，作为中国共产党早期成员，他全身心投入政治生活中，文学在很多时候是茅盾辅助其政治活动的一把利剑。

1927 年四一二事变后，国民党大肆屠杀共产党人，国共合作破裂，战争频仍，中国现代文学史上的第二个十年便在这样的血雨腥风中走来，而茅盾硕果累累的文学一生也由此拉开序幕。但是，大革命的失败，对于充满政治理想和激情的茅盾的打击是异常巨大的。一直站在时代洪流的前端，突然之间被一股巨大的浪潮拍打到岸边，茅盾带着迷茫不解被迫停下来思考。与此同时，蒋介石政府大肆抓捕革命人士。为了躲避抓捕，茅盾于 1928 年避居日本，思想上陷入极端悲观、苦闷的境地。于是，在日本期间，他写下了这篇《卖豆腐的哨子》，以表达自己的苦闷情绪。

这是一篇主观抒情性散文，作者利用象征的手法，借用日本清晨街头上卖豆腐的哨声表达了自己的苦闷。那么这苦闷究竟是什么呢？作者在文中告诉我们，既不是淡淡乡愁的惆怅，又不是对烟云般过去的惆怅，这惆怅难以名状。但是，通过对文章的具体分析，我们可以看出作者内心深切的苦闷。首先，作者通过声音意象——"卖豆腐的哨声"表达了自己的苦闷。"呜呜响的哨子声，这像是闷在瓮中，像是透过了重压而挣扎出来的地下的声音"，象征着黑暗社会中底层人民艰难困苦的生活，与作者在日本街头看到的顶着寒风叫卖的衣衫褴楼的小贩用一张席片挡住潮湿的泥土，人和货物一起挤在上面一样，故乡的底层人民同样活得艰辛，作者不知是怜悯还是同情，总之心底有一种难以言说的惆怅之感。其次，作者描写了另一个意象"雾"。作者在文章结尾处写道："我猛然推开幛子，遥望屋后的天空。我看见了些什么呢？我只看见满天白茫茫的愁雾"，这白茫茫的愁雾象征远在海外的祖国正笼罩着的"白色恐怖"，象征着社会的黑暗势力，同时象征着知识分子看不到眼前的出路，如陷在烂泥淖中一般，想挣扎却无从着力的惆怅心情。所以，这篇散文实际上表达了茅盾对于底层人民的关切和自己又不能有所作为的无奈和惆怅。

此外，这篇散文通过诗意化的描写，也让我们感受到了茅盾散文的艺术魅力。首先是诗意化的意境，作者在旅日期间所住的寓所充满诗意——面临小池，背靠青峰，就是在这样美丽的异国风情中，勾起了作者对伟大抱负受挫的遗憾情绪，充满苦闷，有一种离群索居之感。其次是诗意化的感情，作者在平实又充满书卷气的话语中，淡淡地表达出了一种愁思，给读者一种美的体验。再次是诗化的语言，如文章的最后一段"我猛然推开幛子，遥望屋后的天空。我看见了些什么呢？我只看见满天白茫茫的愁雾"。作者对于"我"字的重复使用，增加了自己的主观感受，也强化了自己的孤独感。

《卖豆腐的哨子》通过象征手法的运用、诗意化的描写，向我们展示了在大革命失败后知识分子不甘沉溺又无可奈何的苦闷、孤寂；也表达了作者对于生活在黑暗社会中的底层人民的同情，不失为茅盾前期象征散文的一篇佳作。

**【思考与练习】**

1. 文章中都出现了哪些意象？分别有什么作用？
2. 试比较《卖豆腐的哨子》与《白杨礼赞》在思想上和艺术上的不同。

（曹海静）

# 一种云

瞿秋白

瞿秋白（1899—1935），本名双，后改瞿爽、瞿霜，字秋白，中国共产党早期领导人之一，伟大的马克思主义者，杰出的无产阶级革命家、理论家和宣传家，是中国革命文学事业奠基人之一。

1921 年 5 月，瞿秋白在莫斯科加入联共（布）党组织，1922 年 2 月转为中国共产党党员；1923 年回国后，发表大量政论文章，为党的思想理论建设作出开创性贡献；1927 年 8 月，瞿秋白主持召开中共中央紧急会议，即八七会议，为挽救党和革命作出重要贡献；1931 年 1 月，瞿秋白遭受王明"左"倾错误路线迫害，被解除中央领导职务，此后，他和鲁迅并肩战斗，一起领导左翼文化运动。1935 年，瞿秋白被国民党军逮捕，从容就义。

瞿秋白的代表作品有《饿乡纪程》《赤都心史》《多余的话》等，此外，还翻译了《国际歌》，成为无产阶级革命的一首战歌。

天总是皱着眉头。太阳光如果还射得到地面上，那也总是稀微的淡薄的。至于月亮，那更不必说，他只是偶然露出半面，用他那惨淡的眼光看一看这罪孽的人间，这是寡妇孤儿的眼光，眼睛里含着总算还没有流干的眼泪。受过不只一次封禅大典的山岳，至少有大半截是上了天，只留一点山脚给人看。黄河，长江……据说是中国文明的母亲，也不知道怎么变了心，对于他们的亲骨肉，都摆出一付冷酷的面孔。从春天到夏天，从秋天到冬天，这样一年年的过去，淫虐的雨凄厉的风和肃杀的霜雪更番的来去，一点儿光明也没有，这样的漫漫长夜，已经二十年了。这都是一种云在作祟。那云是从什么地方来的？这是太平洋上的大风暴吹过来的，这是大西洋上的狂飙吹过来的。还有那些模糊的血肉——榨床底下淌着的模糊的血肉蒸发出来的。那些会画符的人——会写借据，会写当票的人，就用这些符篆在呼召。那些吃泥土的土蜘蛛，——虽然死了也不过只要六尺土地葬他的贵体，可是活着总要吃这么一二百亩三四百亩的土地，——这些土蜘蛛就用屁股在吐着。那些肚里装着铁心肝钢肚肠的怪物，又竖起了一根根的烟囱在那里喷着。狂飙风暴吹来的，血肉蒸发的，呼召来的，吐出来的，喷出来的，都是这种云。这是战云。

难怪总是漫漫的长夜了！

什么时候才黎明呢？

看那刚刚发现的虹。祈祷是没有用的了。只有自己去做雷公公电闪娘娘。那虹发现的地方，已经有了小小的雷电，打开了层层的乌云，让太阳重新照到紫铜色的脸。如果是惊天动地的霹雳——这可只有你自己做了雷公公电娘娘才办得到，如果那小小的雷电变成了惊天动地的霹雳，那才拨得开这些愁云惨雾。

（选自《北斗》1931 年第 1 卷第 2 期）

## 【作品导读】

本篇写于 1931 年 9 月 3 日，时值九一八事变前夕，国内外各种矛盾暗流涌动，国家危机四伏。国内军阀连年混战，矛盾冲突不断；国民党反动派对以中国共产党为首的革命力量进行疯狂围剿，党的革命事业处于低潮期；帝国主义在华矛盾尖锐，争端不断。此时，阶级矛盾和民族矛盾突出，国家陷于危难，人民处于水深火热之中。

作者开篇运用拟人的手法为我们描绘了一幅压抑、冷清的画面："天总是皱着眉头"，月亮那"惨淡的眼光"，黄河、长江"变了心"摆出"冷酷的面孔"……营造出天地万物死气沉沉、毫无生机的氛围。题为"一种云"，那么究竟是什么样的一种云呢？作者接着展开描述。这种云使太阳光"稀微""淡薄"，使月亮"惨淡"，使山岳"只留一点山脚给人看"，使黄河、长江变得"冷酷"，这种云使得人间"一点儿光明也没有"，造成了"漫漫长夜"，并且持续了 20 年，这 20 年就是自辛亥革命以来，中国黑暗社会景象的种种缩影。接着，作者运用拟人手法揭示造成这种景象的原因是"一种云在作祟"，进而深刻剖析了云的来历。这种云"是太平洋上的大风暴吹过来的""是大西洋上的狂飙吹过来的"，这种外来的威胁象征着席卷和吞噬中国大地的帝国主义；这种云是"榨床底下淌着的模糊的血肉蒸发出来的"，象征着搜刮和剥削劳苦大众的官僚买办；这种云是"用这些符箓在呼召"的，象征着在经济上欺诈平民大众的写借据的债主、高利贷者以及写当票的当铺老板；这种云是"那些吃泥土的土蜘蛛"，象征着在农村占有大量土地且又贪得无厌的地主阶级；这种云是"那些肚里装着铁心肝钢肚肠的怪物"喷出来的，象征着对工人阶级进行压榨并吸干其血汗的资产阶级。正是这些人，造成了国家的"漫漫的长夜"！作者通过这一系列的暗示和象征，将黑暗社会的"愁云惨雾"予以一一揭露，表达了作者面对"愁云惨雾"时的伤感痛心，对帝国主义、封建主义和官僚资本主义的愤懑憎恨以及对劳苦大众的深切同情。

但是，作者没有停留于单纯的愤懑，也没有沉浸于强烈的痛苦中，而是在后文中表达了一种对黎明的深切向往，对希望的迫切追求，而这希望就是——"刚刚发现的虹"。作者号召我们不要再沉默，而应该自己"去做雷公公电闪娘娘"，由"小小的雷电"变成"惊天动地的霹雳"，启发和鼓舞平民大众武装起来进行反抗，以革命手段对抗反动派的统治和压迫，才能拨得开这些"愁云惨雾"，让太阳光重新照耀大地，获得翻身解放！

这篇文章通过暗示、象征和拟人的手法，以昂扬的风格，生动地表达了作者对黑暗现实的不满和对建立光明的新中国的追求，表达了作者面对现实困难的勇气和扭转局面的决心，同时体现了一位革命者身处困境时的革命乐观主义精神。

这篇文章背景宏阔，主题鲜明，气势恢宏，意蕴丰富，感情炽烈，是诗意与政论相结合的典范作品，在中国现代文学史上具有举足轻重的地位。

毛泽东曾高度评价瞿秋白："在革命困难的年月里坚持了英雄的立场，宁愿向刽子手的屠刀走去，不愿屈服。他的这种为人民工作的精神，这种临难不屈的意志和他在文字中保存下来的思想，将永远活着，不会死去。"

【思考与练习】

1. 这篇文章运用了哪些艺术手法？表达了什么主题？
2. 试比较《一种云》与高尔基《海燕》的异同。

（员雅新）

# 给亡妇

朱自清

朱自清（1898—1948），原名自华，字佩弦，号实秋，我国现代文学史上杰出的散文家、诗人、学者，同时是一名坚定的民主革命主义战士。朱自清的散文情感浓郁，质朴恬淡，是深入街头巷尾的文学经典。

朱自清的代表作品有散文集《背影》《你我》《欧游杂记》《伦敦杂记》，杂文集《论雅俗共赏》等。

谦，日子真快，一眨眼你已经死了三个年头了。这三年里世事不知变化了多少回，但你未必注意这些个。我知道，你第一惦记的是你几个孩子，第二便轮着我。孩子和我平分你的世界，你在日如此；你死后若还有知，想来还如此的。告诉你，我夏天回家来着：迈儿长得结实极了，比我高一个头。闰儿父亲说是最乖，可是没有先前胖了。采芷和转子都好。五儿全家夸她长得好看；却在腿上生了湿疮，整天坐在竹床上不能下来，看了怪可怜的。六儿，我怎么说好，你明白，你临终时也和母亲谈过，这孩子是只可以养着玩儿的，他左挨右挨到去年春天，到底没有挨过去。这孩子生了几个月，你的肺病就重起来了。我劝你少亲近他，只监督着老妈子照管就行。你总是忍不住，一会儿提，一会儿抱的。可是你病中为他操的那一份儿心也够瞧的。那一个夏天他病的时候多，你成天儿忙着，汤呀，药呀，冷呀，暖呀，连觉也没有好好儿睡过。哪里有一分一毫想着你自己。瞧着他硬朗点儿你就乐，干枯的笑容在黄蜡般的脸上，我只有暗中叹气而已。

从来想不到做母亲的要像你这样。从迈儿起，你总是自己喂乳，一连四个都这样。你起初不知道按钟点儿喂，后来知道了，却又弄不惯；孩子们每夜里几次将你哭醒了，特别是闷热的夏季。我瞧你的觉老没睡足。白天里还得做菜，照料孩子，很少得空儿。你的身子本来坏，四个孩子就累你七八年。到了第五个，你自己实在不成了，又没乳，只好自己喂奶粉，另雇老妈子专管她。但孩子跟老妈子睡，你就没有放过心；夜里一听见哭，就竖起耳朵听，工夫一大就得过去看。十六年初，和你到北京来，将迈儿，转子留在家里；三年多还不能去接他们，可真把你惦记苦了。你并不常提，我却明白。你后来说你的病就是惦记出来的；那个自然也有份儿，不过大半还是养育孩子累的。你的短短的十二年结婚生活，有十一年耗费在孩子们身上；而你一点不厌倦，有多少力量用多少，一直到自己毁灭为止。你对孩子一般儿爱，不问男的女的，大的小的。也不想到什么"养儿防老，积谷防饥"，只拼命地爱去。你对于教育老实说有些外行，孩子们只要吃得好玩得好就成了。这也难怪你，你自己便是这样长大的。况且孩子们原都还小，吃和玩本来也要紧的。你病重的时候最放不下的还是孩子。病得只剩皮包着骨头了，总不信自己不会好；老说："我死了，这一大群孩子可苦了。"后来说送你回家，你想着可以看见迈儿和转子，也愿意；你万不想到会一走不返的。我送车的时候，你忍不住哭了，说："还不知能不能再见？"可怜，你的心我知道，你满想着好好儿带着六个孩子回来见我的。谦，你那时一定这样想，一定的。

除了孩子，你心里只有我。不错，那时你父亲还在；可是你母亲死了，他另有个女人，你老早就觉得隔了一层似的。出嫁后第一年你虽还一心一意依恋着他老人家，到第二年上我和孩子可就将你的心占住，你再没有多少工夫惦记他了。你还记得第一年我在北京，你在家里。家里来信说你待不住，常回娘家去。我动气了，马上写信责备你。你教人写了一封覆信，说家里有事，不能不回去。这是你第一次也可以说第末次的抗议，我从此就没给你写信。暑假时带了一肚子主意回去，但见了面，看你一脸笑，也就拉倒了。打这时候起，你渐渐从你父亲的怀里跑到我这儿。你换了金镯子帮助我的学费，叫我以后还你；但直到你死，我没有还你。你在我家受了许多气，又因为我家的缘故受你家里的气，你都忍着。这全为的是我，我知道。那回我从家乡一个中学半途辞职出走。家里人讽你也走。哪里走！只得硬着头皮往你家去。那时你家像个冰窖子，你们在窖里足足住了三个月。好容易我才将你们领出来了，一同上外省去。小家庭这样组织起来了。你虽不是什么阔小姐，可也是自小娇生惯养的，做起主妇来，什么都得干一两手；你居然做下去了，而且高高兴兴地做下去了。菜照例满是你做，可是吃的都是我们；你至多夹上两三筷子就算了。你的菜做得不坏，有一位老在行大大地夸奖过你。你洗衣服也不错，夏天我的绸大褂大概总是你亲自动手。你在家老不乐意闲着；坐前几个"月子"，老是四五天就起床，说是躺着家里事没条没理的。其实你起来也还不是没条理；咱们家那么多孩子，哪儿来条理？在浙江住的时候，逃过两回兵难，我都在北平。真亏你领着母亲和一群孩子东藏西躲的；末一回还要走多少里路，翻一道大岭。这两回差不多只靠你一个人。你不但带了母亲和孩子们，还带了我一箱箱的书；你知道我是最爱书的。在短短的十二年里，你操的心比人家一辈子还多；谦，你那样身子怎么经得住！你将我的责任一股脑儿担负了去，压死了你；我如何对得起你！

你为我的捞什子书也费了不少神；第一回让你父亲的男佣人从家乡捎到上海去。他说了几句闲话，你气得在你父亲面前哭了。第二回是带着逃难，别人都说你傻子。你有你的想头："没有书怎么教书？况且他又爱这个玩意儿。"其实你没有晓得，那些书丢了也并不可惜；不过教你怎么晓得，我平常从来没和你谈过这些个！总而言之，你的心是可感谢的。这十二年里你为我吃的苦真不少，可是没有过几天好日子。我们在一起住，算来也还不到五个年头。无论日子怎么坏，无论是离是合，你从来没对我发过脾气，连一句怨言也没有。——别说怨我，就是怨命也没有过。老实说，我的脾气可不大好，迁怒的事儿有的是。那些时候你往往抽噎着流眼泪，从不回嘴，也不号啕。不过我也只信得过你一个人，有些话我只和你一个人说，因为世界上只你一个人真关心我，真同情我。你不但为我吃苦，更为我分苦；我之有我现在的精神，大半是你给我培养着的。这些年来我很少生病。但我最不耐烦生病，生了病就呻吟不绝，闹那伺候病的人。你是领教过一回的，那回只一两点钟，可是也够麻烦了。你常生病，却总不开口，挣扎着起来；一来怕搅我，二来怕没人做你那份儿事。我有一个坏脾气，怕听人生病，也是真的。后来你天天发烧，自己还以为南方带来的疟疾，一直瞒着我。明明躺着，听见我的脚步，一骨碌就坐起来。我渐渐有些奇怪，让大夫一瞧，这可糟了，你的一个肺已烂了一个大窟窿了！大夫劝你到西山去静养，你丢不下孩子，又舍不得钱；劝你在家里躺着，你也丢不下那份儿家务。越看越不行了，这才送你回去。明知凶多吉少，想不到只一个月工夫你就完了！本来盼望还见得着你，这一来可拉倒了。你也何尝想到这个？父亲告诉我，你回家独住着一所小住宅，还嫌没有客厅，怕我回去不便哪。

前年夏天回家，上你坟上去了。你睡在祖父母的下首，想来还不孤单的。只是当年祖父母的坟太小了，你正睡在圹底下。这叫作"抗圹"，在生人看来是不安心的；等着想办法哪。那时圹上圹下密密地长着青草，朝露浸湿了我的布鞋。你刚埋了半年多，只有圹下多出一块土，别的全然看不出新坟的样子。我和隐今夏回去，本想到你的坟上来；因为她病了没来成。我们想告诉你，五个孩子都好，我们一定尽心教养他们，让他们对得起死了的母亲——你！谦，好好儿放心安睡吧，你。

一九三二年十月十一日作

（原载 1933 年 1 月 1 日《东方杂志》第 30 卷第 1 号）

## 【作品导读】

朱自清的散文是中国现代抒情散文的典范，其中，记人记事和写景抒情的两类尤为出色，前者语言朴素，真挚感人；后者清新秀丽，意境优美。郁达夫曾说："文学研究会的散文作家中，除冰心外，文章之美，要算他了。"李广田也曾说朱自清是个"至情的人"，凡和他相处的人"没有不被他的至情所感的""正由于他这样的至情，才产生他的至文"，《给亡妇》就是这"至情表现"。

《给亡妇》是一篇以书信体为格式，悼念亡妻的抒情性散文，文章构思精巧，真挚感人，在如话家常般的言语中，用清新秀丽的文字将妻对己的深情照料、默默奉献娓娓道出，"对面落笔，情义互生"，从妻的角度来写妻对"我"与儿女的怀念与爱，实则是由于"我"对妻的深切怀念而想及去世的妻将怎样怀念"我"。全文五大段落，情感逐层递进，愈写愈深，表现出"我"对妻的怀念、愧疚、痛惜等满腔真情，着实感人肺腑。

"怀念、愧疚与深沉的爱"是这篇散文的主题。文章开头，作者似有意直抒其情，但细读下去，通篇并未提及"我"对亡妻怀有如何复杂难言的怀念之情，而是从亡妻一面打开全文叙述入口，谈及亡妻走后"我"料定"你第一惦记的是你几个孩子，第二便轮着我"，表现出"我"与孩子占据了亡妻短暂生命中的绝大部分，紧接着写到亡妻生前为我们一家人日夜操劳、兢兢业业、事无巨细，全然不顾自己的身体已经"很坏"，只是一股脑儿地、毫无怨言地将全部心血与精力倾注于这个小家庭之中，默默承担了家中本该"我"承担的所有，包容着"我"所有的"小毛病"与"坏脾气"，直至身体撑不下去了，依然惦念着这个家与"我"和几个孩子，直到生命的最后一刻。作者深切怀念亡妻，却通篇由亡妻视角入手论及亡妻对"我"与孩子及这个家的爱与牵挂，几乎未有"我"对亡妻的直接抒情描写，只在文章结尾真切望妻能够"好好儿放心安睡"。亡妻似乎取代了"我"的主体地位，"我"与孩子成了她念念不忘的牵挂对象，这种反弹琵琶、对面落笔的写法使这篇散文不仅在情感上超越一般，而且在艺术上给人以无穷韵味，在亡妻对"我"与孩子的爱的表象下隐藏着的是"我"对亡妻深深的怀念与爱以及"我"未能很好地照顾妻子的愧疚之情。

元稹悼念亡妻韦丛而作"曾经沧海难为水，除却巫山不是云"，苏轼因念其亡妻恍然间觉妻子"小轩窗，正梳妆。相顾无言，唯有泪千行"，他们皆为单向的思念而妻子对己的感情则隐而未现。朱自清的《给亡妇》所表现出来的妻对"我"与孩子的深情的爱，在似乎"有悖常规"的描写中使"我与妻"的情感在生死两界互递互话而超越了一般，给人以"陌生化"的新奇与感动。细细想来，这何尝不是活着的"我"太想念离去的妻而产生的对亡妻该如何惦念"我"与孩子及这个家的联想呢？爱愈深，情愈真。

作者的艺术构思精巧，结构完整，层层递进。从整体结构来看，作者信笔而写，情感自然流露，全文五段的情感层次一段深似一段，一层压过一层，终不可抑制地发出肺腑之言：望妻能够从此"好好儿放心安睡"，再无忧愁。除反弹琵琶、对面落笔的妙法外，作者对亡妻形象的细致描绘也极致动人，于具体琐碎的生活细节中将亡妻的"小形象"不断放大至读者眼前，栩栩如生。摈雕琢、去藻饰是这篇作品的风格。作品文字平淡清丽、朴实无华，这般话家常之语中流露出的却是人世间最真挚的夫妻之情，这种"爱、念、悔、怜"即由悲哀而思忆，由思忆而悔恨，由悔恨而怜爱的感情是何其感人。感情真挚朴素正是《给亡妇》的最动人之处，于看似平静中将对亡妻的满腔怜惜怀念之情轻语重发，情感猝然拔高，一字一泪，字字动心，既有波起词间的深意，又有意存篇外的含蓄。

【思考与练习】

1. 这篇散文中最令你感动的描写在哪里？为什么？
2. 试析《给亡妇》的艺术表现手法及其作用。

（侯倩倩）

# 秋天的况味（存目）

林语堂

林语堂（1895—1976），原名林和乐，我国现代著名作家、学者、翻译家、语言学家，曾多次获得诺贝尔文学奖提名。此外，他还将孔孟老庄哲学和陶渊明、李白、苏东坡、曹雪芹等人的文学作品英译推介至海外，是第一位以英文书写扬名海外的中国作家。

林语堂的代表作品有长篇小说《京华烟云》《风声鹤唳》，传记《苏东坡传》《武则天传》，散文集《吾国与吾民》等。

## 【作品导读】

《秋天的况味》是林语堂于 1933 年发表的一篇散文。在文学时代性仍备受重视的时期，《秋天的况味》却呈现出不同于"语丝"时期战斗式散文的姿态，是林语堂"以自我为中心，以闲适为格调"的经典之作。除独特的创作格调外，《秋天的况味》也是在林语堂庞杂的散文题材中少有的四时之景与情思相融的作品。一部站在主流文学圈外，表达细微之物所含深刻内蕴与抒发自我真实情思的作品，始终散发着历久弥新的艺术光辉。秋天况味的呈现也具有与众不同的审美意义。散文借寻常普通之物将秋的况味具象化，并于品秋味的闲适氛围中走向深刻。

散文创作讲究取"象"的艺术。此篇中林语堂写秋的况味，却不言味，不得不说他观察、体悟事物时见微知著的眼光是独到的，一眼望去，看似风马牛不相及之物以及非各种秋的典型象征物贯穿全篇文章。自开篇伊始的红灰，到后来用以对比的慢火炖肉的声调、旧而未破烂的字典、用了半世的书桌和熏黑的招牌等，都是极寻常普通却又与秋无关之物，未直言味而是赋秋的况味以具象。与其尽言释之，不如让人在相同的经历中自我体悟，这便是散文取"象"的独到之处。

林语堂对于具象的处理是极为巧妙的，一方面，外在与秋毫无相关之物，却有着内在温和、纯熟"味"的一致，这便使秋的况味具体可感，突破了仅是言语描述的局限，秋的况味和林语堂的真我性情也借对普通具象的感受、想象流露于行文间。这是林语堂对秋的况味的独到把握与巧妙表达，也是对传统悲秋观念的一次解构和超越。另一方面，具象的寻常普通增强了散文由闲谈语体所奠定的恬淡、闲适的氛围。愈加浓厚的闲适感凸显的是与当时普遍的散文创作风格的不同，但也恰以轻松、舒缓取胜。于寻常普通处营造闲适意境，呈现况味，是林语堂散文真实亲切的独特魅力所在。

在全篇闲适的基调上，自琐碎小事切入，细腻描绘发生过程，给人以美的享受与思绪的飞扬，并由此走向深刻。缭绕而上的蓝烟，雪茄的红光炙发，烘炉上的慢火炖肉等都是在细化、放慢一种过程，将人的心绪收纳其中，使其细品古老、纯熟事物中的滋味，感知平凡事物背后所蕴含的积淀与厚重，使人由具象入想象，由实入虚，进入更加开阔的境界。人生一世似岁月之有四时，察物之细感，知四时之秋的"纯熟"是向感知人生之"秋"味的过渡，秋的味道亦是人生之味。由此，品秋味的闲适便走向了关注人生的高度与深刻，散文不再仅流于闲适，而延伸到了文章的纵深之理。

人生之"秋"的味道在林语堂初历世事风雨后似更有古色苍茏之感，是尚留有少年火热的余温而未进入老年沉寂的暮色，是深思的生命意识和超然达观的人生姿态。他借非二八佳人所能及的"徐娘半老的风韵"形容其必经与难得，足见其思考之深，对人生之"秋"的赞与爱。在林语堂呈现的厚重典雅与简朴恬淡的氛围中，品读人生之"秋"，便是随着那烟雾在空中舒展的痕迹和他一起在静谧的时空中与自然对话，与自我对话，回顾过往，享受当下，展望未来。

散文全篇于平淡无奇处切入，借琐碎普通之物囊括秋味，统四时之秋与人生之"秋"于"纯熟"。《秋天的况味》作为林语堂记述思感、抒发性情的散文，以独特的格调展现着林语堂率真的自我，也为现代散文开辟了多样的发展路径。散文通过清丽凝练的文字抒发闲适的心境和对秋天况味的深刻思考，展现着醇厚优雅又不失轻灵的美，达到意味隽永深长的绝佳境地，至今仍不失极高的艺术审美价值。

**【思考与练习】**

1. 林语堂此时的创作风格与其性格有怎样的联系？试结合作家生平进行分析。

2. 结合文本，试析《秋天的况味》的艺术价值体现在哪些方面？

（郝家艺）

# 独语（存目）

何其芳

何其芳（1912—1977），原名何永芳，我国著名诗人、散文家、文艺理论家，"汉园三诗人"之一。何其芳早期的诗艺术性强，以其圆融和精深见称；早期的散文，追求形式、意境的美妙，多表现青春易逝的哀愁。抗日战争全面爆发后，何其芳转向较为朴素、自然、明朗的写作风格，同时，撰写了很多受欢迎的文学评论文章。

何其芳的代表作品有诗集《预言》《夜歌》，散文集《画梦录》《还乡杂记》等。

## 【作品导读】

《独语》首发于 1934 年 3 月 13 日第 14 期《每周文艺》，后收录于散文集《画梦录》。何其芳是"独语体"散文写作的集大成者，也是京派卓有建树的散文家，他的写作思路和风格在此篇散文中展现得淋漓尽致。

文中随处可见一些具有独特美感的词，体现出在白话文推广使用初期阶段性的进步成果，具有一定实验色彩，如"枯寂""寥阔""古颓""漫漶""迟徐"等，这些自造词更贴合情感，也反映了作者在白话文创作上的大胆尝试。正如李健吾的点评：诗人或者文人，犹如一个建筑师，必须习知文字语言的性质以及组合的可能，然后输入他全人的存在，成为一种造型的美丽。

本篇散文可以说是半文半白，最明显的一句是："憎固愈令彼此疏离，爱亦徒增错误的挂系。"这句话现在读来略微拗口，但放在文中却不失一种古雅的音韵美。此外，很多具有文言文气质的连接词，如"而""而又"等，单独成一句话，文章节奏也因此慢下来。读何其芳的散文，如同在古道上徐行，字句没有过于繁复，却能把意思很完整地表达出来，这也让他的文章在"浅显的逻辑"和"美好的姿态"中达成微妙的平衡。

纵观全文，作者引用诸多典故，如绿蒂与维特、西晋的竹林七贤和印度王子的出游，以及使用蜘蛛、渔女等意象，牵引并组织所有景象的排布，显得疏密有致，形散而神不散。

大抵散文家在作品里避不开的主题都有一样，那就是悲哀，然而如果直抒胸臆，则不免变成一种自我感动，虽然利于作者的情绪抒发，却削弱了作品在文学审美上的特性。对此，何其芳的做法是：避免抽象的牢骚，也鲜少把悲哀直然裸露。他用比喻见出他的才气，用技巧或者看法烘焙一种奇异的情调，和故事进行同样自然，然而这种情调，不浅不俗，恰巧完成悲哀的感觉。[①]

《独语》既是对自我独语的抒写，也是一篇展示自我写作态度的宣言。纵观《画梦录》一书，作者有意识地隔绝了太多关于社会生活的宏大表述，而是将视野转移到自己的内心和感受上来，同时以意识流的表达手法进行艺术加工。脑内想到的虚象掺杂着现实当中采集来的片段，悬浮于生活之上，制造出一种审美距离，让人能够脱离日常生活的繁杂，进入梦一般的世界，体验作者的所见所感。这样的创作手法似乎也暗示着作者并没有办法完全融入主流的写作群体中，而是始终在"造梦"，但也能够做到高度自洽。

在散文日渐说理化、叙事化的时期，何其芳仍然坚持这样一种以抒情笔触写抒情内容的写作方式，极大拓宽了散文的表现可能，为白话散文的发展做出自己独有的贡献。然而其前期创作的散文也存在情感流于琐碎，"文弱自怜"的弊病。何其芳的写作风格发生较为明显的转变，是在他和现实社会有了较多接触以后，他与友人共赴延安，开阔了视野，为写作增加了更多具有现实意义的素材。

**【思考与练习】**

1. 你认为社会生活的宏观叙说和精巧细致的描绘方式可以并存吗？
2. 你自己的"独语时刻"是什么样的？

（田　榕）

---

① 刘西渭：《读〈画梦录〉》，《文学月刊》1936 年第 1 卷第 4 期。

# 天才梦（存目）

张爱玲

**【作品导读】**

《天才梦》是张爱玲 19 岁时在《西风》杂志举办的征文赛中所创作的一篇散文，初载于 1940 年 8 月第 48 期《西风》，后收入 1976 年 3 月香港文化·生活出版社出版的《张看》。《天才梦》被认为是张爱玲的处女作。这篇散文灵性与个性交织，虽不是洋洋洒洒的长篇大作，但却极具张爱玲本人的特色。

在这篇散文中，张爱玲回溯自己 19 年来的经历，将自己的"天才"归宿为一场梦，虽毫不掩饰地展露自己的天赋，但也明了地向世人展示了自己在"待人接物"方面的愚笨。这或许是所有天才都具有的一种"通病"：古怪而孤僻。

在这篇散文中，最广为传诵的是文章的最后一句："生命是一袭华美的袍，爬满了蚤子。"我们似乎很难想象，一个 19 岁的少女，为何会对生命做出这般饱经沧桑的洞察之语？这或许与张爱玲的早年经历有关。张爱玲虽然家世不俗，但父母性格不合，在她的童年时期母亲便远走英国留学，张爱玲似乎鲜少真正感受过家庭的温馨和睦。父母离婚后，张爱玲随父亲生活。父亲再婚后，张爱玲与继母发生冲突，离家出走。这样的童年境遇，在一定程度上造就了她苍凉的笔触，这在她的小说中也常有表现——她几乎没有书写过圆满的故事。

在这篇散文中，我们同样能感受到张爱玲创作的底色——苍凉。虽然此文并没有直接书写感伤的事迹，但我们却能够在字里行间体会到她对待生命的冷静与疏离。虽然从小被视为天才，3 岁便能背诵诗歌，7 岁写成了一部家庭悲剧小说，9 岁就已经对自己的天赋和创作偏好有了大致的认知……但面对生活，却似乎完完全全是消极的。她不会削苹果，怕去理发店，不会织绒线……在生活层面上，张爱玲称自己为"废物"。当她书写着自己在世俗生活层面的脱尘，而亲近着另一种"生活的艺术"——微风中的藤椅，雨夜中的霓虹灯，苏格兰兵吹奏的风笛时，我们似乎可以看到一个真正的"痛苦且欢愉"的天才。她对生命和艺术有着常人没有的敏感和细腻，她能从中感受到幸福。但这个凡俗的需要人际交往的社会，却注定会让她无所适从。

有学者认为，张爱玲在《天才梦》中构筑了梦里梦外两个世界，梦里世界繁华诗意而孤绝，充满了生命的欢悦——她的文学天赋，她丰富纤细的内心世界，便是这梦的内核。然而梦外世界大多时候可怖可恶，烦恼无处不在。她的生活不能自理，对于待人接物的愚笨，她所有乖僻的缺点，便是这梦外的现实。19岁的张爱玲已经敏锐地感受到人生无法解决的矛盾，和人处于这种困境中的无奈。《天才梦》所蕴含的人生哲理已经超越了张爱玲个人的人生体验，具有一种普遍性和永恒性。"生命是一袭华美的袍，爬满了蚤子。"这句话通过形象的比喻将上述人生哲理准确地传达出来。

《天才梦》语言风格是极富个性的，将质朴与华丽、诗意与冷峻、亲切与反讽等互相对立的元素组合在一起。作者在回想自己7岁写家庭悲剧小说，8岁写《快乐村》，而后又抉择将美术还是音乐作为自己终生的事业这些童年往事时，语言灵动质朴，天真盎然；在述说自己沉醉于生活的艺术时，语言充满诗意和柔情，飘扬又曼妙；而在表达自己和现实人生的脱节之时，笔触则呈现一派冷峻与疏离。在对许许多多琐碎平凡的生活细节一一道来之时，文章的语言充满着世俗的亲切感，而夹杂其间的自嘲则具有强烈的反讽意味、桀骜色彩。整篇散文极具张爱玲作品一贯的大俗大雅之风，在审美上给人以艺术的享受。

**【思考与练习】**

1. 试析张爱玲《天才梦》的语言风格。
2. 试谈你对"生命是一袭华美的袍，爬满了蚤子"这句话的理解。

（宋雨萱）

# 五四运动的历史法则

闻一多

大家都知道，近百年来，中国社会是处于一种半封建性半殖民地性的状态中。封建的主人地主官僚与殖民国的主人帝国主义，这两个势力之能够同时并存于我们这里，已经说明了它们之间的一种奇异的关系，一种相反又相成，相克而又相生的矛盾关系。在剥削人民的共同目的上，它们利害相同，所以能够互相结合，互相维护，同时分赃不匀又使它们利害冲突而不能不互相龃龉。然而它们并不能决裂。因为，他们知道，假如帝国主义独占了中国，任凭它的武器如何锋利，民族的仇恨会梗塞着他的喉头，使它不能下咽，假如封建势力垄断了中国，那又只有加深它自己的崩溃，以致在人民革命势力之前，加速它自己的灭亡。总之，被压迫被榨取的，究竟是"人"，而人是有反抗性的，反抗而团结起来，便是力量，不是民族的力量，便是民主的力量，这些对于帝国主义或封建势力，都是很讨厌的东西。于是他们想，好分工合作，让地主官僚出面执行榨取的任务，以缓和民族仇恨。（这是帝国主义借刀杀人！）让帝国主义一手把着枪炮，一手提着钱袋，站在背后保镖，以软化民主势力，（这是地主官僚狗仗人势！）它们是聪明的，因为，虽然它们的欲壑都有着垄断性和排他性，它们却都愿意极力克制这些，彼此互相包容，互相照顾，互相妥协，而相安于一种近乎均势的状态中。果然，愈是这样，它的寿命愈长，那就是说，惟其是半封建，半殖民地，中国人民的解放才愈难实现。

可是，帝国主义和封建势力的寿命偏是不能长，而中国人民毕竟非解放不可！基于资本主义国家间内在的矛盾，帝国主义对中国的威力大大的受了制约，矛盾尖锐化到某种程度，使它们自相火并起来，帝国主义就成为得暂时退出中国。帝国主义退出了中国，人民的对手便由两个变为一个，这便好办了，只要能让人民和封建势力以一比一的力量来决斗，最后胜利定属于人民。我说最后胜利，因为一上来，封建势力凭了它那优势的据点和优势的武器，确乎来势汹汹，几乎有全盘胜利的把握。但它究竟是过了时的乏货，内部的腐化将逼得它最后必需将据点放弃，武器交出，而归于失败。五四运动及其前前后后，便是这个历史事实的具体说明。

一九一四年以前，活动于中国这个政治经济战场上的，是一种三角斗争，包括（一）各个字号的帝国主义，（二）以袁世凯为中心的封建残余势力，以及，（三）代表人民力量的市民层民主革命的两股潜伏势力；（甲）国民党政治集团，（乙）北京大学文化集团。那时三个力量中，帝国主义势焰最大，封建势力仅次于帝国主义，政治上代表人民愿望的国民党，几乎是在苟延残喘的状态中保持着一线生机，至于作为后来文化革命据点的北京大学，在政治意义上，更是无足轻重。但等一九一四年欧洲诸帝国主义国家内在的矛盾，尖锐化到不能不爆发为第一次世界大战，中国的情形便大变了。欧洲列强，不论是协约国或同盟国，为着忙上前线进攻，或在后方防守，忽然都退出了中国。欧洲帝国主义退出了，中国社会的本质，便立时由半封建半殖民地，变为约当于百分之九十的封建，百分之十的殖民地，（这百分之十的主人，不用说，就是日本。）于是袁世凯和他的集团忽然交了红运，可是袁世凯的红运实在短得可怜，而他的余孽，北洋军阀的红运也不太长。真正走红运的倒是人民，你不记得仅仅距袁氏称帝后四年，督军解散国会和张勋复辟后二年，向封建势力突击的文化大进军，五四运动便出现了吗？从此中国土地上便不断涌着波澜日益壮阔的民主怒潮，终于使国民革命军北伐成功，北洋军阀彻底崩溃。这时人民力量不但铲除了军阀，还给刚从欧洲抽身回来的帝国主义吃了不少眼前亏。请注意：帝国主义突然退出，封建势力马上抬头，跟着人民的力量就将它一把抓住，经过一番苦斗，终于将它打倒——这一历史公式，特别在今天，是值得我们深深玩味的！

谁说历史不会重演？虽然在细节上，今天的"五四"不同于二十六年前的"五四"，可是在主要成分上，两个时代几乎是完全一样的。第二次世界大战爆发，欧洲帝国主义退出，于是中国半殖民地的色彩取消了，半封建便一变而为全封建，（请在复古空气和某种隆重礼物的进献中注意筹安会的鬼，还有这群鬼群后的袁世凯的鬼！）现在封建势力正在嚣张的时候，可是，人民也并没有闲着，代表人民愿望，发挥人民精神，唤醒人民力量的政治，文化种种集团也都不缺少，满天乌云，高耸的树梢上已在沙沙作响，近了，更近了，暴风雨已经来到，一场苦斗是不能避免的。至于最后的胜利，放心吧！有历史给你作保证。

历史重演，而又不完全重演。从二十六年前的"五四"到今天，恰是螺旋式的进展了一周。一切都进步了。今天帝国主义的退出，除了实际活动力量与机构的撤退，还有不平等条约的取消，中国人卖身契的撕毁，这回帝国主义的退出是正式的，至少在法律上，名义上是绝对的，中国第一次，坐上了"列强"的交椅，帝国主义进一步的撤退，是促使或放纵封建势力进一步的伸张的因素，所以随着帝国主义的进步，封建势力也进步了。战争本应使一个国家更加坚强，中国却愈战愈腐化，这是什么缘故？原来腐化便是封建势力的同义语，不是战争，而是封建余毒腐化了中国。今天政治，经济，社会，文化的腐化方面，比二十六年前更变本加厉，是公认的事实。时髦的招牌和近现代的技术，并不能掩饰这些事实，反之，都是加深腐化的有力工具，和保育毒菌的理想温度。然而封建势力的进步，必然带来人民力量的进步，这可分四方面讲。（一）西南大后方市民阶层的民主运动。这无论在认识上，组织上或进行方法上，比五四时代都进步多了，详情此地不能讨论。（二）敌后的民主中国，这个民主的大本营，论成绩和实力，远非五四时代的以来所能比拟，是人人都知道的。（三）封建势力内部的醒觉分子。这部分民主势力，现在还在潜伏期中，一旦爆发，它的作用必然很大。这是五四时代几乎完全没有过的一种势力，今天在昆明，它尤其被一般人所忽略。以上三种力量都是自觉的，另有一种不自觉的，但也许比前三者更强大的力量，那便是（四）大后方水深火热中的农民。虽然他们不懂什么是民主，但是谁逼得他们活不下去，他们是懂得的。五四时代，因帝国主义退出，中国民族工业得以暂时繁荣，一般说来，人民的生活是走上坡路的。今天的情形，不用说，和那时正相反。这情形是政治腐化的结果，而政治腐化的责任，正如上文所说，是不能推在抗战身上的。半个民主的中国不也在抗战吗？而且抗战得更多，人民却不饿饭。（还不要忘记那本是中国最贫瘠的区域之一。）原来抗战在我们这大后方，是被人利用了，当作少数人吸血的工具利用了。黑幕已经开始揭露，血债早晚是要还清的，那到时，你自会认识这股力量是如何的强大。

帝国主义的进步，封建势力的进步，结果都只为人民的进步造了机会，为人民的胜利造了机会。不管道路如何曲折，最后胜利永远是属于人民的，二十六年前如此，今天也如此。在"五四"的镜子里，我们看出了历史的法则。

一九四五年四月二十七日

（选自《民主周刊〈昆明〉》1945 年第 1 卷第 20 期）

**【作品导读】**

1919 年 5 月 4 日，中国爆发了一场毫不妥协的反帝反封建的爱国运动，时年 20 岁的闻一多正在清华大学读书，他用大红纸抄写了岳飞的《满江红》张贴在食堂门口，动员和鼓励同学们，并用诗、词、骈、古等文体发表了不少为同辈人所称道的爱国诗作。26 年后，闻一多积极投身于昆明的抗日民主运动和进步社会文化活动。他坚定地站在人民大众和爱国进步力量的立场上，发表了许多鼓舞人心、掷地有声的演讲，也发表了许多争取进步读者、彰显抗战时代精神的文章。

《五四运动的历史法则》发表于 1945 年第 1 卷第 20 期《民主周刊〈昆明〉》，文章通篇蕴含着爱国主义与反帝反封建这两个闻一多一以贯之的思想精髓。

闻一多在《五四运动的历史法则》中将今日之中国与 26 年前之中国进行对比，他指出，在主要成分上，两个时代完全是一样的——帝国主义退出，中国半殖民地的色彩取消了，半封建一变而为全封建，人民力量与文化集团准备与封建势力进行决斗。历史将会重演，斗争的结果将会是人民取得胜利。26 年前之"五四"到今日之"五四"，一切都进步了，因为这次帝国主义的退出是正式的。与此同时，在战争背景下，封建余毒比 26 年前变本加厉地腐化中国，但这些事实是在为人民的进步创造机会，为人民的胜利创造机会，人民的力量将会更加强大。从文中可以看到，闻一多以历史性的眼光回顾了五四运动的胜利，点明了其中所蕴含的历史必然性——人民的力量是强大的，只要打破封建势力与帝国主义在中国近乎势均的状态，人民便可抓住机会，经过一番苦斗，最终夺取胜利。在给臧克家的信中，闻一多曾这样写道："因为经过十余年的故纸堆中的生活，我有了把握，看清了我们这民族，这文化的病症，我敢于开方了。"《五四运动的历史法则》正是闻一多将历史与现实结合后，给当时的中国社会所下的诊断。

《五四运动的历史法则》展现出强烈的现实主义风格，揭露了大后方在抗日过程中的腐败阴暗面：原来抗战在我们这大后方，是被人利用了，当作少数人吸血的工具利用了。闻一多以尖锐而清醒的批判意识，对当时的时代问题进行观察。文章条理清晰，极具逻辑性与说服力，争取进步读者，呼吁人民团结，一致战斗，体现了作为一个爱国知识分子以天下为己任、不求一己之太平安乐的爱国情怀。

闻一多在鲁迅追悼会上说："唐朝的韩愈跟现代的鲁迅都是除了文章以外还要顾及到国家民族永久的前途，他们不劝人作好事，而是骂人叫人不敢作坏事。"闻一多将这种行为称为"文人的态度"。从这篇文章中可以看出，闻一多和韩愈、鲁迅一样，都是具有崇高人格魅力的战斗"文人"。

**【思考与练习】**

1. 以简要的语言概括《五四运动的历史法则》。

2. 为什么闻一多要在当时的抗战背景下重提"五四"？

（张　弛）

# 安新看卖席记（存目）

孙　犁

孙犁（1913—2002），原名孙树勋，曾用笔名芸夫，我国著名小说家、散文家，被誉为"荷花淀派"的创始人。抗日战争爆发后，孙犁加入中国共产党领导的革命队伍，任职于华北联合大学、《晋察冀日报》，从事文学创作和抗日宣传工作；1944 年到延安，在鲁迅艺术文学院担任教员；1945 年发表《荷花淀》《芦花荡》等抗战题材小说，受到文坛瞩目。

孙犁的代表作品有《白洋淀纪事》《铁木前传》《风云初记》等。

## 【作品导读】

在散文领域，孙犁不同人生时期对散文的把握有所不同。前期作品广泛而深刻地反映了 20 世纪中叶前后中国的社会变迁，表现抗日战争、解放战争和中华人民共和国成立初期，冀中平原和冀西山区一带人民在中国共产党的领导下进行战争、改革、劳动生产以及移风易俗的生活状况与精神面貌。晚年的作品则更专注于从自身的阅历、身边小事来慢慢获取、提炼自己的感受，保持对现实的敏锐度，也更热切地进行深入阅读，做读书笔记，进行散文理论研究，以期丰富创作底蕴。

孙犁的散文是现实性与真实性的结合。他强调散文的创作思想与价值取向应具有现实主义精神，提倡"用实事求是的精神写文章。实事，就是现实；求是，就是现实主义"。此外，现实主义还包括时代精神。孙犁说："文章，特别是散文，是和时代的风云、习尚有关的。"真实性是指散文的内容规范与题材取向应是作者的亲身经历和所感所想，包括见闻事实之真实和思想感情之真实，即写真相表真情。此外，孙犁的散文重视文学艺术的社会教育功能，他说："文学作品不只反映现实，而是要改善人类的道德观念，发扬一种理想。"而在文体风格上，孙犁认为，作文和作人的道理一样，"要质胜于文"。这里，质有两方面的内涵：一是与作品形式相对的思想内质，二是与华丽相对的质朴文风。"一粒沙里见世界，半瓣花上说人情"，孙犁的散文以清新自然的朴素语言和真诚睿智的深刻思想得到众多读者的喜爱。

孙犁不是白洋淀人，但他对白洋淀有着深厚的感情。他以白洋淀地区人民生活为背景创作了代表作《荷花淀》和小说散文集《白洋淀纪事》，并成为荷花淀派的创始人。1947年，孙犁以《冀中导报》记者身份回到了阔别十年之久的白洋淀地区采访，故地重游，感慨万千，写出了《新安游记》《织席记》《采蒲台的苇》等一系列作品，反映解放战争时期白洋淀人民的生活与斗争，抒发了对白洋淀的眷恋之情。《安新看卖席记》就是其中之一。

《安新看卖席记》运用第一人称，记述了"我"在安新县席市的所见所闻所感。散文以充满生活气息的描写再现席市之洋洋大观，又以诗意的笔触渲染出水墨清雅之韵味，更以处处含情的口吻加以润色，使之鲜活，宛若一幅属于冀中平原的动态的"安新卖席图"。

文章夹叙夹议，如临现场，又在下一秒抽离，情理之间，余味无穷。一方面，绘声绘色地描写了席市的热闹场景：开卖前，席民时而三三两两愁眉议论，时而行动着寻求好位；开卖后，席店的买手又那样懂行，一眼看过便可指点"江山"——一张张举过头顶的席子。另一方面，穿插其中的议论、感想真切地表达了作者的情感：对席市三月近况困难之忧虑，对公营商店为人民服务之感动。而其中最为独到之处便在"今昔对比"。过去，大席庄会利用季节天气等不可抗的困难来压榨席民，牟取暴利；现在，我们的公营店以"专业苇席渔，繁荣白洋淀"为目的。过去，席民把年老的买手拖来拖去，直至衣裳烂了、拖病了，也无计可施；现在，席民在困难的时候，立时就会想到公家商店的帮助，身后有"山"便无所惧。孙犁写道："但一个席店老板对席民发生这种息息相关的感情，在我却是异常新鲜的事"，其中"新鲜"一词既表达了对旧的时代的嘲讽，也饱含了对新的时代的欢欣。

怎样的新的时代呢？看见席民困难的情形便"不能不这样做"，像决定一项政策一样严肃认真地对待，即使赔了很大一笔款子也要尽量收买。这是宏利席店的特色，也是新的时代的特色，是我们党和人民的特色：全心全意为人民服务，全心全意为人民的美好生活奋斗。

在文章的尾段，作者点明主旨："那远景是幸福而繁荣的"，表达了对新的时代、新生活的歌颂和向往。文章正是以这样鲜明的时代精神，浓郁的生活气息，优美的诗化语言，真挚的情感和栩栩如生的人物形象，吸引着无数读者。

**【思考与练习】**

1. 怎样理解"那里等待真是焦急，有的干脆就躺在席子上闭起眼睛来"？
2. 试析《安新看卖席记》的语言风格。

（陈子榭）